옥상으로 가는 길, 좀비를 만나다

제2회 ZA 문학 공모전 수상 작품집

황태환 외 3인

ZA
Zombie Apocalypse

옥상으로 가는 길, 좀비를 만나다

옥상으로 가는 길

나에게 묻지 마

연구소B의 침묵

별이 빛나는 밤에

황금가지

| 차 례 |

| 제2회 ZA 문학 공모전 대상 수상작 |

옥상으로 가는 길

황태환

경기도 구리에서 태어났다. 단조로운 일상에서 벗어나고 싶어 글을 쓰기 시작했다.
네이버 오늘의 장르문학에 「행복한 시체들」, 「고양이 커넥션」을 수록했고,
과학 웹 저널 《크로스 로드》에 「경계」, 「전자인간」을 게재했다.
『한국공포문학단편선』시리즈에 「폭주」, 「살인자의 요람」을, 『한국공포문학괴담선』에
「유나」를 실었다. 장르작가모임 매드클럽 회원으로 현재 신작 단편과 장편을 느릿느릿 쓰고 있다.

밤이 깃들자 도시는 창백해졌다.

정적을 가르며 헬기 소리가 선혈처럼 튀었다. 거리를 배회하던 시체들의 울음이 연달아 터져 나왔다. 낡은 철제 셔터는 소음에 취약했다. 나는 팔뚝에 돋은 소름을 손으로 문질렀다. 아무리 들어도 저 소리는 익숙해지질 않는다. 판자로 덧댄 창문 틈으로 어슴푸레하게 동이 트자 힘겹게 상체를 일으켜 세웠다. 나는 또래의 성인 남자보다 절반이나 작은 체구 탓에 위기 대처 능력이 현저히 떨어졌다. 그래서 아침마다 조용히 실내를 돌아다니며 간밤에 보수할 곳이 생기진 않았는지 신중히 살폈다.

지은 지 삼십여 년이 지난 사 층짜리 건물은 세월의 흔적을 고스란히 간직하고 있었다. 콘크리트가 드러난 외벽 곳곳에는 실금이 갔고, 천장은 무너질 듯 움푹 꺼져 있었다. 인간의 냄새를 맡은 놈들은 끊임없이 이곳으로 침입을 시도했다. 다행히 건물은 놈들이 접근하지 못할 만큼 단단했다. 밖으로 이어진 곳을 모조리 판자로 막아버리고 이곳에서 버틴 지 벌써 육 개월째였다.

과거 부동산 사무실이었던 1층에는 현재 나를 비롯해 다섯 명이 생활하고 있었다. 널찍한 중앙 로비는 개인병원 의사인 박 선생과 건달 출신의 조문복, 그리고 나의 보금자리였다. 우리는 사무용으로 쓰던 책걸상을 모두 철제 셔터를 내린 출입문 쪽에 방벽처럼 쌓아두었다. 로비의 왼쪽 끝에 화장실이 있었고, 그 옆의 작은 방은 상담실이었다. 그곳은 대학생 커플인 안종수와 최희원이 사용했다. 그들은 밥 먹을 때를 제외하곤 방에서 좀처럼 나오지 않았다.

천천히 내부를 둘러보았지만 딱히 이상은 없었다. 내친김에 옥상에 가보기로 했다. 간밤에 헬기 소리가 들린 것으로 보아 어쩌면 보급품이 도착했을지도 몰랐다. 창턱 아래에 놓인 등산용 배낭을 메고 쓰레기 배출구로 걸음을 옮겼다.

이 오래된 건물의 유일한 장점이 있다면 바로 각 층마다 존재하는 쓰레기 배출구였다. 놈들이 계단을 장악한 후로 옥상에 갈 수 있는 유일한 길은 여기뿐이었다. 하지만 이 통로의 입구는 환풍구보다 조금 더 넓은 정도여서 성인은 드나들 수가 없었다. 선천적으로 왜소증 장애를 앓고 있는 나는 예외적으로 이동이 자유로웠다. 그 사실을 알았을 때 처음으로 이 저주받은 몸이 고마웠다.

덮개를 열고 머리를 막 집어넣는데 어깨 너머로 숨죽인 목소리가 들렸다.

"옥상에 가요?"

엎드린 채로 뒤를 돌아보았다. 문복이 화장실에서 문을 반쯤 열고 고개를 내밀어 이쪽을 보고 있었다. 잠자리에서 보이지 않아 어디 갔나 했더니 화장실에 있었던 모양이다. 열린 문틈으로 쏟아져 나온 불빛이 그의 얼굴에 짙은 음영을 만들었다. 그는 나날이 살이 빠졌다. 광대뼈가 툭 불거진 그의 인상은 처음 봤을 때보다 한층 날카로워졌다. 근육질 어깨에 새겨진 용 문신도 예전의 위용이 아니었다.

나는 손바닥에 베인 땀을 옷에 문지르며 대답했다.

"보급품을 좀 찾아보려고요."

"날이 밝거든 가지. 위험하게."

문복이 안쓰럽다는 듯 미간을 좁혔다.

"어차피 여긴 빛이 안 들어와서 낮에도 다를 게 없어요."

"하여간 조심해요."

그의 배웅을 받으며 쓰레기 배출구로 들어서자 악취가 코를 찔렀다. 늘 하던 대로 벽을 등지고 다리로 맞은편 벽을 힘껏 밀었다. 그렇게 몸을 지탱한 뒤 등과 어깨를 조금씩 움직여 위로 올라갔다. 2층부터는 배수관이 있어 그것을 잡고 오르면 한결 수월하다. 통로의 꼭대기에 있는 덮개를 열면 옥상으로 이어졌다.

일주일에 한번 꼴로 찾아오는 헬기는 놈들의 손길이 미치지 않는 건물 옥상에 보급품을 실어 날랐다. 우리는 그것으로 힘겹게 삶을 연명했다. 문제는 헬기의 방문이 불규칙하다는 점이었다. 또 헬기가 떴다고 해도 군사 훈련의 일환이거나 정찰을 목적으로 하는 경우도 많아서 기대감을 가지고 옥상에 갔다가 허탕을 치는 일도 부지기수였다. 이번에는 열흘이 지나도록 식량을 공급받지 못했다. 남은 음식을 최대한 아끼고 있지만 그것도 이젠 거의 한계였다. 라디오에서는 앞으로 삼 년만 버티면 놈들이 제풀에 죽을 거라고 했다. 그러나 보급이 없다면 삼 년은커녕 삼 일도 장담할 수가 없다.

2층에 도착해서 배수관을 잡고 잠시 숨을 골랐다. 이젠 눈 감고도 다닐 만큼 익숙해진 길이지만 그래도 신중해야 했다. 행여 실수로 떨어지기라도 하는 날엔 꼼짝없이 지하 쓰레기 집하장에서 득실거리는 놈들의 밥이 될 것이다. 배수관을 단단히 잡고 다시 통로를 오르기 시작했다.

4층에 도착하니 이마에서 비지땀이 뚝뚝 떨어졌다. 후들거리는 손으로 덮개를 들어올렸다. 바깥으로 고개를 빼고 신선한 공기를 들이마셨다. 그제야 좀 살 것 같았다. 그때 어디선가 고양이 울음이 들렸다. 화들짝 놀라서 돌아보니 옥상 난간에서 검정색 줄무늬 고양이가 나를 노려보고 있었다. 녀석의 눈동자는 검은색이었다. 감염자들의 특징 중 하나는 붉은 눈이었으므로 나는 안심했다. 녀석이 경계하는 듯 털을 세우며 하악 하고 쇳소리를 냈다.

"걱정 마. 안 잡아먹을 테니까."

중얼거리며 주변을 두리번거렸다. 옥상 물탱크 아래쪽에서 낯익은 상자가 보였다. 심장이 세차게 뛰었다. 간밤에 들었던 헬기 소리는 역시 보급용이었다. 나는 반색을 하며 양 팔을 옥상 입구에 걸치고 몸을 끌어올렸다. 그것을 신호로 느닷없이 고양이가 나에게 달려들었다. 날카로운 발톱이 얼굴을 할퀴자 불에 덴 것처럼 화끈거렸다.

12

나도 모르게 새된 비명이 터져 나왔다. 힘껏 팔을 휘저어 고양이를 쫓았다. 그 바람에 하마터면 손을 놓쳐 추락할 뻔했다. 간신히 한 손으로 난간을 붙잡고 매달렸다. 고양이는 재차 달려들어 내 손을 마구 할퀴었다. 굶주림이나 놈들이 아니라 고양이에게 먼저 죽을지도 모른다는 생각이 들었다.

주머니에서 접이식 칼을 꺼내 필사적으로 고양이에게 휘둘렀다. 떨어지기 직전 간신히 칼을 녀석의 목에 깊숙이 찔러 넣었다. 그런 다음 힘겹게 옥상으로 기어 올라왔다. 고양이는 내 발치에 쓰러져 숨을 헐떡거렸다. 녀석이 할퀸 왼쪽 눈이 따끔거렸다. 놈의 숨통을 완전히 끊어놓으려고 다리를 치켜들었다. 그때 도망도 못 가고 어미의 옆에서 우는 새끼고양이가 보였다. 다리를 다친 것 같았다. 그제야 녀석의 이상한 행동이 이해됐다.

"새끼를 지키려고 그런 거였나?"

한숨이 나왔다. 발을 내리고 짧은 다리로 뒤뚱거리며 보급상자로 다가갔다. 뚜껑을 열어보니 인스턴트 밥과 건빵, 비스킷, 통조림, 육포, 구급상자 따위가 잔뜩 들어 있었다. 이 정도면 앞으로 일주일은 거뜬할 것 같았다. 나는 배낭을 벗어두고 옥상 난간에 서서 아래를 내려다봤다. 거리에는 시체들의 행렬이 파도처럼 출렁였다. 지난주에 봤을 때보다 더 수가 불어난 것 같았다. 놈들은 절대로 죽지 않을 것처럼 끊임없이 몸을 움직였다. 만약 정말로 놈들이 죽지 않으면 그땐 어떡하지?

'쓸데없는 생각.'

고개를 저으며 옆 건물로 시선을 옮겼다. 나와 마찬가지로 옥상에서 음식을 챙기는 한 남자가 보였다. 창백한 얼굴에서 고단

한 삶의 흔적이 묻어났다. 내가 손을 흔들며 아는 척을 하자 그가 마주 손을 흔들어 주었다.

적당히 휴식을 취한 다음 식량을 배낭에 옮겨 담고 쓰레기 배출구 앞으로 돌아왔을 땐 새끼 고양이는 어디론가 사라졌다. 나는 통조림을 하나 뜯어서 어미 고양이 옆에 내려놓고, 배출구로 들어갔다.

1층에 도착하자 숨이 가쁘고 눈앞이 핑핑 돌았다. 먹고 사는 일이 이렇게 힘들다. 하지만 사람들이 음식을 보고 기뻐할 생각을 하니 기운이 났다. 마른 침을 삼키며 실내로 들어가려는데 통로 저편에서 걸걸한 남자의 목소리가 들렸다. 목소리의 주인은 상담실에 머물던 대학생 종수였다. 벽에 가로막혀 내용을 알아들을 수는 없지만 그는 화가 난 것 같았다. 나는 무슨 일인가 싶어 들어가지 않고 잠시 제 자리에 머물렀다. 대신 덮개를 슬쩍 열고 몰래 안을 들여다봤다.

종수가 눈까지 내려오는 머리카락을 연신 쓸어 넘기며 열변을 토했다.

"음식을 빼돌리고 있는 거라고요."

박 선생이 두꺼운 뿔테 안경을 치켜 올리다 말고 손사래를 쳤다.

"조용히 좀 말해요. 들을라."

"들을 테면 들으라죠. 솔직히 안 그렇습니까? 일주일마다 오던 배급이 왜 열흘이 다 되도록 안 오냐고요. 그 난쟁이 자식이 저 혼자 살겠다고 빼돌린 게 아니면……"

"그래도 확실한 증거 없이 그렇게 말하는 게 아니지. 고생하는 사람한테."

박 선생의 설득에도 종수는 물러서지 않았다.

"지금 우리가 굶고 있다는 사실보다 더 확실한 증거가 있습니까? 이번에도 빈손이면 내가 가만 있지 않을 겁니다."

그러자 가만히 듣고 있던 문복이 코웃음을 쳤다.

"가만 안 있으면? 어이 형씨. 뭔가 착각하는 것 같은데 우리 목숨은 전부 그 난쟁이한테 달려 있어. 그놈이 음식을 빼돌리든 다 먹어버리든 우리가 할 수 있는 일은 아무것도 없다고. 여태까지 지내고도 그걸 몰라? 꼬우면 당신이 직접 옥상에서 식량을 가져오든가."

종수는 분한 듯 숨을 씨근덕거렸지만 별다른 항변은 하지 못했다. 그의 옆에는 희원이 긴 생머리를 늘어뜨리고 앉아 있었다. 얌전히 사람들의 대화를 경청하던 그녀는 종수의 어깨를 다독였다.

"오빠가 참아. 어쩔 수 없잖아."

희원의 말에 나는 입술을 깨물었다. 심장이 욱신거렸다. 다른 사람은 몰라도 그녀만은 날 믿어주길 바랐는데. 종수는 사람들과 한동안 옥신각신하다가 희원을 데리고 자기 방으로 들어갔다. 한동안 멍하니 통로에 머물러 있던 나는 이내 배낭에서 참치 통조림과 육포 한 팩을 꺼냈다. 어떻게 해도 의심받을 거라면 나도 다 생각이 있다. 2층으로 올라가 쓰레기 투입구를 열고 꺼낸 음식을 안으로 밀어 넣었다. 건물에서 사람이 있는 곳은 1층뿐이었으므로 2층은 오늘부터 나의 비밀 식량 창고가 되었다.

다시 1층으로 내려와 투입구 안으로 들어갔다. 뒤이어 배낭을 손으로 잡아당겼다. 묵직한 소리를 내며 거실 바닥에 배낭이 떨어지자 박 선생과 문복의 얼굴에 화색이 돌았다.

"배급이 왔구나!"

"고생했어요, 성국 씨."

나는 숨을 몰아쉬며 머리에 묻은 먼지를 털었다. 뒤늦게 상담실의 문이 열리며 종수와 희원이 나왔다. 그들은 아무 일도 없었다는 듯 음식을 보고 환하게 웃었다. 그런데 나와 눈이 마주친 종수가 가까이 다가와 인상을 찌푸렸다.

"얼굴에 상처가 있잖아!"

그의 말에 놀란 듯 문복과 박 선생님도 몸을 경직시키며 내 얼굴을 쳐다봤다. 나는 대수롭지 않게 말했다.

"고양이가 할퀴었어요. 하지만 감염되지 않았으니 걱정 마세요."

"확실한 거야?"

종수가 경계심 가득한 목소리로 물었다. 시종 그의 비딱한 태도에 화가 났다. 없는 데서 내 뒷말을 한 것도 마음에 앙금으로 남았다. 그렇지만 종수의 옆에서 두려워하는 희원을 괴롭히고 싶지 않았다. 나는 한숨을 내쉬고 입을 열었다.

"네, 눈이 정상이었어요. 새끼를 지키려고 달려든 모양이더라고요."

박 선생도 내 얼굴을 살펴보곤 감염의 징후가 보이지 않는다고 했다. 그것으로 다들 납득한 모양이었다. 그렇지 않다고 해도 그들이 뭘 할 수 있겠는가?

음식을 꺼내 사람 수대로 나눴다. 종수는 지난 번보다 양이 적어진 것 같다며 투덜거렸다. 희원이 인상을 찡그리며 그의 옆구리를 손으로 찔렀다. 종수는 몇 마디 더 구시렁거리다 입을 다물 었다.

가스는 끊겼지만 전기는 아직도 사용할 수 있었다. 우리는 낡은 전자레인지에 밥을 데우고 각자의 반찬을 모아 상을 차렸다. 너무나 오랜만에 제대로 된 식사를 했다. 배가 부르니 날카롭게 곤두섰던 분위기가 다소 가라앉았다. 문복과 박 선생은 아껴둔 담배를 들고 화장실로 향했다.

나는 손거울로 얼굴의 상처를 비췄다. 왼쪽 눈썹에서 관자놀이까지 세 줄의 빗금이 그어졌다. 구급상자에서 소독약을 꺼냈다. 손거울을 창틀에 고정시키고 상처를 소독하는데 등 뒤에서 희원의 목소리가 들렸다.

"제가 해드릴게요."

"아, 괜찮은데."

희원은 내 손에서 소독약을 뺏어 들고 내 앞에 앉았다. 그녀의 얼굴이 가까이 다가오자 나는 숨이 막혔다. 그린 것처럼 예쁜 눈이 내 얼굴을 유심히 살폈다. 면봉에 소독약을 묻혀 세심하게 상처를 소독하고, 연고를 바른 뒤 거즈로 상처를 싸맸다. 그녀의 따뜻한 손길이 닿자 아까 가졌던 섭섭한 마음이 눈 녹듯 풀어졌다. 2층에 음식을 숨긴 것도 미안했다. 희원은 반창고를 잘라 거즈를 고정시키며 말했다.

"아까 종수 오빠가 했던 말 담아두지 마세요. 자기도 그렇게 말하고 후회했을 거예요. 우린 성국 씨 하나만 보면서 사는 사람들이잖아요."

나는 홀린 것처럼 그녀의 얼굴을 바라봤다.

"별로 신경 안 씁니다."

내 대답에 희원이 환하게 웃었다. 잠시 머뭇거리던 그녀는 조심스럽게 내 어깨를 끌어안았다. 그리고 내 귀에 속삭였다.

"고마워요. 성국 씨."

희원이 방에 들어간 뒤 나는 눈을 감고 그녀가 남긴 체취를 음미했다. 한동안 그 기분에 취해 멍하니 있다가 퍼뜩 정신을 차렸다. 방금 뭘 한 거지?

그날 이후로 희원은 적극적으로 자신의 마음을 표현하기 시작했다. 어쩌다 눈이 마주치면 날 향해 웃어주었고, 옥상에 갔다가 돌아올 때면 수건을 들고 기다렸다가 내 얼굴을 닦아주었다. 그럴 때마다 종수는 거실 구석에 앉아 말없이 날 쳐다봤다.

고립되기 전에는 종수처럼 키 크고, 잘 생기고, 돈 많은 타입의 남자가 여자들에게 인기 있었을지 몰라도 지금은 아니었다. 의사인 박 선생이나 건달 출신의 문복도 마찬가지였다. 이 건물에서 유일하게 식량을 조달할 수 있는 남자는 오로지 나 하나였다. 여자들은 능력 있는 남자에게 끌린다는 속설에 비춰보면 달라진 희원의 태도도 이해할 수 있었다. 그 이면에 계산적인 태도가 숨어 있다고 해도 예전 같으면 언감생심 꿈도 못 꿀 여자에게 받는 관심이 나 역시 싫지 않았다. 가끔씩 빼돌린 주전부리를 희원의 손에 몰래 쥐어줄 때마다 그녀는 아이처럼 기뻐했다. 그녀의 웃는 얼굴은 날 행복하게 만들었다.

문제는 종수였다. 그는 희원을 자기 소유의 장난감처럼 대했고, 절대로 놓아주지 않을 것 같았다. 그날 밤도 희원은 절망적인 표정으로 종수의 손에 이끌려 방으로 걸어갔다. 그녀는 도움을 청하 듯 나를 쳐다봤다. 그 모습을 무기력하게 지켜보는 일은 괴로웠다. 차라리 거리에서 울부짖는 시체가 되는 편이 낫겠다고 생각했다.

나는 더 이상 참지 못하고 입을 열었다.

"희원 씨를 놔줘."

방 문을 열던 종수가 내 쪽으로 고개를 돌렸다.

"뭐라고?"

"그 손 놓으라고."

내 말에 그의 표정이 싸늘하게 식었다. 나는 일순간 긴장했다. 옆에 누워서 라디오 주파수를 맞추던 박 선생과 주머니칼로 나무 인형을 만들던 문복 역시 어리둥절한 표정으로 우리를 쳐다봤다. 문복이 한숨을 내쉬며 말했다.

"아, 갑자기 또 왜들 그래요?"

나는 속으로 셈을 헤아렸다. 내가 위기에 처하면 문복과 박 선생이 가만 있지 않을 것이다. 제 아무리 종수가 체격이 좋다고 해도 우리를 전부 상대할 수는 없다. 나는 마음을 단단히 먹고 종수를 노려봤다. 그때 그의 어깨 너머로 희원의 얼굴이 보였다. 슬픈 눈빛으로 나를 쳐다보던 그녀가 고개를 저었다. 그리고 나는 그녀가 원하지 않는 일을 할 이유가 없었다.

희원이 방으로 들어가자 나는 복장이 터질 것 같았다. 승산은 이쪽에 있었다. 그럼에도 희원은 내 도움을 거절했다. 내가 싸우다 다치는 게 싫은 걸까? 아니면 남자친구에 대한 정이 남아서? 이유가 뭐든 그녀의 진심을 알고 싶었다. 나는 자리에서 일어나 쓰레기 투입구로 기어들어갔다.

"어디가요? 이 시간에."

박 선생의 물음에 나는 돌아보지 않고 대답했다.

"옥상에 바람 좀 쐬러요."

거짓말이었다. 나는 2층으로 올라갔다. 그곳 쓰레기 투입구로 기어 나왔다. 벽을 더듬어 불을 켜고 주변을 둘러보았다. 왼쪽이 접수대였고, 그 옆으로 진료실, 방사선실, 내과, 외과, 원장실이 마주보며 늘어서 있었다. 놈들이 나타나기 전까지만 해도 이곳은 병원이었다. 희원은 여기 간호사였고, 나는 이 건물의 청소부였다. 그 땐 감히 바라볼 수 없을 만큼 빛나 보였던 여자가 이젠 내 가슴에 깊숙이 자리를 잡았다.

원장실이란 팻말이 붙은 방으로 들어갔다. 방 한쪽에 바닥재가 뜯겨 나갔고, 그곳을 메우고 있던 콘크리트가 아치형으로 파내져 있었다. 이 아래가 상담실이었다. 희원이 종수의 손에 이끌려 방으로 들어갈 때마다 나는 2층으로 올라와서 작업을 진행했다. 그 방 안에서 무슨 일이 벌어지는지 알고 싶었다. 만약 희원이 고통을 당하고 있다면 종수를 용서할 수 없을 것 같았다.

아래에서 눈치채지 못하도록 신중하게 움직였다. 니퍼로 잘게 파낸 콘크리트의 잔해를 손으로 쉼 없이 긁어낸 끝에 바닥에는 동전만 한 구멍이 뚫렸다. 가슴이 두근거렸다. 심호흡으로 마음을 안정시키고 구멍에 눈을 바싹 가져다 댔다. 희원과 종수가 한 침대에 누워 끌어안고 있었다. 뭐가 그리 즐거운지 둘 다 표정이 밝았다. 순간 뒷목이 뻐근했다. 눈을 떼고 이번에는 귀를 가져다 댔다. 작지만 그들의 말소리를 알아들을 수 있었다.

"너한테 완전히 빠진 것 같던데. 그 새끼 표정 봤어?"

"어휴, 그런 소리 하지 마. 그 난쟁이가 은근한 눈빛으로 쳐다볼 때마다 얼마나 소름이 끼친다고."

희원의 목소리가 비현실적인 단어들을 내뱉었다. 세치 혀에 돋아난 칼날이 내 심장을 난도질했다. 종수의 목소리가 이어졌다.

"그래도 조금만 참아 줘. 놈을 살살 구슬려서 음식을 내놓게 만들란 말야. 여기서 나갈 때까진 그 놈이 우리 생명줄이니까."

"그건 걱정하지 마. 근데 오빠, 여기서 나가면 결혼하자는 말 진심이지? 아버님이 반대해도?"

"희원아, 내가 도대체 너 아니면 누구랑 같이 살겠냐."

그녀는 꿈을 꾸는 듯한 목소리로 말했다.

"아, 얼른 그 날이 왔으면 좋겠다."

1층으로 돌아온 후에도 뇌리에 남은 충격은 쉽게 가시지 않았다. 나는 그저 농락당하고 있을 뿐이었다. 분노로 펄떡거리던 심장은 곧 싸늘하게 식었고, 나는 본능이 시키는 대로 움직였다. 일찌감치 잠자리에 든 박 선생과 문복을 지나 상담실로 걸어갔다. 노크를 하자 희원이 문을 열었다.

"성국 씨 무슨 일이에요?"

의아한 표정을 짓는 희원에게 나는 입술을 달싹였다.

'얼른 고개를 숙여 이 쌍년아.'

"뭐라고요?"

희원은 고개를 숙이며 나와 시선을 맞췄다. 나는 주저 없이 그녀의 얼굴을 잡고 입을 맞췄다. 희원이 어깨를 들썩이며 나를 밀었지만 나는 온 힘을 다해 그녀를 붙잡고 늘어졌다. 뒤늦게 종수가 달려와 발로 내 얼굴을 걷어찼다. 나는 외마디 비명을 지르며 바닥에 나동그라졌다.

그 소란에 곤히 잠들었던 문복과 박 선생이 깨어났다. 그들은 어리둥절한 표정으로 우리를 쳐다봤다. 입술에 피를 흘리며 쓰러진 나와 바닥에 주저앉은 희원, 그리고 인상을 잔뜩 찡그리고 나를 짓밟으려 다가오는 종수까지. 그들은 재빨리 달려와 종수를 붙잡았다. 그는 성난 짐승처럼 날뛰며 나에게 욕설을 퍼부었다. 건물 밖을 배회하던 시체들이 덩달아 광기 어린 비명을 질러댔다.

"이거 놔요. 저 자식 죽여 버릴 거야."

종수는 도저히 진정할 기미를 보이지 않았다. 그의 몸을 붙잡고 말리던 문복의 얼굴이 일그러지는가 싶더니 번개같이 손이 올라갔다. 뺨을 얻어맞고 허리가 휘청 꺾인 종수는 그제야 몸부림을 멈췄다. 대신 숨을 씩씩 몰아쉬며 나를 노려봤다.

"어떻게 된 거예요?"

그가 진정되자 박 선생이 물었다. 희원이 떨리는 목소리로 자초지종을 설명했다. 사람들은 묵묵히 그의 말을 들었다. 얘기가 끝나자 박 선생이 나를 쳐다봤다.

"사실이에요?"

나는 힘겹게 몸을 일으키며 고개를 저었다.

"당연히 거짓말이죠. 저 녀석들 나에게 식량을 요구했어요. 내가 감추고 있는 걸 다 안다면서. 그런 건 없다고 하니까 느닷없이 주먹질을 하더라고요."

종수와 희원은 어이없다는 표정으로 나를 쳐다봤다. 거짓말하지 말라고 고함을 치며 또다시 나에게 달려드는 놈을 문복이 막았다. 문복과 박 선생은 누구 말을 믿어야 할지 헷갈리는 기색이었다. 나는 그들이 좀 더 쉽게 선택할 수 있도록 말을 덧붙였다.

"이거 어디 무서워서 음식 가져오겠습니까?"

순간 사람들의 눈빛이 달라졌다. 더 이상 잘잘못을 가리는 일은 중요하지 않았다. 이 지옥에서는 생존이 곧 법이자 진실이었다. 화살은 결국 종수에게로 향했다.

"형씨 그렇게 안 봤는데 사람이 아주 못 쓰겠네."

"우릴 위해 고생하는 사람한테 그러면 안 되죠. 하는 것도 없는 사람이."

상황이 이렇게 되자 궁지에 몰린 건 종수였다. 그는 얼굴이 시뻘게져서 말을 잇지 못했다. 나는 내친김에 끝까지 가기로 했다.

"난 저 사람이랑은 도저히 같이 못 지내겠네요. 겁나기도 하고."

그러자 박 선생이 이번에는 나를 달랬다.

"이 사람아. 그렇다고 밖으로 내보낼 순 없지 않은가."

"그러면 박 선생님은 또 이런 일이 생겨도 괜찮다는 말씀이신가요? 제가 자다가 저 사람한테 봉변이라도 당하면 어쩌고요?"

박 선생은 씁쓸한 표정으로 입을 다물었다. 눈치를 살피던 문복이 내편을 들고 나섰다.

"암요. 그럼 안 되죠. 미꾸라지 한 마리가 물을 흐린다고 위험 요소는 미리 제거해야죠."

그러자 박 선생도 하는 수 없이 고개를 끄덕였다. 종수는 분위기가 심상치 않음을 느꼈는지 떨리는 목소리로 말했다.

"왜들 이러세요? 설마 저 난쟁이 말만 듣고 절 내보내려는 건 아니죠?"

나는 그의 말을 귓등으로 흘리고 철제 셔터 앞으로 걸어가서 자물쇠를 풀었다.

"이렇게 된 거 빨리 끝내죠."

문복과 박 선생이 시선을 주고받았다. 망설임은 그리 오래가지 않았다. 그들은 얼른 안정을 되찾고 싶은 기색이었다.

"종수 씨, 미안하게 됐어요."

문복과 박 선생이 종수의 양 어깨를 부여잡고 출입문으로 끌고 왔다. 종수가 반항했지만 역부족이었다. 넋을 놓고 있던 회원이 달려와 문복의 어깨를 잡고 매달렸다. 하지만 그가 거칠게 팔을 휘두르자 힘없이 나동그라졌다. 그녀는 눈물을 흘리며 내 앞에 무릎을 꿇었다.

"성국 씨, 대체 왜 이러는 거예요. 제발 종수 오빠 내보내지 말아주세요. 당신이 시키는 건 뭐든 할게요. 제발……."

회원의 행동에 나는 다시금 심장이 저려왔다. 애당초 헛된 기대를 품었던 내 잘못이었다. 상황이 이렇게 됐어도 누가 나 같은 난쟁이를 좋아하겠는가. 분노와 허탈이 머릿속을 어지럽게 떠다녔다. 종수를 내보낸다고 해도 내 마음이 편해질 것 같지 않았다. 나는 생각을 바꿨다. 이들에게 내가 받은 상처를 돌려주기로.

"뭐든 한다고?"

회원은 눈물이 그렁그렁한 얼굴로 고개를 끄덕였다.

"좋아. 이 녀석을 내보내는 건 당분간 미루지. 앞으로 네가 하는 걸 봐서 결정하겠다는 뜻이야."

나는 문복과 박 선생을 돌아봤다.

"일단 이 녀석 묶어두죠."

그들도 내키지 않는 일이었다는 듯 안도의 한숨을 내쉬었다.

그날부터 종수와 희원이 사용하던 상담실은 내 차지가 되었다. 나는 밤이 되자 희원의 손을 잡고 방으로 들어갔다. 아무도 나를 제지하지 않았다. 박 선생과 문복은 애써 딴청을 피웠고, 종수는 라디에이터에 묶인 채 힘없는 눈으로 우리를 바라봤다.

희원은 시키는 건 뭐든 하겠다고 했지만 실제로 나는 그녀에게 손을 대지 않았다. 대신 그녀에게 두 가지를 지시했다. 종수와 말하지 말 것, 접촉하지 말 것. 그녀는 겁에 질린 표정으로 고개를 끄덕였다.

동이 트길 기다렸다가 상담실에서 나왔다. 종수는 밤을 꼬박 샜는지 초췌한 얼굴로 나를 노려봤다. 그에게 다가가 지난밤에 무슨 일이 있었는지 들려주었다.

"희원이가 생각보다 말을 잘 듣더라고. 저런 여자를 혼자만 독차지 하고 있었다니 너무 욕심이 많은 것 아냐?"

종수는 몸을 부들부들 떨다가 이내 고개를 푹 숙였다. 나는 멈추지 않고 말을 이었다.

"그래서 여기 아저씨들한테도 한 번씩 빌려줄까 생각 중이야."

말이 끝나기가 무섭게 종수가 내 얼굴에 침을 뱉었다. 나는 피식 웃으며 소매로 얼굴을 닦았다. 그런 다음 방에 있는 사람들을 돌아보며 말했다.

"앞으로 이 자식 밥 주지 마세요. 음식 남은 거 딱 봐놨으니까 저 없는 사이에 몰래 줄 생각도 마시구요."

나는 종수를 보며 말을 이었다.

"네가 언제까지 그렇게 뻣뻣하게 나오는지 두고 보지."

종수는 정확히 사흘 만에 굴복했다. 비굴한 표정으로 잘못을 빌었다. 앞으로 절대 반항하지 않겠다며 눈물을 흘렸다. 나는 그를 풀어주고 발치에 식은 밥 한 덩이를 던져주었다. 무릎을 꿇은 채로 흙 묻은 밥을 허겁지겁 먹는 종수를 보자 가슴 속의 응어리가 풀리는 기분이었다.

'이젠 누가 위인지 확실히 알았겠지'

회심의 미소를 짓고 있는데 멀리서 헬기 소리가 들렸다. 안 그래도 보급이 올 때라 기다리고 있었다.

"전 그럼 옥상에 다녀오겠습니다."

사람들의 배웅을 받으며 쓰레기 배출구로 들어갔다. 옥상에 올라가니 예상대로 보급 상자가 보였다. 나는 상자로 다가가 음식을 배낭에 옮겨 담았다. 그때 뒤에서 낯선 기척이 느껴졌다. 어깨를 움찔거리며 주변을 살폈다. 옥상 환풍구 앞에서 검정색 줄무늬 고양이 한 마리가 어슬렁거리고 있었다. 다리에 난 흉터가 낯익었다. 새끼였던 것이 지금은 훌쩍 커서 제 어미만 해졌다.

"살아 있었구나."

반가운 마음에 손을 내밀었지만 고양이는 아무런 반응도 보이지 않았다. 참치 캔을 따서 바닥에 내려놓았다. 경계하는 듯 눈치를 살피던 녀석은 배가 많이 고팠는지 이내 조심스럽게 다가왔다. 녀석은 작은 입을 오물거리며 참치를 맛있게 먹었다.

비명이 들린 건 그때였다. 그 소리에 고양이는 털을 세우고 옥상 구석으로 도망갔다. 나는 난간으로 다가가 소리가 난 곳을 내려다봤다. 시체들이 배회하는 황폐한 거리를 뛰어다니는 두 사람이 보였다. 중년의 여자와 어린 남자아이였다. 그들은 편의점의 철문을 두드리며 열어달라고 애원했지만 문은 열리지 않았다. 그들의 뒤로 시체들이 괴이쩍은 소리를 내며 몰려들었다. 나는 거의 반사적으로 외쳤다.

"이쪽으로 와요!"

그들이 고개를 들어 옥상에 있는 날 쳐다봤다. 나는 최대한 크게 손짓하며 그들을 불렀다. 머뭇거리던 그들이 이쪽으로 달리기 시작했다. 나는 잽싸게 쓰레기 배출구로 뛰어들었다. 배수관을 잡고 미끄러지듯 내려왔다. 1층에 도착하자마자 정신없이 출구로 달려가 철제 셔터의 자물쇠를 풀었다. 멍하니 내 행동을 지켜보던 사람들이 다가왔다.

"뭐하는 거예요? 죽고 싶어서 그래요?"

"밖에 사람이 있어요. 들여보내야 돼요."

내 말에 박 선생이 고개를 저었다.

"위험해요. 그러다 놈들까지 들어오면 어쩌려고!"

"그렇다고 저 사람들을 모른 척할 수는 없어요."

문복이 말을 이어받았다.

"들어오면 음식은? 우리 먹을 것도 부족한데 여기서 입을 더 늘린다고요?"

나는 답답해서 소리쳤다.

"그건 내가 어떻게든 할 테니 제발 내 말 좀 들어요."

"절대 안 돼요."

문복과 박 선생은 물러서지 않았다. 종수와 희원은 차마 끼어들지 못하고 불안한 표정으로 서 있었다. 이렇게 실랑이를 하는 동안에도 시간은 매몰차게 흘렀다. 나는 격앙된 목소리를 토했다.

"씨발, 열라면 그냥 좀 열어! 나한테 빌붙어들 사는 주제에."

잠시 침묵이 감돌았다. 문 앞에 도착했는지 여자가 철문을 마구 두드리며 살려달라고 외쳤다.

나는 셔터를 올렸고, 이번에는 아무도 막지 않았다. 시체들에게 잡히기 일보 직전 여자와 아이가 안으로 뛰어들었다. 그들을 따라 입에 긴 머리카락을 잔뜩 문 시체 하나가 다리를 질질 끌며 진입을 시도했다. 모두가 악을 쓰며 달려들어 시체를 넘어뜨리고 머리를 짓밟았다. 걸쭉하게 터져나간 시체의 일부가 바닥을 검게 물들였다. 또 다른 놈이 들어오기 직전에 간신히 셔터를 내리고 자물쇠를 채웠다. 나는 다리에 힘이 풀려 바닥에 주저앉았다. 다들 나와 마찬가지였다. 숨을 몰아쉬던 여자는 눈물범벅이 된 얼굴로 우리에게 연신 감사하다고 말하며 고개를 숙였다.

분위기가 어느 정도 진정되자 나는 여자에게 물었다.

"어떻게 된 거죠?"

그녀는 훌쩍이며 대답했다. 원래는 편의점에서 지냈는데 음식이 점점 바닥을 드러내자 사람들이 투표로 나갈 사람을 뽑았다고 했다. 결국 그녀가 가장 많은 표를 받아 아들과 함께 방출되었다는 것이다.

사람들은 그녀의 말을 듣고 한숨을 내쉬었다. 음식이 부족한 건 우리도 마찬가지였다. 나는 2층을 떠올렸다. 지금까지 모은 식량이 제법 많았다. 사람들에게 말할 순 없지만, 배급이 올 때마다 그것을 조금씩 더해서 가지고 내려오면 당분간은 어떻게든 버틸 수 있을 거라고 생각했다. 여자의 아들은 비 맞은 강아지처럼 몸을 덜덜 떨었다. 나는 아이의 등을 손으로 쓸어주며 이제 걱정하지 말라고 했다. 아이가 창백한 얼굴로 '고맙습니다.'라고 하며 고개를 꾸벅 숙였다.

새로 온 모자는 낯선 환경에 쉽게 적응했다. 부족할 거라 예상했던 보급품의 양이 평소보다 많아진 덕분에 사람들 간에 갈등은 거의 없었다.

여자의 이름은 오경자였고, 아이는 윤세호라고 했다. 비쩍 마른 체구의 세호는 규칙적으로 음식을 섭취한 덕분인지 하루가 다르게 활기가 넘쳤다. 나를 작은 아저씨라 부르며 유독 잘 따랐다. 평소 사람들과 알게 모르게 거리감이 있었던 나는 아이의 순수함이 마음에 들었다. 이곳에 고립된 후로 잊고 있던 대화의 즐거움을 세호가 일깨워 주었다.

종수와 희원은 내 눈을 피해 다시 만나는 것 같았지만 그냥 내버려뒀다. 이제는 별로 신경 쓰고 싶지 않았다.

그날 나는 세호에게 과자를 한 봉지 쥐어주고 먹는 모습을 흐뭇하게 바라보았다. 아이의 옆에서 벽에 기대어 앉아 있던 경자가 나에게 넌지시 말을 걸었다.

"사람들이 다 반대하는데 성국 씨가 우겨서 우리를 받아준 거라면서요?"

나는 그녀를 돌아봤다.

"누가 그러던가요?"

"박 선생님이요. 정말 고마워요. 성국 씨 아니었으면 세호와 전 죽었을 거예요."

나는 머쓱해서 뒷머리를 긁적였다.

"뭘요. 저도 두 분이 와서 얼마나 좋은데요."

"정말로 감사합니다."

왠지 쑥스러운 분위기라 나는 헛기침을 하며 말을 돌렸다.

"전 잠깐 옥상에 좀 다녀와야겠네요."

내가 일어나자 옆에서 과자를 먹던 세호가 눈동자를 반짝였다.

"작은 아저씨, 저도 같이 가면 안 돼요?"

아이의 말에 일순간 방 안에 있던 모든 사람들의 시선이 한 점으로 모였다. 나는 그들의 눈에 떠오른 묘한 기운에 어떤 불길한 예감을 느꼈다. 확실히 세호의 체구라면 쓰레기 배출구로 들어갈 수 있을 터였다. 그게 무엇을 의미하는지 깨닫자 관자놀이에 피가 몰리는 기분이었다.

"넌 안 돼!"

내 목소리는 호통에 가까웠다. 순간 사위가 고요해졌다. 세호는 갑자기 달라진 내 태도에 겁을 먹은 듯 과자 봉지에 손을 넣은 채로 굳었다. 나는 필요 이상으로 흥분했음을 자각하고 목소리를 낮췄다.

"올라가다 떨어지면 큰일 나."

그래도 안심이 되지 않아 말을 덧붙였다.

"저 아래엔 시체들이 우글거리거든."

그러자 놀란 표정의 경자가 세호를 보며 신신당부를 했다.

"아저씨 말 들었지? 세호 너 절대로 저기 들어가면 안 된다."

세호는 실망한 표정으로 고개를 끄덕였다. 그러나 아이들과의 약속은 쉽게 지켜지고, 또 쉽게 깨지기도 하는 법이다.

다음 날 잠에서 깨어났을 때 실내가 떠들썩했다. 나는 눈을 부비며 상체를 일으켜 세웠다. 사람들이 상기된 표정으로 쓰레기 투입구 앞에 모여 있었다. 먼지투성이가 된 세호의 옆으로 길게 쌓인 식량이 보였다.

세호가 의기양양한 목소리로 말했다.

"2층에 이것들이 있었어요."

순간 심장에서 쿵 하는 소리가 났다. 아이의 말이 끝나기가 무섭게 사람들의 시선이 내게로 향했다. 그 눈들이 내게 무언의 질문을 던지고 있었다.

'그렇게 발뺌하더니 역시 음식을 숨기고 있었던 거야?' 박 선생이 세호에게 물었다.

"너 옥상에도 갈 수 있니?"

"그럼요. 아까도 올라갔는데 정말 좋았어요. 공기도 시원하고 고양이도 있고."

아이의 말을 듣던 문복이 박 선생에게 뭐라고 귓속말을 했다. 그들은 대화 중간에 내 얼굴을 힐끔거렸지만, 딱히 어떤 내색을 하진 않았다. 그들은 다시 웃는 표정으로 돌아가 세호를 칭찬한 뒤, 이내 평소처럼 뿔뿔이 흩어졌다. 한껏 긴장했던 나는 안도의 한숨을 내쉬었다. 그래, 비상식량이 들킨 건 아쉽지만 그래봤자 지들이 뭘 어쩌겠는가. 나는 애써 나쁜 생각을 털어버렸다. 하지만 나는 대체 가능한 존재의 가치가 얼마나 쉽게 휘발되는지 알지 못했다.

그날 밤, 한밤중에 어떤 기척을 듣고 눈을 뜨자 담요가 내 얼굴을 뒤덮었다. '밟아!'하는 목소리와 함께 무자비한 구타가 이어졌다. 누구의 제의였는지는 모르지만 사람들에게 쌓인 분노는 강렬했다. 나는 곤죽이 되도록 얻어맞다가 기절했고, 건물 밖으로 내버려질 위기에 처했다. 불행인지 다행인지 잠에서 깬 경자가 필사적으로 말렸다. 사람들은 그녀의 요청을 무시할 수 없었다. 하지만 나는 전에 종수가 그랬던 것처럼 라디에이터에 묶인 신세가 되었다.

정신이 들자 격렬한 통증이 온몸을 물어뜯었다. 나는 신음하며 눈을 떴다. 왼쪽 눈은 부어서 보이지 않았다. 혀를 굴리다가 앞니도 두 개나 부러졌다는 사실을 알게 되었다. 어디 한군데 안 아픈 곳이 없었다.

"괜찮아요?"

옆에서 경자가 걱정스런 표정으로 나를 보고 있었다.

"미안해요, 저희 때문에……."

나는 대답할 기운도 없었다.

"물 좀……."

경자는 잽싸게 대접에 물을 받아서 가지고 왔다. 입 안에 물이 들어가자 소름 끼치는 통증이 밀려들었다. 치아가 부러지면서 신경을 다친 모양이었다. 나는 눈을 질끈 감고 통증을 견뎠다.

"당장은 힘들 것 같고, 사람들이 조금 누그러지면 풀어달라고 해볼게요."

경자는 그 뒤로도 무슨 말을 더 했지만 나는 다시 정신을 잃고 말았다. 그 후로 기억은 드문드문 이어졌다. 날 보며 울고불고

떼를 쓰던 세호의 얼굴, 아이를 설득하는 경자, 나에게 달려들려는 종수를 말리는 사람들, 시체들의 괴성, 헬기 소리…….

다시 정신이 든 건 꼬박 하루가 지난 뒤였다. 눈을 뜨자 흐릿한 시야에 세호가 보였다. 눈물이 그렁그렁한 얼굴로 날 보고 있던 아이가 울음을 터트리며 나에게 안겼다.

"아저씨 안 깨어나는 줄 알고 얼마나 걱정했다고요."

세호의 말을 듣자 상황에 어울리지 않게 마음이 놓였다. 비록 이런 처지지만 걱정해 주는 사람이 있다는 건 꽤 기분 좋은 일이었다. 나는 마른 침을 삼키고 말했다.

"걱정 마. 아저씨 살아있으니까."

"이제 다신 아무도 아저씨를 못 괴롭히게 할 거예요."

아이는 다부진 목소리로 말했다. 작은 소년의 말이 이렇게 믿음직스럽게 느껴질 줄은 몰랐다. 나는 미소를 지었다.

"말이라도 고맙다."

장담했던 대로 두 모자는 나를 극진히 보살폈다. 식사 때가 되면 음식을 먹여주었고, 물수건으로 얼굴도 씻겼다. 아무도 나에게 접근하지 못하도록 눈을 부릅뜨고 감시했다. 사람들은 새로운 식량 조달자의 심기를 거스르고 싶어 하지 않았다. 그 덕분에 나는 조금씩 기운을 차렸다. 부러진 이는 문복에게 부탁해서 뽑았고, 얼굴에 붓기도 차츰 가라앉았다.

하지만 묶인 상태로 지내는 건 여간 고역이 아니었다. 눕지를 못하니 자도 잔 것 같지 않았고, 하루 종일 머리가 멍했다. 정말이지 죽을 맛이었다. 하지만 그들은 나를 풀어주는 것만은 용납하지 않았다.

　세호는 하루에도 몇 번씩 옥상을 오르락내리락 했다. 그날도 일찌감치 저녁을 먹고 옥상으로 올라갔다. 경자가 말렸지만 아이는 '고양이 한 번만 만지고 올게요.'라고 하며 재빨리 투입구로 들어갔다. 세호는 이제 나보다 고양이가 더 마음에 든 것 같았다. 경자는 한숨을 내쉬며 내 입에 밥숟갈을 밀어 넣었다.

　나는 밥을 삼키고 경자에게 속삭였다.

　"아무래도 절 풀어줄 생각이 없는 것 같아요."

　"그렇지 않아요. 조금만 더 기다리면······."

　경자의 속편한 말에 나는 볼멘소리를 했다.

　"정말 그렇게 생각하세요? 벌써 2주가 지났어요."

　"그럼 어떡하죠?"

　나는 주변의 눈치를 살피며 목소리를 낮췄다.

　"세호 어머니가 절 좀 풀어주세요."

　경자는 어깨를 움찔거렸다.

　"그래봤자 사람들이 다시 묶을 텐데."

　"저 2층으로 갈 겁니다. 거기서 다시는 돌아오지 않을 거예요."

　경자는 고민하는 듯 입술을 깨물었다. 나는 그녀의 얼굴을 보며 애원했다.

　"부탁 좀 드릴게요. 힘들고 아파서 죽을 지경입니다. 피가 안 통해서 손도 저리고······ 제가 목숨 걸고 세호랑 세호 어머니 구해드린 거 벌써 잊으셨나요?"

　그 말에 경자도 마음이 움직인 것 같았다. 그녀는 결심한 듯 이내 고개를 끄덕였다.

"다들 잠들면 어떻게든 해볼게요."

나는 고개를 저었다.

"밤에는 종수가 제 옆으로 와서 곤란해요. 그 자식 잠귀가 얼마나 밝은데요."

"그럼 언제……."

"지금이요. 다들 방심하고 있으니까 가능할 거예요."

경자는 마른 침을 꿀꺽 삼키며 주변을 두리번거렸다. 문복과 박 선생은 화장실에 담배를 피우러 갔고, 종수와 희연은 제 방에 있었다. 문을 열어두긴 했지만 이쪽을 보고 있지는 않았다. 경자가 고개를 끄덕이고는 떨리는 손으로 내 손목에 묶인 줄을 풀기 시작했다.

그 짧은 시간이 영원처럼 느껴졌다. 화장실의 문이 열리는 것과 동시에 줄이 풀렸다. 나는 재빨리 쓰레기 투입구로 달려갔다. 나를 본 문복이 뭐라고 소리를 지르며 쫓아왔다. 머리털이 올올이 일어서는 기분이었다. 간신히 투입구 안으로 들어갔을 때 손 하나가 쑥 들어와서 내 다리를 붙잡았다. 나는 미친개처럼 발광하며 주머니칼을 꺼내 그의 손을 베고 찔렀다. 비명과 함께 손이 풀렸다. 나는 정신없이 배출구를 기어올랐다.

옥상에 도착하니 비로소 숨통이 트였다. 통로에서 빠져나와 무너지듯 바닥에 주저앉았다. 자유를 만끽하며 심호흡을 두어 번 했다. 옥상에 있는 줄 알았던 세호는 보이지 않았다.

밤바람을 쐬고 있자니 어디선가 고양이 울음이 들렸다. 소리가 들린 쪽으로 고개를 돌렸다. 녀석은 어둔 난간을 어슬렁거리고 있었다.

"너 아직도 무사했구나?"

고양이의 목숨이 괜히 아홉이란 속설이 있는 게 아니라는 생각이 들었다. 쭈그려 앉아 손을 내밀고 고양이를 불렀다. 느릿느릿 다가온 녀석의 얼굴이 달빛에 드러났다. 이상하게도 눈이 붉었다.

위기감을 느꼈을 땐 이미 녀석이 나에게 훌쩍 뛰어오른 뒤였다. 나는 반사적으로 손을 들어 얼굴을 막았고, 동시에 부러진 각목이 고양이의 머리를 후려쳤다. 녀석은 외마디 비명을 지르며 바닥에 널브러졌다. 세호가 어둠 속에서 뛰쳐나와 고양이의 머리를 완전히 부쉈다.

"아저씨 괜찮으세요?"

"세호, 너……."

"고양이를 보러 왔는데 감염된 것 같더라고요. 그래서 숨어 있었어요. 아저씨 덕분에 잡을 수 있어서 정말 다행이에요."

세호는 나를 보고 빙긋 웃었다.

"아저씨 이제 용서받은 거예요?"

"으응, 그렇지 뭐."

말을 얼버무리자 세호가 내 손을 잡으며 기뻐했다. 우리는 한동안 옥상에서 바람을 쐬며 건물 아래를 내려다봤다. 거리마다 시체들의 행렬이 느릿느릿 이어졌다. 근심도 고민도 없이 그저 본능에 따라 움직이는 그들의 처지가 부러웠다. 세호가 하품을 하며 나를 쳐다봤다.

"아저씨, 저 이제 졸려요. 우리 내려가요."

"그럴까?"

세호가 먼저 쓰레기 배출구로 들어갔다. 아이를 뒤따라 입구에 서자 한숨이 나왔다. 난 그저 모두와 잘 지내고 싶었을 뿐이다. 하지만 상황은 엉망으로 뒤틀렸다. 어쭙잖은 동정심으로 일을 망치는 건 한 번으로 족했다. 발아래에 깨진 돌무더기가 보였다. 그 중 묵직한 것으로 집어 들었다. 배출구에서 세호의 목소리가 들렸다.

"아저씨. 왜 안 와요?"

"지금 가."

통로 안으로 돌덩이를 떨어트렸다. 투박한 마찰음이 들렸고 세호가 비명을 질렀다.

"아저씨…… 오지 마세요. 여기 뭐가 떨어져요."

"응, 하나 더 갈 거야."

세호는 세 번째 돌덩이를 맞고 추락했다. 그제야 나는 통로 끝에 발을 내디뎠다. 조심스레 내려와 1층 투입구로 기어 나왔다. 로비에 모인 사람들이 경직된 표정으로 날 쳐다봤다. 나는 옷과 머리에 내린 먼지를 툭툭 털고 말했다.

"뭘 그렇게들 봐요? 난쟁이 처음 봐?"

아무도 대답하지 않았다. 나는 깊게 심호흡을 했다.

"자, 그럼 이제 말해 봐. 여기서 누가 대장이지?"

다들 머뭇거리는 가운데 눈치 빠른 문복이 먼저 입을 열었다.

"그, 그야 당연히 성국 씨지."

그의 대답에 문득 픽 하고 웃음이 터졌다. 한번 터진 웃음은 좀처럼 수그러들지 않았다. 나는 어깨를 들썩이며 자지러지게 웃었다. 그때 왼쪽 손등에 붉은색 빗금이 보였다. 나는 무심코 손으

로 상처를 더듬었다. 불현듯 고양이가 달려들 때의 기억이 되살아
났다. 손등을 긁던 놈의 발톱도.

'아, 그런 거였나.'

나는 웃음을 멈추고 고개를 들었다.

세상이 온통 붉은 빛이었다.

| 제2회 ZA 문학 공모전 수상작 |

연구소B의 침묵

임이래

부산 출생. 능력 내외로 꿈이 많으며, 꿈을 실현한 사람보단
그것을 이루기 위해 노력하는 사람이 되고 싶은, 시대의 작은 청년.

가을에서 겨울로 넘어가려는 듯한 10월의 선선한 바람이 온몸을 감싸 스쳐 지나갔다. 꽤 오래도록 정리하지 않은 머리카락이 바람결에 맞춰 사뿐히 흩날렸다. H대학교 곳곳이 심어진 단풍나무에선 물기를 남기지 않고 말라버린 잎사귀들이 바람 소리에 대답하듯 춤을 추며 내리고 있었다. 나는 의식적으로 그들을 밟으며 바삭거리는 소리와 함께 걸었다. 학창시절 때와 비교하여 좀 더 닳아버린 건물들은 회갈색으로 변해버렸지만, 여전히 처음의 느낌 그대로 당당한 위용을 뽐으며 그 자리에 서 있었다. 지금까지도 그래 왔고, 앞으로도 그곳에 있을 거라고 말하는 듯이. 누렇게 말라버린 잔디밭을 지나 이윽고 뒤편의 외벽에 도달하자 발을 멈추고 내 위로 솟은 담을 바라보았다.

붉은 빛깔을 뿜어내는 크고 작은 담쟁이들이 빼곡하게 들어서 있는 오래된 두 담벼락 사이에 좁은 공간이 있었다. 한때는 사람들이 저 사이로 드나들어 입구로서의 역할을 했을 테지만, 그 의미를 잃어버린 지는 오래됐는지 여기저기 거미가 집을 짓고 바람에 날아 들어올 식사를 기다리고 있었다. 나는 거미집에 머리가 닿지 않도록 주의하며 허리를 숙이고 좁은 공간을 빠져나왔다. 광활히 펼쳐진 갈대밭이 눈앞에 있었다. 갈대는 가을의 떠올렸을 때 코스모스나 단풍과 더불어 대표적으로 손에 꼽히는 대상이지만, 정작 누군가 갈대의 용도와 그 필요성에 대한 물음에 선뜻 나서서 대답할 수 있는 사람은 몇 없을 것이다. 그렇다고 존재의 의미가 없다는 것은 아니다. 인간에게 가치가 있는지의 여부를 떠나서 자연은 그 존재 자체로도 이미 부정할 수 없는 의미를 지니기 때문이다.

어떻게 보면 다 자란 벼가 공기의 흐름에 따라 물살처럼 흐르는 것 같다. 하지만 벼가 고즈넉한 정서를 일으키는 반면, 갈대밭은 항상 어렴풋이 어둡거나 고요한 분위기와 어울린다는 확실한 차이가 있다. 여기저기서 서로의 씨앗이 부딪히는 소리가 포개져 마치 우우우, 하며 흐느끼는 것처럼 들렸다. 환한 대낮임에도 거친 황금빛의 들녘은 그 분위기를 묘하게 어둡고 음산하게 만들었다. 황금빛이라 주변의 것이 어두워 보이는 것일까, 아니면 주변을 밝혀주기엔 황금빛이 부족한 것일까. 손끝으로 촘촘한 씨앗들을 쓰다듬으며 다소 경사진 길을 따라갔다. 저 멀리 길의 끝에 보이는 작은 점은 점점 다가감으로써 건물로서의 형상을 갖췄다. 어림짐작하기에 십여 평 남짓 되어 보이는, 낡아빠진 공중화장실이라고 생각되는 직육면체의 하얀 색 콘크리트 건물. 군데군데 색이 벗겨져서 드러난 잿빛의 단면이 이 건축물이 그간 겪은 세월의 흔적을 보여주고 있었다. 연구소B. 나는 잠시 멈춰 피식 웃고는 그에 대한 감상을 내뱉었다.

"정말 갈대밭과 잘 어울리네."

한 때 H대학교 소유였던 연구소B는 이미 공식적으로는 폐쇄되어 버린 지 오래다. 그래서 이 주변이 관리가 되지 않고 온갖 풀들이 무성하게 자라버렸다. 저곳에서 나는 누군가를 만나야 한다. 그자는 저 건물의 문 너머로 나를 기다리고 있다. 그를 마지막으로 본 건 대충 15년 정도 되었으리라. 그는 마치 긴 겨울잠을 자듯 그 시간 동안 저곳에 자신을 가두어 놓았다. 정상이라면 이런 허허벌판에서 15년 동안이나 생활하는 건 불가능할 텐데, 그는 역시 내가 생각했던 대로 정상은 아니었나 보다. 세월이 많이 흐른 만큼 얼굴도 많이 변해버렸겠지. 나는 연구소B를 향해 선뜻 더 가까이 다가가지 않고 있다는 사실을 깨달았다. 사실 그다지 내키는 방문은 아니다. 문득 지금 저곳을 향해 가는 이유에 대한 의문이 고개를 들었다. 부스럭거리며 오른쪽 바지 주머니에 들어 있던 편지 봉투를 꺼냈다. 그리고 그 안의 고깃고깃 구겨진 편지지 한 장을 꺼내 다시 읽어보았다. 편지의 내용과 어제의 일이 오버랩 되어 머릿속에 떠오르기 시작했다.

* * *

편지라곤 카드 청구서밖에 안 오던 나에게 수신인 불명의 편지가 도착했다. 연구소 우편함에서 K가 꺼내다 가져다주었다.

"김 선생님, 편지 왔어요. 수신인이 안 적혀 있네. 어디에 협박 당하고 있어요? 요즘 수신인이 확실하지 않은 편지는 우체국에서 안 보내준다는데."

2년 전 초임으로 들어온 연구원 K 양이 보조개를 입 주변에 띄우며 웃었다.

"내 능력이 어디 좀 뛰어나야지. 여기저기서 위험한 실험을 막으려고 얼마나 협박을 해대는데. 실력 있는 과학자는 괴롭다니까."

나는 농담조로 말하며 그녀가 들고 있던 편지를 향해 손을 내밀었다. 건네받으려는 순간 배고픈 모기 한 마리가 윙 소리를 내며 얼굴을 향해 곧장 달려들었다. 나는 경기를 일으키듯 피하며 한 발짝 물러났다. 그 모습이 우스꽝스러웠는지 K는 책상에 편지를 내려놓고는 깔깔거리며 웃었다.

"조심하세요. 10월 모기는 지금 당장 피를 못 구하면 죽어버리니까 정말 필사적이거든요. 요즘 모기들은 다 뇌염모기래요. 피만 빨고 가는 게 아니라 가지고 있던 병균을 모조리 토해내서 옮긴다나. 보건당국에서도 골머리를 앓고 있대요. 그곳에서 일하는 친구가 알려 준 건데, 아직 일반인들에겐 비밀이래요. 되도록 안 물리는 게 최선이에요."

말을 마친 그녀는 갑자기 짝 소리와 함께 손뼉을 쳤다. 그리고 자신의 손바닥 위에 찌그러진 모기 한 마리를 자랑스럽게 보여주고 손을 씻어야겠다며 화장실로 향했다. 나는 그녀의 뒷모습을 바라보다가 책상 위의 편지 봉투를 다시 관심을 돌렸다.

특정 수취인 없이 마구잡이로 넣어지는 광고 우편물이라고 여겼던 나에겐 생각보다 의심스러운 편지였다. 하얀색의 규격봉투

위에 우표는 제자리에 붙어 있었다. 다만, 몇 년 전 단종 된 150원 짜리 우표라는 게 문제라면 문제였다. 이런 건 요즘 우표 마니아 들 아니면 구하려 해도 쉽게 구할 수 없을 것이다. 게다가 우표에 우체국 날인이 찍혀 있지 않았다. 내가 옳게 알고 있는 거라면, 이 위에 접수된 날짜가 적힌 보라색 도장을 찍는 게 우체국의 관행 아닌가? 봉투를 뒤집어 보았지만 도장 자국은 발견되지 않았다. 수신인에 대한 단서도 찾아낼 수 없었다. 우체국에서 수신인이 명 확하지 않으면 편지를 승인시키지 않는다는 K의 말은 맞는 말이 다. 요즘 들어 부쩍 우편물을 통한 테러나 범죄가 많이 늘었기 때 문이다. 죽은 벌레를 넣어서 보내거나 독을 바른 바늘을 넣어 편 지지를 꺼낼 시 그것에 찔리도록 하는 등 그 종류와 기법은 상상 할 수 없을 만큼 다양하다. 또한, 협박과 스토킹 등 편지 내용도 정상이 아닌 것들이 너무 많아 우편물의 보안 검사가 강화됐다 는 신문의 기사를 읽은 적이 있다. 그렇다면 직접 연구실로 와서 우편함에 넣은 것인가?

편지봉투 귀퉁이를 조심스레 찢어냈다. 본연의 색은 흰색이었 을 테지만 공기에 오래 접촉한 듯 심히 누리끼리한 A5 용지 크기 의 편지지가 그다지 단정치 못하게 두 번 접힌 채로 나를 반겼다. 우표와 마찬가지로 편지지도 세월을 거슬러 온 듯했다. 누가 이런 장난을 치는 거지? 유쾌한 기분은 들지 않았다.

내용물을 펴자마자, 급하게 휘갈긴 필체가 눈에 들어왔다. 검 은색 잉크로 쓰여 있는 특유의 동글동글한 글씨가 오래된 기억 속에서 생각날 듯 말 듯했다. 자세를 고쳐 앉고 편지를 읽어나가 기 시작했다. 내용은 길지 않았다.

김 군에게.

자네도 오랜만이고, 내가 사람에게 편지를 보내는 것도 오랜만일세.

어언 15년이라는 세월이 훌쩍 지나버렸지만, 자네가 나를 기억 못 할 거라는 불안감은 없네. 나와 함께했던 자네는 영리한 학생이지 않았나. 이 편지 어디에도 내 이름을 적지 않을 생각이지만, 자네는 당연히 나와 내 문체에 대한 기억을 하고 있을 거라 믿는다네.

본론으로 바로 들어가도 되겠나? 미안하군. 자네 대답과는 상관없이 본론으로 들어갈 거라네.

H대학교를 떠나고 나는 연구소B에서 지내면서 나에게 인생의 절망과 좌절이란 큰 경험을 겪게 한 그 병의 치료법 연구에 몰두했네. 그러다 문득 돌아보니, 어느새 나는 비슷하지만 미묘하게 다른 분야에 대해서 연구하고 있었지.

연구의 길을 다시 돌릴 생각은 없었다네. 이유를 말하자면 그 병에 걸린 사람에 대한 기록이 너무도 조금이라 발병원인에 대해 정확히 파악할 수가 없었던 뿐더러, 몇 년간의 성과 없는 시간으로 말미암아 이미 내가 너무 지쳐버렸다는 거야. 반드시 치료법을 찾아내서 그 병을 이겨버리겠다고 결심했는데, 좀처럼 연구가 진행될 기미가 없더군. 하지만 가장 결정적인 건 길이 바뀐 연구 분야에 대한 흥미를 좀처럼 떨어뜨릴 수 없었기 때문이네.

자네가 혹시라도 나의 이런 나약한 모습에 실망할까 노심에 급히 변명하는 건데, 그건 완전히 다른 길은 아니라네. 내가 연구하는 건 그 병에 대한 근본적인 해결책은 아니지만, 분명 그녀를 살릴 방법인 건 확실하네.

그렇게 바뀌어 버린 연구에 몰두하다 보니, 어느 순간 연구는 이미 완성되어 있다는 것을 깨달았다네. 바로 며칠 전 얘기지. 하지만 한 가지가 딱 부족했는데, 이는 혼자서는 할 수 없는 일인데다 나를 도와줄 사람이 없었기 때문일세. 그래서 염치불구하고 자네에게 이렇게 편지를 보내 잠깐만 나를 도와줄 것을 청하는 바이네.

자네는 15년 만에 나타나서 무슨 헛소리냐고 인상을 찌푸릴 것 같군. 인상 피게나. 자네에게 이런 부탁을 할 수밖에 없는 이유는, 첫째로 긴 은둔생활로 나는 더는 이렇다 싶을 지인이 없다는 것이네. 김 군이 내 마지막 사회생활집단이었던 H대학교에서 가장 가까웠던 동료이자 마지막 지인인 건 자네가 더 잘 알지 않는가.

둘째로, 나는 세상에 이 연구에 대해 퍼트릴 생각이 전혀 없네. 이유를 말하자면 무한정으로 이 연구를 계속할 수 있는 사정이 아닌 데다 학계에서 그다지 환영받는 주제는 아닐 것 같아서야. 그렇다고 없던 일로 돌리고 싶진 않고, 내 오랜 연구의 성과를 특별히 자네에게만 보여주고 끝내야 홀가분할 것 같네.

셋째로, 이건 정말 자네가 걱정할 염려에서 말하는 건데, 자네의 신상이나 안전에 털끝 하나 위험이 가해지지 않을 거라 맹세하네. 나는 자네가 다만 산증인으로서 이 연구를 관찰해주었으면 좋겠네. 절대로 내 오랜 친구에게 피해가 가는 그런 짓은 하지 않겠네.

편지로 자세한 얘기를 못 하는 건 유감이네. 편지가 잘못 전달

돼서 남들이 알아버리면 곤란한데다가, 미리 말해버리면 호기심의 강도가 떨어져 버리잖나. 나는 과학자의 호기심을 중요시하는 사람이지. 그럼 10월 둘째 주 토요일, 연구소B에서 낮 1시경 자네를 볼 수 있기를 간곡하게 청하겠네. 물론 이것은 올 것을 협박하는 것도, 강요하는 것도 아닐세. 이미 연구는 완성되어 있고, 내가 이 연구를 처음이자 마지막으로 공개하고 싶은 사람은 바로 자네야. 만약 자네가 안 온다면, 이 십몇 년의 결과물은 그저 세상의 빛을 겪지 못한 채로 사라질 뿐이지.

다짜고짜 연락해서 하는 용건이 고작 부탁이라서 미안한 생각이 드는구면. 올 마음이 든다면, 공복 상태로 오게. 내가 자네를 위해 점심을 준비하겠네. 대학생 시절, 자네는 내가 만든 도시락을 종종 함께 먹었었지.

20XX년 10월 X일.

편지를 읽는 내내 미간에 주름이 선명하게 잡히는 것이 느껴졌다. 첫 부분에 써놨듯이, 수신인은 편지의 어느 곳에서도 자신의 이름을 써놓지 않았다. 그러나 나는 머릿속에 그에 대해 너무도 선명히 떠올릴 수 있었다. 천재라고 불렸던, 새하얀 피부가 특징이었던 H 대학교의 수석 박 군. 그일 수밖에 없다. 헌데 15년 전에 사라졌던 그가, 왜 이제야 나를 부르는 것인가? 의심을 안 해볼 수 없는 편지였다.

다시 한 번 천천히 편지를 곱씹듯 읽어보았다. 맨 밑줄의 날짜는 불과 엊그제를 가리키고 있었다. 시월의 둘째 주 금요일이면 바로 내일이다.

"급하기도 하군."

나는 혀를 끌끌 찼다.

요약해 본다면, 그는 어떤 병의 치료법을 위한 연구를 그만두고 다른 주제의 연구를 거의 완성했다. 그리고 그것을 유일한 친구인 나에게 내일 당장 보여주고 싶다는 뜻을 편지로 전달한 것이다.

희한한 건 그는 편지를 쓴 뒤 우체통에 넣지 않고, 몸소 내 연구소로 가지고 왔다. 어제 점심쯤 우편함 확인을 했으니, 아마 어제저녁이나 오늘 아침에 넣었을 것이다. 그는 어떻게 내가 있는 연구소 주소를 안 걸까? 오래된 편지지나 우표를 사용한 것은 의도적일까? 직접 가져다 놓은 이유는 뭐지? 그는 대체 무엇을 나에게 보여주려 하는 것인가? 떠오르는 질문이 한두 개가 아니었다. 대충 휘갈긴 편지를 그다지 환영할 마음은 들지 않았지만, 내 호기심은 자극되고 있었다. 호기심 같은 심리적인 요인까지 의도해서 쓴 글일까? 곧바로 '아니다.'라는 대답이 뇌에 떠올랐다. 내가 기억하는 박 군은 천재이긴 했지만, 사람의 심리적인 면을 파악하는 덴 영 재주가 없었다.

편지에는 '올 것을 강요하지 않는다.'라고 쓰여 있지만 나는 이런 상황에서 안 갈 수가 없다고 생각했다. 무릇 궁금해져 버린 것은 다 해소해야 직성이 풀리는 것이 과학자의 습성이다. 이것은 아기가 처음 보는 물건을 일단 입에 넣고 보는 것과 비슷한 반응이다. 어쩌면 그가 위험한 일을 꾸미고 있을지도 모른다는 막연한 두려움도 다소 느껴졌지만, 나에게만 공개하고 싶다는 연구의 정체를 알고 싶다는 열망이 더 컸다. 설사 그것이 15년 동안 은둔 생활을 한 정신병자의 미쳐버린 행동이든 아니든 간에, 머릿속에 찬 많은 의문을 놔두고 방관해 버리면 나는 아마 평생을 궁금해 하면서 살지도 모른다. 잠시 생각 끝에 아무래도 초대에 응하는 것이 좋겠다고 판단하고 결정을 내리고 눈을 감았다. 그 이면엔, 대학교 시절 늘 많은 것을 누려왔던 박 군이 15년 동안 망가져 버린 것은 아닐까 확인하고 싶은 욕망이 떠올랐지만, 이내 부정하듯 지워버렸다.

"김 선생님, 커피 드세요."
K가 인스턴트 커피를 내 앞에 내려놓았다.
너풀거리는 연구 가운 안으로 살굿빛 블라우스가 살짝 보였다. 예전에 내가 가장 좋아하는 색깔이라고 넌지시 말한 뒤로 그녀는 살구색의 옷을 입고 오는 일이 잦아졌다.
"아아, 고마워."
나는 K에게 웃어 보인 후 뜨거울세라 조심이 입술을 머그잔에 갖다 댔다.
내가 속해 있는 유전공학 연구소에는 나를 제외하고 세 명의 연구원들이 더 있다. 실험을 보조하는 역할을 맡은 초임연구원들은 K까지 세 명, 총 7명이 연구소의 직원이다. K는 3년 전에 내가 내 모교인 H 대학교로 잠깐 강의를 나갔을 때 만난 대학원생이다. 당시 졸업반이었던 그녀는 긴 생머리를 늘어뜨리며 무릎까지 오는 원피스를 입고 있었다. 그녀는 남들이 보기엔 그저 조금 예쁘장한 미모를 가졌을 뿐이지만, 강사 대 제자의 신분에도 불구하고 나에게 있어 그녀와의 첫 만남은 적지 않은 충격이었다. 강의 후에, 나는 K를 따로 불러내어 내가 있는 연구소로 오지 않겠느냐고 제안하며 명함을 건넸고, 그녀는 놀란 표정으로 나를 바라보았다. 몇 개월 뒤 그렇게 K는 초임연구원으로 들어왔다. 그녀는 가끔 자신이 인상 깊었던 이유가 뭐냐고 물어왔지만 나는 그때마다 어색하게 웃으며 말을 돌렸다. 딱히 정확한 이유를 집어낼 수 없었고, 그녀에게서 뭔지 모를 익숙한 느낌이 풍겼기 때문이다. 하지만 이렇게 말한다면 K가 상처받을 게 분명했기 때문에 나는 굳이 말하지 않기로 했다.

가끔 일이 끝난 후 회식 자리에서 동료 연구원들은 "김 선생님과 K 양 사귀는 것 아니에요? 서로 좋아하잖아요."라며 놀리곤 했다. 그때마다 나는 사귀지 않는다며 그들의 말을 끊었다. K는 그때마다 실망한 표정을 지었다. 그녀는 나를 좋아한다. 이건 확실했다. K가 연구소에 온 지 며칠 안 돼서 나는 그녀에게 단발을 좋아한다고 말했다. 강요한 것도 아니었고, 그저 내 여자 취향을 묻기에 답해 준 것뿐이다. 그녀는 다음날 길었던 생머리를 목 부근까지 자른 채로 출근했다. 그 뒤로 내가 어떠한 옷이나 스타일을 좋아한다고 생각 없이 툭 던질 때마다 그녀는 내 말 그대로 자신을 치장했다.

그 밖에도 K는 나에게 간간이 커피를 타주거나 우편물을 가져다주는 호의를 베풀었다. 물론 이건 다른 연구원들에게는 하지 않는 행동이었다. 그 밖에도 밸런타인데이나 화이트데이 따위의 알지도 못하는 기념일에 직접 만든 수제 초콜릿이나 사탕 바구니 같은 것을 바리바리 싸들고 와서 나에게 안겨 주었다. 이쯤 되면 그녀가 나를 좋아하지 않는다는 증거는 찾을 수 없었다.

하지만 나더러 K를 좋아하느냐, 라고 묻는다면 확실히 답할 순 없었다. 띠동갑 가까운 나이 차이가 부담스러웠을 뿐만 아니라, 뭐랄까 아직 그녀는 나에게 좀 부족했다. 내가 먼저 K에게 연구소로 오라고 작업을 걸어놓고 무슨 심보냐 라고 비난해도 할 말은 없지만, 아직 그녀는 어려서인지 무언가 모르게 조금 부족한 면이 있었다.

K는 짬짬이 커피를 마시며 내 앞에 앉아 잠깐 얘기를 나누는 것을 좋아했다. 어김없이 그녀는 커피를 마시는 내 앞 의자에 앉아 갈색 계열의 아이섀도를 바른 눈을 깜빡거리며 물었다. 그녀의 속눈썹은 긴 편이었다.

"편지, 무슨 내용이었어요? 혹시 진짜 테러 같은 거였어요?"

"그래. K 양의 말이 맞았어. 곧 죽이러 오겠다는데."

K는 제법 진지한 내 말에 장난인지 사실인지에 대한 여부를 파악하지 못하고 난감한 표정을 지었다.

"장난이야. 친구가 보낸 거야. 놀러 오라고."

나는 그녀 입에서 걱정하는 말투가 나오기 전에 손을 저으며 먼저 선수 쳤다.

"꽤 오랜 친구거든. 대학 시절 친구."

"대학친구요? 우와, 되게 오래됐네. 십몇 년 됐나? 어떤 친군데요?"

K는 자신이 얘기하기보다는 내가 하는 얘기를 듣는 것을 더 좋아했다. 나는 그녀에게 이 친구 얘기를 어디서부터 해야 할지 몰라 잠시 머뭇거렸다.

"얘기해 주세요. 선생님의 대학 시절 얘기 궁금해요."

내가 가만히 있자 그녀가 분홍색 립스틱이 칠해진 입술을 옹알거리며 말했다. 저 립스틱의 색깔도 아마 내가 좋다고 한 색깔이었을 것이다. 전의 그녀는 빨간 립스틱을 즐겨 발랐다. 내 말 한마디에 자신을 저렇게 바꾸는 그녀가 새삼 고마웠다. 나는 기억을 더듬으며 좀 더 어린 시절의 이야기부터 시작했다.

어렸을 때부터 영재 소리를 들었던 나는, 다른 과목에서도 우수한 성적을 가졌지만, 특히 과학에는 매우 특출한 면을 보였다. 중학교 때, 나는 실험과학부의 부장으로서 전국 각종 대회에서 상을 거머쥐는데 크고 작은 이바지를 했다. 과학에 대해 소질만 있던 것이 아니라 흥미도 충만했던 나는 주말에는 도서관에 가서 생물, 우주에 대한 책들을 읽으며 시간 가는 줄 모르고 하루를 보냈다. 부모님은 이런 나의 재능을 일찌감치 깨닫고 나를 특성과학고에 진학시켰다. 그곳에서도 나는 물 만난 물고기처럼 각종 경시대회와 아이디어 경연을 휩쓸며 언제나 수석의 자리에서 다른 사람들을 바라봤다. 과학을 사랑하여 과학자가 되리란 소년의 의지엔 한 치 흐트러짐도 없었고, 열심히 재능과 노력을 결합한 결과 나는 우리나라 최고의 공과대학인 H대학교 생명과학과의 입학허가를 받았다. 당시 같이 지원했던 고등학교 동창들은 모두 떨어져 버리고 수석이었던 나만 붙을 정도로 입학이 쉽지 않은 곳이었다. H대학교에 당당히 합격하자 선생님들과 부모님, 심지어 주변 친척들까지 모두 내가 자랑스러워 어쩔 줄 몰라 했다.

H대학교는 전국의 내로라하는 과학영재들이 모이는 곳이었지만 나는 입학 전 그곳에서도 수석자리를 지켜 보이겠다는 포부를 가졌다. 하지만 꿈이 깨지는 데엔 그다지 오랜 기간이 걸리지 않았다. 내가 남들보다 그저 조금 더 우수한 보통 사람임을 깨닫게 된 시기는 좀 더 훗날이 아닌 바로 입학식 때였다. H대학교는 성적을 1등부터 100등까지 나열하여 교문에 붙여놓는 전통을 가지고 있었다. 입학식 당일 정문에 크게 붙여 놓은 입학 성적 우수자의 명단 앞에는 여러 명의 학생이 몰려 있었다. 나는 당연히 상위권일 것이라 예상하여 위에서부터 훑어 나갔지만 기대와는 다르게 명단엔 내 이름이 없었다. 늘 1등만 해왔던 나에게 순위권 밖이라는 현실은 가히 충격적이었다. 나는 한동안 정신을 차리지 못하고 멍한 채 그 명단을 바라보다가 기가 한풀 꺾인 채로 입학식이 거행되는 강당으로 들어갔다. 내 의자 옆에 앉아 있던 남자애가 고개를 숙이고 있던 나에게 불쑥 인사를 건넸다.

"반가워. 나는 박XX야. 생명과학과에 들어왔어. 너는 이름이 뭐니?"

나와 같은 학과였다. 나는 엉겁결에 내 이름을 말했다. 그리고 그를 보았다. 한눈에 호감이 가는 인상을 가지고 있었다. 서글서글한 눈매와 훤칠한 키, 오랫동안 운동한 듯 떡 벌어져 있는 어깨. 마치 여학생들에게 인기 많은 농구부원 느낌이 났다. 단점을 굳이 꼽자면 붉은 기가 전혀 없이 창백하게 하얀 피부 정도였다.

어디선가 들어본 것 같은 이름에 나는 머리를 굴리다 곧 그가 명단의 첫 부분을 장식했던 사람임을 깨달았다. 확인 차 묻는 말에 그는 겸손하게 "나도 내 성적을 잘 모르겠어. 동명이인일 수도 있지 않을까?"라고 대답했다.

하지만 명예의 1등 자리를 차지한 사람은 그가 맞았다. 신입생 대표로서 전체 수석의 입학 소감을 듣는 시간에 그가 불려 나갔기 때문이다. 나는 강당에 울려퍼지는 시원시원한 그의 목소리를 들으며 씁쓸한 마음을 감출 수 없었다. 그는 멋쩍은 듯이 다시 자리로 돌아와 "내가 맞았네."라며 머리를 긁었다. 그게 나와 박 군 하고의 첫 만남이었다.

그 뒤로 그와 나는 늘 같이 다녔다. 나는 그를 박 군이라고 불렀고, 박 군은 나를 김 군이라고 불렀다. 박 군은 내가 생각했던 것보다 훨씬 대단한 인물이었다. 내가 중학교 때 전국 대회의 상을 노릴 동안 그는 세계적인 대회에서 여러 번 상을 탔다고 했다. 공부를 좋아하는 것도 아니고 딱히 노력하지도 않지만 일단 한 번 들으면 기억이 다 나서 늘 점수가 좋았고, 주위 사람들도 그를 신기하게 여겼다고 한다. 자랑의 기색을 찾을 수 없는 무덤덤한 어조였다. 부럽다는 나의 반응에 박 군은 부모님은 고등학교 때 교통사고로 돌아가신 데다 형제도 없어서 그다지 자신을 자랑스러워 할 사람도 없다며 씁쓸한 표정을 지었다.

그런 박 군은 공부만 잘하는 것이 아니었다. 너스레를 잘 떨고 사교성이 좋아서 그의 옆엔 늘 사람들이 모였다. 학과 사람들, 조교, 교수 모두가 그에게 호감을 표했다. 조용한 성격이었던 나는 박 군에게 말을 거는 수많은 사람 뒤에서 조용히 서 있으며 그의 대화가 끝나기를 기다리는 일이 잦았다. 내가 보기엔 성적, 인기를 포함해서 그가 가지지 못한 것은 없었다. 나는 가끔 그와 나를 비교하며 상대적 박탈감을 느끼고는 했지만, 박 군은 대학교에 입학한 후 의기소침해져 있던 나를 유난히 챙겼고, 그다지 사교적이지 못했던 나는 곧 그를 제외한 다른 사람들과 말을 섞는 일이 거의 없어져 버렸다.

그가 기억력이 좋다고 한 말은 허구가 아니었다. 박 군은 스쳐 보거나 언뜻 듣는 행동만으로 거의 모든 것을 머릿속에 담아두는 능력이 있었다. 심지어 수업 시간에 교수가 한 농담까지도 몇 달이 지난 시점에서 기억해 낼 수 있었다. 당연히 그는 H 대학교에서 수석을 도맡았고, 위상은 날이 갈수록 높아져만 갔다. 박 군은 늘 모두에게 친절하고 상냥했다. 정말 인간적으로 좋은 친구였다. 표면적으로는.

그는 머리가 좋았지만, 사람의 심리를 꿰뚫는 일엔 영 소질이 없었을 것이다. 만약 그랬다면 나와 같이 다녔을 리는 없었기 때문이다. 난 왠지 모르게 그가 두려웠다. 이상하리만큼 좋은 두뇌와 '적당히, 정도껏'이라는 단어를 모르는 그의 능력, 그리고 뭔지 모를 광기. 늘 둘이 함께 다녔던 덕에 나는 그의 광기를 눈치 챌 수 있었다. 예를 들어 그다지 관심 없다는 태도로 앉아 있던 이론 시간과는 다르게, 생명을 다루는 실험을 하는 시간이면 박 군은 솟구치는 흥분을 주체하지 못하고 몸을 부르르 떨곤 했다. 닭 모가지를 비틀고, 도마뱀의 배를 가르고, 살아 있는 쥐를 물에 담가 기절시키는 일 모두 박 군이 자처하여 도맡았다. 그럴 땐 내가 그의 이름을 불러도 들리지 않는 것 같았다. 피를 흘리거나 토를 하며 죽어가는 생명체에게 그는 핏줄 선 눈으로 홀린 듯 존경의 눈빛을 담아 보냈다.

둘이서 길을 걷고 있을 때였다. 시내 한복판 바로 우리가 보는 앞에서 교통사고가 일어났다. 피해자는 횡단보도를 건너던 젊은 여성이었다. 그녀의 머리 쪽에는 검정에 훨씬 가까운 붉은빛의 피가 흘러나왔고, 뼈가 꺾인 채로 경기를 일으키는 그녀의 모습은 여러 밤에 걸쳐 꿈에 나올 만큼 징그러운 몰골이었다. 나는 그때 경찰에 신고하는 등 난리를 피웠지만, 박 군은 그 자리에 가만히 서 있을 뿐이었다. 경찰차가 도착한 후, 담당 형사가 던지는 여러 가지 질문에 대답한 후 여전히 꼼짝 않고 있는 그를 향해 돌아봤을 때, 나는 내 눈을 의심할 수밖에 없었다. 그는 아스팔트 위에 흥건히 고인 피를 보며 희미하지만 분명하게 웃고 있었다. 마치 피에로같이 입이 찢어진 미소였다. 순간 온몸에 소름이 돋았다. 후에도 나만 볼 수 있었던 그의 광기는 종종 나타났다. 그러나 나 말고는 아무도 의심하지 않았다.

내가 그에게서 문제점을 발견했다 한들 이미 그와 떨어져 다닐 구실은 없었다. 딱히 학과 친구들을 사귀어놓은 것도 아니었고, 가끔 미쳐 보이는 점 빼고는 박 군은 너무도 정상적인 사람이었기 때문이다. 자취생이었던 박 군은 요리를 잘하는 편이었다. 그는 학교 밥맛이 좋지 않다고 말하며 언제나 도시락을 싸들고 다녔는데, 어느 순간 내 몫까지 챙겨주기 시작했다. 나는 병아리 모양으로 만든 메추리알, 토끼 모양의 사과, 밥 위에 김으로 아기자기한 사람 얼굴을 만들며 좋아하는 그를 보며 오해를 한 건 아닌지 헷갈리는 경우도 많았다. 조금만 더 이상한 행동을 했다면 알아차리고 확 멀어졌을 텐데, 그는 이상하다 싶으면 지극히 정상적이었고, 정상적이다 싶으면 기묘한 행동을 보였다. 어찌 됐던 간에 나는 '그 여자'가 나타나기 전까지 계속 박 군이랑 붙어 다녔

고, 막연한 공포는 늘 얇게 깔려 있었지만 그와 둘이서 나름 보람
찬 대학 인생을 보냈다는 생각을 아직도 종종 한다.

"너무 얘기가 길어진 것 같군."
나는 의식적으로 말을 끊었다.
"설마 끝이에요? 대단한 사람이네요, 박 군은. 선생님 말마따나
조금 이상하기도 하지만. 그래서 그 뒤에 어떻게 됐어요? 계속 같
이 다녔어요?"
K는 아쉽다는 표정으로 짧은 단발머리를 찰랑거리며 재촉했
다. 마치 엄마에게 곰 인형을 조르는 어린아이 같았다. 간식을 달
라고 낑낑거리는 강아지 같기도 하다.
"같이 안 다녔어. 새로운 인물이 등장했거든."
"그럼 혼자 다니신 거예요? 궁금하다, 정말."
"글쎄다. 여자랑 다녔을 수도 있고. 일해야지, 이제."
나는 일부러 K의 호기심이 한 층 더 자극되도록 돌려 말했다.
나는 사실 이 뒤의 이야기를 그녀에게 하고 싶었다. K는 과연 어
떤 반응을 보일까. 혹시 그녀가 뒷이야기에 관심이 없을까 봐 조
마조마했다. 괜한 걱정이었다. K는 내 입에서 여자 얘기가 나오자
역시나 예상대로 미끼를 덥석 물었다.
"여자랑 다녀요? 꼭 더 들어야겠네요. 더 해 주세요. 듣고 말
거야."
그녀가 자못 화난 척 인상을 쓰며 얼굴을 가까이 했다. 나는
그녀의 적극적인 모습에 웃고 말았다.
"알았어. 해 줄 건데, 오늘은 진짜 일해야 하잖아. 다음에 해 줄

게."

나는 그녀의 머리에 손을 얹고 말했다.

"그러면 오늘 저녁 같이 드실래요? 이 주변에 제가 잘 가는 데가 있거든요. 제가 살게요. 그럼 남은 얘기를 마저 해 주실래요?"

역시 그녀에게선 내가 기대했던 반응이 나왔다. 나는 내심 쾌재를 불렀지만, 겉으로는 그녀의 고집은 어쩔 수 없다는 얼굴로 어깨를 으쓱해 보였다.

"할 수 없지. 그럼 일 끝나고 좀 기다리라고."

나보다 30분 일찍 퇴근하기로 돼 있는 K는 이것저것 잡일을 하며 나를 기다렸다. 이윽고 일을 끝낸 나는 연구 가운을 벗고 옷걸이에 걸어두었던 회색의 양복 재킷을 챙겨 입었다.

"그럼 김 선생님, 수고하시고 내일 봅시다."

연구원 세 명이 사무실 모퉁이 의자에 앉아 있는 K를 힐끔 보더니 다 안다는 눈빛으로 나에게 인사를 건네고 연구소를 나갔다. 격려나 응원의 눈치는 아니었다. 다 알지만 관심 없다는 그들의 표정. 연구소의 동료는 일적인 부분에서도 사생활에서도 자신들의 직속 사항이 아니면 딱히 관심을 두지 않았다. 현대 사회 개인적 삶의 병폐라지만 나에게 있어선 오히려 편하게 느껴지는 부분이었다.

"그럼 갈까."

립스틱을 덧바르고 있는 K를 향해 말했다. 그녀는 가방에 주섬주섬 소지품을 챙기더니 내 뒤를 따랐다.

그녀가 안내한 레스토랑은 컨트리풍의 패밀리 레스토랑이었다.

꽤 자유로운 분위기라서 사람들이 웅성대고 말하는 소리가 홀 안을 꽉 채웠고, 아이들은 이곳저곳에서 술래잡기를 하며 뛰어다 녔다. 우리를 창가 쪽의 자리로 안내해 준 종업원은 숨바꼭질을 명목으로 테이블 밑에 숨어 있던 여자아이를 내보낸 뒤, K가 앉 기 쉽게 의자를 잡고 당겨주었다.

"고마워요."

K가 웃자 눈 밑의 근육이 한껏 올라가 강아지를 연상시키는 눈웃음을 자아냈다. 매력적이지만, 여전히 무엇인가가 부족하다 는 느낌이 들었다.

우리는 나초 치즈를 얹은 감자튀김과 서로인 스테이크를 주문 했다. 와인을 권하는 직원의 말을 거절하고 그녀는 오렌지에이드 를 가져다 달라고 했다. 종업원이 계산서를 내려놓고 떠나자, 그녀 는 "제가 사실 이런 분위기를 좋아해요."라고 나지막하게 말했다.

"나도 좋아해."

사실 나는 이런 컨트리풍의 패밀리 레스토랑은 처음이었지만, 정말 좋아하고 있다는 생각이 들었다. 그녀는 처음 보았을 때만 해도 애주가였는데, 술을 마시지 않는 나를 따라 어느 순간부터 조금의 알코올도 입에 대지 않았다.

"이런 데, 여자랑 와본 적 있으세요?"

아까의 여자 발언이 신경 쓰였는지 K는 계속 나를 떠보았다. 입이 작은 그녀는 말을 할 때 꼭 풍선껌을 씹는 것 같았다.

"아니." 변명도 하지 않고 대답했다.

"김 선생님이 하는 여자 얘기를 들어본 적은 한 번도 없어요. 일부로 말을 안 하는 건가, 아니면 오늘 하시려는 건가? 어쩌면 만나본 적이 아예 없으신 건가?"

의도가 뻔히 보이는 표정이었다. 이때까지의 여자관계를 빨리 말해달라는 것이었다. 나는 굳이 숨길 것도 없다는 생각이 들었다.

"여자를 사귄 적은 없어. 그럴 기회가 없더군."

말을 듣자마자 K는 대놓고 안도한 기색을 보였다. 순식간에 그녀는 기쁨을 감출 수 없는 얼굴로 바뀌었다.

"왜요? 선생님같이 매력적인 분이? 나라면 김 선생님께서 대시해 온 다면 당장 사귀었을 건데."

K는 두 가지 의미로 그 말을 했을 것이다. 첫째는 순수한 의미로, 둘째는 좀처럼 고백하지 않는 나에 대한 책망의 뜻으로.

대답하려는 순간 종업원이 음식이 가지고 왔다. 뜨거운 접시에선 김이 모락모락 나고 있었다. 몇 초 동안 마주앉아 있는 상대방의 얼굴이 팔랑거리는 연기 때문에 가물가물하게 보였다.

"나도 그렇게 생각해."

나는 씁쓸한 표정을 지으며 말했다.

음식은 훌륭했다. 미디엄 레어로 주문한 스테이크에서 배어 나온 핏기가 접시 바닥을 살짝 촉촉이 적시며 풍부한 질감을 내보였다. 감자튀김도 막 튀긴 상태여서 입에 들어갈 때마다 바삭바삭 소리가 났다. 음식을 먹으며 K는 나에게 아까 다 못했던 얘기를 해달라고 했다. 내가 기다렸던 부탁이었다. 그녀와 같이 일한 2년 동안 나는 늘 K에게 박 군과 '그 여자'의 얘기를 하고 싶었다. 그녀가 알기엔 어쩌면 조금 위험할 수도 있지만, 나와 관련된 모든 이야기를 K에게 하는 것이 예의라고 생각했기 때문이다. 이때까지는 마땅히 얘기할 만한 상황이 없었기 때문에 말을 꺼내지 못했지만, 지금 K는 나서서 이 얘기를 해달라고 조르고 있다. 완벽한 기회였다. 괴상한 편지를 보내서 이런 행운을 안겨준 박 군에게 잠시 감사하는 시간을 가졌다. 나는 묘하게 승리감에 도취된 상태로 아까 나누던 이야기를 마저 잇기 시작했다.

3학년 과정을 시작함과 동시에, 우리보다 두 살 많은 여자 선배가 2년 동안의 휴학을 끝내고 학교로 돌아왔다. 같은 학과였던 여자 선배는 2년 후배였던 우리와 같은 수업을 듣게 되었다. 개강날 그녀는 범상치 않은 외모로 첫 등장부터 나를 비롯한 많은 사람에게 강렬한 인상을 심어주었다. 어깨까지 오는 가지런한 머리에, 큰 키는 아니었지만 비율이 좋아 잘 빠져 있던 다리. 언제나 생글생글한 웃음을 짓고 있던 쌍꺼풀 어린 눈은 작은 코와 옅은 빛의 입술과의 조화를 잘 이루었다. 그녀는 학과 내의 남녀 누구나 선망할 정도로 예쁜 외모의 대학생이었다. 남학생들은 언제나 술자리에서 그녀의 외모에 대해 칭찬을 했었고, 여학생들은 항상 그녀를 부러움과 질투 어린 시선으로 바라보았다. 그녀는 본명보다 '라라'라는 애칭으로 많이 불렸다. 한 남학생이 자신이 기르는 강아지 이름이 라라인데, 해맑은 모습이 여자 선배와 똑같이 생겼다고 우스갯소리를 하자 그녀는 함빡 웃으며 "그럼 나를 라라라고 불러도 좋아."라고 말함으로써 생긴 별명이었다. 나도 다른 남학생들과 마찬가지로 온 만인의 여자 친구 같은 존재인 라라에 대해 동경의 감정이 있었기 때문에, 가끔 박 군에게 그녀에 대한 얘기를 했다. 하지만 박 군은 라라의 얘기만 나오면 관심 없다는 듯 시큰둥한 표정을 지으며 "그래?" 하고 넘어가곤 했다.

라라가 휴학했던 원인은 당시에 정확히 알 수 없었다. 휴학에 대한 얘기가 나오면 그녀는 배시시 웃으며 그냥 몸이 좀 좋지 않았다며 말꼬리를 흐렸다. 그러면 다른 사람들은 그녀가 이 이야기를 꺼린다는 사실을 금방 깨닫고 "그래? 이젠 괜찮지?"하며 다른 주제로 넘어가기 바쁜 것이다. 라라는 H대학 생명과학과의 여주인공이자 헤로인이었다.

박 군이 나보다 먼저 라라 얘기를 꺼낸 건 그 해 2학기 과정이 끝나갈 때쯤이었다. 잠시 기숙사 앞 공터에서 얘기를 나누자는 그의 말에 낮잠을 자고 있었던 나는 잠옷 바람으로 그를 만나러 갔다. 그날따라 노을은 유난히 불타는 듯한 진홍색으로 하늘 위에 칠해져 있었다. 먼저 도착한 박 군이 나무 밑 벤치에 앉아 커피우유를 마시며 나를 기다리고 있었다. 내가 다가가자 그는 내 몫으로 사다 둔 초콜릿 우유를 건네고는 노을 너머 지는 엄지손톱 크기의 태양을 바라봤다. 우리는 그렇게 태양이 시야에서 사라지고 어둠이 확 덮쳐올 때까지 서로 아무 말도 하지 않았다. 살면서 셀 수도 없이 많이 본 풍경이지만 볼 때마다 마음이 잔잔해지며 평온해지는 기분이었다. 가로등의 등불이 하나 둘 켜질 때 그는 비로소 천천히 입을 열었다.

"라라 말인데……. 나, 라라랑 사귀기로 했어."

그 말의 의미를 곧이곧대로 이해하지 못하여 우리 사이엔 몇 초 동안의 침묵이 머물렀지만, 이내 내가 웃음을 참지 못하고 터트렸기 때문에 고요는 오래가지 못했다.

박 군은 당황한 표정을 지었다.

"왜 웃어?" 그는 물었다.

나는 그의 어깨를 세게 두드리며 말했다.

"뭐야, 왜 이런 걸 이제 말해. 전혀 눈치도 못 챘네. 언제부터 둘이 만난 거야?"

박 군은 우물쭈물하며 두 달 정도 됐다고 말했다. 방과 후 그와 라라는 같은 영어회화 수업을 들었고, 그 안에서 파트너가 된 것을 계기로 하루이틀 만나다 보니 애정이 싹텄다고 한다. 먼저 사귀자고 제안한 쪽도 라라 쪽이었다고 한다. 능청맞고 천연덕스러운 성격을 가지긴 했었지만, 연애엔 숙맥이었던 박 군은 그 두 달 동안의 애매한 상황에 어찌할 줄을 모르고 쩔쩔매다가 라라의 고백에 사랑이 시작됐음을 비로소 깨달았다고 말했다. 확실히 그는 사람의 심리 쪽으로는 영 소질이 없는 게 맞는 것 같았다.

그날 그가 가장 걱정이라며 털어놓은 고민은 라라는 학과 내 모든 남자가 좋아하는 여성인데 감히 그런 사람과 교제해도 될까에 관한 것이었다. 나는 이런 쪽은 이상하리만큼 소심하고 멍청한 그에게 '다른 남자애들이 라라에게 품었던 감정은 동경이지 사랑이 아니다, 실제로 라라는 그중에 누구하고도 사귀지 않았지 않느냐'며 장황하게 설명한 뒤 힘을 심어주는 갖가지 말을 늘어놓았다. 그리고 "학과 내 최고의 여학생과 사귀니 잘해줘야 한다.", "넌 이제 나랑 그만 다니고 라라 도시락이나 싸라." 등 잔뜩 놀려대고는 기숙사로 들어왔다. 침대에 누운 나는 왜 진작 그와 라라가 맺어지는 상상을 하지 않았는지를 의문스러워하며 키힉, 하고 웃었다. 박 군이 약간 이상한 면이 있는 것이 마음에 걸렸지만, 그 당시엔 내가 완벽한 그를 너무 삐뚤어진 시각으로 바라보는 것이 아닐까 하는 나 자신에 대한 의심도 공존했기 때문에 별

상관없을 거라 생각했다.

　다음날 박 군과 라라가 사귄다는 소문을 들은 학생들은 내가 그랬던 것처럼 잠깐 놀라는 제스처를 취했지만 이내 수긍하는 듯 고개를 끄덕였다. 학과 내 가장 관심 받는 두 명의 조화에 대해 질투의 시선으로 바라보는 사람이 아주 없지는 않았지만, 넘지 못할 벽이라고 생각했는지 그들은 곧 입을 다물었다. 이후로 박 군 옆은 나대신 라라가 차지했다. 박 군은 키도 크고 어깨도 믿음직스럽게 떡 벌어져 있어 곁에 있는 것만으로도 라라를 지켜준다는 느낌을 주었다. 박 군이 떠난 나는 혼자가 됐지만, 어렴풋이 그에 대한 두려움을 가지고 있었던지라 딱히 아쉬운 마음은 들지 않았다. 오히려 그에게 쏠리는 관심을 옆에서 더는 지켜보지 않아도 된다는 해방감을 느끼며 나는 혼자서 대학생활을 해나가기 시작했다.

　무엇인가 뒤틀리고 있다는 느낌을 받은 때는 4학년 졸업시험 준비가 한창이던, 매미울음이 서서히 들리는 초여름이었다. 졸업시험을 무사히 통과하기 위해서는 생명과학과의 전공 서적뿐만 아니라 다른 관련서적들도 모조리 읽어봐야 했고, 때문에 그 시기의 도서관은 공부하는 학생들로 언제나 북적북적했다. 나 역시 졸업시험에서 자유로울 수 없는 몸이었기 때문에 도서관을 밥 먹듯 드나들었다. 6월의 어느 날, 도서관의 빈자리를 찾기 위해 서성이고 있을 때, 모퉁이의 책상에서 박 군이 라라에게 시험에 관한 내용을 가르치고 있는 모습이 눈에 들어왔다.

　"사랑도 공부도 열심히 하는군."

　순간 내가 비꼬는 어조로 말한다는 사실을 새삼 깨달으며 돌아서는 찰나 라라에게서 예전과는 다른 느낌을 받았다. 무엇인가 미세하게 이상했지만, 확실히 설명할 수 있는 부분은 없었다. 나는 눈썹을 문지르며 그저 착각일 거라고 생각하고는 빈자리를 찾아 다른 층으로 향했다. 하지만 그것은 착각이 아니었다. 만약 나의 눈썰미가 조금 더 날카로웠다면 그때 그 변화가 뭔지 쉽게 잡아낼 수 있었을 것이다. 그러나 그런 노력을 기울일 필요도 없이 의문점은 금방 해결됐다. 라라가 점점 말라간다는 것이었다. 그녀는 점차적으로 그리고 끊임없이 살이 빠지고 있었다. 마른 체질이 되려고 온갖 방법을 동원해서 기를 써대는 여학생들은 흔했지만, 라라는 도가 지나쳤다. 비단 나만 느낀 것은 아니었다. 주위의 모든 사람이 라라의 비정상적인 다이어트의 심각성을 느끼고 걱정해 주었다.

처음의 "살 빠졌네.", "말랐다, 부러워." 따위의 말들이 점점 "너무 말랐다.", "많이 좀 먹어.", "병 아냐? 주사 좀 맞아." 같은 우려의 말들로 바뀌었고 방학 직전인 6월 말에는 아무도 라라에게 그녀의 모습에 대한 말을 꺼내지 못했다. 라라는 마치 가죽만 남기고 말린 박물관의 미라처럼 그 몰골이 말이 아니었다.

그녀와 박 군이 듣지 않는 자리에서, 거식증 아니면 루게릭병이 아닐까 하는 조심스럽고도 은밀한 추측이 생겨났다. 그녀의 병명에 대해서는 수없이 많은 주장이 펼쳐졌지만, 라라를 휴학하게 했던 병이 다시 도진 것이라는 의견에는 모두가 동의했다. 하지만 정작 박 군은 여자 친구의 변화에 대해 별다른 반응을 보이지 않았다. 평소대로 라라와 도서관에서 공부를 하고, 벤치에 앉아 박 군이 싸온 도시락을 먹고, 아무렇지 않게 공터를 산책하거나 소풍을 갔다. 두 사람 사이의 변화는 라라의 살이 격하게 빠졌다는 것 빼고는 없었다. 가끔 눈치 없이 라라의 병에 대해 직접 박 군에게 물어보는 사람들이 있었는데, 그럴 때면 박 군은 얼굴을 찡그리며 "뭐가? 난 모르겠는데?"라고 쏘아붙이고는 자리를 떠났다. 라라의 변화는 날이 가면 갈수록 더 확연해졌다. 이제는 단순히 살이 빠진 것이 아니라 몸에도 이상이 생긴 것 같았다. 강의실을 옮기는 잠깐의 걸음 후엔 이마에 맺힌 땀이 그녀의 힘든 기색이 역력히 보여주었고, 걸음이 보통사람보다 두 배는 더 느려졌다. 자신의 이름을 부르는 소리에 대한 반응속도나 눈을 깜빡이는 행동들조차 모든 것이 느릿느릿해져서 마치 라라 혼자 굼뜬 시간의 세계 속에 살고 있는 것처럼 보였다.

하지만 그녀의 별명을 짓게 한 강아지 같은 웃음은 늘 잃지 않았다. 라라는 뭔가 엄청난 병을 앓고 있는 게 분명했지만, 볼우물이 살짝 패이게 웃는 모습은 전이나 후나 변함없이 아름다웠다.

1학기의 종강과 동시에 방학이 시작되는 날이었다. 라라는 아무래도 휴학을 해야겠다며 학과 사람들에게 작별인사를 건넸다. 박 군은 그녀 옆에서 다른 먼 곳을 바라보며 침묵을 지키고 있었다. 사람들은 그 이유를 딱히 말하지도, 묻지도 않았다. 종강의 기쁨이 순식간에 우울한 기류로 바뀌었다. 피골이 상접한 라라의 모습에 안타까운 감정을 차마 숨기지 못하고 울어버리는 여학생도 있었다. 모두 그녀 주위에 둘러서서 2학기 때는 꼭 건강하게 돌아와, 라고 말하며 그녀의 손을 잡아주었다. 라라는 하얀 이를 살짝 드러내며 손을 흔들었다. 그게 라라의 마지막 모습이었다.

나는 말을 마친 후 K의 표정을 살폈다. K의 표정에서는 안타까움의 감정만 실려 있었다. 이상한 감정을 느끼는 경향은 전혀 없어 보였다.

　"그 뒤로, 라라 양은 어떻게 됐어요? 병은 다 나았나요?"

　"다 나았을 거라 생각해?"

　"음, 아뇨……. 너무 안타까워요. 그 예쁜 나이에……."

　그녀는 말을 잇지 못했다. 나도 대답하지 않았다. 한 남자아이가 들고 있던 그릇을 박살내며 큰 소리를 내서 그쪽으로 고개를 돌렸기 때문이다.

　"그나저나 김 선생님, 대학 시절에 아웃사이더였네요."

　때 아닌 소동 덕분에 우울한 분위기를 극복한 듯 K가 나를 향해 혀를 내밀며 놀렸다.

　"아웃사이더? 굳이 집어서 말하자면 그럴 수도 있겠지. 상관없었어. 혼자가 편했거든."

　"근데 선생님은 박 군이 무서웠다고 하셨잖아요? 근데 말만 들어서는 별로 이상한 면을 못 느끼겠어요. 선생님이 착각한 것 아닐까요? 라라 양과의 이야기를 들어보면 오히려 로맨티시스트인 걸요. 아픈 여자 친구를 떠나지 않고 계속 보살펴 주는 것 말이에요. 마음은 찢어질 정도로 슬펐을 텐데."

　"그랬겠지. 사랑하는 사람이 그 지경이 됐는데. 그나저나 내가 사랑하는 사람은 절대 그런 일로 걱정시키지 말았으면 좋겠군."

　나는 또 K의 마음을 떠보는 말을 하며 눈을 지그시 바라보았다. 그녀는 볼이 살짝 빨개지더니 "절대 안 그럴게요." 작은 소리로 말하며 고개를 숙였다.

"박 군이 이상하다는 것을 입증하기 위해선 이 이야기의 결말까지 말해야겠군."

오랜 시간 떠들어대서 말라버린 목에 수분을 공급하기 위해 컵에 물을 따르고 벌컥벌컥 마셨다. 그녀는 필기라도 할 것 같은 자세를 취하며 내 이야기를 들을 준비를 끝냈다. K는 불과 몇 시간 전 연구소에서보다도 부족한 면이 훨씬 채워져 있었다. 이야기는 조금밖에 남아 있지 않았다.

의문의 병이 방학 동안 순식간에 낫게 되는 기적은 일어나지 않았다. 라라는 다시 한 번 휴학을 했다. 담당교수는 그녀가 큰 병원에서 치료를 받고 있다고 설명했다. 다들 병문안이라도 가고 싶어 했지만, 그녀가 입원한 병원의 소재는 알 수 없었다. 박 군도 라라를 따라 휴학해 버렸기 때문이다. 정확한 라라의 병명은 끝내 공개되지 않았고, 그 둘은 사라졌다. 두 사람의 행방불명에 대해 학과 사람들은 대부분 걱정과 안타까움을 표했지만, 너무 완벽한 박 군이 사라져버려서 속이 시원하다는 사람도 종종 있었다. 잘난 사람은 뭘 해도 미움 받기 마련이다.

한동안 사람들은 모이기만 하면 그 둘의 얘기를 하느라 바빴다. 라라와 박 군은 카페 안에서 친목 형성의 밑거름으로, 술자리 안주로, 그리고 소개팅 자리의 얘깃거리로 자리매김하게 되었다. 하지만 졸업시험이 바로 코앞에 닥치자 더 이상 그들의 얘기를 꺼내는 사람은 없었다. 늘 똑같았던 성적 우수자 명단 맨 위의 이름은 졸업시험이 치러진 후에야 비로소 바뀌었다. 물론 수석이 바뀐다 해서 내가 그 명단 안에 들어가는 일은 없었다. 나는 여기 H대학교에선 지극히 평범한 학생에 불과했으니까.

졸업시험도 끝나고 여유로운 날들만 계속되고 있었다. H대학교는 우리나라 최고의 공과대학이라는 명성에 걸맞게 각종 연구소에서 학생들을 데려가지 못해 안달이었다. 나도 당시 스카우트 제의를 해오던 여러 개의 연구소 중 유전 분야인 지금의 연구소를 택했다. 졸업 후가 보장돼 있었기 때문에 그 시기의 다른 대학생들보다 훨씬 느긋한 삶이었다. 취직이 확정된 나는 강의실 뒤편에 앉아 수업을 듣는 둥 마는 둥하며 창문 너머로 감나무 열매가 빨갛게 익어 가는 풍경을 바라보는 신선놀음을 즐겼다.

박 군이 찾아왔던 날에도 어김없이 맨 뒷자리에 앉아 교수의 노곤한 목소리를 들으며 창밖으로 시선을 던지는 중이었다. 가지에 매달린 감은 이미 홍시가 될 정도로 익어 있었지만 떨어지지 않고 버티고 있었다. 나는 좀 더 멀리 바라보았다. 높은 곳에서 멀리 바라보자 학교 외벽 너머로 갈대밭의 시야가 확보되었고, 그 끝엔 당시 폐쇄된 지 몇 년 안 된 연구실B가 간신히 눈에 들어왔다. 본디 그곳은 H대학교의 소유였으나, 실험 중의 큰 사고로 몇 명의 연구원이 죽은 뒤로는 곧바로 폐소되었고, H대학교도 소유권을 포기했다고 한다. 어째 으스스하다고 생각하며 다시 감나무로 눈을 돌렸다. 곧이어 내가 본 게 잘못된 게 아닐까 생각하며 눈을 비볐다. 그곳에 박 군이 혼자 서 있었다. 재빨리 그의 주변을 훑어봤지만 라라는 보이지 않았다. 그는 떨어진 낙엽 위에 혼자 서서 천천히 고개를 움직이며 학교를 올려다보는 중이었다. 수업이 끝났다는 교수의 말과 동시에 나는 교실에서 튀어나와 박 군이 있는 곳으로 달려갔다. 두려워했던 옛 친구라도 오랜만에 보니 반가운 마음이 들었다. 그도 마찬가진지 나를 보고 빙그레 미소를 지으며 말했다.

"널 기다렸어."

박 군은 밥이나 한 끼 먹자고 제안했다. 나는 직감적으로 그가 라라에 대한 이야기를 나에게 털어놓기 위해 온 것임을 알아챘다. 그는 라라만큼은 아니지만 못 본 사이 굉장히 야위어져 있었다. 내 눈에 담긴 생각을 알아챘는지 그는 초췌해진 얼굴로 웃으며 말했다.

"나, 많이 살 빠지지 않았어? 다이어트를 빡세게 했거든."

하나도 재미없는 농담이었다.

우리는 근처 회전 초밥 가게로 들어갔다. 점심시간은 이미 지나 있었기 때문에 가게는 전체적으로 한산했다. 자리에 앉고 시간이 꽤 흘렀지만, 그는 선뜻 얘기를 꺼내지 않았다. 눈앞에서 돌아가는 초밥 접시를 집지도 않았다. 단지 그는 녹차가 담긴 찻잔만 응시한 채 입을 다물고 있을 뿐이었다. 어쩌면 찻잔이 아닌 그 위로 솟아나는 김을 보고 있었던 것일지도 모른다. 어찌 됐든 그런 박 군의 모습에 나도 동시에 불편해져 버려 내 앞에 집어다 놓은 광어초밥에 선뜻 젓가락을 가져가지 못했다.

몇 분 동안의 정적이 더 흐른 뒤에, 박 군은 비로소 정신 차렸다는 듯이 머리를 한 번 흔들더니 드디어 지켜왔던 침묵을 깼다.

"궁금하지 않아? 라라."

"라라만 궁금한 게 아니야. 네 안부도 궁금해."

나는 아랫입술을 핥으며 대답했다. 접시 위의 광어초밥이 공기 중에 수분을 뺏기며 말라가고 있었다.

"라라의 상태가 곧 너의 안부겠지." 덧붙여 말했다.

그는 다시 찻잔으로 시선을 가져갔다. 눈동자가 흐렸다. 그는 찻잔을 보는 게 아니라 그의 머릿속에 떠오르는 것을 보고 있으리라.

"라라는……"

검은 눈동자를 움직이지 않고 박 군은 컨베이어 벨트에서 생새우초밥이 담긴 접시를 집었다. 특별히 생새우를 좋아해서 고른 것이 아닌 손가는 대로 집은 결과인 듯했다. 그가 나머지 말을 하기 위해 입을 벌렸을 때, 나는 순간적으로 내 주변의 어떤 소리도 들을 수 없었다. 나를 향해 말하는 그의 목소리조차 들리지 않는 적요였다. 하지만 입 모양은 그가 내뱉은 말이 무엇인지를 똑똑히 보여주었다.

'죽, 었, 어.'

오히려 그의 얼굴보다는 배가 갈려 밥 위에 누워있는 생새우 쪽을 살아 있다고 주장하는 게 더 믿기 쉬웠을 표정이었다.

생새우초밥은 여전히 테이블 위에 그대로 있었다. 한 번 말을 꺼낸 박 군은 봇물 터진 듯 혼자 떠들기 시작했다. 마치 술을 많이 마신 후 역한 기분을 참다가 한꺼번에 토해버리는 기분이었다고 후에 그는 설명했다. 이야기의 중간마다 나는 위로의 말과 안타까운 반응을 자아냈지만, 박 군은 그에 대꾸하지도 않고 자신의 말만 마구 쏟아놓았기 때문에 나는 라디오에서 흘러나오는 사연을 듣고 있다는 착각에 빠질 뻔했다. 이것이 그의 사연이다.

"라라는 괴사병이었어."

"괴사병?"

마침내 나는 그녀의 병명을 알 수 있었다.

"그래. 우리가 1학년 때 들었던 괴사병에 관한 수업, 기억나? 신체 일부 조직이 기능하지 않고 멈춘 상태로 점점 죽어간다는 병 말이야. 스테로이드 호르몬제의 남용 또는 과다한 음주 섭취, 스트레스 등으로 그 원인을 뜬구름처럼 두루뭉술하게 잡지만, 체내 내압이 높아져서 모세혈관 끝까지 혈류가 도달하지 못하는 게 결국 직접적인 원인이라고 하더군. 우리가 입학할 때쯤, 라라는 그 병 때문에 휴학을 했던 거였어."

"전혀 그런 낌새 없이 멀쩡해 보였는데?"

나는 의문을 표했지만 박 군에게 내 말은 들리지도 않는 것 같았다.

"병명은 괴사병이지만 말이야, 라라의 괴사병은 우리가 배운 괴사병이 아니야. 보통 부분적으로 괴사가 진행되는 것이 일반적인데, 라라는 온몸 전체가 괴사되고 있었어. 뼈가 썩어가고, 근육이 굳고, 장기가 일을 하지 않아 소화도 쉽게 못 시켰지. 라라는 휴학한 동안 신체 곳곳에 내압을 정상적으로 만드는 여러 차례의 수술을 받았고, 그 결과 다 나아서 멀쩡해졌지. 아니, 아마 다 나았다고 믿었을 거야. 그리고 라라는 복학을 해서 우리와 같이 수업을 들었어. 그때 누가 라라가 정상이 아니라고 말할 수 있었겠어?"

"확실히 라라는 정상이었지. 오히려 정상인보다 조금 더 예뻤어."

전문 용어가 나오자 이해속도가 느려진 나는 생각을 정리하기 위해 그의 말을 끊었다. 그는 장난하지 말라는 식으로 힐긋 노려보더니 다시 사연을 읽어나갔다.

"멍청한 나는 눈썰미가 없어서 사랑하는 사람의 살이 빠져도 문제의식을 별로 느끼지 못했어. 단지 라라가 더 예뻐 보이고 싶어서 살을 빼는 건가, 라는 바보 같은 생각을 했지. 라라는 나에게 말하지 않았어. 왜 휴학을 했는지, 그리고 지금 자신이 걸린 병이 무엇인지에 대해. 이미 내장까지 괴사가 진행돼버린 라라가 밥 한 숟가락을 삼키고는 내 앞에서 구역질해댈 때, 나는 라라에게 거식증이 아니냐며 더 이상 살을 빼는 짓은 그만 하라고 소리를 질렀어. 아아, 지금 생각하면 나는 정말 한심한 놈이야!"

속사포처럼 마구 쏟아낸 박 군은 내가 위로해 줄 적당한 말을 찾는 사이 젓가락으로 앞에 있던 초밥을 입으로 털어 넣었다. 그리고 녹차를 한 번에 후루룩 소리를 내서 초밥과 동시에 삼키고는 찻잔을 내려놨다. 후, 하고 큰 숨을 뱉어낸 뒤 그는 말을 이었다.

"라라가 내 말에 뭐라고 대답했는지 알아? 그녀는 웃으면서 '살을 빼면 박 군이 날 더 좋아할 줄 알았는데. 나도 이렇게 거식증에 걸릴 줄 몰랐어. 미안해.'라고 사과를 했어. 그리곤 술을 먹으러 가자고 하더군. 라라 술 전혀 안 하는 거 너도 알지? 그런데도 오늘은 맥주가 너무 먹고 싶다고 하는 거야. 잘 모르겠지만, 라라는 아마 나와 같이 마시는 척하면서 술을 바닥에 버린 것 같아. 내가 취했을 때 그녀는 멀쩡했거든. 내가 취해버리자, 드디어 병에 대해 나에게 얘기하더군. 살이 빠지고 소화를 시키지 못하는 건 괴사병에 걸렸기 때문인데, 이미 몸 전체에서 진행되고 있다. 이 병의 원인을 아는 사람은 없고, 전 세계에서 몇 명 앓은 사람도 없어서 학계에선 연구가 전혀 되고 있지 않다. 심장 소리가 점점 느려지는 게 느껴지고, 뼈도 약해져서 이제는 오랫동안 서 있을 자신도 없다. 빨리 걸으려고 해도 근육이 퇴화해서 빨리 걸을 수가 없다. 이런 괴사병 때문에 휴학을 했었고, 이미 그때 몇 차례의 수술을 받았기 때문에, 이제 더 이상의 의학으로는 효과를 기대할 수 없다. 다 나았다고 생각했는데, 자신은 지금 죽어가는 것 같다. 라고."

그는 그 얘기를 듣던 순간을 떠올렸는지 고통스러운 표정을 지었다.

"술이 그냥 확 깨버렸어. 상상도 못했으니까. 사랑하는 여자가 나 이제 죽어, 라고 하는데 덤덤할 사람이 세상에 몇 있겠어. 장난이라고도 믿고 싶었는데, 그제야 라라의 상태와 모습을 자세히 보니 농담이 아닌 것 같더군. 왜 나는 거식증이라고 생각한 걸까? 비겁하게 변명을 하자면 그때만 해도 그냥 주위에서 그녀에게 '좀 많이 말랐네.'라고 말해 주던 때였어. 하지만 병은 그때 이미 심각하게 진행된 상태였던 거지."

박 군은 테이블을 주먹으로 쾅 내려쳤다. 그가 한 접시 먹을 동안 내 앞에는 여섯 접시가 쌓여 있었다. 마땅히 위로할 만한 말이 생각나지 않아 그냥 먹기만 한 것이다. 꽤 되는 접시 개수의 차이에도 그는 아랑곳하지 않고 다시 입을 열었다.

"그날 밤에는 잠도 거의 못 잤어. 자꾸 악몽을 꿨거든. 그리고 많은 생각을 했어. 라라는 얼마나 고통스러웠을까, 그런 라라에게 상처를 준 나는 머저리다, 나는 이제 라라를 어떻게 대해야 할까 등. 다음날 나는 아무렇지도 않게 라라와 다녔어. 낫지도 나아지지도 않을 병이라면, 평소대로 대하고 행동하는 것이 나나 그녀를 위한 최선이라고 판단해서야. 라라는 이번 학기를 마지막으로 돌아오지 않을 거라며 나에게 잘 지내라고 미리 인사를 했지만, 나는 라라를 떠날 생각이 전혀 없었어. 너희가 보던 대로, 라라는 더욱 미친 듯이 말라 갔어. 사실 마르기만 한 게 아니라 내장이고 뼈고 근육이고 모든 게 정상이 아니었지. 밥 대신 포도당 링거를 필요로 했고, 거의 기능을 멈춰버린 위에서도 흡수할 수 있는 영양제로 배를 채웠어. 뭐, 활발히 움직이질 못하니까 열량도 그리 많이 필요하지 않았어. 아무렇지 않은 척했지만, 학교에 있을 때 라라를 부축하는 건 참 힘든 일이었어. 자꾸 뼈가 어긋나서 넘어져 버렸거든. 정작 본인은 아픔을 느낄 능력도 없어졌던 것 같지만."

그는 말을 너무 많이 해서 목이 막혔는지 여러 번 헛기침을 했다.

"방학이 되자, 곧바로 라라와 같이 그녀의 집으로 갔어. 그녀의 부모님과 어릴 적부터 키웠다는 골든 리트리버가 직접 마중을 나왔더라고. 제법 큰 개였는데, 라라와 묘하게 닮았어. 나를 처음 보자마자 꼬리를 흔드는 게 매우 귀엽더군. 가족들도 그녀의 상태가 심각한 걸 알고 있었어. 라라의 어머니는 그녀의 야윈 손을 쓰다듬으며 눈물을 흘리셨어. 아버지도 아무 말 않고 연방 담배만 펴시더군. 라라는 그 부부의 외동딸이자 늦둥이였던 모양이야. 그런 딸이 반 해골 상태로 집에 돌아와서 곧 죽는다 하는 데 참담했겠지. 라라는 아직까진 분명 살아있었지만, 집안은 이미 장례식장 분위기였어. 그렇지만 불행의 당사자인 라라는 오히려 나와 부모님과 위로하며 어떻게든 쾌활한 분위기로 만들려는 노력을 부단히 하더군. 그런 그녀는 비록 많이 초췌해져 있었지만, 내 눈엔 너무도 사랑스러웠어. 나는 곧 한 가지 결심을 했어. 그녀와 결혼하겠다고."

나는 입에 들어 있던 장어초밥을 뱉을 뻔했다. 그러고는 막힌 목을 풀기 위해 연이어 캑캑거렸다. 박 군은 주먹으로 내 등을 두드려주었다.

"결혼?"

순간적으로 나는 목소리를 크게 냈다. 가게에 있던 사람들이 일제히 나를 향해 고개를 돌렸다. 박 군은 검지를 입에 갖다 대며 조용히 하라는 경고의 표시를 보내고는 그도 목소리를 낮춰 말했다.

"응, 뭐 잘못됐나? 내가 사랑하는 사람이랑 결혼하겠다는데."

"너, 그렇다면 유부남인 거야?"

나는 놀란 기색을 숨기지 않고 물었다.

그는 흥, 하고 조소를 날리더니 이내 대답했다.

"아니, 불행하게도 아니야."

그 뒤엔 길고 긴 독백만이 있었다.

"김 군과 마찬가지로 내 결심을 들은 그녀 부모님의 반응도 장난 아니었어. 얼마 남지 않은 딸과 왜 결혼하려 하느냐, 라라를 사랑하고 아끼는 마음은 고맙지만 미래가 창창한 박 군의 인생에 걸림돌이 되고 싶진 않다, 결혼은 그렇게 말 몇 마디에 좌우될 만큼 쉬운 일이 아니다, 온갖 말을 하시면서 엄청 나를 뜯어말렸지.

하지만 나는 확고했어. 곧바로 시내에 나가 주머니를 털어 금은방에서 반지 하나를 샀어. 그리고 침대 머리맡에서 막 잠이 깬 그녀에게 청혼을 했지. 그녀는 눈을 동그랗게 뜨며 날 쳐다보더니 마구 울더군. 나는 그대로 그녀를 껴안았어. 라라의 부모님이 더 반대할 수 없게 못을 박았던 거지.

결혼날짜는 길게 잡지도 않았어. 당장 2주 후로 날을 약속했지. 살날이 앞으로 얼마 남지 않았던 그녀 때문에 집도, 혼수도 마련할 필요가 없었거든. 결혼식도 예식장에서가 아니라 그녀가 누워있는 침대로 목사님이 오셔서 축복의 말을 해주는 게 끝일 계획이었어. 웨딩드레스 정도는 맞춰주고 싶었지만, 라라는 웨딩드레스가 자신의 몸에 비해 너무 커서 오히려 초라해 보일 거라며 맞추고 싫다고 했어. 그래서 합의점을 찾아 면사포만 맞추기로 했지. 면사포만 주문 제작하고 있으니 좀 우스꽝스러웠지만, 그땐 이미 우리 주변을 둘러싼 모든 상황이 우스꽝스럽게 보이지 않았을까? 라라는 그 와중에 점점 쇠약해져 갔어. 일어나지도 못하고 누워만 있으니 여기저기 땀띠와 욕창이 자꾸 생기더군. 어머니는 그 모습을 볼 때마다 통곡을 했어. 라라는 어머니의 등을 토닥거리며 하나도 아프지 않다고 대수롭지 않다는 투로 말하곤 했지만, 몸은 말과 다르게 대수로웠던지 나중에는 결국 호흡을 스스로 못하는 지경에 이르렀어. 곧장 병원으로 옮겨졌지.

이미 가망이 없어 보이는 환자에게 특별한 처방이 가해진 건 없었어. 인공호흡기를 대고 포도당 링거 주삿바늘을 팔목에 찔러 넣는 게 치료의 전부였지. 그즈음, 면사포가 도착했어. 아마 식을 올리기 이틀 전? 꽤나 아슬아슬하게 도착했지. 라라는 생각보다 더 기뻐했어. 부둥켜안고 떨어질 생각을 안 했어. 결혼식 당일 날 실컷 쓰라는 나에게 그녀는 애원하듯이 한 번만 쓰고 거울을 보여 달라고 했어. 지금 생각하면 그 부탁을 들어주면 안 됐는데, 나는 무척 좋아하는 그녀 모습에 거절할 수 없었어. 라라는 한참 동안 거울을 보더니 방글 웃는 낯으로 '이제 됐어.'라고 말하고 나에게 면사포를 돌려줬어. 그리고 그 다음 날 새벽, 결혼식을 하루 앞두고 그녀는 자신의 입에서 인공호흡기를 떼버렸어. 난 그때 그녀가 누워 있던 침대 바로 옆에서 세상모르고 자고 있었지. 일어나보니 그녀는 너무도 평온한 얼굴로 영원히 끝나지 않을 꿈을 꾸고 있었어. 참, 표정을 보니까 왜 그랬냐고 탓할 수도 없더라. 그게 보름 전이야. 나는 그녀의 부모님께 마지막 인사를 하고 내 자취방으로 돌아왔어. 가끔 면사포를 쓰지 못하게 했다면 라라는 결혼식 때까지 살 의지를 지녔을지도 모른다는 생각이 들긴 하지만, 이제 와서 뭐 시간을 돌릴 수도 없고 말이야."

독백이 끝났다. 흐리멍덩한 눈동자가 둘 곳 없이 방황하고 있었다. 그는 젓가락을 양손에 쥐고 탁탁 부딪혀 소리를 냈다.

"돌아올 거야?"

이제야 먹기 시작하는 그에게 대뜸 물었다. 그는 고개를 좌우로 흔들었다.

"학교로? 아니. 들어봐. 네가 듣기에 우습겠지만 말이야. 나는 죽은 라라를 사랑해. 내 첫사랑이자 마지막 사랑을 이제 내 오감으론 느낄 수 없다는 게 솔직히 아직도 실감이 나지 않아. 첫 일주일은 미친 듯이 술만 마셨어. 취해서 자고 토하고 누워 있고. 아주 산송장이 따로 없었지. 그런 생활을 계속했다면 지금쯤 라라 옆에 있을지도 모르는 일이지. 라라가 죽은 후 일주일쯤 됐을 까, 그때도 취해 있었는데 불현듯이 어떤 생각이 떠오르더라고. 라라를 살릴 수 있는 방법을 만들자고. 죽은 자를 살려내겠다는 뜻이 아냐. 그 병의 치료제를 만들겠다는 거야. 치료제를 개발해 괴사병에 대한 복수를 하자, 이 생각을 하니까 술이 확 깨면서 머리가 맑아졌어. 학교로 돌아갈 생각은 없었고, 당장 연구를 시작하고 싶어 안달이 나 있었지. 마땅히 연구할 만한 장소를 고민하고 있었는데, 자취방 창문에 비치는 풍경 끝자락에 연구소B가 보이지 뭐야. 학교와 가까워서 재료를 몰래 갖다 쓰기도 편하고, 사람이 잘 드나드는 곳도 아니고. 딱 이더라고. 다행히 소유주가 거의 버리다시피 한 건물이라 협상 후에 헐값에 사들일 수 있었어."

"그럼 연구소B가 지금 네 소유란 말이야? 돈이 어디서 나서?"

대화가 이상한 국면으로 접어들고 있었다. 연구소? 복수?

"부모님이 물려주신 유산과 보험금이 좀 됐었거든. 자취방 전세금도 빼버린 것도 도움이 됐고. 짐을 싸서 연구소B에 들어갔지. 버려진 곳이라도 연구소는 연구소인지 모든 실험 장비가 나름 다 갖춰져 있었어. 덕분에 내 돈으로 사야 하는 건 얼마 없었지. 제법 널찍한 소파도 있고, 부엌도 있어. 생각보다 매우 훌륭하더라고. 그곳에서 지낸 지는 오늘로 일주일쯤 됐어. 불편한 점은 별로 없어. 요즘 괴사병에 관한 관련 문헌을 슬슬 읽어 나가는 중이야. 지금은 자퇴서를 내고 오는 길이었어. 객기라고 생각할지 모르겠지만, 연구에만 집중하고 싶어서야. 나 원래 한 곳에 꽂히면 다른 걸 잘 못 보는 타입이거든. 네 생각은 어때? 괜찮지 않아?"

'괜찮지 않느냐'는 말은 동의를 구하는 질문이 아니었다. 그의 눈동자는 조금 전과는 딴판으로 흥분의 빛을 발하고 있었으며 스스로 굉장히 만족해 버린 표정에선 입가의 미소를 감추지 못했다.

"너…… 제정신이야?"

나 역시 박 군의 정신 맑고 흐림 여부를 묻는 것이 아니었다. 그가 라라의 죽음으로 반쯤 미쳐버렸다는 생각이 들었다. 마치 살아있는 개미를 붙잡아 다리 하나하나를 떼어내는 해맑은 어린 아이의 장난을 보는 듯했다. 박 군은 내 말에 갑자기 기분이 팍 상해버린 듯 제법 큰 소리를 내기 시작했다. 가게 손님들의 시선이 다시 우리 테이블 쪽으로 몰렸지만, 그는 신경 쓰지 않았다.

"멀쩡하냐고? 나는 그 어느 때보다 제정신이야. 그럼 너는 내가 미쳐서 집 전세금까지 보태가며 연구소를 마련했다고 생각해? 나와 같은 경험을 해보지 않은 김 군은 내 감정을 알 리가 없겠지. 이해해 줄 거라고 기대하지도 않았어. 라라의 앙상하게 마른 모습과 혼이 빠진 얼굴을 보면서 나는 무엇인가를 떠올렸는데, 그녀가 살아있을 땐 감히 그 생각을 하는 것조차 죄라고 생각했지. 그녀가 눈을 감았을 때, 나는 비로소 그녀를 한 단어로 비유할 자격을 얻은 것 같았어. 마치 그녀는, 좀비 같았다고(여기서 내 입은 대놓고 떡 벌어졌다.). 그렇게 아름다웠던 내 여자친구, 내 신부를 그 꼴로 만들고 결정적으로 생명까지 앗아간 그 병을 내가 쉽게 용서할 수 있을까? 난 그러지 못해. 나는 괴사병이 증오스러워. 차라리 생명이 있는 대상이었다면 갈기갈기 찢어 죽일 텐데 그러지 못해서 유감이야. 내가 복수하는 방법은 연구밖에 없어. 라라의 병에 대한 치료가 애당초 불가능하다면, 나는 그녀 생명을 지속시킬 수 있었던 방법이라도 찾아낼 거야. 그래 봤자 이미 그녀는 죽었지만, 과학자로서 울기만 하고 끝내는 건 너무도 사랑한 라라에 대한 모욕일 거라 생각해. 뭐 너나 다른 사람이 나를 어떻게 생각하든 상관없어. 나는 인생에서 가장 중요한 결정을 내렸고, 그게 몇 년이 걸려도 꼭 이뤄낼 거야. 마이너 병들은 마이너 과학자가 힘써줘야지, 안 그래?"

그는 분노가 자못 느껴지는 어투로 쏘아붙였다. 중간에 끼어들 엄두도 나지 않았다. 그를 말릴 생각조차 차마 들지 않았다. 그때 박 군은 그가 가진 광기를 나에게 잔뜩 내보이고 있었기 때문이다. 나는 어렴풋이 알고 있었지만, 학과 학생들은 전혀 느끼지 못했던 그의 모습이 그 순간 대놓고 튀어나와 있었다. 흥분해서 떨리는 손, 핏줄이 선 눈, 가쁜 호흡. 나는 그를 두려워하던 이유를 이제 알 것 같았다. 박 군은 미친 것 같았다.

내가 아무 말도 못 하고 있자 그는 갑자기 한결 차분해진 태도로 돌아오더니 이제까지의 주제랑 전혀 다른 이야기를 꺼냈다.

"뭐 어쨌든, 학교랑 가까우니까 볼 수 있으면 자주 보자. 그나저나, 요즘 누가 수석이야?"

그 뒤로 15년 동안 그를 만나지 못했다.

얘기가 끝난 후, K도 나도 한참 동안 입을 열지 않았다. 이미 음식은 온기를 잃어버린 지 오래였다. 열기가 없어진 고기가 핏기를 머금은 채 서서히 굳어가고 있었다.

"불쌍해요. 라라 양이."

내 얘기를 머릿속에서 정리해 본 듯 눈동자를 한 바퀴 굴린 K는 에이드 잔에 맺혀 있는 물방울을 손가락으로 닦으며 말했다.

"어떤 점이 불쌍하지?"

나는 K의 그런 반응에 조금 놀라서 질문했다.

"그런 이상한 병을 앓았다는 것하고, 남자친구한테 좀비처럼 보인 부분요. 애인도 그렇게 느꼈는데, 본인은 얼마나 자신의 모습이 초라해 보였겠어요. 자살은 역시 안 좋은 거지만, 그녀 마음이 이해가 안 되는 것도 아니에요." 그녀는 감자튀김을 입에 쏙 넣으면서 덧붙였다.

"여자는 자신의 아름다움에 민감하니까."

긴 이야기는 끝났다. 대학 시절에 대한 대화가 끝난 후, 나는 지금까지는 경험할 수 없었던 카타르시스를 한껏 느끼고 있었다. 오랫동안 가슴을 막고 있던 답답함에서 벗어나 풍선처럼 붕 떠 있는 기분이었다. 그 뒤로 K는 연구원 동료에 대해, 좋아하는 TV 프로그램, 특별히 잘하는 요리 같은 일상적인 주제를 화제로 삼았다. 그러나 나는 그녀의 말을 듣지 않았다. 가끔 "정말 그렇군.", "그래?" 같이 동의하는 표현을 이따금 하며 K의 얼굴만 바라보았다. 아침과 별다를 것이 없는 얼굴이었지만, 지금 내 눈엔 너무도 사랑스럽게 보였다. 내 앞에 있는 여자는 이제 완벽했다. 묵묵히 내 말을 들어준 그녀를 이제 내 것으로 만들어야겠다는 결심이 섰다.

10월에 들어서고 바람엔 제법 날이 서 있었다. 그녀는 "좀 춥네요."라고 말하며 트렌치코트를 여몄다. 내가 양복 재킷을 벗어 주려고 했지만, 그녀는 웃으며 거절했다.

"선생님은 거기에서 더 껴입어야 할 것 같은데요, 뭐."

그러면서 그녀는 내 어깨를 탁탁 두드렸다. 모든 게 사랑스러웠다. 모든 것이 완벽했다.

"그럼 선생님은 내일 그 친구분 연구소로 가시는 건가요? 좀 괴짜 같긴 한데……. 위험한 일은 아니죠?"

밤하늘을 바라보던 그녀는 낮의 일이 아무래도 마음에 걸렸는지 다짜고짜 물어왔다.

"아아, 아마 그래야겠지. 그 친구 모르긴 해도 뭔가 대단히 큰 성과를 거둔 모양이야. 은둔 생활을 너무 길게 해서 남은 친구라곤 나밖에 없는 것 같으니 나라도 가서 그 결과물을 봐주는 게 예의 아니겠어."

말은 이렇게 하지만 나도 박 군이 자신을 좁은 연구실에 가둬두면서까지 천재성을 양껏 발휘한 연구 결과가 과연 무엇인지 내심 궁금했다. 그는 편지에 나에게 아무런 위험이 가지 않게 할 것이라고 적었다. 대체 그 연구의 정체가 뭔지는 모르겠지만, 나는 안전할 것이다. 박 군의 광기가 두렵긴 했지만, 그는 거짓말을 하는 사람은 아니었다.

"같이 가고 싶은데. 안 데려갈 거죠?"

K가 살짝 기대하는 듯이 말했다. 나는 그 기대를 꺾을 수밖에 없었다. 대신 다른 제안을 내밀었다.

"미안. 혼자 가야겠어. 대신, 볼 일 다 보고 연락할 테니, 술이나 한잔할까?"

나는 그녀에게 개인적으로 만나자고 먼저 말한 적이 2년 동안 단 한 번도 없었다. 그녀가 언제나 제안한 걸 응했을 뿐이다. 그런 나의 의외의 행동에 놀랐는지 그 자리에 잠시 멈춰선 그녀는 곧

보조개를 한껏 띄우며

"그래요!"라고 외치며 내 옆으로 와서 팔짱을 꼈다.

내일 만나면 K에게 고백하리라. 그건 그녀가 지난 2년간 간절히 바라왔던 이벤트일 것이다. 이제까지는 부족한 모습에 만족스럽지 않았었지만, 지금 내 옆엔 오늘부로 완벽해진 그녀가 있었다. 내일 K를 내 것으로 만들어야겠다. 그리고 사랑을 이루는 거다. 마음속으로 다지고는 하늘을 올려다보았다.

가을이라 그런지 까만 도화지에 소금을 흩뿌린 듯 알알이 보이는 별들 사이 카시오페이아가 북쪽 하늘에서 선명하게 빛을 발하고 있었다.

* * *

바람이 한순간 휙 소리를 내며 뺨을 치듯 지나갔다. 어제의 회상을 마무리 지은 나는 한숨을 작게 내쉬고는, 다시 그곳을 향해 걷기 시작했다.

갈대에 바람이 부딪혀 지나가면서 끊임없이 우는 소리를 냈다. 우우우, 우우우. 이리저리 머리를 흔드는 갈대들과 대조적으로 한 치의 움직임 없이 서 있는 연구소B는 침묵을 지키고 있었다.

외부인이 잘 침입하지 않을 것 같다는 박 군의 말은 설득력 있어 보였다. 설사 지나가는 사람이 언뜻 저 연구소를 공중화장실로 착각하더라도, 웬만큼 급한 용무가 아니라면 잡귀라도 몇 마리 살고 있을 법한 우중충한 외관에 결코 들를 기분을 내지 못할 것이다. 나 역시 박 군의 편지가 아니었다면 저런 기분 나쁜 곳에 접근하는 일은 없었을 것이다. 집을 나설 때까지만 해도 컨디션이 꽤 괜찮았었는데, 그곳을 향해 한 걸음씩 내딛을수록 마음이 갑갑해지는 게 느껴졌다. 마치 시체가 들어 있다는 것을 알면서도 관의 문을 열어보는 듯 조마조마한 기분이었다.

돼먹지 못한 외관과는 다르게 현관문은 제법 고급이었다. 지문 인식 시스템이 장착된 철문이 금방이라도 출입을 불허한다고 고함을 칠 것 같았다. 아마 이곳 주인의 사비로 설치되었을 것이다. 초인종 같은 건 없었다. 외부인이 전혀 필요 없다는 의사를 나타낸 것이리라. 문 안쪽엔 뭐가 있을까, 혹시 천장에 목 매달은 박 군이 나를 기다리는 건 아닐까? 나는 곁눈질로 팔목의 시계를 확인했다. 12시 51분이었다. 엄습하는 불안감을 억지로 떨쳐내고 심호흡을 한 뒤 오른손으로 철문을 두드렸다. 쾅 쾅 쾅! 노크소리가 제법 크게 울려 퍼졌다. 응답을 기다리는 시간은 매우 길게 느껴졌다. 어쩌면 이건 나를 해하기 위한 음모가 아닐까? 내가 미처 모르는 원한을 가진 사람이 편지를 이용해서 이곳으로 나를 부른 거다. 그렇다면 밀실 살인이 되겠군……

잠깐의 순간 여러 생각이 뇌에 섞여 있는데, "삑, 열렸습니다." 하는 여자 음성과 함께 15년 전 익숙했던 그의 얼굴이 조금 열린 문틈 사이로 쑥 나타나며 나를 반겼다.

"여, 왔는가. 들어오게."

내가 들어오고 문이 닫히자 다시 여자는 "삑, 잠겼습니다." 라고 말했다. 나는 그에게 인사를 건넸다.

"목소리가 예쁜 여자구먼."

박 군은 특유의 서글서글한 미소를 지으며 "나 말고는 아무도 열 수 없지. 외부인은 들어와 봤자 도움이 안 되니까."라고 말했다.

그는 15년 전이나 후나 그다지 변하게 없어 보였다. 실내에서만 생활했는지 대학생 시절보다도 더 창백해져 버린 것과 얼굴 이곳 저곳에 잔주름이 많이 가 있는 것 빼고는. 내 기억 속에 새겨진 그의 광기는 느껴지지 않았다. 얇은 점퍼를 입은 나와 다르게 그는 쌀쌀한 날씨에도 회색 반소매 티셔츠와 면 반바지를 입고 있었다.

연구소 안은 실험을 하는 곳이라기보단 가정집의 분위기가 물씬 풍겼다. 부엌에는 각종 조리기구와 함께 바(bar) 형태의 식탁이 자리 잡고 있었고, 큼지막한 소파의 맞은편엔 20인치 정도의 TV도 설치돼 있었다. 정작 연구 장비는 한쪽 구석에 몰아져 있었다. 15년 동안 머물면서 신경을 꽤 많이 썼는지 제법 잘 갖춰진 집이라고 말할 수 있을 정도였다. 하지만 채광은 그다지 좋은 편이 아니었다. 현관 양쪽 벽 정 가운데 위치한 창문은 어린아이 하나가 나갈 수 있는 작은 크기였다. 그곳으로 들어오는 햇빛마저도 싫었던지 박 군은 불투명한 재질의 커튼을 설치해 두었다.

"정말 오랜만일세."

나는 비로소 인사다운 인사를 건넸다.

"나도 그렇게 생각하네. 15년 만이지. 시간이 금방 갔군."

그는 옷걸이에 점퍼를 거는 나에게 소파에 앉을 것을 권하는 눈짓을 보냈다.

15년 전에는 서로 간에 저런 어투를 쓰지 않았지만, 나이를 먹은 지금은 격식을 차릴 때였다. 나는 그를 무엇으로 칭해야 하나

고민했지만, 이것만은 하던 대로 '박 군'으로 부르기로 했다. 긴장되는 마음은 아직 풀어지지 않고 있었다.

"나는 늙어버렸지만, 자네는 마지막으로 본 모습이랑 거의 똑같군. 은둔 생활을 하면서 회춘하는 연구라도 한 건가?"

그는 너털웃음을 지으며 냉장고에서 주스 캔을 꺼내 소파 쪽으로 던졌다.

"자네는 달지 않은 주스를 좋아했었지." 여전히 기억력은 좋았다.

나는 캔을 낚아챈 후 표면을 자세히 들여다봤다. 내년 2월 날짜의 유통기한이 적혀져 있었다. 내 의도를 알아챈 듯 그는 커튼을 걷으며 낄낄거렸다. 예전의 웃음소리가 호탕한 편이었다면 지금은 다소 비열하게 들렸다.

"은둔 생활이 아무것도 안 먹고 전기도 없이 사는 것 같나? 나도 똑같이 국가에 세금을 내고 있고, 먹을 게 없으면 대형마트에 가서 시장거리를 봐온다네. 집에 TV도 있어서 세상 돌아가는 꼴도 잘 알고 있지. 음악방송도 챙겨보는 나름 신세대라고."

그는 자랑스러운 손짓으로 TV를 가리켰다.

"잘살고 있구먼."

나는 진심으로 그렇게 느끼며 캔 손잡이를 당겼다. 딸깍, 하는 소리가 나며 내용물이 캔 입구로 흘러나왔다. 실은 연구소로 들어온 뒤부터 뭔지 모를 실망감이 느껴지고 있었다. 오래된 편지지와 우표를 보아 박 군이 15년 전 세상에 아직 남아 있을 거라고 제멋대로 상상했기 때문이리라. 박 군은 분명히 현재를, 그것도 나름 풍족하게 살아나가고 있었다. 직장도 없는 그는 월급 나올

구멍도 없으니 아마 아직도 부모님이 남겨주신 유산을 쓰고 있으리라. 15년 동안 살림이 거덜 나지 않은 걸 보면 액수가 꽤 되는 모양이었다.

"묻고 싶은 게 꽤 되네. 내가 있는 연구소는 어떻게 알아냈나? 오래된 편지지와 우표를 쓴 이유는 뭐지? 직접 찾아와서 편지를 갖다 놓은 건가?"

문득 편지를 받은 직후 품었던 의문점이 떠올라 나도 모르게 따지는 어투가 나왔다. 박 군은 내 질문을 받자마자 우습다는 듯 낄낄거렸다. 실내 안의 고요한 기류 속에 그의 웃음소리만 울려 퍼졌다. 뭐가 그리 재밌는 거지? 나는 기분이 살짝 상했다.

"뭐야. 그런 점을 이상하다고 느끼고 있었나? 정말 별거 아닐세. 들어봐. 연구는 완성됐고, 자네에게 도움을 청하기 위해 편지를 써야겠다고 생각했네. 집 안을 뒤져 편지지를 찾아봤는데, 15년 동안 편지를 쓴 적이 없으니 낡아 버린 편지지와 우표밖에 없었다네. 새로 사러 가기도 귀찮고, 그래서 그냥 그 편지지를 쓰고 자네의 주소를 알기 위해 H대학교에 문의했네. 바로 요 앞이니까, 걸어서 금방이지(나는 창 너머 멀리 보이는 H대학 건물을 바라보았다.). 그런데 김 군, 자네가 마침 몇 년 전에 학교로 강의를 나왔었다고 하는 게 아닌가? 그래서 그 당시 자네가 속해 있던 연구소를 알아냈네. 그곳이 지금도 여전히 자네의 직장이고 말이야. 하지만 그전에 한 가지 생각이 들더군. 그 몇 년 사이에 자네가 직장을 옮겼을 수도 있을 가능성이. 그래서 우편함의 이름을 직접 확인하고 편지를 넣어야겠다는 생각에 몸을 이끌고 간 걸세. 어제 아침에 들러서 우편함에 적힌 자네 이름을 보고 그 안에 편지를 넣었지. 왜 전화로 하지 않고 편지를 택했느냐고 묻는다면 자네에게 선택할 시간을 주기 위해서였다고 답하겠네. 전화로 하면 올 것을 강요하는 것 같잖나."

"그럼 우표는 굳이 왜 붙인 건가?"

나는 여전히 의심의 눈초리를 풀지 않았다.

"우표는 왜 붙였냐고? 그냥 오래돼서 이제 쓸모도 없는데다 편지 기분이나 낼까 싶어서 붙인 거지 별생각 없었는데. 자네, 나이 먹더니 쓸데없는 생각이 많아졌군."

그가 머리를 긁적이며 마저 웃었다.

온갖 추측을 했던 미스터리가 맥없이 풀려버리자 김이 빠졌다. 여전히 다른 사람의 심리를 읽고 다룰 줄 아는 사람은 아니었다. 그저 어쩌다 보니 한 행동에 너무 의미를 크게 부여한 것이다. 별 뜻 없었다는 것을 알자 어느 정도의 긴장과 경계심이 풀렸다. 갈증을 느낀 나는 주스를 한 번에 들이켜고 본론으로 들어가려 했다.

"그렇다면 도대체 무슨 연구를 완성한 건가?"

그러나 박 군은 나와 달리 느긋한 태도였다.

"급하기도 하구먼. 그 건은 식사하면서 천천히 얘기하세나. 점심 안 먹고 온 거지? 이제부터 스파게티를 만들 걸세. 어제 마트에 갔더니 모시조개가 참 싱싱하더군. 이십 분이면 금방 된다네. 요리하는 동안 자네 근황을 들어보고 싶군. 여기 식탁으로 와서 앉게. 어떻게 지내나? 요즘 무엇을 연구하나?"

그는 주방을 부스럭거리며 재료들을 꺼냈다. 내가 유전공학 분야로 갔다는 말에 의외라는 표정을 지으며 말했다.

"나는 자네가 질병에 관심이 있는 줄 알았네. 뭐 유전 쪽도 자네하고 그럭저럭 어울리긴 하지만. 결혼은 했나?"

"아직 안 했네."

"아직 총각이란 말인가? 15년이란 세월이 무색하구먼. 자네는 일찍 결혼할 줄 알았는데. 만나는 아가씨도 없나?"

가스레인지에 냄비를 올리는 그를 바라보며 나는 K 얘기를 해야 하나 고민했다. 15년 만에 만난 상대에게 입방정을 떨긴 싫었다. 하지만 의지와 다르게 입은 이미 그녀에 대해 설명하고 있었다. 아마 몇 시간 뒤엔 그녀를 소유할 수 있다는 생각에 흥분했나 보다. 사실 박 군에게 자랑하고 싶은 열망도 컸다.

박 군은 그녀에 대해 약간 흥분된 기분으로 말하는 나를 등지고 서서 요리하더니 불쑥

"그런 거로군." 이라는 말을 던졌다.

내가 영문을 모르겠다는 표정으로 "무슨 말인가?"라고 물었으나, 그는 더 얘기하지 않았다. 그의 의도를 알 수 없던 나는 그만 기분이 나빠져서 더 이상 K에 대해 얘기하지 않았다.

박 군은 내 기분이 상한 걸 전혀 모른다는 태도로 요즘 정치 경향이나 나조차 모르는 탤런트 등에 대해서 이것저것 얘기했다. 이윽고 스파게티가 완성되었고, 납작한 접시 위에 꽤 모양새를 갖춘 채 내 앞에 놓였다.

"많이 먹으라고. 자취도 15년 이상 하니까 요리솜씨가 나도 보통이 아니야."

그도 자신의 접시를 가지고 내 옆에 앉았다. 우리는 마주 보지 않고 같은 방향을 바라보며 식사를 했다. 더 기다릴 이유가 없었다. 이제 박 군이 자신의 얘기를 할 차례였다. 내가 본론을 말해

달라고 하자 그는 포크로 조개껍데기를 뒤적거리며 본론을 시작했다.

"연구하다 보니, 라라를 고칠 수 있는 백신은 실현해 내기가 너무 어려웠네. 당연히 할 수 있다고 생각했는데, 뭐랄까, 실험 표본이 없어서 일단 백신 연구가 시작되려면 그것을 발병시키는 바이러스부터 새롭게 만들어 내야 했거든. 나는 거의 십 년 동안 바이러스를 생성해내는데 온 힘을 쏟았지. 결론적으로 말하면 실패했어."

감정 없는 말투였다. 딱히 위로를 바라는 건 아닌 태도라 잠잠히 듣고 있었다.

"아무리 해도 괴사를 발병시키는 바이러스는 나타나지도 나타날 기미도 보이지 않더군. 솔직히 막막했네. 회의감도 들고 말이야. 정말 내가 이 연구소B를 사들여서 라라를 위해 연구하려고 했던 건 헛짓거리였을까? 포기할 생각도 들었지. 사랑의 힘으로 시작한 객기였지만, 나라고 물려받은 재산이 무한정 있는 것도 아니고, 언제까지 직장도 없이 이곳에 박혀 살 순 없으니까. 고민 많이 했다네."

"나는 자네가 평생 이곳에서 살려고 하는 줄 알았는데."

"아냐. 나는 솔직히 내 두뇌를 너무 믿었던 것 같아. 학교를 그만둘 때만 해도 많게는 딱 오 년 정도를 투자해서 괴사병에 대한 치료책을 내놓고 졸업장을 따자. 이 생각이었거든. 우리가 다닌 H 대학교는 중퇴했어도 큰 업적을 이루면 명예 졸업장을 준다더군. 희귀병에 대한 치료법은 분명 큰 업적이 아닌가. 그런데 돌아보니 업적은커녕 시작도 하지 못했고, 시간은 너무 빨리 지나가 있었네. 앞으로 나아갈 수가 없었지. 갑갑한 마음뿐이었네."

"은둔자인 자네도 다른 사람과 마찬가지로 돈 문제를 걱정했었군. 근데 용케도 지금까지 잘 버티고 있군 그래."

비꼬려는 의도는 없었지만 비꼬는 말투라고 생각했는지 박 군은 살짝 미간을 좁혔다 풀었다.

"그래. 그런데 그즈음에 정말 기적 같은 일이 일어났어. 돈이 데굴데굴 굴러 왔지. 아직도 믿기지 않네. 돈이 필요할 때에, 영문도 모르는 돈이 들어오다니! 명목은 종조부, 즉 할아버지 동생분의 유산이었어. 독신인 채로 돌아가셨는데, 그분이 가지고 계셨던 땅이 좋은 가격에 팔렸다더군. 그 중 가장 가까운 친척이 나여서, 내게 가장 많은 몫이 돌아온다고 변호사에게서 연락해 왔네. 처음엔 장난인 줄 알았고, 나중엔 꿈꾸는 기분이었네. 10년 정도는 더 연구할 수 있는 자금이 손 하나 까딱 안 하고 내 품으로 들어왔지."

다시 떠올려도 신 나는 경험인 듯 그는 경쾌한 손짓으로 포크로 스파게티 면을 한 움큼 말아 올리더니 입에 넣었다. 우물거리느라 말을 못 잇는 그를 대신해 내가 입을 열었다.

"죽 월급쟁이로 살아왔던 나에게는 부러울 마음밖에 들지 않는군. 그런데 돈 문제는 둘째치고라도, 연구의 진전이 전혀 없었다면서? 그러면 유산을 받았을 때 그만 포기하고 새 삶을 택하는 것도 나쁘지 않았을 것 같은데?"

간신히 삼킨 그는 질문을 기다리기라도 했다는 듯 대답했다.

"나도 그럴까 생각해 봤네. 그런데 그러기엔 이때까지 청춘과 재산을 바쳐 연구한 내가 너무 한심할 것 같았지. 그래서 나는 재산도 생겼겠다, 이왕 모든 걸 투자한 연구 조금만 더 해보기로 마음을 굳혔다네. 몇 년 만 더 해보고 정말로 포기할 생각이었어. 잘 들어보라고. 이제부터가 정말 재밌어."

갑자기 그가 포크를 내려놓더니 몸을 내 쪽으로 돌리고 빠른 속도로 떠들기 시작했다. 웃고 있던 그의 표정에서 조금 전까지도 없었던 기색이 나타나기 시작했다. 저게 뭐였더라, 전에 본 적이 있는 것이었다. 이내 나는 그게 광기라고 확신했다. 갈대밭을 걸어올 때 느껴졌던 왠지 모를 불안감이 다시금 내 몸을 감쌌다.

"성과를 전혀 다른 곳에서 발견한 건 여름밤이었네. 나는 일정량의 방사능을 주기적으로 세포에 노출시켜 그 속에서 변종이 되는 바이러스를 관찰하고 있었네. 그중에 라라에게 고통을 준 괴사병을 유발하는 바이러스가 있을 거로 생각했지. 그런데 전에까지 나타나지 않던 돌연변이가 내 눈에 들어왔네. 우연히 발견한게 아니라 눈에 띌 수밖에 없었지. 그 바이러스는 빠른 속도로 주변의 다른 종들을 모조리 자신의 모습으로 바꿔버리고 있었네. 순식간에 페트리 접시(Petri dish, 세균 배양 따위에 쓰이는 둥글넓적한 작은 접시)에는 한 가지 종만이 가득 채우고 있었네. 실로 엄청난 발견이었어. 흥분을 감출 수가 없었네. 또한 두렵기도 했지. 그것들은 끓는점에도 죽지 않았고, 감염속도도 장난이 아니었어. 실험하기 위해 우리에 든 실험용 쥐 세 마리 중 한 마리에게 소량을 투여해 보았네. 정말 미세한 양을. 결과는 믿기지 않을 정도로 흥미로웠어. 채 1분이 지나지 않아 온몸에 근육들을 축 늘어뜨리더니, 심장 박동은 종전의 반으로 줄어들고 뇌파도 작은 곤충들 수준의 최소한의 것만 감지되었네. 눈은 보이지 않게 된 것 같았으며, 아주 천천히 움직이기 시작했지. 마치 뇌의 명령 없이 본능으로만 움직이는 것 같아 보였네. 감염된 녀석은 걱정된다는 듯이 다가와 킁킁대는 다른 동료의 목덜미를 돌연 깨물었네. 동료는 낑낑대며 떨어져 나갔지. 그리고 겁에 질린 나머지 쥐에게 다가가서…."

입술이 바짝 말라가는 게 느껴졌다. 바이러스? 감염? 이 남자는 지금 무슨 말을 하는 거지? 얘기는 그가 연구했던 괴사병하고는 영 다른 국면으로 넘어가 있었다. 그는 미묘하게 뒤틀려가는 옛 동료 표정은 신경 쓰지도 않고 마치 꿈꾸는 표정으로 대사를 읊듯 입술을 움직였다.

"마구 물어뜯더군. 평범한 실험용 쥐가 절대로 낼 수 없는 이빨의 힘으로 말이야. 불쌍한 쥐는 피를 흘리며 미친 듯이 도망 다녔지만, 좀 있으니 목덜미를 물린 쥐까지 바이러스가 투입된 쥐와 똑같은 상태가 돼서 그 녀석을 우리 모퉁이로 천천히 몰아넣는 게 아니겠나? 우리가 조금 더 넓었으면 도망 다니던 녀석도 마저 감염돼서 살 수 있었는지도 모르는 일이지만, 그 녀석에겐 시간이 없었어. 두 마리의 쥐는 궁지에 몰린 자신의 동료를 미친 듯이 먹기 시작했어. 아니, 사실 별로 먹는 거라곤 생각할 수 없었네. 갈기갈기 찢어서 살은 바닥에 내려놨으니까. 날카로운 비명을 내지르며 피범벅으로 발버둥 치는 희생물에서 금세 생명의 기운은 꺼졌고, 가죽이 벗겨진 채로 뼈와 내장이 드러났지. 두 마리의 쥐는 그마저도 조각조각 파괴한 후 천천히 우리 이곳저곳을 배회하더군. 일주일을 살펴봤는데, 그들은 음식도 물도 필요 없어 보였어. 점점 말라가고, 눈알의 색깔은 본연의 붉은색에서 하얗게 변했더군. 영문은 모르겠지만, 돌연변이 바이러스가 어떠한 영양분의 흡수 없이도 그들의 심장을 미세하게 뛰게 할 수 있는 모양이야. 그놈들은, 뭐랄까, 삶의 목적이 기본적인 생리활동의 충족이 아니라 살(殺)인 것 같더군. 신기한 점은, 날카로운 송곳으로 심장과 뇌를 찌르는 걸로는 그들을 죽일 수 없다는 점이었네. 일단 감염되면, 그 두 핵심기관은 많은 역할을 하지 않는 것 같아. 근육이고 핏줄이고 너무 천천히 활동해서 피도 안 나오더군. 두 마리의 쥐를 처리하느라 진땀 뺐네. 아침에 채소를 갈아 먹으려고 산 믹서도 버렸어."

그는 믹서가 있었던 자리라는 듯 서랍장 위를 바라보았다. 그리고 소감을 기대하는 듯 내 대답을 기다렸다. 이미 식욕은 잃어버린 지 오래였다.

"마치…… 좀비 같군."

차마 뱉어지지 않는 말을 간신히 입 밖으로 꺼냈다. '좀비'라는 단어가 나오자 박 군은 또다시 낄낄거렸다. 그의 얼굴을 되도록 쳐다보지 않으려고 노력했다. 이런 해괴한 상황을 우스운 듯 잘도 지껄일 수 있는 남자는 제정신이 아니었다. 그는 내 대답에 만족한 것 같았다. 목소리는 점점 커지고 있었고, 가늘게 떨리기 시작했다. 자신의 실험에 감동한 말투였다.

"맞아. 내가 말하고 싶은 게 바로 그거야. 나는 좀비 바이러스를 발견한 걸세. 몇 번의 실험을 더 거친 결과(그때마다 믹서를 사야 했지만), 이것이 우리가 가끔 영화에서나 보던 좀비를 실현 가능하게 해주는 매개체인 것을 깨달았네. 그런데 이런 쪽으로도 생각이 들더군. 이게 라라를 정상적으로 되돌릴 순 없지만, 계속 살아있게 할 치료제라는 것. 만약 괴사병에 대한 직접적인 치료제를 못 만든다면, 내가 라라를 살아 있게라도 만들 방법을 찾아낼 거라고 김 군에게 말했었지. 기억나나?"

"기억나네. 하지만 자네…… 좀 위험해 보이네."

용기를 내서 내 의견을 표출했다. 이 남자는 지금 어딘가에 홀려서 끔찍한 실험을 하더니 거기에 대해 라라 핑계를 대고 있었다. 좀비 바이러스를 발견했다는 것은 둘째 치고, 라라가 좀비로 살아 있는 것을 과연 원했을까? 차라리 죽음을 택할 게 자명했다.

박 군은 내 어깨를 손을 올리며 의견을 기각하였다.

"위험하지 않아. 아, 물론 바이러스만 존재한다면 위험하지만 말이지. 나는 그 뒤로 백신 개발에 힘썼다네. 좀비 바이러스를 발견하는 데는 그다지 시간이 걸리지 않았지만, 이번에는 그 백신이 애를 좀 먹였지. 시간과 돈이 좀 들었어. 그리고 불과 한 달 전에, 정말 우연히 백신을 발견했어. 개발이 아닌 발견일세. 좀비 바이러스는 너무 강력해서 웬만한 짓으로도 죽지 않았는데, 장난삼아 이것저것 섞은 물질을 넣어보니 바로 괴멸해버리더군. 놀라서 바로 보관해뒀네. 그 뒤로 똑같은 물질을 만들려 했지만 농도 문제 때문인지 다시 만들어지지 않았어. 그래도 성공은 성공한 거 아니겠나. 지금 이 시점엔 바이러스와 백신 두 가지가 다 내 손에 있네. 오랜 연구는 이것으로 충분해. 나는 라라를 살릴 수 있었던 방법을 개발한 거야. 라라에겐 바이러스가 약, 백신이 독이 됐겠지만 말이지. 아무튼 말이지, 두 개가 한꺼번에 있으니 조금도 위험하지 않네. 이미 실험용 쥐에게서의 동물실험은 끝났고, 남은 건 인간을 대상으로 한 임상실험이네. 그래. 편지에서 한 가지 빼고 완성됐다고 한 건 바로 그것이었지. 김 군, 그래서 말인데……."

나는 바로 고개를 들어 그를 쳐다보았다. 역시나, 선홍빛 핏줄이 선 눈에는 광기가 맺혀 갈 곳을 정하지 못하고 마구 떨리고 있었으며, 호감을 주는 미소는 이제 입술이 귀밑까지 걸려 피에로를 연상시키는 표정으로 변해 있었다. 나는 이래서 박 군이 두려웠다. 평소의 그는 아무 문제없어 보이지만, 간혹 생명의 삶과 죽음을 가까이서 느낄 때마다 그는 저런 표정이 지었다. 그래서 그는 닭 목을 비틀고, 쥐를 믹서에 돌리며, 피를 흘리며 눈앞에서 죽어가는 여자에게 웃음을 보였던 것이다. 나는 쥐어짜듯이 간신히 말했다.

"지금…… 자네, 나를 실험체로 쓰려는 건가?"

그는 미친 표정을 거두고 놀란 듯이 나를 쳐다봤다. 잠깐, 한 10초 정도 우리는 서로를 쳐다봤다. 식은땀이 셔츠를 천천히 적시는 것이 느껴졌다.

"하하…… 하하하…… 하하하!"

별안간 박 군이 크게 웃기 시작했다. 그 소리가 너무 커서 나는 흠칫 놀란 행동을 취했다. 박 군은 웃음을 멈추지 않았다. 나는 그를 바라보며 어리둥절해졌다. 그가 손가락으로 눈물을 닦으며 말했다.

"아…… 미안하네. 자네 정말 나이 먹더니 의심만 많아졌구먼. 반은 맞았네. 실험체가 필요한 건 맞아. 하지만 편지에 쓰지 않았나. 자네가 위험할 일은 없을 거라 맹세한다고."

그는 그리고 내 어깨에 손을 얹었다.

"실험체는 자네가 아니라 나야."

"안심하게. 나도 영원히 좀비 같은 반 생명체로 살 생각은 없으니까. 백신이 없는 상황에서 누군가 감염된다면 스크린에서만 볼 수 있던 끔찍한 인간파멸이 일어날 것은 명백하네. 감염된 자들이 흉측한 꼴로 길거리에 난입하여 생살을 씹으며 울부짖겠지. 하지만 나는 영화에 나오는 미친 과학자가 아니기 때문에(나는 동의할 수 없었다.), 학계에 이 바이러스를 선보일 생각도 없네. 말하지 않았는가. 이 실험은 나 자신을 만족하게 하기 위한 거였을 뿐이니까. 백신을 손에 넣고 동물 실험까지 마치고 나자 이런 생각이 들었다네. 좀비는 과연 의식이 있을까, 없을까? 인간에게 투여해도 효과는 똑같을까? 라라 생명이 유지되게 할 수 있는 건 맞겠지? 이런저런 생각을 하자 호기심 많은 과학자가 흔히 도달하는 결론을 내렸네. 직접 내 몸에 넣어봐야겠다. 그리고 백신을 맞고 다시 돌아오자. 생각만으로도 놀이기구를 타는 것처럼 흥분되지 않겠나."

"그러면 자네 혼자 하지 왜 나는 부른 건가? 목격자인가? 좀비가 된 자네 손에 죽는 조연 역할을 맡기려는 건가? 그러기엔 자네의 그 맹세에 어긋나는데."

나는 이제 대놓고 불신을 드러냈다. 박 군이 정상적인 일을 꾸미는 게 아니라는 걸 깨달은 이상 한시라도 빨리 연구소B에서 나가고 싶었다. 박 군은 손을 내저었다.

"아냐. 자네 역할은 감염된 나에게 백신을 투여하는 걸세."

"죽으라는 거로군."

"안전하다니까. 나는 실험을 위해서 모든 준비를 했어. 여기 서랍장 안에 네 개의 수갑이 있네. 그걸로 각각의 손발에 채워 넣고, 저 창문에 커튼 보이지? 그 커튼이 매달린 봉, 저 봉에 수갑의 다른 쪽들을 고정하는 거야. 발도 고정시킬 수 있도록 봉을 발쪽에도 하나 더 설치했네."

그의 말대로 커튼 봉은 창문틀 위쪽 외에도 바닥과 가깝게 하나 더, 총 두 개가 길게 설치되어 있었다. 봉의 양 끝에는 못이 박혀 있었다.

"저기에 묶인 내가 백신을 놓아주려는 자네를 공격할 수 없겠지? 내 계획대로라면 위험할 게 없네."

그는 어디서 나오는 당당함인지 전혀 문제없다는 태도였다.

"백신이 효과가 없을 수도 있지 않……"

"효과가 없을 수는 없네." 그는 단호하게 말을 끊었다. "내가 우연히 얻은 백신의 양은 다섯 개였는데, 그중 두 개를 감염된 실험용 쥐들에게 투여해 보았네. 좀비 상태의 쥐들은 몇 분 안 돼서 정상적인 쥐로 돌아왔지. 그 백신은 확실한 거야."

그의 말에 따르면 바이러스가 몸속에 침투하고 120초 안에 변화가 있을 것이라고 했다. 나는 손발이 묶여 완전히 좀비로 변해 버린 박 군에게 다가가 백신을 주입해서 원래대로 되돌리는 역할로 이 괴상한 과학자의 연구소에 초대받았다. 아무래도 박 군이나에게 가벼운 도움을 요청하는 건 아닌 듯싶었다. 그는 아주 큰일을 벌이고는, 나에게 핵심적인 역할을 해내라고 요구하고 있었다. 과학자라는 건 본래 호기심이 많은 생물이라, H대학교 수석출신의 천재 과학자가 오랫동안 연구했던 성과에 대해 일말의 호기심도 들지 않았다고 우기는 건 거짓말일 것이다. 하지만 내 안의 무언가가 경고의 메시지를 강하게 전달해 왔다. '하면 안 돼. 하면 안 돼.' 게다가 결정적으로 지금은 그를 돕고 싶다는 마음 자체가 들지 않았다.

나는 거절하기로 마음먹었다.

"미안하지만, 나는 됐네. 너무 위험하네. 자네가 이런 위험한 실험을 하는 것도 말리고 싶은데, 심지어 도울 생각은 더 없다네."

고개를 좌우로 흔들며 거절의 뜻을 나타내자 박 군의 표정이 뒤틀렸다. 이윽고 그는 달래듯이 말했다.

"전혀 위험하지 않네. 설명했지 않았는가……"

"아니, 위험을 떠나서 하기 싫네. 별로 구미가 당기지 않아."

여지를 주는 것보다 내 의사를 확고히 말하는 게 여러모로 최선일 것이었다. 박 군은 순간 기분이 나빠진 것처럼 보였다.

"구미가 안 당긴다고? 내 15년의 결과물이? 어째서지?"

그가 흘겨보며 쏘아 물었다. 나는 머리를 굴린 후 더 강하게 나가야 이 상황에서 빠져나갈 수 있을 것으로 판단했다.

"내 말에 기분 나빴다면 사과하지. 구미가 안 당기는 이유는 여러 가지이네. 그중에서 몇 개만 말하라면 첫째로, 비록 나는 위험하지 않더라도 내가 제대로 된 대처를 하지 못했을 경우 자네가 죽는다면 그에 대한 죄책감은 누가 가지게 되나? 자네는 그런 부담스런 책임감에 대해선 생각하지 않은 것 같네. 둘째로, 이 연구를 세상에 내놓지 않을 것이라는 자네 말이 마음에 걸리네. 어떤 과학자든 학계에 발표하는 것을 영광으로 삼고, 자네도 처음 실험을 시작했을 땐 그것을 달성한 다음 졸업장을 따겠다고 자네

입으로 말하지 않았나? 백신도 세 개밖에 남지 않았다면 어차피 사라져버릴 연구, 실험은 왜 하는 것인지 내 머리론 이해할 수 없네. 셋째로, 박 군. 좀 잔인하게 들릴 수 있지만 그래도 제대로 들어주길 바라네. 자네 처음의 연구 목표와 지금 연구는 별로 연관성이 없어 보이네. 좀비 바이러스라니, 이게 어디 라라를 구할 방법인가? 죽음 문턱까지 갔다가 살아났는데 좀비라니. 라라가 퍽 좋아하겠구먼. 물론 자네의 비상한 머리를 못 믿는 건 아니네. 분명히 좀비 바이러스는 자네의 은둔생활 15년 중 대단한 업적이라고 할 수 있지만, 이제 인정하게. 자네는 괴사병이라는 적에게 대패했어. 괴사병은 불이고, 자네는 물이 담긴 컵이었어. 자네는 노력했지만, 컵 속의 물은 불을 끄기엔 턱없이 부족했던 거야."

박 군은 어느 순간부터 나를 노려보고 있었다. 그가 나를 포함한 누군가에게 이렇게 노골적으로 적대감을 내비치는 모습은 처음 보았다. 하기야 완벽한 두뇌를 가진 그의 인생 중 그가 하는 일을 이렇게 직설적으로 비판했던 사람도 얼마 없었을 것이다. 하지만 순위권 밖의 과학자에게 이런 말을 듣다니, 그로서도 자존심이 꽤 상했을 것이라는 생각이 들었다. 나 역시 나보다 훨씬 뛰어난 사람에게 따끔하게 충고하자 묘하게 좋은 기분이 들었다. 말하는 내내 나는 그의 얼굴이 극도로 일그러지는 걸 보고도 무엇에 홀린 듯 더더욱 멈출 수 없었다. 그는 꽤 오랜 시간 나를 노려보더니 대응할 말을 생각해 낸 것 같았다.

"반박하겠네. 백신도 몇 개 남지 않는 한정된 실험을 세상에 내보일 생각도 아니면서 왜 자행 하느냐고? 자네, 과학자 맞나? 과학자는 자신의 실험 하나하나를 자식처럼 소중히 하는 법이네.

부모님께서 꼭 똑똑하고 세상의 발전에 기여하는 자식만 소중히 할까? 우수하지 않고 성적이 낮은 자식은 미워하는 걸까? 좀비 바이러스는 후자 쪽이지. 계획적이었든, 우연이었든 간에 이 좀비 바이러스는 나의 눈에 띄었고, 그렇게 나와의 인연이 시작됐네. 세상이 원하지도 않고 학계에 크게 이바지하는 연구는 아니지만, 나에게 있어 15년 동안 품은 내 자식일세. 그리고 지금 내가 임상 실험 하나를 제외하고는 이 연구를 완성했지. 그렇다면, 코앞이 완성이지만 아무래도 위험하니까 그대로 버려두고 다른 일을 찾는 게 과학자의 도리일까, 아니면 마지막으로 내 연구를 달성했다는 확신에 만족감을 느끼고 연구와 작별하는 게 과학자의 습성일까? 나는 당연히 습성을 택하겠어. 과학자의 호기심을 택하겠단 말이지. 그게 없었다면, 과학이 지금까지 발전했으면 얼마나 발전됐을 것 같나? 호기심이야말로 세상을 움직이는 원동력일세. 김 군이 책임감 운운하던데, 나는 내 연구에 대한 책임을 질 각오가 되어 있네. 원래 바이러스·면역항체 관계 파악의 절차는 동물실험 다음엔 임상실험이 자리 잡고 있지. 자원자를 대상으로 행해지는 게 보통이지만, 누가 이런 불쾌한 시험에 지원하겠나? 그래서 내가 자원자가 되는 거야. 완벽하게 실험 절차를 밟아 완성한 후 내려놓는 것. 이게 내 연구에 대한 마지막 예의이자 책임이라고 생각하네. 나는 백신의 효과에 대해 확신하고 있고, 고로 만일의 경우 실험 자원자인 내가 죽어도 어쩔 수 없다고 생각하네. 보통 임상실험 계약서에 어떤 부작용의 위험을 알려주고 지원자의 사인을 받지. 알려주지 않는다면 문제가 되지만, 나는 그 위험을 정확히 알고 있다네. 어때, 죄책감을 가질 필요가 없다는 걸 지원자인 내 입으로 들으니 안심이 되나? 그리고 마지막 자네의 물과 불 말인데……."

그는 얼굴을 다시 찡그렸다. 나는 그의 말에 아무런 대꾸도 못하고 듣고 있었다. 그에게 적당히 협조하기 싫은 이유를 둘러대며 말한 것이 하나하나 다 무너지고 있었다.

"자네가 내 능력을 비하하려는 의도였다면 정말 잘 생각했군. 한 컵의 물이라니. 내 능력을 고작 그 정도로 비유해 줘서 고맙구면. 덕분에 좋았던 기분이 순식간에 바닥으로 떨어졌군. 그래, 자네 말대로 내가 한 컵의 물이라고 치네. 나는 그 불을 이길 수 없어. 물은 불을 꺼트리는 성질을 가졌지만, 괴사병이라는 그 불은 내가 끄기엔 무력하거든. 그래서 생각한 게, 모래라는 친구지. 나 혼자선 불을 못 끄지만, 모래와 힘을 합한다면 꺼트릴 수 있지. 좀비 바이러스는 그녀를 살릴 수 있네. 죽음을 앞둔 라라에게 죽는 거랑 좀비 상태로 남는 거랑 뭐가 다르겠나? 의식 없는 건 똑같은데. 하지만 나는 다르네. 솔직히 이 바이러스를 라라가 살아 있을 때 발견했다면, 나는 세계에 미칠 영향 따위 고려하지 않고 그녀에게 투여했을지도 몰라. 나는 라라가 좀비여도 사랑했을 거야. 아니, 실제로 죽을 즈음 그녀의 모습은 정말 좀비 같았다니까."

마지막 말을 마친 그는 갑자기 실성한 것처럼 웃었다. '좀비'라는 단어가 나올 때마다 그는 지나치게 기분이 좋아지는 듯 했다. 귓구멍 속으로 들어오는 비열한 웃음소리가 온몸을 소름 돋게 했다. 도저히 말로는 그에게 당해낼 수 없다, 싶어 나는 옷걸이에 걸려 있던 내 점퍼를 집었다. 그는 내가 옷을 입는 동안에도 뭐가 그리 웃긴지 쉬지 않고 웃었다. 나는 박 군이 자신을 임상실험 대상으로 나서면서까지 연구를 완성하려고 발버둥치는 이유를 깨달았다. 그가 말 한대로 단지 과학자의 호기심의 측면뿐만이 아니라 그의 독기와 광기가 그 안에 같이 혼합돼 있기 때문이다.

"나는 가보겠네. 또 연락하지."

박 군에게 손을 들어 인사를 건넨 후 현관으로 향하여 문고리를 돌렸다. 문은 열리지 않았다. 고개를 뒤로 돌려 그를 봤을 때, 박 군은 좀 전의 화난 얼굴은 흔적도 없이 나를 향해 싱글싱글 웃고 있었다.

"지문 인식 시스템이지 않나."

"장난 그만 치고 문 열어!"

나는 다급해져서 소리를 질렀다. 그는 정말로 미친 과학자였다!

"부탁하건대 도와주러 왔으면 도와주고 갔으면 좋겠네. 따로 도와줄 지인이 정말로 없어서 말이야."

그가 천천히 다가오며 말했다. 피에로같이 웃고 있는 표정이 더 무서웠다. 나는 열리지 않는 문고리를 마구 돌렸다. 철컹철컹 소리가 났지만 역시 문은 주인 허락 없이 열릴 마음이 없어 보였다.

"누구 없어요! 도와주세요!"

등줄기가 서늘해지며 극도의 공포심에 휩싸였다. 누구라도 좋으니 달려오길 간절히 바라면서 고함을 질렀다. 그러나 곧 이 주위가 공터라는 사실이 기억났다. 박 군은 나와 1미터 정도 거리에서 멈춰 서더니 웃음기 있는 얼굴로 말했다.

"왜 그래, 김 군. 누가 들으면 내가 자네를 죽이는 줄 알겠어. 단지 나는 지금 자네에게 하나를 물어보고 싶을 뿐일세. 이건 좀 전까지 하던 얘기랑은 아무 상관도 없지만 말야……."

그리고 갑자기 웃는 낯을 싹 거두며 아무 감정이 느껴지지 않는 표정으로 "자네, 라라를 좋아했지?"라고 물었다.

순간 숨을 잘못 내쉬어 헉 소리가 나왔다. 나는 문고리를 잡았던 손에 힘이 빠지는 걸 느꼈다. 천천히 뒤를 돌아 그를 보았다. 그의 얼굴을 보자 나는 문에 기댄 채로 그 자리에 스르륵 주저앉았다. 박 군은 시선을 아래로 내리깔며 질문을 반복했다.

"말해 보게. 좋아했지, 라라를?"

나는 그의 눈을 쳐다보았다. 넘겨짚는 게 아니었다. 그는 다 알고 있었다. 몸에 힘이 손끝과 발끝으로 빠져나가는 것이 느껴졌다. 축 늘어진 상태로 박 군에 대해 늘 가지고 있던 감정을 그의 앞에서 처음으로 말했다.

"난…… 자네가 언제나 미웠어."

웅웅거리는 갈대 소리에 박자를 맞추듯 과거의 일이 순식간에 머릿속을 스쳐 가고 있었다.

H대학교 입학식 당일, 내 옆에 앉은 남자가 나에게 인사를 건넸다. 키만 멀대 만큼 커서는 창백하고 선이 가는 남자였다. 나는 첫인상부터 그가 맘에 들지 않았다. '계집애같이 생긴 자식.' 남자는 성적우수자 명단에 적힌 1위의 이름을 가지고 있었다. 하지만 남자는 자신이 아닌 동명이인일 것이라고 했다. 하지만 정작 강당 앞에 나가서 입학 소감을 말하는 수석은 다름 아닌 바로 그 남자였다. 나는 생각했다. '겸손한척하기는.'

그 뒤로 남자는 계속 나를 따라다녔다. 주변 사람들은 언제나 남자의 주변에 몰렸다. 하지만 남자는 영문 모르게 계속 나를 따라다녔다. 주변 사람들은 말했다. "박 군은 정말 친절해. 조용한 김 군을 챙겨주고 말이야." 그 말을 듣자 번뜩 떠오르는 게 있었다. '이 녀석은 나를 이용하는 거다.' 둘이 다니면 사람들은 끊임없이 나와 남자를 비교할 것이다. 나는 남자와 떨어지고 싶었다. 하지만 남자는 좀처럼 떨어지지 않았다. 사람들은 남자와 같이 다니는 나를 부러워했다. 그것은 멍청하기 짝이 없는 감정이었다.

나는 어느샌가 남자를 미워하고 있었다. 어쩌면 처음부터 미워했는지도 모른다. 실은 미워하는 정도로 끝날 기분이 아니었다. 증오스러웠다. 나는 못 가진 것. 성적, 사람들의 동경 어린 시선, 두뇌. 남자는 모두 가지고 있었다. 다만, 눈치는 가지지 못한 것 같았다. 눈치가 있었다면, 내가 죽도록 미워하고 있다는 것 정도는 깨달았을 테니까.

어느 순간 남자는 나에게 자신의 광기를 보였다. 그것은 실로 기기괴괴한 표정이었다. 나는 두려워졌다. 미움과 두려움이 혼합되자 견딜 수 없었다. 이제는 정말로 벗어나고 싶었다. 누구에게라도 남자의 험담을 하고 싶었다. 하지만 둘 다 이미 늦어버려서 할 수 없는 것들이었다.

어떤 여자가 나타났다. 여자는 휴학 했다가 돌아왔다며 자신을 소개했다. 나는 여자를 보자마자 사랑의 감정을 느꼈다. 그리고 생각했다. '저 여자는 내 것이다.' 나는 여러 번 여자에게 찾아가 고백을 했다. 그때마다 여자는 곤란한 얼굴을 내보이며 말했다. "미안해. 나는 연하는 싫어."

남자가 여자랑 사귀기로 했다고 나에게 말했다. 배신감이 느껴졌다. 연하는 싫다며? 태연한 척을 하고 기숙사로 돌아온 나는 다음 날 여자를 불러냈다. 여자는 당황한 얼굴이었다. 나는 시뻘게진 얼굴로 따졌다. 그러자 여자는 갑자기 차가운 어투로 내뱉었다.

"그래, 연하가 아니라, 네가 싫었어."

남자는 내가 가지지 못한 사랑까지 가지게 되었다. 그때부터 남자를 더 미워하게 되었다.

여자가 아팠다. 나는 그것이 내 것이 아닌 여자에게 내린 마땅한 벌이라고 생각했다. 여자랑 남자는 사라졌다. 그제야 나는 남자에게 벗어날 수 있었다. 자유의 공기가 느껴졌다. 역시 세상은 혼자 사는 게 낫다고 생각했다. 남자가 날 찾아왔다. 그리고 말했다. 여자가 죽었다고. 나는 마음속으로 '내가 가지지 못한 많은 걸 가진 벌을 받은 거야.'라고 남자에게 말을 건넸다. 남자는 떠났다. 그리고 15년 동안 돌아오지 않았다.

"나는 봐버렸다네. 내가 라라와 사귄다고 자네에게 말했던 다음 날, 자네가 학교 뒤편에서 라라 앞에 무릎을 꿇고 '제발 박 군만은 안 된다.'며 애원하던 모습을. 일부러 보려고 했던 건 아니고, 우연히 실험실 창문 밖으로 라라가 보이기에 그쪽으로 갔더니 그런 광경이 있더군. 자네가 나에 관한 험담을 라라에게 토로하는 것에 매우 놀라긴 했지만, 거절까지 당한 자네가 안쓰러워서 못 본 척 다시 실험실로 왔네. 솔직히 말해서 그땐 말이야, 아주 웃겼지."

라라를 좋아했던 사실만 알고 있는 게 아니었다. 그는 내가 자신을 미워하는 것도 이미 알고 있었던 것이다. 그렇다면 왜……

"왜…… 모르는 척했나?"

목구멍에서 무언가 걸린 듯했다. 그는 뭘 물어보느냐는 표정으로 코웃음을 쳤다.

"말했잖아. 안쓰러워서 못 본 척한 거라고. 아아, 나를 미워하는 걸 알면서 왜 모른 척 같이 다녔느냐고? 그것도 이미 말했네. 머저리 같은 자네가 안쓰러워서였어."

현기증이 났다. 15년 동안 서로에게 진심이었던 적은 없었던 거다. 억울할 건 없었다. 그가 나를 한심하게 느낀 세월 동안, 나도 그를 미워했으니까. 우리는 한참 동안 서로를 쳐다보았다. 이제야 서로의 눈빛에 그동안 숨겨왔던 미움의 감정이 나타났다. 마치 카드놀이 같았다. 상대를 속고 속이고, 정면으로 공격하고 뒤로 배신하고. 나에겐 더 이상 그를 공격할 카드가 없었다. 하지만 그는 좋은 카드 패를 가진 것 같았다. 박 군은 다시 공격을 해왔다.

"K 양이라고 했나? 편지를 두고 가려는 데 그녀가 출근하더군. 그녀는 날 못 봤지만, 나는 그 얼굴을 똑똑히 봤지."

다시 한 번 가슴이 쿵 하고 내려앉았다. K까지 들켜버린 것이다. 나는 아니라는 듯 고개를 저었다. 하지만 그는 배실 배실 떠오르는 웃음으로 나를 비웃었다.

"하마터면 착각할 뻔했잖아."

"아니야!"

나는 버럭 소리쳤다. 하지만 나의 말은 거짓말이었다.

예전에는 학생 신분으로 다녔던 H대학교에서 강의를 하기 위해 들어섰을 때, 나는 오직 한 사람만을 쳐다보며 수업을 했다. 그

땐 긴 생머리였던 강아지 같은 웃음의 K. 통통한 볼에 핑크빛 홍조. 웃을 때 옴폭 들어가는 보조개를 가진 그녀의 첫인상은 라라와 비슷하다는 것이었다. 내가 강사인 입장이었지만, 강의 따위는 당장 때려치우고 싶었다. 당장 그녀에게 다가가서 잘 지냈느냐고 인사를 건네고 싶었다. 세월에 많이 늙어버린 나와는 달리 라라는 거의 늙지 않았다. 외형적인 부분이 조금 바뀐 것 빼고는.

나는 수업이 끝나고 K를 따로 불러냈다. 어리둥절 따라온 K에게 명함을 주고 내가 속한 연구소로 들어올 것을 권하고는 자리를 떴다. 특정 학생과 접촉하는 건 규칙에 어긋났기 때문이다. 모든 것은 이제 그녀의 선택에 맡기고 기다려야 했다. 대학원 졸업 시즌까지 나는 너무도 초조했다. 혹시 그녀가 오지 않으면 어쩌지, 라라가 이번에도 나를 버리면 어쩌지. 하지만 봄날 아침 K는 연구소 문 앞에 서서 나를 향해 웃었다. 문 밖으로 살짝 보이는 개나리 핀 노란 배경에 머리를 흩날리는 K를 보고 나도 따라 웃고 말았다. '반가워, 라라.'

아직은 라라가 아니었다. 라라가 되기 위해서 그녀는 머리를 잘라야 했고, 붉은 립스틱에서 분홍색 립스틱으로 바꿔야 했으며, 살굿빛 블라우스를 입고, 좋아하는 술을 끊어야 했다. K는 내가 넌지시 시키는 대로 자신을 변화시켰다. 그 결과, 외관상은 라라와 거의 흡사하게 변하게 되었다. 그래도 아직 부족한 게 있었다. 진실을 전혀 모르기엔 그녀가 너무 불쌍하니, 라라에 대한 이야기를 해주어야 했다. 그게 정체성을 빼앗긴 K에 대한 마지막 예의였다. 어제 레스토랑에서 했던 이야기. 자신이 라라의 환생취급을 받는 것을 눈치챈다면 그대로 받아들이기를 바랐고, 알아채지 못한다면 그것으로도 나쁠 건 없었다. 이야기를 중간마다 라라의 생김새까지 설명했지만, K는 전혀 눈치채지 못했다. 심지어 '라라가 불쌍하다'고 느끼기까지 했다. 정작 불쌍한 건 K 자신일지도 모르는데. 그렇게 그녀는 2년의 노력 끝에 비로소 라라로서의 준비가 완벽해졌다. 그리고 오늘, 나는 연구소B에서 나온 직후 그녀를 만나 고백할 계획이다. 그리고 K를, 아니 라라를 내 것으로 만드는 거다. 박 군이 한때 가졌다가 잃어버린 라라를 나는 영원히 오늘부로 영원히 갖게 되는 것이다.

"어제 그녀 얼굴을 보고는 착각일 수도 있다고 생각했는데, 말을 들어보니 K 양이 자네 작품이었다는 걸 딱 알겠군. 라라는 좋겠어. 죽고 난 후에도 그리워하다 못해 생판 모르는 여자를 자신의 모습으로 똑같이 만들어 놓는 사람이 있으니까 말이야."

끝까지 박 군은 비웃는 표정과 태도를 잃지 않고 있었다.

"그만…… 그만…… 그만!"

두 팔로 머리를 감싸 쥐며 흔들다 이내 무릎에 얼굴을 파묻었다. 어느새 나는 흐느끼고 있었다. 그리고 그를 향해 애원하듯 말했다.

"오늘…… 그녀에게 고백할걸세……. 제발…… 그만 해줘……."

그는 대답이 없었다. 갑자기 발걸음 소리가 났다. 나는 젖은 고개를 들어 박 군을 바라보았다. 그는 책장에서 무언 갈 찾고 있었다. 손끝으로 책을 훑던 그는 적갈색의 노트 하나를 꺼내서 나에게 건넸다. 나는 눈물과 땀이 범벅된 얼굴로 그를 쳐다봤다. 그는

받으라는 듯 거칠게 노트를 흔들었다. 그것을 받아들었다. 헝겊소
재로 양장된 표지가 손에 묻은 땀을 흡수했다.

"삐, 열렸습니다."

그가 문을 열었다. 그리고 말했다.

"실험은 허탕이군. 정말 해보고 싶었는데. 쓸모없는 놈 때문에."

퍼뜩 정신이 든 나는 박 군을 쳐다보았다. 그는 문고리를 잡은
채 나를 노려보고 있었다. '왜 갑자기 마음이 바뀐 거지? 이 노트
는 뭐야?'

그는 내 마음속 질문을 읽은 듯이 입을 열었다.

"대학 시절 내내 쓴 일기장이야. 나가서 한 번 읽어보게."

"나…, 가도 되는 건가?"

"그래, 빨리 나가. 자네 때문에 밥도 제대로 못 먹었으니까. 밥
이나 먹어야겠어."

나는 엉겁결에 고맙다는 말을 수차례 뇌까렸다. 박 군은 식탁
으로 가서 앉고는 아까 먹다 남긴 스파게티를 다시 먹기 시작했
다. 나는 짐을 주섬주섬 챙긴 후 문을 나섰다. 문이 닫히기 직전,
그는 돌연 내 쪽을 쳐다보고 말했다.

"읽어보고 생각이 바뀌면 돌아와."

말했지만, 내가 늘 두려워했던 피에로 같이 웃는 낯짝이었다.

나는 갈대밭을 헐레벌떡 뛰었다. 다시 거미줄이 잔뜩 쳐진 외
벽으로 돌아오자 그제야 달음질을 멈추고 가쁜 숨을 몰아쉬었다.
그 자리에 털썩 앉아버렸다. 역시 그 자식은 미친 거였다. 다시는
만나지 않을 것이다. 외벽에 몸을 기댔다. 흠뻑 젖은 땀이 선선한
가을 날씨에 서서히 날아가기 시작했다. 박 군에게서 빠져나온 것

이 기적 같았다. 그는 다 알고 있었다. 그가 심리적인 부분엔 젬병이라고 생각한 건 내 착각이었다. 그는 알고도 모른 척한 것이다. 진짜 무서운 녀석이었다. 그 피에로 같은 얼굴. 다시 떠올라 소름이 끼쳤다. 피에로 말고도 또 닮은 게 있는데, 그게 뭐더라? 딱히 떠오르지 않았다. 그런데 왜 나를 보내 준 거지? 그 빌어먹을 실험을 하고 싶어서 환장한 눈초리였는데.

문득 내 손에 쥐어져 있는 노트가 눈에 들어왔다. 대학생 때 쓴 일기, 왜 나한테 이것을 준 것인가? 나는 부들부들 떨리는 손으로 노트를 열었다. 첫 장은 눈에 익은 동글동글한 글씨로 '삶과 영원, 부질없는 그 차이를 위하여.'라고 적혀 있었다. 뒷장으로 넘기니 고작 한두 줄 정도의 짧은 일기가 며칠의 간격을 두고 띄엄띄엄 적혀 있었다.

[3월 10일]
개미가 줄지어 가고 있어서 그 위로 촛농을 부었다. 개미 화석.

[3월 29일]
죽은 고양이가 길가다가 있어서 뼈를 하나하나 꺾어줬다.

[4월 15일]
나방이 자취방 안으로 들어왔다. 엄청 컸다. 손바닥 두 개 정도? 산 채로 잡아 핀으로 고정하고 가위로 날개를 오렸다. 색종이 같았다. 뭐가 막 묻어나는 색종이.

[4월 18일]
딱정벌레가 자취방 앞 나무에 붙어 있었다. 나는 망치를 가져와서 한 번에 내려쳤다. 톡!

[4월 22일]

봄비에 개구리가 있어서 돌을 던졌더니 맞고 죽었다. 눈알이 구슬 같을 것 같아 펜촉으로 후벼 파려고 했으나 이상한 색깔의 액체만 흐르고 그 부분이 흐물흐물해져 버렸다.

눈살이 절로 찌푸려졌다. 일상에 관한 내용은 하나도 없고, 죽은 동물을 괴롭힌 일, 온갖 벌레나 동물들을 기묘한 방법으로 죽인 일만 간략하게 써놓고 있었다. 그래서 일기의 날짜 간격도 들쭉날쭉했다. 나는 그와 교통사고를 목격했던 날짜 즈음을 찾아 페이지를 휙휙 넘겼다. 예상대로 박 군은 그때의 사건에 대해 적어놓았었다.

[7월 20일]

눈앞에서 교통사고가 났다. 여자였는데, 머리에 피를 흘리고 있었다. 헤헤헤. 피다. 헤헤.

이유는 모르겠지만 정말 웃겼다. 많이 웃었다. 지금도 웃기다. 헤헤헤, 헤헤.

박 군은 이 일기를 쓰면서 아마 그 광기 어린 표정을 짓고 있었을 것이다. 그렇다면 이 일기는 그 미친 부분의 집약체인 것이다. 정말 미쳤다. 그를 진작 떼놓지 않았던 건 실수였다. 대학 시절 4년을 내내 혼자 다녔다 해도 지금 이 순간보다는 행복했을 것이다.

그나저나 전혀 파악할 수 없었다. 그가 내게 일기장을 준 이유를. 다시 한 번 자신이 소름 끼치는 놈이라는 걸 증명하고 영원히 찾지 말라는 뜻이었을까? 아니면……

갑자기 어떤 말도 안 되는 이유가 떠올랐다. 아닐 거야. 나는 일기장을 획획 넘겼다. 그럴 리 없어. 종이가 서로를 비비며 부드럽게 사락사락하는 소리를 냈다. 일기장의 거의 끝 페이지로 넘어갔다. 동시에 설마 했던 생각이 문구로 적혀 있는 걸 직접 확인할 수 있었다.

[10월 15일]
라라를 죽였다. 라라 손을 잡고, 그 손으로 '생명줄'을 떼면 끝.

나는 광기 서리게 웃는 박 군의 모습을 피에로 닮고 무엇인가를 닮았다고 생각했는데, 이제 깨달았다. 카드패의 조커였다.

"삐, 잠겼습니다."

"자네가 다시 올 줄 알았지. 들어오게." 문을 닫으며 박 군은 환히 웃었다. 가증스러웠다. 지금 내 앞에 있는 남자는 정신이 이상한 살인자다. 이미 식탁 위의 접시는 치워져 있었다.

"네가 라라를 죽였어."

나는 입술을 깨물며 말했다.

"그래. 내가 죽였어. 일기 그대로야. 잠들은 라라의 손으로 인공호흡기를 벗겨 냈지. 그녀는 순간 눈을 번쩍 떠. 호흡이 되지 않아서 고통스러웠을 텐데 별로 그런 기색도 없더군. 그리고 천천히 눈을 돌려 나를 쳐다보더군. 나는 그녀에게 웃어 보였지. 라라의 눈에선 눈물이 한 방울 툭 떨어져서 침대에 묻었어. 그게 끝이었지. 면사포를 쓰지 않았으면 결혼식이 끝나고 죽였을 텐데. 불행인지 다행인지 덕분에 난 지금도 총각이야."

"왜 죽인 거야?"

이젠 소리 지를 힘도 없었다. 따지고 싶지도 않았고, 그러려고 다시 온 것도 아니었다. 그는 빙그레 웃었다.

"좀비 같아서."

토할 것 같은 기분을 느꼈지만 참고 다시 돌아온 용건을 말했다.

"자네를 돕겠어."

"잘 생각했네."

박 군은 손뼉을 쳤다. 그의 얼굴에서 승자의 여유로움이 떠올랐다.

"실험이 끝나면, 다시는 자네에게 연락하지 않겠네. 그리고 K 양도 건드리지 않겠어."

그가 나에게 일기장을 넘긴 행동은 협박의 뜻을 전한 것이었다. 나는 사랑하는 라라도 죽일 수 있는 사람이다. 그런데 네가 돕지 않는다면 K는 어떻게 될까?

경찰은 소용없을 것이다. '라라'는 본명도 아닌데다가 그는 교묘하게 인공호흡기를 생명줄이라고 바꿔 썼으니까. '그냥 아끼는 고양이였어요.'라고 변명해버리면 그만이다.

내가 진 게임이었다. 나는 순순히 그의 지시에 따르는 수밖에 없었다. 그가 시키는 대로 서랍장의 수갑 네 개를 꺼내 건넸다. 그는 손과 발에 하나씩 채우더니 커튼 봉에 다른 쪽들을 고정시키라고 말했다. 명령을 받들었다. 박 군은 자기가 묶이는 상황이면서 기분이 매우 좋은 듯 이런저런 말을 내뱉었다.

"자네는 라라를 아직 사랑하고 있어. 그건 나도 마찬가지지. 라라의 유령이 있었다면 자신을 죽인 자와 한 여자를 자신과 똑같이 바꾼 자 중 누구를 택할 거냐고 물어보고 싶군."

그는 낄낄대며 웃었다. 나는 그를 노려보며

"난 지금 자네를 죽여 버리고 싶네."라고 진심을 얘기했다.

"죽이면 K 양한테 고백하러 못 가겠군. 경찰서로 가야 되니까."

그는 다시 낄낄거렸다. 정말로 죽여 버릴까 했으나 조금만 더 참고 영원히 이 연구소B를 떠나버리기로 마음을 다졌다.

바이러스 샘플은 하나, 백신 샘플은 세 개. 바이러스는 박 군의 몸에 들어가는 것을 마지막으로 이제 완전히 세상의 뒤편으로 사라질 거라고 했다. 실험이 끝나면 나머지 샘플을 다 처분하겠다는 그의 말을 완전히 믿을 수는 없었다. 하지만 미친 과학자가 자기 혼자 몸에 바이러스를 주입해서 세상에 뛰쳐나가는 것보다 차라리 내가 그를 만족시키고 세상을 구하는 게 더 바람직할 거라며 나 자신을 위로했다. 벽을 등지고 서 있는 박 군의 뒤에는 창문이 반쯤 열려 있었다. 그 사이로 갈대밭과 연구소B 간의 공기가 교환되고 있었다. 누가 바깥에서 연구소B를 본다면 남자 둘이서 이상한 취미를 행하고 있다고 생각하겠지만, 이 주변은 외부인이 올만한 곳이 아니었다.

박 군은 작게 "이건 미친 짓이야. 나는 지금 인간의 본성을 완전히 바꾸는 일을 하고 있어. 나는 미쳤어. 그렇지만 끝내고 싶어. 완성하고 싶단 말이야. 바람대로 연구는 이제 곧 완성되는 거지."라고 혼자 중얼거렸다. 본인도 자신이 미쳤다는 사실은 알아서 다행이었다. 확실히 이제는 그에게서 정상적인 면모를 찾아볼 수 없었다.

준비는 끝나 있었다. 이제 그의 혈관에 바이러스를 주입하면 실험이 시작되는 것이다.

손발의 수갑이 제대로 채워졌는지 확인한 박 군은 날아갈 듯한 표정으로 나에게 몇 가지 주의사항을 말해 주었다. 첫째로, 바이러스를 주입하고 자신이 확실히 좀비 상태로 변한 것을 확인한 후 백신을 투여하라는 것이었다. 딱 한 번 하는 실험, 너무 빠른 시간에 날려버리기엔 아깝지 않겠느냐며 그는 한쪽 눈을 찡긋했다. 둘째로, 바이러스도, 백신도 왼쪽 팔에 넣으라는 것이었다. 자신의 오른팔 혈관은 얇고 깊숙이 있어서 찾기가 어렵다고 했다. 셋째로, 혹여나 내가 좀비로 변한 그에게 물리적인 공격을 당했을 경우, 망설이지 말고 남은 백신을 나에게 주입하라는 것이었다. 그의 말에 따르면 좀비 바이러스는 아주 미미한 양으로도 온몸에 금방 전이될 만큼 빠른 감염성이 특징이라고 한다. 하지만 백신이 세 개나 있으니, 박 군에게 하나, 나에게 하나를 쓴대도 하나가 남으니 걱정할 게 없다고 했다. 그나마 내 몸 챙겨줄 생각도 다하다니, 괘씸한 와중 최소한의 예의는 있는 놈이었다. 나는 툴툴거리며 고개를 끄덕이고, 절대 위험할 리가 없다고 누차 강조하는 박 군의 말을 무시하고, 심호흡한 뒤 바이러스가 든 주사기를 들었다. 주사기에는 조그마한 견출지가 붙어 있었고 그 위에 'Rara'라는 영문이 필기체로 적혀 있었다.

"세상에 발표하진 않을 거지만, 내가 처음 발견한 바이러스니까 내 맘대로 '라라'라고 명명했어. 나중에 누가 발표하면, 내가 먼저 발견한 거라고 반박할 거야."

내가 그 이름을 쳐다보는 것을 느꼈는지 그가 얼른 설명했다. 그리고 온 힘을 빼는 듯 축 늘어지면서 말했다.

"자, 이제 주사 놔주세요. 의사선생님."

2시 23분.

핏줄에 약이 들어가는 팔목을 바라보며 그는 별것 아니라는 표정을 지었다. 그리고 의기양양하게 "나는 전 세계 최초 진짜 좀 비야. 자네는 전 세계 최초 진짜 좀비의 최초 목격자고."라고 말했다. 하나도 재미없었다.

"정말 실험 뒤엔 좀비 바이러스 샘플을 처분할 거지?"

의심의 어조로 말하며 몇 발짝 뒤로 물러났다. 언제 변할지 알 수 없었기 때문이다.

"당연하지, 걱정하지 않아도 이미 거의 다 처분했네. 사람을 좀 믿어. 속고만 살았나."

그는 혀를 내밀었다. 그리고 갑자기 눈을 크게 뜨더니 "으악!"하고 소리를 질렀다. 순간 깜짝 놀라서 두 팔을 휘저으며 뒷걸음질 쳤다. 박 군은 내 모습을 보고 팔다리를 흔들거리며 낄낄거렸다. 찰랑, 수갑 특유의 쇳소리가 났다.

"장난이야, 장난."

"아, 장난치지 마!"

나는 신경질을 냈다. 시계를 확인하니 삼십 초가 넘게 흘러 있었지만 아직까진 아무런 변화도 없었다.

"몸에서 무언가 느낌이 오지 않나?"

"전혀 느낌 없네. 자네가 보기엔 외관상으로 달라진 점 없나?"

"없는 것 같네." 어쩌면 바이러스가 효과가 없을 수도 있다는 생각이 들었다. 사실 내심 그러기를 바라고 있었다. 실험에 실패한 박 군을 맘껏 비웃은 뒤에 그와의 연을 끊어버리고 싶었다. 하지만 내면 깊숙한 곳에서 은근한 호기심이 피어오르는 건 역시 과학자의 습성 때문일까. 나도 내 감정을 파악할 수 없었다.

"실험 뒤에 밥 한번 크게 사겠네. "

"이젠 자네를 안 만날 거야."

딱 잘라 말했다. 더 이상 내 인생에 미친 과학자를 들이고 싶진 않았다.

"단호하구먼. 그나저나, 오늘 그녀에겐 어떻게 고백할 건가? 나한테 예행연습이라도 하지 그래."

박 군은 낄낄거리며 나를 놀리기 바빴다.

"묻지 마!"

박 군은 내 윽박지름에도 웃음을 거두지 않았다.

"무척 예쁘더군. 김 군은 좋겠어. 그렇게 젊고 예쁜 여자……"

갑자기 그가 말을 멈췄다. 무엇인가에 놀란 듯했다.

"변화가 오나?"

그는 대답하지 않았다. 그 대신 어떤 소리가 귀에 들어오기 시작했다. 창문 너머 어디선가 들려오는 북소리일지도 모른다고 생각했지만, 그건 착각이었다. 멀리서부터 온다고 생각했던 소리는 서서히 가까이 다가왔고, 박자도 점점 빨라졌다. 그 근원지는 심장이었다. 내가 그 소리를 내는 왼쪽 가슴 부근을 쳐다보자 그곳은 곧 터질 듯이 튀어 오르기 시작했다. 순식간에 심장박동은 아마 정상적 수치의 두 배 정도의 속도는 돼 보였다. 쿵, 쿵, 쿵, 쿵, 쿵, 쿵, 심장이 경련을 일으키듯 마구 뛰는 소리가 방안을 메웠다. 펌프질을 할 때마다 그 부위가 부풀었다 줄어들었다 하는 게 눈에 확연히 보였다. 박 군이 한 말에 의하면 좀비 바이러스 투입 후의 변화는 심장박동과 혈류 모든 게 현저히 느려진다고 했었다. 헌데, 지금은 어째서 빨라지는 거지?

"컥…… 커억."

박 군이 숨을 크게 내뱉었다. 재빨리 그의 얼굴을 바라보았다. 안색이 평소보다도 더 허옇게 질려 있었다. 입을 반쯤 벌리고 어딘 가를 바라보는 듯 크게 뜬 눈 안에서 동공이 표현할 수 없을 만큼 확장돼 있었다. 본디 검었던 눈동자 색깔이 지금은 얇고 하얀 천을 덧댄 듯 연해져 있었다.

"이보게, 박 군! 박 군, 자네 괜찮나?"

나는 다급하게 불렀지만, 굳이 그가 말로 대꾸하지 않아도 괜찮지 않다는 걸 알 수 있었다. 떨리기 시작하는 손발의 경련이 대답으로 돌아왔다. 심장 소리가 그랬던 것처럼, 처음엔 사시나무처럼 약하게 떨리다가, 점점 미친 듯이, 곧 폭발할 듯이 사지가 마구 꿈틀거렸다. 발, 종아리, 무릎, 허벅지, 손, 손목, 심지어 손가락 하나하나까지도 어떠한 일관성 없이 따로따로 버르적거렸다. 기괴한 춤을 추는 영상을 몇 배속으로 돌려놓은 것 같은 모습에 소름이 돋았다. 오른손목은 특히 다른 곳보다 더 미친 듯한 동작으로 춤추는 것이 눈에 들어왔다. 손목에 채워진 수갑이 경련 때문에 벽과 부딪혀 자꾸 쇠끼리 딱딱거리는 소리가 났다. 어디 긁힌 상처 하나 없는 오른쪽의 하얀 손목. 그 속에 핏줄이란 핏줄은 퍼런

빛을 내며 부풀어 올라 터져 버릴듯했다. 그 순간, 그 모습은 대학교 1학년 때 내 앞에서 사고를 당한 여자가 온몸에 경기를 일으키는 모습이랑 겹쳐서 머릿속에 떠올랐다.

"아…… 아……."

할 수 있는 건 쳐다보는 일 외엔 아무것도 없었다. 온몸의 핏줄이 부풀어 오른 것처럼 망막의 핏줄도 부풀다 못해 터져버려서 눈알이 전체적으로 벌건 반면 눈동자 부분은 흐려지다 못해 반쯤 거의 옅은 회색으로 변해있었다. 어딘가를 쳐다보던 눈알은 이제 또록 또록 소리를 낼 것 같이 불규칙하고 끊임없이 굴려지고 있었다. 반쯤 열린 입에서는 혀가 부푼 듯 "컥, 컥." 해대는 낮은 소리를 내며 침인지 위액인지 모를 액체를 뱉어내고 있었다. 입술 색은 시체의 것처럼 퍼렇다. 경련은 멈추지 않았다. 심장은 여전히 왼쪽 가슴 부근에 북소리와 함께 확연히 드러났다 사라지기를 빠른 장단으로 반복하며 자신의 존재를 입각시키고 있었고, 햇빛이 반사되어 은빛보다는 하얗게 빛나고 있는 수갑에선 계속해서 쇳소리가 났다. 그런 박 군의 모습은 징그럽기 짝이 없었다. 이미 외관상이나 표정 등 모든 것이 사람의 것이 아니었다. 지옥에서 온 피조물과 마주하고 있는 기분이었다. 공포가 나를 완전히 덮쳤다. 나는 다리에 힘이 빠져 그대로 바닥에 주저앉았다. 이루 말할 수 없는 공포심에 눈앞이 깜깜해져 버린 건 오히려 다행이었다. 그를 똑바로 쳐다볼 용기조차 나에겐 없었다. 쿵쿵거리는 북소리만이 내 귓속을 끊임없이 맴돌았다.

실험이 아무래도 잘못된 듯싶었다. 실험용 쥐에서 인간으로 바로 실험체를 바꾸기엔 위험이 크다는 걸 왜 진작 생각해내서 짚어주지 않았던 걸까. 내 앞의 생명체는 죽어가고 있는 것일까. 저렇게 꿈틀거리며 라라 곁에 가는 중일까. 라라는 그런 그를 보고 뭐라고 할까. 알 수 없었다. 지금 이 순간엔 저 영원한 심장박동의 울림과 함께 실험체가 일으키는 경련의 증거만이 연구소B에 존재할 뿐이었다. 쿵쿵, 쿵쿵, 딱딱딱딱, 딱딱딱딱.

백신이 과연 저 증상을 고칠 수 있는 걸까? 나는 곧이어 소용없을 것 같다는 판단을 내렸다. 설사 모든 것을 되돌릴 효과가 있다 해도, 도저히 저 징그러운 물체에 가까이 다가갈 의지가 들지 않았다. 나는 괴로운 마음에 손으로 얼굴을 감쌌다. 모든 걸 뒤로하고 연구소를 뛰쳐나가고 싶었지만, 문을 열기 위해서는 박 군의 손가락 지문이 필요했다. 지금 할 수 있는 일이라곤 저 터질듯한 소음을 참아내는 것뿐이었다.

"그만! 그만해!"

나는 눈을 감고 절규했다.

그 순간, 정막이 찾아왔다. 찰나의 순간 모든 게 멈췄다. 심장박동소리도, 발작도, 그의 호흡과 함께 뱉어내던 신음도. 비록 박 군이 묶여 있던 창밖 뒤 갈대밭으로 바람이 살짝 지나가며 낮게 우는 소리가 들렸지만, 조금 전에 비하면 그것은 침묵이나 다름없었다. 나는 실눈을 뜨고 고개를 천천히 들어 그를 올려다보았다.

몸의 모든 근육이 풀려서 아래로 축축 처져 있었다. 머리는 불편하겠다 싶을 정도로 한쪽으로 치우쳐 숙였고, 사지는 마치 이 몸뚱이 소속이 아니라는 듯 기괴하게 뒤틀려 있었다. 땀이 흥건하게 맺힌 이마와 흠뻑 젖어버린 머리카락. 전체적으로 벌건 흰자위에 비해 허옇게 변해버린 눈동자는 마치 눈을 까뒤집고 있는 듯 보이게 했다. 벌려진 입에서는 아직도 정체 모를 액체가 바닥으로 천천히 떨어지고 있었다. 그의 세상에선 모든 게 정지한 것처럼 느껴졌다. 죽은 것 같았다. 나는 천천히 몸을 일으켜 세웠다. 당장 뭘 해야 하는지 도무지 머릿속에 떠오르지 않았다. 경찰을 불러야 할까. 벽에 매달린 시계를 쳐다보았다. 2시 28분을 가리키고 있었다. 나에게 있어선 영원이라고 생각될 만큼의 긴 시간이 고작 주사를 놓은 후 4분하고도 몇 초 더 되는 시간이었던 것이다. 바이러스는 효과가 빠른 듯했다. 거부반응이든, 부작용이든 간에.

발소리를 죽이고 그에게 한 발짝 다가갔다. 혹시나 박 군이 갑자기 고개를 쳐들고 "장난쳐봤어."라며 피에로나 조커 같은 얼굴로 웃을 수도 있을 것 같았다. 이번에도 그러면 정말 그럴듯한 흉기로 때려줘야겠다, 실없는 희망을 품었다. 비교할 것도 없이 확실히 눈앞의 시체보다는 장난 쪽이 나았다. 하지만 그는 미동도 하지 않았다. 박 군은 그렇게 안달 냈던 임상실험을 기어코 고집대로 하더니 죽어버렸다.

"박 군."

그를 불렀다. 대답은 돌아오지 않았다.

"네 말대로 나는 죄책감을 느끼지 않아."

사실이었다. 나는 그를 말리기 위해 충분히 힘썼으며, 더군다나 이건 내 부주의로 말미암은 것이 아닌 바이러스의 부작용에 따른 실패였다.

"솔직히 지금도 나는 네가 미워. 자네는 늘 나보다 무언가를 더 가지고 있었으니까. 하지만 지금에서야 미워할 이유도 없군. 이제 나는 자네가 가지지 못한 생(生)을 가졌으니."

혼자서 떠들어댔다. 들을 사람이 없다는 걸 알지만 무슨 말이든 해야 방금 겪은 충격과 공포심에서 벗어날 수 있을 것 같았다.

"천국에 갈지 안 갈지는 모르겠지만, 부디 라라와 행복하게. 그녀에게 내 안부를 전해주고, 선택하라 해. 그녀를 죽인 자네와 한 여자를 그녀와 똑같이 바꿔버린 나 중에서."

아까 박 군이 했던 발언이랑 똑같이 말하고 피식 웃었다. 이 상황에서 내가 농담을 던질 수 있다는 사실이 경이로웠다. 나는 잠시 눈을 감고 묵념을 한 뒤, 뒤돌아서서 경찰에게 전화하기 위해 가방을 뒤져 휴대전화기를 찾았다.

"그으……."

낯선 소리가 흘러나왔다. 연구소의 고요가 또다시 깨졌다. 나는 고개만 돌린 채 뒤를 살폈다. 낯선 소리는 분명 박 군에게서 나오고 있었다. 집어들은 휴대전화기가 손을 벗어나 바닥으로 툭 떨어졌다. 나는 몇 발자국을 사이에 둔 채 그를 다시 마주 보고 섰다.

그는 살아있었다. 살아있어서 뒤틀려 있던 고개를 아주 천천히 들어 올리고 있었다. 하지만 얼굴은 아까 죽었다고 생각했던 상태 그대로였다. 이빨끼리 갈리는 소리와 나지막한 신음이 섞여 기묘한 음성이 입에서 나오고 있었다.

"그…… 그으윽…… 그윽……."

하얗게 변해버린 눈의 눈꺼풀이 파르르 떨렸다. 수갑으로 묶인 손을 연방 쥐었다 피기를 반복했다. 좀 전이랑 다른 모습이 있다면 아까 그렇게 팽창되었던 혈관도 심장도 지금은 그 흔적조차 찾아볼 수 없다는 점이었다. 아마도 수축해버려서 안 보이게 된 것이리라. 박 군은 천천히 온몸을 점검해 보는 듯 움직였다. 자신을 고정시켜놓은 수갑 때문에 뜻대로 움직일 수 없자 나지막한 울음소리를 내뱉으며 그는 자유로워지려는 발길질을 해대기 시작했다. 찰랑, 찰랑, 여전히 수갑이 그의 의지를 막자 거슬린다는 듯이 얼굴을 구기며 이빨을 갈았다.

아까의 발작은 바이러스의 부작용이 아니라 변하는 과정이었던 모양이다. 저것이 그가 말한 좀비 상태이다. 확신할 수 있었다. 누구라도 박 군의 모습과 행동을 봤더라면 자신 있게 좀비라고 외쳤을 것이다. 아니, 그를 더 이상 박 군이라고 여기긴 힘들었다. 내가 모르는 좀비 한 마리일 뿐이다. 나도 모르게 한 걸음 뒤로 물러섰다. 구두와 바닥이 부딪히면서 아주 작은 마찰음을 냈는데, 그 순간 그의 고개가 나를 향해 휙 돌아갔다. 지금까지의 슬로모션 같은 행동에 비해서는 굉장히 빠른 속도였다. 귀로 소리를 들은 건지 눈으로 날 볼 수 있는 건지에 대한 여부는 알 수 없지만, 그는 아마 오감을 사용해 내가 그곳에 있다는 것을 알아차린 건 틀림없어 보였다. 그는 얼굴 근육을 기괴하게 일그러뜨리며 이빨을 갈았다.

"ㄷㄷㄷㄷㄷㄷ득. ㄷㄷㄷㄷㄷㄷ득."

뭔지 몰라도 나에게 살의를 느끼는 것만은 분명했다. 좀비가 계속 수갑이 채워진 팔과 다리를 앞쪽으로 허우적거리며 나에게 다가오려고 했다. 지금은 하얗고 제법 건장한 덩치를 가지고 있지만, 혈관이 보이지 않게 줄어든 면으로 보아 혈액이 비정상적으로 천천히 순환하고 있으니 며칠 있으면 피부색이고 살이고 모든 게 거무죽죽한 빛으로 변하게 될 것이다. 어쩌면 내장, 뼈, 피부가 썩어 들어갈지도 모르는 일이었다. 확실한 건, 그의 실험은 아직까진 실패하지 않았다는 것이었다.

그렇다면 내가 할 일도 남아 있었다. 그가 썩기 전에 바이러스 항체를 그의 몸에 풀어놓는 임무 말이다. 백신이 자기 역할을 다하고 박 군이 제 모습으로 돌아오는 것, 그게 바로 연구의 끝이자 완성이었다. 정말 내키지 않는 일이었다. 날 죽이고 싶어서 침을 질질 흘리며 이빨을 가는 생명체에게 다가가는 게 내키겠는가. 하지만 바지 주머니 속 백신 세 개가 내가 해야만 하는 일을 자명하게 알려주고 있었다.

애써 정신을 차리고 그 속에 손을 집어넣고 면역항체가 들어 있는 주사기 하나를 손에 쥐었다. 캡을 제거한 주삿바늘이 날카롭게 번쩍하고 빛났다. 긴장을 늦추지 않고 좀비에게 천천히 다가갔다. 이게 박 군이 완벽하게 좀비로 변한 모습인지 아닌 건지는 파악할 수 없었다. 만일 아직 다 변하지 않았더라도 나는 백신을 놓아버릴 생각이었다. 내 머릿속에는 다만 이 상황을 끝내고 싶다는 간절한 소망밖에 없기 때문이었다.

다가갈수록 그의 모습은 눈뜨고 못 봐줄 정도로 흉했다. 얼굴을 포함한 몸의 근육들이 여기저기 경직되고 뒤틀려 있었다. 계속해서 이빨을 갈던 좀비는 내가 다가가자 흥분한 듯이 낮은 소리를 냈다.

"그윽…… 그윽…… 극…… 극…….."

그리고 나를 잡으려고 팔과 다리를 마구 움직였다. 수갑의 쇳소리가 4중주로 울려 퍼졌다. 살아 있는 것을 무자비하게 죽이려는 본능을 가지고 있다는 것은 진즉 알고 있었지만, 이토록 적극적으로 나를 죽이고 싶어 할 줄은 몰랐다. 혹시 그의 손발을 묶은 커튼 봉이 빠지는 건 아니겠지? 나는 봉의 끝에 박힌 못을 관찰했다. 못들은 아무 문제 없이 처음 그 자리에 잘 박혀 있었다. 안도하려는 찰나 문득 박 군이 감염된 쥐에 대해 '평범한 실험용 쥐가 낼 수 없는 이빨의 힘으로 동료를 죽였다.'고 설명했던 장면이 기억나 조급해졌다. 일반 사람의 힘으로는 단단히 고정된 못을 쉽게 빼낼 수 없겠지만, 상대가 좀비라면 말이 달라진다. 따라서 나는 좀 더 서둘러야 했다.

좀비의 왼쪽 팔목 바로 옆으로 다가갔다. 그의 울음소리는 가까이서 들으니 더 소름 돋았다. 내가 손에 잡힐 거리만큼 가까워졌다는 것을 느낀 좀비는 춤추듯 몸을 더욱 흔들며 나를 공격하려고 했다. 수갑을 채우길 정말 잘했다는 생각이 들었다. 조심스럽게 왼쪽 팔목에 주삿바늘을 넣으려 했지만 혈관이 너무 작아져서 잘 보이지 않았다. 이런 때일수록 신중해야 한다. 나는 울부짖는 좀비와 조금 거리를 두고 그의 왼쪽 팔을 뚫어져라 바라보았다. 잠시라도 가만히 있지 않고 자꾸 발버둥치는 바람에 관찰하기가 퍽 어려웠지만, 유난히 흰 그의 피부 때문에 곧 어렴풋이 푸르스름한 하나의 혈관이 눈에 포착됐다. 좋다. 조심스럽게 팔을 잡고 얼른 투여시켜버리면 되는 거다. 맘껏 나를 공격해 봤자 손발이 묶인 그는 나에게 털끝 하나 건드릴 수 없어. 침 흘리는 입으로 실컷 울어보라지. 나는 스스로 용기를 북돋으며 살며시 그의 팔을 잡으려 했다. 떨리는 손이 천천히 다가가 그의 피부에 닿는 순간,

"으헉!"

고통을 느끼며 목을 잡으며 뒤로 벌러덩 넘어졌다. 동시에 백신이 든 주사기를 놓쳐버리고 말았다. 주사기는 바닥에 떨어진 충격으로 피스톤과 실린더가 분리되어 그 안을 채우고 있던 액체가 바닥에 흩뿌려졌다. 잠깐 동안 나는 무슨 일이 일어났는지 파악하지 못했다. 곧이어 목을 감싸 쥔 손바닥에서 따뜻한 액체가 손목을 타고 바닥으로 떨어지는 것이 느껴졌다. 나는 내 손바닥을 들여다보았다. 검붉은 듯 선명한 듯 붉은색을 가진 액체가 잎맥을 흘러나가듯 손바닥 주름 사이로 퍼져 나가고 있었다. 피였다.

"아뿔싸!"

공격당한 것이었다. 워낙 순식간에 벌어진 일이라 세세히 기억은 나지 않지만, 팔에 손을 댐과 동시에 좀비는 목의 근육을 뒤틀린 듯 움직여서 내 목을 문 것이다. 어찌나 힘을 줘서 물어뜯었는지 살점이 조금 뜯겨 있었다. 조금만 더 가까이 있었더라면 그에게 크게 한 입 물리고 바로 죽어버렸을지도 모른다. 다행히 상처 자체는 그다지 심각하지 않아 보였다. 하지만 정작 심각한 문제는 따로 있었다. 내가 감염돼 버릴 수도 있다는 것이었다.

눈앞의 좀비는 공격에 성공하자 만족스러운 듯 고개를 위아래로 천천히 흔들며 입에 문 내 조그만 살점을 씹고 있었다. 악마 같은 얼굴이었다.

"피해를 절대 안 줄 거라며, 이 빌어먹을 괴물자식아!"

상대방은 알아듣지도 못할 욕을 퍼부은 다음 나는 서둘러 남은 백신 두 개 중 하나를 꺼내 캡을 따고 내 팔목의 혈관을 찾기 시작했다. 바이러스 침투 후 120초 내로 감염, 시간이 없었다. 가장 두꺼운 혈관을 찾자마자 나는 망설이지 않고 주삿바늘을 푹 꽂았다. 다행히 예리한 바늘은 혈관에 정확히 꽂혀 그 안으로 액체를 흘려보냈다. 채 30초도 안 되는 시간이었다. 일단 급한 불은 껐다.

한숨을 크게 내쉰 후 다시 눈앞에 놓인 문제를 직시했다. 제멋대로 마구 움직이고 이상한 소리를 내는, 불과 몇 분 전만 해도 나와 대화를 나눈 좀비. 마음 같아서라면 실험이고 좀비고 뭐고 죄다 이곳에 내버려두고 도망쳐버리고 싶었다. 하지만 문제는 저 현관문. 제기랄! 정말로 철두철미한 놈이었다. 외부인을 막기 위해서라지만, 저 자식은 도망가 버릴지도 모르는 나까지 계산에 넣었던 게 틀림없다. 두리번거리며 다른 탈출구를 찾아봤지만, 두 개의 창문 중 하나는 좀비가 그 앞을 가로막고 있었고 나머지 하나의 창문도 성인 남자가 나가기엔 턱없이 작아 곧 포기했다.

그냥 죽여 버릴까, 이미 인간이 아니잖아. 라는 생각이 머릿속에 스치듯 떠올랐다. 하지만 박 군이 쥐를 처리할 때, 머리를 찌르고 심장을 찔러도 죽지 않았다고 했다. 상식에 벗어난다. 생명체라고 정의할 수 있을지 없을지는 모르겠지만, 진짜 골 때리는 대상인 것만은 틀림없었다.

나에겐 결국에 하나의 선택지밖에 없었다. 주머니 속 하나 남은 백신을 저 괴물에게 주입해야 한다. 그리고 좀비를 박 군으로 되돌려놓는다. 그게 내가 안전하게 연구소를 나갈 수 있는 유일한 방법이었다. 괴물은 지치지도 않고 아직도 날뛰고 있다. 게다가 설상가상으로 어느 순간부터 좀비가 움직일수록 점점 커튼 봉에 박힌 못이 헐거워지고 있는 것이 느껴졌다. 이제는 정말로 시간이 없었다. 살고 싶으면 당장 백신을 투여해야 했다. 그것만이 이 절망적 상황에서 잡을 수 있는 한 가닥 희망이었다.

피할 수 궁지로 몰리자 나는 오히려 대담해졌다. 백신을 들고 좀비 근처로 저벅저벅 걸어가서 아무리 근육을 뒤틀어 다가오려 해도 나에게 닿지 않게 거리를 두고 그의 앞에 무릎을 꿇었다. 그리고 팔을 뻗어 좀비의 팔을 꽉 잡고, 눈에 보이는 혈관 주변으로 혈류를 모았다. 그의 피부는 생각보다 더 차가웠다.

"극…… 그윽…… 극."

손톱으로 할퀴려는 듯 마구 내 쪽으로 손가락과 손을 마구 흔들었지만 충분한 거리를 두었기 때문에 다시 공격당하는 일은 없었다. 혈류가 어느 정도 모이고 핏줄이 왼손의 창백한 피부 위에 형태를 나타냈다. 먹이를 다시 깨물기 위해 고개를 숙이고 이빨을 딱딱거리는 좀비의 입에서 침이 떨어져 머리 위로 떨어졌다. 잠시라도 망설일 이유가 없었다. 나를 향해 발작하며 울부짖는 좀비의 혈관에 주삿바늘을 꽂아 넣고, 피스톤을 눌러 백신을 주입했다. 팔로 온 힘을 다하여 좀비의 왼쪽 팔을 움직이지 못하게 붙잡고 있었기 때문에 다행히 백신은 주사기를 떠나 그의 몸 안에 모두 흘러들어 갔다. 주사기의 액체가 빈 것을 확인한 순간 나는 바로 뒤로 철퍼덕 앉아 두 손으로 바닥을 짚어 뒤쪽으로 도망친 후 숨을 몰아쉬었다.

좀비는 코앞에 있던 먹잇감을 놓쳐서 화가 난 듯 수갑이 채워진 팔을 마구 흔들었다. 내가 느낀 것이 착각이 아닌 듯, 커튼 봉에 고정된 못이 움직일 때마다 벽에서 점점 빠져나오고 있었다. 만일 백신이 효과가 없거나 효과가 나타나기도 전에 못이 빠져버린다면 난 정말 끝장이다. 본디 무교인 나지만, 이 순간만큼은 지금까지 믿지 않았던 신의 자비만을 기도하며 좀비를 바라보았다.

그를 상대하느라 몸에 있던 모든 힘이 빠져서 숨 쉬는 것조차 힘들었다. 마라톤이라도 완주한 듯 땀이 흐르다 못해 온몸에 흠뻑 배어났다. 여기서 나는 죽는가, 아니면 살아나가는가? 내가 살아왔던 순간이 스쳐 지나갔다. 아들을 늘 자랑스럽게 여겼던 부모님, 우등생이었던 학창시절, H대학교에의 합격, 그리고 나를 따라다니는 미친 과학자 박 군, 첫사랑 라라, 그리고 보조개 섞인 K의 웃는 얼굴……. 금방이라도 정신을 잃을 것 같았다.

"그으…… 그…… 그…….".

운이 좋았던 것일까? 바이러스와 항바이러스제 결합의 당연한 결과였던 걸까? 백신은 효과가 분명 있었다. 오히려 그 반응은 감염보다도 더 빠른 속도를 보였다. 연구소B를 다 부숴버릴 듯 난리 치던 좀비의 울음소리는 점점 작아졌고, 뒤틀어진 근육과 일그러진 얼굴이 정상적인 모습으로 변하기 시작했다. 눈동자도 서서히 갈색으로 돌아왔고, 희미하게 일반적인 속도로 펌프질하는 심장 소리도 들려왔다. 그리고 좀비는 정신을 잃었다. 기절하며 몸에 힘을 빼버리는 순간, 봉의 못이 완전히 빠지며 그는 커튼 봉과 함께 바닥으로 고꾸라지며 쓰러졌다. 정말 아슬아슬했다.

또 공격당할까 봐 두려웠기 때문에 나는 가까이 다가가지 않은 채 가만히 그를 쳐다보았다. 확실히 이젠 좀비가 아닌 박 군의 얼굴이었다. 세상모르듯 편하게 잠든 그의 모습에 나는 긴장이 탁 풀리며 동시에 꾸역꾸역 화가 치밀었다. 네 놈 때문에 내가 이 고생을 하다니, 역시 네놈은 인생에 도움이 된 적이 없었어. 오늘을 마지막으로 절대 그를 만나지 않겠다는 다짐을 다시 한 번 굳게 새겼다.

식탁 의자에 앉아 한참 숨을 고르며 마음을 추스르고 있으니, 쓰러진 지 몇 분 되지도 않아 정신을 잃은 자에게서 눈이 번쩍 떠졌다. 그리고 자다 깬 듯 부스스하게 일어나며 그는 말했다.

"아야야, 이거 온몸이 쑤시는구먼…. 목도 잘 안 돌아가고 눈도 시큰시큰하군…. 아아, 김 군. 대체 무슨 일이 있었던 건가? 맞다, 나에게 좀비 바이러스를 주입했었지. 기억나는군. 바이러스가 투입됐던 내가 지금 제정신이라는 건, 실험이 성공적이라는 건가?"

온몸의 근육이 뒤틀리고 눈알의 핏줄도 다 터져버렸던(눈은 아직도 시뻘겋다) 그가 이렇게나 빨리 정상으로 돌아와 정신을 차린 것도 희한했고, 더군다나 너무도 태평하게 말하는 그의 모습에 참을 수 없는 분노를 느꼈지만, 나에겐 화낼 기력조차 남아 있지 않았다. 조금 전까지의 겪은 상황이 도무지 현실이었다고는 믿기 어려웠고, 마치 생생한 악몽을 길게 꾸고 일어난 것 같았다.

"자네……. 좀 이따 내가 정신 차리면 보세."

고작 이런 말로 내 심정을 표현할 수밖에 없었다. 그는 나를 보며 "응? 자네 목이 왜 이런가? 피 나는데?"라며 대답할 가치도 없는 질문을 던졌다.

열쇠를 건네받고 수갑을 완전히 풀어낸 박 군은 그가 한 짓에 대한 나의 설명을 듣고선 놀란 듯 보였다.

"아…… 이런……. 그런 변수가 있을 줄은 꿈에도 몰랐네. 미안하네. 정말 미안하네. 그런 일이 있을 줄 알았다면 절대 자네를 안 끌어들였을 텐데(나는 코웃음을 쳤다.). 나는 정말 안전할 줄 알았어. 느릿느릿한 좀비가 위협적일 것이 뭐가 있다고 생각했겠나."라며 반성하는 태도를 보였지만, 내가 죽을 뻔했다는 사실보다 자신이 좀비였다는 사실에 더욱 흥미를 느끼는 것 같아 더 분개가 느껴졌다. 내가 저런 놈을 위해 묵념을 했다니, 그 시간도 아깝다. 그는 계속 중얼거렸다.

"내가 좀비였었다니. 정말 신기하구먼. 좀비는 의식이 없는 것 같군. 그 난리를 쳤어도 기억 하나 나지 않네. 언제부터 안 나는 거냐면 그러니까, 자네가 몸 변화 없느냐고 물었던 것까지는 기억 나는데 그 뒤로는 뭔가 흐려지면서 가물가물해. 으, 아무리 생각해도 신기하네. 지금 팔뚝에 소름 돋는 거 보이나?"

"중얼중얼 혼자 떠들지 말게. 진짜 한 대 때리고 싶으니까."

정말로 때릴 것 같은 마음으로 따끔하게 말했다. 내 말에 박군은 몸을 움츠렸다. 움직일 때마다 아직 덜 풀린 근육에서 우두둑, 하는 소리가 났다.

"미안하네. 그때 기억은 정말 하나도 안 난다네. 그나저나 김군, 자네는 무서웠을 텐데도 잘 참고 나를 되돌려 줬구먼. 거듭 미안하네. 그리고 고맙네. 이 감정을 어떻게 보상해 줘야 하는지 모르겠네."

그는 나를 추켜올려 어떻게든 내 기분을 풀어보려고 하는 것 같았다. 듣기 싫었다. 그와 나 사이에 이미 친구라는 명목은 사라져 있었다.

나는 정신만 차리면 연구소B를 나가겠다고 한 뒤 수프를 끓여주겠다는 그의 제안을 거절했다. 땀을 많이 흘린 후라 타는 갈

중에 물만 몇 잔을 들이켰다. 박 군은 불과 5분 전만 해도 자신이 좀비였다는 사실을 전혀 실감 못하는 듯 더 자세하게 말해달라고 했다. 그리고 나에게서 온몸을 꿈틀거리며 경련을 일으켰던 일, 사람이 아닌 것 같던 그의 얼굴과 몸, 그리고 죽은 듯 축 늘어져 있다가 나한테 했던 미친 짓들을 새로이 들을 때마다 그는 영웅담을 듣는 아이처럼 감탄하는 신음을 흘리더니 또다시 나에게 거푸 미안하다는 말만 반복하였다. 당연히 박 군의 사과가 곧이들리진 않았다. 그저 가만히 서서 바이러스고 백신이고 맞고는 한바탕 난리를 치고 깨어난 네놈한테는 미안한 감정보다 신기하고 신나는 감정이겠지. 정말로 그가 학창시절 때보다 더 미워졌다.

"그나저나 김 군, 정말 고맙네. 자네가 아니었으면 나는 평생 이 실험에만 매달렸을 거야. 임상실험까지 완성해야 된다는 압박에 결국 미쳐서 내 몸이나 다른 사람의 몸에 멋대로 바이러스를 넣어 세상에 내보냈을 수도 있고."

소파에 앉은 그가 여기저기를 주무르면서 나에게 시선을 고정한 채 말했다.

"자네는 지금도 미쳤네." 볼멘소리로 얘기했다.

"그래, 나는 미쳐 있었지. 그나마 이제 정신이 드는 것 같네. 이제야 남들이 가는 평범한 가도를 달릴 마음이 비로소 들기 시작했네. 이제 연구소B에서의 생활을 청산하고, 나를 받아줄 연구소를 찾아봐야겠어. 졸업장은 없지만, 어딘가는 받아주겠지. 자네 연구소도 괜찮고."

"싫어!"

소리를 질렀다.

긴장했던 순간은 다 지나가고, 아직 기력은 돌아오지 않았다. 몇 시간만 지나면 K는 내 여자가 된다……. 빨리 가서 K를 만나야 하는데. 계속해서 종알거리는 그의 말을 듣고 싶지 않아 K 생각에 집중하려고 노력했다.

박 군은 얼굴 근육을 마음대로 움직이지 못해 어색한 표정을 지으며 웃더니 대답했다.

"절대 사절인가. 알았네. 다른 곳을 알아보겠네. 생명과학 분야는 넓으니까, 나를 써먹어 줄 곳이 분명 있을 거야."

박 군은 두 주먹을 불끈 쥐어 보였다. 그리고 보답하는 의미로 다음 주쯤 정말 크게 밥을 사겠다고 말했다. 연을 끊기로 한 마당에 저런 제안을 할 수 있다니, 여러모로 정말 불쾌한 사람이었다. 나는 단호하게 말했다.

"됐네. 나와 실험 전에 한 약속 지키게나. 오늘 이후로 나와 K의 눈앞에 나타나지 말고, 내 인생에 끼어들지 말고 세상 속에서 조용히 살게. 그 빌어먹을 호기심 좀 버리고 말이야."

박 군은 해맑게 고개를 끄덕이며 답했다.

"알았네. 자네가 나를 도와준 대가로, K 양을 라라와 똑같이 바꿔버린 걸 절대로 누설하지 않겠네. 아쉬움이 아예 없는 건 아니지만, 나는 이제 그만 라라를 내려놔야겠어. 자네는 부디 K 양과 행복하게나."

끝났다. 모든 건 끝났다. 이제 남은 건 K…… 아니 라라……. 십몇 년이 지나서야 그녀를 갖게 된 나의 행복뿐……. 나는 기력을 점차 차려가고 있었다. 이 연구소를 나가자마자 바로 그녀에게 바로 전화하는 거다. 그리고 만나자마자 고백하자. 오늘 나는 이렇게 힘든 일을 겪었으니 그럴 자격이 충분하다….

자신이 묶여 있었던 수갑과 바닥에 떨어진 창문 봉을 번갈아 쳐다보던 박 군은 생각에 잠겨 있는 나에게 나지막한 목소리로 말하였다.

"정말 끝났네. 김 군. 나의 청춘도, 긴 은둔 생활도, 연구도 모두……. 다 자네 덕분이야. 정말 원하는 보답이 있다면 내가 할 수 있는 선에서 최대한……"

그리고는 별안간 깜짝 놀란 듯 자신의 왼손으로 오른쪽 팔꿈치를 후려쳤다.

"왜 그러나?" 나는 물었다.

"아, 모기가 물어서. 별거 아닐세. 열린 창문으로 들어 왔나 봐. 이 자식, 이미 한방 물었구먼, 피가 나왔어."

박 군은 왼 손바닥을 들어 그 위에 찌그러져 있는 모기를 나에게 보였다.

나는 아무 생각 없이 그의 오른쪽 팔목을 보았다. 늘 느끼는 거지만 하얗다 못해 창백한 피부색이다. 팔꿈치 근처에 방금 물린 모기자국이 붉게 변하며 부어오르고 있었다. 그리고 손목 부근에도 빨간 모기자국이…….

쾅!

나는 비틀거리며 벌떡 일어났다. 그 반동으로 내가 앉아 있던 의자가 넘어졌다. 박 군은 나를 쳐다보았다.

"벌써 집에 가려고? 괜찮겠나?"

"자네, 그 모기 언제 물린 건가?"

"이 모기? 방금 물렸잖나." 그가 의아한 듯이 대답했다.

"그 자국 말고, 손목의 자국. 그것도 방금 물린 건가?" 다급하게 물었다.

"음, 어라? 나도 모르는 새 언제 물렸지? 벌써 이렇게 가라앉아 있는 걸 보니, 방금은 아닐 거야. 아마도 실험 전에 물렸겠지."

손목에 채워진 수갑이 경련 때문에 벽과 부딪혀 자꾸 쇠끼리 딱딱 소리가 났다. **어디 긁힌 상처 하나 없는 오른쪽의 하얀 손목.** 그 속에 핏줄이란 핏줄은 퍼런빛을 내며 부풀어 올라 터져 버릴듯했다

"자네는, 좀비로 변하기 전에는 물리지 않았었어."

그래, 나는 바이러스가 들어간 후 경련하는 그의 오른손목을 확실히 보았었다.

"그럼 방금 물린 건가? 그건 아닌 것 같은데. 어쩌면 좀비로 변했을 때 물린 게 아닐까? 기억이 안 나는군."

요즘 모기들은 다 뇌염모기래요. **피만 빨고 가는 게 아니라 가지고 있던 병균을 모조리 토해내서 옮긴다나.** 보건당국에서도 골머리를 앓고 있대요. 그곳에서 일하는 친구가 알려 준 건데, 아직 일반인들에겐 비밀이래요. 되도록 안 물리는 게 최선이에요.

"아마도…… 그런 것 같은데."

내 심장이 점차 빠르게 뛰는 것이 느껴졌다. 얼굴로 열이 올라

왔다.

"근데 모기는 병균하고 상관없지 않나? 뇌염모기가 아니라면 말이야. 그런 게 이 주위에 흔하지도 않을 테고."

박 군은 아무렇지 않은 듯 태연한 태도였다. 그렇기도 한 게, K는 저 사실이 일반인들에게 공개되지 않은 보건당국의 기밀이라고 말했었지. 하지만 설사 뇌염모기라 하더라도, 토해내는 건 정말 소량의 병균일 것이다. 그렇다면 과연 괜찮을까?

*그의 말에 따르면 좀비 바이러스는 **아주 미미한 양으로도 온 몸에 금방 전이될 만큼** 빠른 감염성이 특징이라고 한다. 하지만 백신이 세 개 나 있으니, 박 군에게 하나, 나에게 하나를 쓴대도 하나가 남으니 걱정할 게 없다고 했다.*

걱정할 게 없는 건 세 개의 백신을 모두 써버리기 전이다.

박 군은 아직도 옆에서 떠들어대고 있었다.

"표정이 왜 이런가 자네? 내 손바닥 위의 작은 모기가 위험할 거라고 생각하는 건가? 무슨 별걱정이 많구먼. 길가다가 마른번개에 맞아 죽을까 봐 두려워하는 꼴이군. 그나저나 뜨거운 수프 마실 생각 정말 없나? 내가 또 수프는 기가 막히게 잘 끓이……."

그가 도중에 말을 멈췄다. 제발 착각이기를 간절히 바랐지만, 나를 바라보는 그의 눈동자가 희끄무레하게 변하는 게 분명히 느껴졌다.

연구소B에 다시 침묵이 흘렀다.

창문 너머의 갈대들이 잔잔한 가을바람에 파도처럼 물결치고 있었다.

| 제2회 ZA 문학 공모전 수상작 |

나에게 묻지 마

최철진

1986년 출생, 한국예술종합학교 협동과정 서사창작과.
제1회 신체강탈자공모전에서 「HOOK」으로 우수상을 수상했다.

아버지가 죽은 자리 옆에 구덩이가 파헤쳐 있었다. 구덩이 안에는 소주병과 농약병이 들어 있었고, 그의 입 안에는 흙이 한 움큼 차 있었다. 나는 그 흙을 빼내지 않은 채 숨을 거둔 그대로 시신을 묻었다. 아버지의 더러운 손도 닦지 않았다. 내가 아버지에게 정이 없다거나 장례식 비용을 아끼려고 그런 건 아니었다. 그가 무슨 의도로 마당을 파헤쳤는지 알았기 때문이다.

1. 쉬이이!

후텁지근한 천막 안에서 바깥 상황을 엿보았다. 한뜰마당에 죽은 사람들이 하나 둘 모이기 시작했다. 초여름 햇살에도 눈살

하나 찌푸리지 않았다. 그들의 표정에 개성이라고는 찾을 수 없었다. 그러나 그들 특유의 표정은 모두들 갖고 있었다. 어금니가 드러날 정도로 헤벌쭉 웃고 있었다. 입 모양은 웃고 있었지만 다른 부분은 굳어 있었다. 석고를 발라 굳힌 것처럼 눈동자에는 핏기도 눈빛도 없이 회색이었다. 공통점이자 차이점 하나 추가. 그들은 각기 다른 형태로 썩어문드러져 있었다. 얼굴에서 뭉쳐 있던 부엽토가 부스러지듯 살점이 떨어졌다. 그 무리 중에 본능적으로 눈에 띄는 모습이 있었다. 입에 흙을 문 남자와 팔 한 쪽이 없는 여자가 손을 잡고 걷고 있었다.

"계속 오고 있어."

뒤로 고개를 돌려 통기타를 튜닝 하는 형에게 말했다. 내가 듣기에 이만하면 충분한 것 같다고 말해도 형은 고집스럽게 기타를 만지작거렸다. 몇 번이나 크게 숨을 몰아쉬었는지 몰랐다. 그의 이마에 땀방울 몇 방울이 흘렀다. 손에도 땀이 많이 나겠지.

"땀 좀 닦아. 손 미끄러지겠어."

형은 고개를 숙인 채 기타줄을 튕길 뿐이었다.

"걱정 마. 난 지금까지 무대 위에서 실수 한 적이 한 번도 없어. 뭐, 실수해도 애드리브라고 둘러대면 그만이야."

그렇게 말하자 천막 안에서 실소가 살짝 터져 나왔다. 얼마 안 남은 바람이라도 내보내 조금이라도 날고자 애쓰는 풍선이 떠올랐다.

"말이야 쉽지, 그런 핑계가 통할 상대들이 아니잖아."

꽹과리를 쉼 없이 매만지던 호석이 형의 손이 멈췄다. 그나마 나던 한숨 소리조차 들리지 않았다. 굳이 할 필요 없는 말을 해

버렸다. 천막 안에서 창백한 얼굴로 숨을 헐떡이는 놀이꾼들에게 어떤 관객이 우리를 기다리는지 상기시킬 필요는 없었다. 밖에서 매미 소리가 정적처럼 천막 안으로 스며들었다. 스키오스키오스키오그르르르 스키오스키오스키오그르르르 스키오스키오스키딩디리딩딩디디딩. 갑자기 매미 소리 끝에 이어지는 기타 소리가 들렸다. 모두들 형에게 시선을 집중했다.

"낙 낙 낙킹 온 헤븐스 또얼, 낙 나악 낙킹 온 헤븐스 뜨으얼."

형이 천막에 들어오고 나서 긴장감 없이 웃는 모습을 처음 봤다. 에릭 클랩튼이 아버지가 되었을 때 아마 그는 저런 미소를 지었을지도 모른다.

"문 밖에 뭐가 있는지 모르는 것보다 알고 들어가는 게 더 맘 편하잖아?"

특별할 것도 없는 말을 특별한 상황에 내뱉는 것도 재주라면 재주군. 형은 애써 태연한 척 보이려는 티가 났지만 애교로 봐주기로 했다. 사람들이 하나 둘 엉덩이를 털며 자리에서 일어났다. 생선장수 철연이가 장구 끈을 어깨에 들쳐 메고 채편을 두드렸다.

"아, 낙크할 거 있나? 그냥 가는 겨어!"

그래 그냥 가자 한뜰 마당패 기타소리 띠리딩딩 꽹과리는 깽알깽알 장구 채가 덩기덕 북소리 올린다 덩둥덩 징하니 징징거리는 소리도 뺄 수 없지 아이구야 자기 까먹었다고 귀청 떨구는 태평소 보소 그냥 가자 그래 우린 한뜰 마당패 한뜰가서 한 판 신나게 놀아보자 심심하다 패대기 당해도 놀아보자 불어보자 놀아 불어보자 한뜰 마당패 (작사: 최동민 최동진, 작곡: 최동진 최동민, 연주: 한뜰 마당패 a.k.a. 생선가게 철연이, 피자배달 호석이, 엘리

트 이장 동민이, 다기능 엔터테이너 동진이, 이기자 지현이, 인간소리
꾼 김만우 옹, 대장장이 심철주 아저씨, 글로벌 프린세스 심 란 아잉
a.k.a. 심난영)

2. 갑과 을

아버지가 죽고 난 뒤 나에게 두 가지 별다른 일이 생겼다.

하나는 장례식이 끝나고 내가 한뜰리 이장이 된 것이다. 엄밀
히 말하자면 아버지가 죽었기 때문에 이장이 된 이유도 있지만,
이 마을에서 이장을 맡을 만한 사람은 나밖에 없다고 사람들이
추천한 게 컸다. 얼핏 보면 납득이 가는 상황이었다.

마을에서 가장 나이 어린 청춘은 구판장 주인이 기르는 여자
아이였다. 그 아이는 구판장 주인의 아들 내외가 잠시 맡기고 간,
다시 말해 구판장 주인의 손녀였다. 아기는 걸핏 하면 울어대어
내일 모레면 칠순을 보는 할머니를 애먹게 만들었다.

"그래도 집안이 좀 살아서 성가시진 않어."

하지만 바로 옆집에서 사는 나로선 상당히 고달픈 일이었다.
한 번은 컴퓨터로 음악을 듣다 그 애가 빽빽거리는 울부짖음을
못 참고 구판장으로 찾아갔다. 가게 안에 살림살이가 같이 있는
집이었다. 난 라면 몇 봉지를 사면서 주인에게 넌지시 말을 꺼냈다.

"애가 엄마가 많이 보고 싶은가 봐요. 저러다 상사병 걸리겠
네."

주인은 DMB 폰으로 뉴스를 보던 중이었다. 한뜰리로부터 조

금 떨어진 허만군에 있는 아연공장에 화재가 일어났다는 소식이었다. 슬쩍 화면으로 현장을 보니 쉽게 가라앉을 만한 규모가 아니었다.

"애기가 뭘 알겠어. 배고파서 우는 게지. 근데 이장님은 여전히 약주 많이 드시구?"

"뭐 그렇죠. 고물장수 아저씨가 그동안 모아둔 빈 병들 가져가면서 감탄했다니까요. 자기가 평생 마실 술을 한 달도 안 돼서 해치웠다고."

"거 형이란 노무자식이 코빼기도 안 비치니까 섭섭해서 그려. 자네가 좀 잘해 드려."

마을 사람들은 늘 이런 식으로 우리 집안 얘기를 꺼냈다. 그럴 때마다 나는 웃으면서 그러겠다고 대꾸했다. 그러나 속으로 그렇게 말을 꺼내는 사람들을 욕했다. 인삼 잔뿌리만도 못한 작은 마을에서 누리는 재미라고는 남의 집 흉보기 정도인 사람들이니까. 아니, 그 정도로 그치면 가볍게 웃어줄 수 있지.

"그런데 할머니 며느님은 이번 추석 때 오나요? 그 때라도 애를 봐줘야 지 엄마 얼굴 안 까먹지."

주인은 파리채로 과자 위를 맴도는 파리를 휘휘 내쫓았다. 뉴스에서는 올해 실시하는 재보궐 선거와 관련한 내용을 보도했다. 한뜰 군수가 관할 도지사에게 허리를 숙여 악수를 하는 장면이 나왔다.

"오기는 뭘, 뭘 또 와. 그냥 용돈이나 부쳐주는 게 속 편햐. 저들 살림 편해질 때 꺼정 내가 키운다고 했지. 그러잖아도 애 엄마 사진 꼬박 꼬박 보여주고 그려."

주인이 서랍을 뒤적이다 사진 한 장을 꺼내 보여줬다. 크고 맑은 아기 눈이 엄마를 닮았구나. 나는 간단히 인사를 나누고 가게를 나왔다. 라면 값을 지불하고 알아낸 정보는 '니 애비 술값 밀린 거 갚으라고 좀 해라. 니 형은 뭐 얼마나 성공한다고 어딜 그렇게 떠돌아다니는 거냐. 행여나 너까지 도망갈 생각은 마라. 마지막으로 네가 원하는 답을 듣는 건 포기해라' 이다. 니, 니, 너, 너. 그 한 마디 한 마디 안에는 나나 너라고 부르는 '나'가 있었다. 건방진 노인네 같으니. 당신이 사는 구판장을 비집고 다니는 쥐새끼나 신경 쓸 것이지. 쥐가 그 집 서까래를 갉아 먹으면 남이 자기 욕하는 소린 줄 알겠지. 어쨌든 구판장 주인의 손녀딸은 여전히 울어댔지만 시간이 흐를수록 그 횟수가 줄어들었다. 개월 수가 지날수록 '아 우리 옆집에는 잘생긴 오빠가 음악감상을 하니까 조용히 있자'고 깨달은 게 아닐까. 아마, 땡똥.

"동민이 자네가 올해 나이가 서른 좀 넘었지?"

초상을 치르고 얼마 안 있어 마을회관에 오라는 통보를 받아 찾아갔다. 회의실 안에는 이미 마을 어른들이 의자에 앉아 있었다. 이 넓은 마을에 사는 사람들이 이 정도였나 싶을 정도로 적은 수였지만 만만히 볼 수 없었다. 나를 부른 이는 한뜰리에서 땅을 가장 많이 가진 살구나무 노인이었다. 그의 집 앞마당에는 아름드리 살구나무가 한 그루가 서 있었다. 봄이면 온 마을에 꽃잎이 날릴 정도로 컸다. 살구나무가 있는 마당이 대문 밖에 있어서 지나갈 때마다 살구나무 밑에 떨어진 살구를 몰래 주워 먹은 적이 있었다. 때로는 그 집 옆에 노인이 관리하는 과수원에서 형과 배서리를 하기도 했다. 어설프게 낮은 포복을 하다 걸려서 된통 혼난 적이 많았다. 내가 꾸지람을 받은 게 서러워서 울면 노인이 반쯤 곪아 터진 배를 주었다. 우리는 그것도 좋아라하며 받아서 맛있게 먹었다. 그랬던 꼬맹이가 벌써 서른하고도 넷, 그 꼬맹이를 혼냈던 노인네가 자네라고 부를 정도로 나이를 먹은 것이다.

"네, 어르신."

"그 누구냐…… 구판장 집 손녀딸 알지? 자네가 걔 다음으로 나이가 많은 거 알겨."

난 그 사실을 몰랐지만 알고 있었다고 대답했다. 몰랐다고 말해 봐야 대화는 한 방향으로 흘러갈 게 빤하니까.

"자네보다 나이 많은 사람들도 암만 적게 잡아봐야 마흔다섯이나 쉰 정도고 그나마 몇 명 되지도 않아. 그 머시냐 이제 모내기철 되고 하면 일손 깨나 딸리고 말여. 성만이 이 친구는 요즘 구제역이다 뭐다해서 상심이 크고. 그러니까 동민이 자네가 마을 이장 좀 해야 쓰겄어."

예상치 못한 일이었다. 예상하고 싶지도 않았다. 아버지가 이장 일을 하며 겪은 고충을 보아 온 나로서는 받아들이기 쉽지 않았다.

"어르신, 말씀은 고맙습니다만 죄송스럽게도 이장 일을 못 할 것 같습니다만……."

마음 같아서는 단칼에 거절하고 싶었지만 이 안에 내 편이 없다는 걸 알기에 최대한 조심스럽게 대응하기로 했다.

"아니 왜, 무슨 일로 그러는겨?"

노인이 그럴 줄 알았다는 눈빛으로 천연덕스럽게 물었다.

"사실 아버지도 돌아가시고 해서 이 마을에 더 있을 수 없어서 그렇습니다. 자꾸 부모님 생각이 나서 견딜 수 없습니다."

이앙기는 폼으로 갖고 있냐고 묻는 대신 감상에 젖은 말을 했다.

"그럼 어디서 뭐 하려는겨?"

"서울에 가서 공무원시험 준비나 하려고요."

"집은 놔두고?"

"팔려고 내놓자니 살 사람이나 있을지 모르겠어서. 형이 언제 올지도 모르고."

형 얘기가 나오자 구판장 주인이 끼어들었다.

"너나 느 형이나 갈 거면 아예 갈 것이지 뿌리만 남겨놓고 가겠다는 건 뭐하겠다는 심보여."

이어서 담뱃잎 농사를 짓는 양씨가 재빨리 나섰다.

"그려, 차라리 그 집을 마을에 기증하는 건 어뗘?"

그는 아버지의 친구였다. 이런 인삼 잔털에 묻은 흙먼지만도 못한. 살구나무 노인이 좌중을 둘러보며 조용하라는 눈빛을 돌렸다. 그리고 내 어깨 위에 손을 얹고 협상을 재개했다.

"자네도 알겠지만 이전 이장, 그러니까 자네 부친이 하려던 사업이 있잖여. (그러자 누군가 '아 구럼, 숙원사업이제'하고 추임새를 넣었다.) 아직 마무리가 안 된 걸 아들이 이어서 해 보는 건 어떤가 싶구먼."

노인의 입꼬리가 살며시 올라가며 그의 삐뚤빼뚤한 치열이 눈에 띄었다. 이 사이는 갈색 때가 진득하게 들러붙어 있었다.

"……그건 저보다 어르신들이 더 잘 해결 하실 텐데요."

"세상 물정 모르는 촌사람이 뭘 아나. 그래도 동민이 자네는 대

학도 나오고 말여, 먼젓번 이장님이 동민이 칭찬을 얼마나 했는
디."

그가 입을 열자 이와 이 사이에 있던 갈색 때가 잇몸을 덮고
혀끝에까지 퍼졌다. 노인의 목구멍 깊은 곳에서 습한 먼지가 낙
하산을 타고 내 콧구멍에 들어왔다. 단순히 입에 발린 소리를 해
대는 게 아니었다. 아버지가 이장이었던 것을 상기시키며 미미하
게나마 나와 '이장' 역할을 연관 지으려는 의도였다. 그 때문인지
더 이상 노인과 얘기하고 싶지 않았다. 내가 망상에 빠진 틈을 타
살구나무 노인이 결정적인 한 마디를 내뱉었다.

"네가 이장하면, 내가 '그 땅' 줄게."

멀끔한 사기꾼은 사기를 칠 때 사투리보다 서울말을 자주 쓴
다. 사투리 쓰는 피해자가 '을'이라면 서울말 굴리는 가해자는
'갑'인 셈이다. 이 촌구석 사람들도 '갑'의 위치에 있고 싶을 때는
사투리를 쓰지 않는다. 비록 내가 속으로 '뻐꾸기가 종달새 둥지
에서 기지개 켜는 소리 하고 있네.'라고 비아냥거릴지라도 그 순간
내 위치는 '을'이었다.

"그게 참말이에유?"

그 날 실시한 '한뜰리 이장 선거'는 개표하지도 않고 바로 결과
를 발표했다. 나는 결국 이장이 되는 대가로, 예전에 잃어버렸던
아버지의 땅을 남에게 하사받았다.

챙에 한뜰군청 마크(사람처럼 생긴 인삼 두 개가 각각 H, D 형
태로 그려져 있다.)가 수놓인 '이장표 모자'를 쓴 지 한 달쯤 지났
을 때, 형이 돌아왔다. 별 다른 두 번째 일.

3. 노릇노릇하고 야릇야릇한

"야, 기억 나냐? 13일의 금요일에 나오는 제이슨이 살아 있는
건지 아니면 죽은 채 돌아다니는 건지 따졌던 거."

"그게 궁금한 상황이야 지금? 최소한 저 앞에 보이는 일에 대
해서는 따질 필요가 없을 것 같은데."

"저거 말고 그거 말야, 그 때. 초등학생 적에 토요명화에서 여
름특집이라고 13일의 금요일 틀어줬을 때를 말하는 거라고."

형과 내가 한 방에서 생활하면서 밤에 같이 TV를 보던 시절을
회상해 보았지만 잘 되지 않았다. 십 년도 더 전이었으니까. 어렴
풋이 기억나는 게 있다면 그 때는 아버지와 어머니, 나와 형 넷이
한 집에서 살았던 모습 정도이다. 예나 지금이나 변함없는 모습이
있다. 형은 사태 파악을 잘 못 한다는 것이다. 그러니까 그 때, 나
는 두 손에 든 밧줄로 어느 순간이고 상대를 포박할 준비가 되어
있을 때 형이 그런 소릴 지껄였겠지. 심지어 형은 오른손에 들고
있던 삽을 바닥에 내려놓기까지 했다. 내가 그에게 지금 뭐하는
짓이냐고 소곤거렸지만 형은 여전히 싱글벙글 웃으면서 앞의 광경
을 감상했다. 그 얼굴을 보니 문득 뭔가가 떠올랐다.

중학생 시절이던 형과 내가 부모님 방에서 몰래 장롱을 뒤지
다가 야릇한 비디오테이프를 발견한 일이 있었다. 우리는 한 편으
로 마음 졸이면서 다른 편으로 그 영화로 마음을 태우면서 TV
브라운관을 응시했다. 수많은 서양 여자들이 무대 위로 나와 춤
을 추고 노래를 부르고 옷을 벗는 단순한 레퍼토리였다. 그녀들
은 내가 꿈꾸어 왔던 그 이상의 모든 코스튬을 선보였다. 흑인 여

자가 백인 여자를 채찍으로 섹슈얼하게 본디지하는 라이브 쇼는 내 안에 잠자고 있던 SM 기질을 꿈틀거리게 만들었다. 아, 또, 아, 또, 아, 더, 아, 나, 더, I wanna the show. 살짝 화면에 비치는 넋 나간 우리 표정이 그 영화의 수위를 말해 주었다. 아직도 잊을 수 없는 그 제목,

「HOT! 착한 채찍, 그리고 당근」 90년대 초반, 적화통일의 기세가 어떻게 십 대 청소년의 깊숙하고 깊숙한 생활 속으로 침투했는지 엿볼 수 있는 발칙한 제목이었다. 형과 나는 한 번에 그 영화를 다 보지 못했다. 언제 부모님이 귀가할지 알 수 없었기 때문에 야금야금 볼 수밖에 없었다. 그러나 우리는 치밀했다. 영화를 (영화라고 하기에는 내용이 없는 영상이었지만) 보고 나면 테이프 필름이 반대편으로 감긴다는 걸 알고, 상영을 마칠 때마다 일일이 테이프를 되감았다. 다시 영화를 볼 때는 마찬가지로 일일이 빨리 감기를 눌러서 이전에 봤던 장면을 찾아야 했다. 어쨌든 그런 식으로 우리는 함께 두 번을 (아마 형도 나와 마찬가지로 개인적으로 따로 보기도 했을 것이다.) 완주했다. 세 번 째 완주를 시작하려고 장롱을 뒤졌을 때, 아버지의 필적이 고스란히 담긴 쪽지가 우리를 기다리고 있었다.

테잎 반납했다. 너희 때문에 연체됐으니까 이번 주 용돈 없는 줄 알아라.

빅 브라더, 그는 다른 사람이 아니라 아버지였다. 형과 나는 정말 그 주 용돈을 받지 못했지만 머릿속에서 떠나지 않는 비누 거

품 여신들 덕분에 잘도 히죽거렸다. 그 때 한창 나의 심볼이 노릇노릇하게 익어가던 것 같다. 그러고 보니 그 때도, 형과 내가 같은 방에서 한 밤에 TV를 보며 수다를 떨곤 했다. 그래서 형이 무슨 얘기를 하는지 겨우 기억해 낼 수 있었다. 그는 내 대답을 기다리지 않았다.

"근데 요즘처럼 '내이웃'에서 검색할 수도 없었고 해서 끝까지 우겨댔지. 너는 제이슨이 죽은 몸을 이끌고 복수를 한다고 주장했고 나는 그 반대 입장이었어."

"지금 생각해 보면 엉터리 이유이긴 하지만, 사람들이 아무리 죽이려고 해도 안 죽으니까 이미 죽었다는 이유였지."

내가 대꾸하자 그제야 형이 나에게 시선을 돌렸다.

"어 맞아. 하지만 나는 비교적 세련된 이유였어. 그의 복수심이 엄청 강력한 힘을 부여해서 쉽게 죽지 않는 거라고."

"피차일반이야. 자꾸 서로 의견이 어긋나니까 아버지한테 물어보기로 했지. 영화를 좋아하는 사람은 아니었지만 그래도 왠지 아버지는 알 것 같았어."

그 날 자정이 넘은 시각에 우리는 안방으로 향했다. 그 나이 때는 집에서 노크해야 한다는 개념이 없었기 때문에 무심코 방문을 열었다. 사랑보다 우정에 더 큰 비중을 두던 열한 살, 열세 살 소년의 눈이 낯선 행위를 포착했다. 우리는 그 자리에서 얼어붙었다. 방 안은 어두웠지만 우리보다 더 당황했을 부모님의 표정이 눈에 보이는 듯했다. 형이 조용히 방문을 닫았다. 우리 방으로 돌아와 이불을 덮고 누웠다. 뭘 본 거지? 분명히 알 수는 없었지만 최소한 내 나이 때 하는 일은 아니라는 감이 왔다. 잠시 후 아버지가 방 안으로 들어왔다. 그는 불을 켜지 않았고 우리도 자리에서 일어나지 않았다.

"너무 놀라지들 마라. 나중에 크면 다 알게 되고 하게 될 테니까. 너희들보다 엄마가 더 부끄러워하신다. 그러니까 그냥 부부 사이의 뭐 그런 거려니 하고 넘어가고 자라. 그리고 인마, 이불 그렇게 덮으면 숨 막혀."

아버지는 그렇게 말하고 안방으로 돌아갔다. 나와 형은 이불을 덮은 채 최대한 소리를 낮춰 킥킥거렸다.

"그 후로도 종종 아버지랑 어머니랑 사랑을 나누시던 모습을 회상해 봤거든. 내심 뿌듯해지는 거야. 우리를 낳고 기르면서도 서로의 애정을 확인하시는구나 싶어서. 그래서 이번에는 못 하겠어."

불효막심한 놈이라고 손가락질 받는 형이 그런 감상에 빠질 때가 있다니. 몹시 놀랐지만 나는 냉정을 유지하기로 마음먹었다.

"하지만 지금 못 잡으면 또 언제 이런 기회가 생길지 몰라. 봐, 무방비상태잖아."

땅에 놓인 삽을 들어 그의 손에 쥐어주려 하자 형이 정색을 한 표정으로 언성을 높였다.

"얌마, 넌 저거 보고 느끼는 거 없어? 아무리 시체라고 해도 저 둘이 품고 있는 사랑이 여전하다는 게 안 느껴지냐고! 네가 보기엔 씨발, 그냥 욕구불만을 해소하는 두 남녀로 보여? 골목길에서 짝짓기 하는 개새끼들한테도 물을 끼얹을지언정 삽날로 내려치진 않아 이 개새끼야! 하물며 저기 있는 사람들은……."

쉴 틈 없이 말한 탓인지 얼굴이 붉게 달아올랐다. 씨익씨익하는 바람 소리가 앞니사이로 새어나왔다. 형이 처음으로 음악을 하겠다고 선포할 때 스쳤던 결연한 의지가 비쳤다. 멍청이. 아무리 투철한 의지가 있다고 해도 운이 안 따라주면 소용없는 거야. 난 속으로 형이 얼마나 어리석은 결단을 하고 있는 건지 탓했다. 그렇지만 이번만 받아주기로 했다. 형 노릇할 자격조차 없는 형의 호소를 들어주기로 했다.

"좋아, 만약 늦둥이가 태어나기라도 하면 형이 처리하는 거야, 알았지? 나는 썩은 시체덩어리 동생을 원하지 않아. 그러니까 그 삽으로 흔적도 안 남게 다져버린다고 약속해. 그럼 오늘은 물러갈게."

"……그래, 그럴게."

"마지못해 약속한다는 식으로 말하지 말고!"

"씨발, 알았어, 알았다고. 혹시나 엿 같은 경우가 생기면 내가 자근자근 다져버릴게, 됐지?"

동공이 흔들리는 게 보였지만 더 이상 그를 몰아세우지 않기로 했다. 나는 손등으로 이마를 훔치고 교미하는 두 좀비 쪽으로 눈을 돌렸다. 평소 좀비들이 내는 쇳물 끓는 소리와 별반 다르지 않은 교성을 냈다. 그들은 우리가 보든 말든 신경 쓰지 않고 쉼 없이 행위를 반복했다. 어색한 분위기를 깨려는 의도로 형이 헛기침을 뱉었다.

"하필이면 누룩사에서 할 건 뭐야. 아무리 누룩 곰팡이라고 놀려대도 절은 절인데."

게다가 그들이 일을 치르고 있는 그라운드 옆에 서 있는 석조 관음보살입상(石造觀音菩薩立像)은 유형문화재다.

"설마 관음보살까지 좀비가 되진 않겠지."

"그럴 리가. 미련한 중생들이나 좀비가 되는 거야. 그리고 관음보살님은 왜 끌어 들이냐, 지옥갈 일 있어?"

쯧, 이미 지옥 같은 꼴을 보고 있잖아. 나는 형의 어깨를 툭하고 건드려 돌아가자고 말했다. 절의 입구 쪽으로 걸어가면서 대웅전을 힐끔 노려보았다. 문 틈 사이로 우리를 감시하는 눈빛이 느껴졌기 때문이다. 그러나 아무도 얼굴을 드러내지 않았다.

"얼마 전까지만 해도 그렇게 달마도(達磨圖)를 휘날리더니."

일부러 못 들은 척했지만 나 역시 그림 값이 아깝다고 생각했다. 그러나 잠깐 든 생각일 뿐이었다. 방금 본 장면이 개운치 않게 머릿속에 남아 있었다.

4. 무덤, 무덤덤한

아버지를 누인 곳은 이승산이다. 그곳에는 마을에서 죽은 사람들을 묻은 자리가 듬성듬성 솟아 있었다. 이 산은 언제부터였는지 모르지만 무덤을 위한 자리였다. 떠나는 사람들에게는 마지막 이승인 셈이었다. 그래서 이승산이라고 부르는지 어떤지는 알수 없지만, 산이라고 하기에는 뭔가 낮게 한 번 껑충 뛰면 단 번에 넘을 것 같은 언덕이었다. 도토리나무와 소나무가 우거져 있고 그보다 약간 적은 무덤이 올라있는 숲에서 소싯적에 놀곤 했었다. 그 때는 무덤인 줄 모르고 무덤머리를 밟고 올라가기도 했다. 철연이네 아버지, 호석이형네 할아버지, 지현이의 어머니, ……모두 내 발 밑에 있었다. 그러나 그렇다고 해서 신병을 앓는다거나 귀신이 쓰인다거나 하는 일은 없었다. 마을 주민들만 괜히 역성을 낼 뿐 죽은 사람은 무덤덤했다. 살아 있을 때도 그렇게 무덤덤했던가. 호석이 형네 할아버지는 그렇다고 말할 수 있었다.

막 초등학교에 입학하고 나서도 나와 형은 호석이 형(동진이 형과 동갑이다.)네에 가서 놀곤 했다. 그 집 마당에 들마루가 있었는데 우리는 그 위에서 민화투를 치곤했다. 돈 대신 말린 검은 콩을 가져가는 식이었다. 그리고 항상 들마루에는 그 할아버지가 누워 있었다. 자기도 했고 깨어 있기도 했다. 우리 셋은 불편해하지 않고 오히려 그 아슬아슬함을 즐기는 것 같았다. 할아버지를 귀찮게 하는 듯 그렇지 않은 듯 재미있게 노는 아슬아슬함. 호석이 형네 할아버지는 무덤덤하게 누워 있을 뿐이었다. 가끔 점수를 잘못 세어 우리끼리 말다툼을 하더라도 죽은 듯이 하늘을 보았다. 종종 할아버지가 몸을 움직일 때가 있었다. 안방에서 장구며 꽹과리며 태평소를 가져와 흥을 내는 것이었다. 나는 그 소리와 모습이 좋았다. 역시 나이 많은 분들은 악기는 기본적으로 다루는구나 싶었다. 그러다 어느 여름방학 즈음에 그가 꿈에 나타났다.

"어제 화투판에서 네 형들이 속인 거다. 실은 네가 이긴겨."

내 기억으로 처음이자 마지막으로 들은 할아버지의 말이었다. 그 목소리가 정말 그의 목소리인지 확인할 길은 없었지만 그가 한 말은 믿을 수 있었다. 그 새끼들 어쩐지 서로 킬킬거리더라니. 그 날 아침, 전 날 형들에게 사기 당한 일을 따지기 전에 어머니에게 먼저 보고했다. 어머니는 동문서답을 했다.

"호석이네 서울로 이사 간대. 그 집 할아버지가 하도 안 간다

안 간다 해서 못 갔는데 이제 가서 속 시원하겠어."

우리는 여름방학을 신나게 맞이했고 호석이 형은 실컷 울었다. 장례를 마치고 몇 개월이 지나 그 집에 새로운 사람들이 이사를 왔다. 나와 형은 그 가족에게 별로 관심이 없었다. 아니, 형은 관심이 없지 않았다.

철연이네 아버지를 보면 살아서 무덤덤한 사람들만 있던 것도 아니다. 철연이의 부모님은 생선 장수였다. 철연이는 이 마을에서 나의 유일한 동갑내기 친구인데 종종 그의 집에 놀러 가면 대게나 고등어를 실컷 먹을 수 있었다.

"넌 좋겠다. 우리는 일주일에 한 번이나 되어야 고등어 한 마리 먹을까 말까인데."

"좋긴 뭐가 좋냐. 안 팔리니까 우리가 다 먹는 거야."

오죽 안 팔렸는지 한 번은 온갖 종류의 생선을 마을 사람들에게 나누어 주기도 했다. 나도 어머니를 따라 그 집으로 찾아갔다. 그 때 본 철연이의 아버지 표정은 어둡지 않았다. 세상에 팔 것은 많고 살 사람은 많으니까 걱정 할 것 없다고 어머니에게 웃으며 말했다.

"업종 바꿔야쥬. 동민아 니 좋아하는 게딱지 못 줘서 워쩌냐."

그러나 얼마 안 가 철연이의 아버지는 생선을 보관하던 냉동 창고에서 목을 매달았다. 주검을 처음 발견한 철연이는 다니던 공업고등학교를 그만두고 그의 어머니에게 장사를 배우기 시작했다. 생선 장사였다. 읍내 근처에 새로 집을 구하고 이전에 살던 집은 냉동창고로 사용했다. 아직까지 마을 사람에게 거하게 물고기를 푼 적은 없다.

"요즘도 지현이랑 연락하냐?"

형이 무릎을 꿇은 채 무덤에 술을 뿌리면서 물었다. 나는 그 옆에 서서 뗏장 사이에 자란 잡초를 뽑았다.

"합장했다, 아버지랑 어머니."

"어쩐지 예전에 봤던 것보다 크다 했지. 그래서 요즘도 지현이 만나냐?"

"그게 왜 궁금하냐? 그렇게 대단한 거 물어보려고 여기까지 온 거야?"

그는 몇 번이고 술을 무덤에 부었다. 손을 떨었다. 술잔에 담긴 술이 넘쳐 소매를 적셨다.

"안 궁금해 인마. 그까짓 거 하나도 안 궁금하다고."

"지현이 걔네 어머니 암으로 돌아가셨어. 술 담배라고는 일체 안 하시던 분인데 말이야."

"새끼가, 안 물어봤어. 지현이 부모님…… 비료였나, 무슨 그런 거 만드는 공장 다니셨지?"

그렇게 말하고 축축한 손으로 얼굴을 쓸어내렸다.

"안됐네, 거참. 참 안됐어. 지현이 어머니께서 한뜰에서 전라도 광주까지 자전거로 왕복하신 분으로 소문이 자자했는데. 언제 돌아가셨대?"

"형 서울 가고 꽤 됐지. 그리고 다시 청주로 이사 갔어. 아니 그 집에서 산 사람들은 왜 하나같이 초상 치르고 이사를 가는 거야? 호석이형도 그렇고. 터가 안 좋나."

말해 놓고 보니 나도 이 마을을 떠나려고 했다는 걸 잊고 있었다. 비록 지금은 한뜰리 이장으로 남아 있긴 하지만.

지현이는 나보다 한 살 어린 여자 아이였다. 벌써 어디 사는 누구와 결혼해서 아이까지 낳았을 나이가 되었겠지만. 비어 있는 호석이 형네에 이사 온 가족이 지현이네였다. 나는 여자 앞에서는 숫기가 없기도 했고 남자애들이랑 노는 게 편했기 때문에 지현이와 만나려 하지 않았다. 그러나 형은 달랐다. 처음 그 둘이 만났을 때 지현이는 초등학교 고학년이었고, 형은 중학생이었다. 중학생과 초등학생이라고 하면 나이 차이가 아무리 한 살밖에 안 난다 해도 넘기 힘든 벽이 있기 마련이었다. 형은 그것을 극복하고 지현이를 좋아했다.

"그렇게 궁금하면 전화라도 해 보던가."

"무슨 낯짝으로 그러냐. 신파극을 제대로 찍어놨는데."

형의 아픈 사연에 대해서는 그 정도로 일단락 짓기로 했다. 잠시 침묵. 다시 형이 화제를 던졌다.

"근데 그 모자 뭐냐 촌스럽게. '말린다'? 싸움을 말리겠다는 거냐, 오징어를 말리겠다는 거냐. 네 인생의 좌우명치고는 참 평화주의적이다."

모자 정면에 수놓인 글자를 보고 비아냥거려도 할 수 없었다. 흰 바탕에 군청색으로 달랑 세 글자가 박힌 모자를 보면 누구나 그런 식으로 놀려댈 것이다.

"어쩔 수 없어. 마을 이장이 쓰는 모자가 다 그렇지. 나름대로 제초제 스폰서 받는 거야."

"벗으면 안 돼?"

"어디 갈 때마다 항상 써야 돼. 이장으로서의 의무이자 계약이라나. 아버지도 그랬잖아."

북어포를 뜯던 형의 손이 멈칫했다.

"'노긴다'였지. 잡초를 흐물흐물하게 녹인다고 해서 붙인 이름이잖아. 그 때는 사람들이 그 제초제만 뿌렸어."

하지만 제초제를 고르는 건 아버지가 아니라 마을 원로(元老)들이었다. 잡초를 말리는 건 여느 제초제나 효능의 차이가 크지 않았지만 무슨 이유에서인지 원로들이 밀어주는 약이 따로 있었다. 아버지가 이장 초임이었을 때는 원로들의 말을 그대로 따랐지만 회의를 느껴서인지 아니면 다른 이익을 발견해서인지 시간이 지나면서 그들과 의견충돌을 빚었다. 그런 탓인지 마을 사람들 대부분이 아버지에게 사소한 일로 시비를 걸기 일쑤였다.

김장철이 다가와 군청에서 천일염을 배급하는 날이었다. 아버지는 소금이 필요한 사람들에게 미리 돈을 거두었다. 그런데 막상 소금을 받아 나눠주려고 하니 군청에서 기존에 제시한 가격보다 천 원을 더 받겠다고 한 것이다. 이유인즉 그 해에 벌어진 서해 기름 유출 사건으로 소금 값이 올랐다는 얘기다. 비단 한뜰 군청의 일만이 아니라 전국적으로 '긴급! 공급부족사태'라며 타협을 할 의지를 보이지 않았다.

"아, 이장님 너무하시네. 우리 같은 서민한테 천 원이 얼마나 금쪽같은 돈인데 그려!"

"우리가 수고비 안 줘서 부풀린겨 어쩐겨. 책임을 져야 할 거 아녀, 책임을!"

결국 군청에서 가격인상을 취소하는 걸로 일단락 지었지만 그와는 별개로 아버지의 인지도는 급격히 떨어졌다. 주민들은 천 원이 아까워서 따져들었다기보다 아버지를 깎아내릴 구실이 필요했던 것이다.

아버지가 이장이 된 지 얼마 되지 않았을 때에는 강릉 3단 한 과 세트라든지 보해 전통주 선물세트 한정판은 기본이요 천장에 매다는 선풍기까지 선물하던 사람들이었다. 축하 선물들은 나와 형도 맛 볼 수 있었다. 그 중 가장 인상 깊었던 전리품은 경옥고 (瓊玉膏)였다. 딱 한 번 어머니의 허락을 얻어 맛을 보자마자 단전 (丹田)과 그 아랫부위에 정(精)이 소용돌이쳤다. 나는 그 날 독신 으로 산다는 게 얼마나 힘겨운 일인지 절실히 깨달았다.

그리고 동시에 사람이 어떤 모자를 쓰느냐에 따라 대우가 달 라진다는 것도 새삼 느꼈다. 익히 보고 들어 온 사실이지만 나와 가까운 사람 덕에 이런 혜택을 누리는 건 흔치 않았다. 그러나 모 자를 벗으면 어떻게 되는지에 대해 흘려보낼 수 없었다. HD 마 크가 새겨진 모자를 오래 쓰면 쓸수록 머리에 공기가 통하지 않 아 탈모가 생길 수도 있는 노릇이었다. 그나마 다행인 건 아버지 의 머리카락이 빠지는 게 유전적인 요인이 아니라는 점이었다. 그 랬다. 그 정도였다. 당시에 아버지를 짓눌렀던 모자의 무게에 대해 내가 생각한 건 겨우 그 정도였다.

이승산에서 마을을 내려다보았다. 점차 주홍빛 그늘이 번져갔 다. 나는 주섬주섬 과일과 제기(祭器)를 봉지에 넣었고 형은 멀뚱 히 무덤을 응시했다. 산 밑으로 내려갈 채비를 다 하고 그가 굳은 표정으로 다짐했다.

"동민아, 나 여기서 일하면서 살란다. 자리 하나 알아봐주라."

드디어 이 인간이 정신을 차리나보다 싶어 그러기로 했다.

"형이 알고 싶어 하는 것 같아서 알려주는 건데, 지현이 충원

일보에서 기자한다더라. 걔가 그랬어. 어머니께서 돌아가신 이유
가 분명히 있을 텐데 그걸 모르겠다고, 그걸 알려면 기자가 되어
야 한다고."

형은 아랫입술을 지그시 깨물고 눈을 감았다. 눈을 뜨고 입을
반쯤 열었다. 무덤을 쓰다듬었다.

"내가 지현이 번호 물어봐도 말해 주지 마."

5. 문제집은 많지만 풀이집이 없는

아버지가 힘든 시기에 봉착했을 때 형은 집으로부터 도망쳤다.
일부러 도망친 건지, 아니면 떠나는 시점에 '그런' 시기가 찾아온
건지 확실히 단언할 수는 없다. 그러나 이러니저러니 해도 형이
가족을 등진 건 변함없는 사실이다.

형은 기타와 MP3플레이어를 들고 홍대로 음악 한다고 집을 나
갔다. 서른 먹어서 사춘기가 찾아온 철부지 같았다. 그렇다고 아
무 생각 없이 방바닥을 뒹굴 거리다가 문득 음악을 해야겠다고
각성한 것은 아니다. 진로고민이라면 남들보다 더 많이 했을 것이
다. 그러나 전혀 실속이 없었고 그 피해를 고스란히 가족에게 전
가했다.

"형이 그 때 (아버지에게) 사기만 안 쳤어도 (네 잘난 친구들에
게) 사기 당하진 않았을 거야."

평소 심심할 때면 기타를 튕기고 에릭 클랩튼이나 김광석을 즐
겨 듣던 형은 우연히 라이브 카페에서 일하던 가수에게 파트너

제의를 받았다. 그 가수는 형이 혼자 기타를 어깨에 메고 자기 노래를 감상했다는 이유로 접근한 것이다.

"너에게는 슈퍼스타급 싱어 송 라이터가 될 기질이 있다. 우리는 너의 오오라가 필요하다. 자, 홍대로 가자!"

형은 당시 스트로크를 막 떼는 정도였다. 그 가수의 나이가 몇 살인지는 알 수 없었다. 액면가로 보면 자기보다 나이가 많아 보였다고 형이 말했지만 속임수였을 가능성이 크다. 상대방의 나이가 자기보다 더 들었다고 하면 한 수 접는 게 일반적이니까. 형은 그 때부터 그들을 자신들의 패밀리라고 믿었고, 카페에서 만난 친구들과 소주에 각자의 침을 섞어 마셔 주원결의(酒園決議)를 맺었다. 의리를 확인한 가수가 어느 미술작가의 '파괴할 수 없는 오브제'라도 되는 눈빛으로 형을 꼬드겼다.

"이봐, 마이 브라더. 이제 며칠만 지나면 준비가 다 끝나가. 악기는 이대로 가져가면 되고 숙소는 강남 쪽으로 알아보고 있어. 강남이 좋은 게 홍대, 신촌 쪽도 돌면서 강남 클럽이나 카페에서 일할 수도 있단 말야. 거기 여자들이 얼마나 죽이는데. 한 명이라도 건지면 네 음악인생 피는 거라고.(형은 이 때 눈을 크게 뜨고 귀를 쫑긋 세웠을 것이다.) 형이 무슨 말 하는지 알지? 몸만 가면 돼 몸만. 기대되지 않아? 씨발, 누가 우리 보고 배고플 거라고 손가락질해도 모로 가도 홍대클럽만 가면 된다고. 갈 수 있단 말이고. (형은 이 때 고개를 끄덕거리며 맞아 씨발, 이라고 추임새를 넣었을 것이다.) 요즘 직장인 밴드다 실버라이프다 많이들 뜨고 있잖아. 우리는 그 축에서 보면 어린 축이라니까? 젊어, 젊잖아, 우리."

그는 잠시 소주를 한 잔 마시고 목을 축인 뒤 엠피쓰리 플레이

어로 음악을 재생했다. 일렉트로닉 기타와 어쿠스틱 기타가 번갈아가면서 전주를 시작했다. 차츰 드럼이 합세를 하면서 노랫말이 흘렀다. 어떤 노래인지 충분히 알 수 있다. 왜냐하면 그 음악은 형과 내가 만들었으니까. 형은 자랑스럽게 자신의 첫 곡을 내게 들려주었다. 어지간하면 형에게 관심을 갖지 않으려는 나의 귓불조차 잡아당길 만큼 느낌이 있는 곡이었다. 코드 세 개만 간신히 익힌 실력과 악상을 떠올리고 멜로디를 그려내는 감각은 별개일 수 있다는 걸 처음 알았다. 형은 자기가 최초로 작곡한 음악에 내가 가사를 붙여주기를 원했다. 나 역시 노래를 듣거나 부르는 걸 좋아했고 때로는 즉흥적으로 가사를 바꾸어 부르기도 했기 때문이었다. 더 정확한 이유를 대자면 형은 작사에 소질이 없었다.

"괜찮겠어? 형이 원하는 분위기가 안 날 수도 있는데."

"괜찮아 인마. 형은 말이다 네가 뭘 써도 만족스러울 거야."

그래서 아예 멜로디를 신경 쓰지 않고 내 멋대로 가사를 붙였다. 제목은 '그의 바다'였다. '그'가 누구를 지칭하는 건지는 염두에 두지 않고 썼다. 3파트로 나누었는데 그 중 가장 마음에 드는 부분은 이렇다. 지금 보면 유치하기 짝이 없지만 예나 지금이나 애착이 가는 구절이다.

그의 눈으로 그의 바다를 봐

그 해 가을바다는 어째 짠내만 나

물이라곤 볼을 타고 흐르는 구슬뿐이네.

"죽이잖아, 이거. 이게 바로 우리 음악이라 이거야."

라이브 카페 가수는 동진이 형이 내게 했던 말과 똑같은 말을 했다. 형은 칭찬에 으쓱했고, 자기가 이 그룹에서 중추적인 역할을 맡았다고 믿었다. 그래서 그 때까지 만든 음악들을 모두 그의 형제들에게 공개했다. 그 중 몇 곡은 내가 작사하기도 했다. 그러나 그 노래를 직접 부르고 녹음한 목소리는 우리가 아니라 그들이었다.

"마인드가 있어 마인드가. 그런데 동진아, 혹시 돈 더 보태 줄 수 있냐?"

그런 연유로 형은 아버지에게 나의 등록금을 달라고 억지를 부렸다. 나는 그 당시 충북에서 가장 알아주는 4년제 대학교를 다니고 있었다. 학비를 벌기 위해 몇 번 휴학을 하면서 겨우겨우 등록금을 마련했지만 대신 스펙은 형편없었다. 그런 내 처지가 안타까웠는지 없는 살림에 앞으로 등록금을 대주겠다고 아버지가 선언했다. 더 이상 휴학을 할 수도 없는 터라 나로선 다행이었다. 1년만 버티면 되었다. 그런데 형이 음반제작비라는 명목으로 그 돈을 달라고 한 것이다.

"촉이 좋아요, 아빠. 강남에 작업실도 있고요, '나는 위대한 슈퍼스타'에 출연할 예정이에요. 여기저기서 우리를 찾는다니까요. 소속사가 줄을 섰어요. 아빠, 이번에는 정말 잘 할게요."

믿거나 말거나 지껄이는 형의 말을 그러거나 말거나 신경 쓰지 않은 아버지는 술 냄새 나는 한숨을 내쉬며 형의 손등을 부여잡았다.

"잘 되는 건 바라지도 않는다. 뭐 할 걸, 이렇게 할 걸 저렇게 할 걸, 후회나 하지 마라."

아버지와 형 사이에 앉아 있던 나는 갑자기 정신이 아득해졌다. 나도 모르게 천천히 동시에 세게 내뿜은 콧김이 아버지의 팔뚝에 닿았다.

"동민아, 형은 변변찮은 전문대 나와서 이러고 있는 게 답답해서 그런다. 그래도 너는 국립대라도 3년 다니지 않았냐. 아버지가 세상 살아보니 대학 졸업 못해도 3년씩이나 다니면 사람들이 다 알아주고 그러더라."

고개를 푹 숙이고 다시 한숨을 내뱉었다.

"공무원 한다면서, 대학 안 나와도 되겠더라. 축산과 김주사는 중학교 나오고 어디냐 총무과 과장 있지? 그 사람은 공고 나오고 그랬으니까, 시험 준비만 잘 해."

그 전에 9급 공무원을 준비하겠다고 했을 때는 고작 면서기나 하려고 그 좋은 대학교에 들어갔냐고 타박하던 아버지였다. 말이 통하지 않을 게 뻔했다. 그러나 사실 대학생활에 미련이 남지 않았다. 이를 아득바득 갈면서 등록금을 마련하고 수업을 들었던 게 오히려 학교에 질려버리게 만든 것이다. 무엇보다 아버지의 제안을 거절할 수 없게 만든 건, 그 날 그가 마신 네 병의 소주였다.

내가 기억하기에도 형이 무슨 일을 시도해서 성공한 사례는 딱히 떠올리기 힘들었다. 기껏해야 「HOT! 착한 채찍, 그리고 당근」을 처음부터 끝까지 완주한 정도. 따라서 누가 봐도 아버지가 과감하게 큰아들을 밀어준 것은 '마지막이 될지도 모르니 이번에는 제대로 해봐라'하는 아낌없는 사랑으로 여길 터였다. 하지만 나는 다르게 인지했다. 아버지는 이미, 될 대로 되 보자, 니미, 하는 식이었으리라.

형이 서울로 올라간 뒤 몇 달이 지나고 인터넷에서 귀에 익은 노래를 들었다. 인터넷을 하다 어느 블로거의 BGM으로 '그의 바다'가 자동재생해서 알았다. 혹시나 해서 찾아보니 서바이벌오디션프로그램 '나는 위대한 슈퍼스타'에서 대상을 수상했다고 인터넷 뉴스가 떠 있었다. 기사에는 형이 극구칭송 하던 라이브 카페 형제들의 사진이 박혀 있었다. 그러나 형의 얼굴은 보이지 않았다.

"누구나 품고 있는 바다를 대신 그려보고 싶었습니다."

리더의 인터뷰 중 일부였다. 내가 그런 의도로 작사를 했던가. 알고 싶지 않았다. 형에게 연락을 취했지만 전화기가 꺼져 있다는 메시지만 받았다.

"동진이 이 녀석은 잘 지내고 있냐?"

"이번에 큰 상 받아서 바쁘대요."

아버지와 나는 서로 속여주고 속아주는 사기를 몇 번 치다가 어느 순간부터 그러지 않았다. 그리고 비슷한 시기에 아버지는 땅을 팔아야 했고, 때문에 나는 정말로 대학을 그만둘 수밖에 없었다. 그런 와중에도 아버지는 자리를 함께 하지 않는 사람을 염려했다.

"형을 너무 원망하진 마라. 그 놈처럼 안 되는 놈도 흔치 않다. 얼마나 운이 없었으면 스무 명 중에 열아홉 명을 뽑는 공장에서도 미끄러졌겠냐. 우리가 조금이라도 그 놈한테 긴 마를 받아주는 거라고 생각하자."

과연 그게 가능한 일인지. 단순히 마가 꼈다는 말로 설명이 될 일인지. 형은 대학입학시험을 치를 때조차 무슨 과를 갈까 즐거운 망상에 빠져 문제를 제대로 풀지 못한 사람이다. 시험시간이 끝나고 시험지를 보니 대형로펌 회계사, 행정고시 패스→장관, 최소한 차관이니 쌈지그룹 이사, 베스트셀러 소설가, 심지어 역술가에 이르기까지 다양한 진로 맵이 펼쳐져 있다고 했다. 아마 그 시간이 형이 살면서 가장 많은 고민을 했던 시간이었으리라 믿어 의심치 않는다. 결국 문제를 제대로 풀지 못해 이름 모를 전문대학에 들어가 굴삭기 운전기능사를 땄다. 전공학과와 전혀 상관없는 자격증이었지만 굴삭기를 배우면 공사판에서 굶어죽지는 않을 거라는 아버지의 충고를 따른 것이다. 그러나 그 기술을 제대로 써먹지도 못하고 홍대로 진출했다. 애당초 형의 비전 맵에는 '노가다'라는 표지판이 없기도 했다.

오랜 고생 끝에 아버지는 처음으로 자기 땅을 가질 수 있었다. 논밭 합쳐서 약 2000평을 매입했다. 같은 평수의 다른 땅에 비해서 상당히 싼 가격이었다. 내가 처음 그 땅에 발을 디뎠을 당시, 밭에는 돌멩이가 잡초보다 많았고 논은 배수가 제대로 되지 않아 논둑이 허물어있었다. 나는 아직 손금이 깊게 패이지도 않은 손으로 부모님을 도와 돌멩이를 치웠다. 다른 친구들이 주말마다 가재를 잡으러 가거나 오락실에서 게임을 할 때 나는 특별한 일이 없는 한 아버지의 농장으로 출퇴근했다. 호미로 잡초를 캐기도 하고 모를 심거나 참깨를 거두는 등 아버지가 벌인 농사일에 모두 참여했다. 나는 나대로 몸이 고단했지만 어지간하면 농사일을 계속 도와주었다. 논밭을 일구는 일이 힘들다는 걸 알았기 때문이다. 때로는 하루 일당으로 천 원을 받아 진정한 노동의 대가를 깨우치기도 했다.

반면에 형은 땅을 산 지 얼마 안 됐을 때 한두 번 구경 온 게 전부였다. 농사일을 도울 일이 생기면 새벽 일찍 일어나 어디론가 숨어버렸다. 그리고 저녁 늦게 돌아와 저녁식사를 따로 먹곤 했다.

"야 이 족보에 빨간펜으로 그어버릴 새꺄. 네가 우리 상전으로 보여?"

참다 못 한 아버지가 형에게 욕지거리를 하며 파리채로 매질했지만 소용없었다. 형의 몸에는 거머리가 달라붙었다 떨어진 것처럼 새빨간 자국이 여기저기 그어질 정도로 맞았다.

"내가 너무 심했지. 정 일 도와주기 싫으면 안 해도 될 일이었는데."

아버지는 그 날 밤 형의 몸에 꿀을 발라 주었고 그 후로 형에게 지나치게 간섭하지 않았다. 그렇다고 형이 사회제도에 반항을 한다거나 또래 애들과 싸움질을 하며 지냈다는 건 아니다. 단지 자기가 하고 싶지 않은 일은 죽어도 하기 싫은 성격일 따름이었다.

나는 그런 형의 일생을 머릿속에 그려 보고 형에게 일자리를 알선해 주기로 결정했다. 명확한 해답지는 없지만 오지선다형 문제를 삼지선다형 문제로 바꾸어줄 수 있었다. 골머리를 덜 썩이라고. 그것이 내가 형에게 최대한 줄 수 있는 힌트였다.

6. 겸사겸사 생각하기

반쯤 타 버린 이승산 언저리에 망연자실한 채 서 있었다. 부모님은 물론이고 철연이네 아버지, 호석이 형네 할아버지, 지현이의 어머니, 심지어 살구나무 노인의 안사람이 누운 자리까지 잔디가 까맣게 덧칠되었다. 보기만 해도 목이 타들어갈 정도로 메마른 풍경이었다. 목에 줄이 감긴 흑염소의 등에 올라타고 사막을 횡단하는 것처럼 속이 울렁거렸다. 앙상한 흑염소가 자기 뿔로 모래를 아무리 파헤쳐도 선인장 가시조차 찾지 못하는 기분으로 발바닥으로 잔디를 비벼댔다. 물기 묻은 재가 신발에 묻었다.

우선 긍정적으로 이 사태를 결론 지어 보았다. 그래 아주, 다행이야. 소방차가 바로 왔고 사람들이 물을 잽싸게 길어 왔으니 망정이지 안 그럼 산 전체가 탔을 거야. 한뜰리뿐만 아니라 한뜰군에 있는 모든 산들이 봄날에 겨울잠 잤을 거야. 여기서 교훈을 하나 얻었어. 그래도 이 동네 사람들이 단결력 하나는 확실히 보여준다는 것을 말이지. 물론 자기네들 재산을 지키기 위해서 그렇게 열심이었겠지만. 특히나 운 좋게 비가 내렸으니 망정이지. 빗방울이 떨어지는 소리만 들어도 팔뚝에 털이 곤두섰는데 이렇게 반가울 줄이야. 그래 좋아. 전국적인 재난으로 퍼지지 않은 게 어디야. 인명피해도 없고 건물에 불이 붙은 것도 아니잖아. 최악의 상황은 아냐, 입을 수 있는 최대한의 피해를 입은 것도 아냐. 불이 번지지 않기 위해 여러 상황이 매우 적절한 타이밍으로 받쳐줬어. 스스로를 격려하는 와중에 의도치 않게 발끝으로 땅을 조금씩 파헤쳤다. 뭣자리에 입힌 떼가 벗겨지며 그을린 속살을 힘없이 내비쳤다. 긍정이라는 명목으로 현실을 도피하는 건 그만두고 냉정하게 문제를 집어 보았다.

문제는 하나야, 최악의 인간을 받아준 내가 문제야! 이십 대

때나 삼십 대 때나 변함없이 내 뇌하수체를 꽉꽉 비틀어 뇌수 한 방울까지 놓치지 않고 쫙쫙 받아가는 인간을 관대하게 받아준 내가 멍청한 거야. 산불이 꺼진 걸 보고 안심하는 게 다가 아녀. 애초에 불 자체가 붙으면 안 되는 거였어!

형은 구판장 할머니의 원망을 한 귀로 흘러 들으며 담배를 피웠다. 그 행동에 어떤 남자가 형의 멱살을 잡았다. '이런, 지금은 담배를 피우면 안 되는 건가'하고 상황파악을 한 형은 입에 물던 장초를 손가락으로 튕겨 버렸다. 담배는 멀리 날아갔고 형의 얼굴에는 주먹이 날아왔다. 한바탕 주먹다짐이 벌어졌다. 나는 검댕이 묻은 손바닥으로 눈두덩을 주물렀다. 너무 세게 누른 탓에 눈동자가 찌그러질 듯 얼얼했다.

"이게 뭔 지랄이여!"

살구나무 노인이 내게 언성을 높였다. 손바닥으로 눈동자를 가리고 노인을 노려보았다. 그의 뒤에는 불에 타 숯불구이가 된 돼지 몇 마리가 꿈틀거렸다. 인삼농사를 짓는 유씨가 삽날로 돼지의 목을 수차례 내려찍었다. 돼지는 끽끽하는 괴성을 지르다가 잠잠해졌다. 돼지를 더 바싹 태웠다면 그렇게 많이 찍지 않아도 조용해졌을 텐데.

"이장님, 이제 어쩌실 텐가?"

노인은 능글맞게 웃으며 나를 몰아갔다. 평소에 보여주던 비열한 눈빛이 아니었다. 화산이 한 번 폭발하고 다음에 더 큰 폭발을 암시하는 분노였다.

일단 앞으로 어째야 하는지 판단하기 위해 어쩌다 이렇게 됐는지 재생해 보기로 했다. 형이 돌아오고 아버지가 돌아가시고 그 사이에 내가 이장이 되고 그리고 그랬다가 그리고…….

형이 군청 농정과에서 맡은 일은 굴삭기운전이었다. 그 자리
는 내가 행정과 직원에게 웃음과 목소리를 판 대가로 들어간 자
리였다.

"원래 공공근로 신청기간이 끝나서 안 받아 주는 건데 젊은 이
장님이 부탁하니까 내가 특, 별, 히, 해 드리는 거예요."

실제로 이런 말이 오갔지만 나는 '마침 농정과에서 굴삭기 운
전이 가능한 사람을 찾고 있었는데 잘됐네요.'라고 힘들게 고쳐들
었다.

"야아, 고맙다 정말. 그런데 다른 자리는 없냐? 난 책상에 앉아
서 일하고 싶은데."

형은 편의점 아르바이트만 찾아다녔다. 별로 힘이 들지 않을
것 같다는 이유였지만 서른이 넘은 아저씨를 받아주는 편의점을
볼 수 없었다.

"어차피 굴삭기가 필요한 일은 별로 없을 거야. 밖에서 할 일
없을 때는 사무실에서 서류정리 도와주겠지."

일을 많이 안 해 본 어리숙한 형은 내 말을 곧이곧대로 믿고
다음 날 군청으로 출근했다. 그리고 퇴근하자마자 나에게 전화를
걸어 앓는 소리를 해댔다.

"야이 구라쟁이야! 삽질하고 나무 심고 베고 청소하고, 순전히
막노동이잖아!"

막무가내로 따지고 들면 태연하게 응수하는 게 상책이다.

"겨우 그것밖에 안 해? 내가 알기로는 산에 올라가서 산불방지

174

도 하고 쓰레기도 줍는 일도 한다던데."

"응, 그것도 해. 깜박했어."

"심심하지 않겠네. 지금 회관에서 회의 중이니까 끊어."

"아, 미안. 집에 가서 내가 밥 해 놓을게."

그런 식으로 형은 툭하면 몸이 고되다고 투덜거렸지만 가끔 굴삭기로 실력발휘를 한 날이면 신나게 떠들었다.

"내가 몇 년 전에 잡아 보고 나서 한 번도 운전 안 해 봤잖냐. 근데 운전대를 딱 보자마자 감이 오더라고. 오늘은 이승산에서 동네 논둑길로 굴러 떨어진 돌덩이 옮기는 일을 했어. 트럭 운전이랑 차원이 달라. 너 비행기 조종 해봤어? 나도 안 해봤는데, 그 정도로 섬세한 스킬이 필요한 거야 굴삭기 운전이라는 게."

허풍이란 걸 잘 알았지만 실컷 기세등등하도록 놔두었다. 형이랑 같이 일하는 다른 마을 이장에게 듣기로는 형의 굴삭기 운전 실력이 미숙해서 여럿 다칠 뻔했다고 했다.

"나 그렇게 앞뒤도 구분 못 하는 사람 처음 봤네. 차라리 장난감 포크레인 갖고 노는 우리 아들내미 시키는 게 맘 놓이겠어."

사람들 사이에서 형이 어떤 입장인지 훤히 보였다. 그가 일하고 와서 힘들었다고 하는 이유는 육체적인 것만이 아니었던 것이다. 그러나 나는 그런 형의 고충을 이해할 여유가 없었다. 그럴 필요조차 느끼지 않았지만 어쨌든 나는 나대로 정신이 없었다. 골치 아픈 몇 가지 과제 중 하나는 마을회관 증축이었다. 그 일은 아버지가 시작했지만 마무리 짓지 못한 과업이기도 했다.

"최 이장, 마을회관 층수 좀 높여야하지 않겠어? 노인네들 놀

만한 데가 여기밖에 없는디 복지 좀 잘 해주고 그러면 좋지."

아버지가 이장을 맡았을 때 몇몇 원로들이 그런 건의를 한 적이 있었다. 물론 그 중에는 살구나무 노인도 있었고 읍내에서 가장 큰 할인마트를 운영하는 이도 있었다. (모르긴 해도 노후생활을 하기에는 한뜰리가 적당한 모양인지 알부자들이 간혹 있었다.) 그러잖아도 마을회관 건물 벽에 물이 새는 게 한두 번도 아니었던 터라 아버지도 마을회관을 여러모로 바꾸고 싶어 하셨다.

"그려요, 그럼 이번 주말에 사람들이랑 논의 해보죠."

며칠 간 회의를 진행한 끝에 마을 사람들의 회비와 군청 지원금을 합해 공사를 하기로 했다. 공사담당자는 아버지가 공사장에서 일할 때 알게 된 친구로 정했다.

"이 친구가 현장에서 일을 꽤 잘 했거든. 물론 제일 기술이 좋았던 건 나였지만."

아버지는 그 친구에게 선금으로 공사비의 일부를 주었고 공사가 반 이상 진행 되었을 때 남은 공사비 전부를 건넸다. 그로부터 얼마 지나지 않아 공사는 중단되었다. 아버지의 친구가 돈이 완납되자 어디론가 잠적해 버렸기 때문이다. 그 책임은 고스란히 아버지에게 돌아갔다.

"아니 이 사태가 어떻게 된 사태여? 좋은 일 한다 해서 투자해 줬더니 튀어버리는 건 뭔 심보여."

"자재도 아주 비실비실한 걸 써놓고 돈은 그렇게 많이 받아 처먹은겨?"

마을 주민들은 집 안에까지 난입하면서 아버지에게 책임을 물었다. 그들은 전부터 이 공사와 관련해 아버지에게 적극적으로 협조를 하는 기색을 보이지 않던 참이었다.

"내가 금방 그 새끼 잡아 올 테니까 좀만 기다리쇼."

그러나 결국 이 사태의 원흉을 끝내 잡지 못 했고 잃어버린 비용을 아버지가 물어내야 할 지경이 되었다. 나는 전액을 모두 아버지가 갚아야 한다는 걸 이해할 수 없었다. 만만찮은 비용일 뿐더러 당신이 직접적으로 빼돌린 것도 아니지 않느냐고 조심스럽게 물어봤다.

"아들아, 아무리 동네 이장이라고 해도 두 어깨에 자잘한 먼지라도 앉아선 안 된단다."

고지식한 양반 같으니. 아버지는 어머니를 떠나보낸 후 급격히 무기력해졌다. 활기 있는 사리 판단을 할 수 없어진 아버지는 표정만큼이나 머리도 굳어졌다. 결국 얼마 안 되는 땅을 팔아 마을 회관 증축비를 충당했고 남은 돈으로 꾸준히 술을 사 마셨다. 주위 사람들이 돈을 갚으라고 닦달하다보니 공시지가보다 약간 싼 값으로 급하게 팔아야 했다. 그 땅을 산 사람은 살구나무 노인이었다.

"최 이장님, 이번에는 믿음직스럽게 해야지?"

"아, 저번처럼 사람 신용 잃는 일 생기겠어? 어련히 알아서 잘 할라구."

경로당이나 다름없는 회의실이었지만 그 안에서 풍기는 독기에 나의 온 신경이 긴장했다. 열린 창문을 통해 불어오는 봄바람이 잠시나마 내 목덜미를 풀어주었다.

"예산은 충분합니다. 하지만 제가 건축에 대해 아는 것도 없고 주위에서 이 일을 맡길 사람을 찾을 수도 없어서 어르신들께 부탁드리고 싶습니다."

섣불리 나서지 않기로 했다. 가능하면 이 마을에서 추진하는 일들을 다른 사람에게 맡기는 게 내 신상에 이로웠다. 얼마 안 되는 경험을 토대로 차곡차곡 쌓아 온 육감이 말해 주었다. 그들이 원하는 방법은 그들에게 있다고.

"이장님이 정 그렇게 고개 숙이면 우리도 들어주는 게 인지상정이지. 마침 칠성이네가 그런 거 잘 하지? 공구리 치고 브라꾸 쌓는 거."

"아이구우, 어떤 현장에서든 오야로 통하지유. 부를만한 기술자들도 제법 되유."

칠성이네도 아버지의 친구였다. 이른 아침마다 항상 우리 집에 와서 아버지의 트럭을 타고 공사장을 다닌 사이였다.

"그럼 건축자재랑 인력 짜는 건 칠성이 아저씨에게 맡기도록 하겠습니다. 도안은 어떻게 할까요? 예전에 구상한 도안으로 추진할까요?"

아무도 이의를 제기하지 않았다. 건물도안만큼은 아버지가 건드리지 않았던 부분이었다. 어쨌든 결과적으로 한숨 돌릴 수 있었다. 그렇다고 아무것도 안 하는 모습을 보일 수는 없었다. 자재를 구입하고 이층을 증축할 때 칠성이네와 함께 감독하는 시늉을 하면 되었다. 아버지가 마을회관 증축공사를 하면서 마을 사람들의 입방아에 오른 개기 중 하나는 자기가 모든 걸 다 하려고 했기 때문이다. 건물이 튼튼하고 만족스럽게 잘 지어졌는지는 완공하고 난 뒤에 걱정할 일이다. 이장으로서 어떤 일을 진행할 때 가장 신경 써야 할 부분은 대인관계다. 적어도 내가 보고 아는 바에 의하면 그렇다.

"에헤이, 그런 거라면 나도 이장 노릇 할 수 있겠다. 누가 대신 기타 쳐 주는 동안 너는 손 안 대고 오버 액션만 하는 거랑 마찬가지잖아."

요즘 내가 무슨 일을 하고 있는지 친절하게 알려주니까 기껏 하는 소리가 저 모양이었다.

"형이 그래서 자기가 만든 노래를 버젓이 남이 부르게 놔두는 거야. 형은 그 때 같이 음악 하자던 인간들이 자기랑 하나라고 믿었지? 천만에. 둘이야 둘. 나 아니면 남이었던 거야. 내가 골치 아파하는 일이 더 없을 거라고 생각하면 곤란해."

"아니 그 일이랑 이 일이랑 무슨 상관이야. 이분법 만능주의자 녀석."

더 큰 문제는 대인관계가 아니라 여러 가지 환경을 통제하지 못 하는 무력함이다. 구제역에 걸린 돼지들을 살처분하라는 지시가 떨어졌다. 모내기철이었다.

7. 거국적인 슬랩스틱

문을 닫은 지 오래인 폐교에 이렇게 사람들이 많이 모인 적은 드물었다. 운동장 가운데에 원형으로 땅이 파여 있었다. 방역복을 입은 사내들이 비를 맞으며 커다란 구덩이 안을 내려다보았다. 수많은 돼지들이 살이 뭉개질 정도로 빼곡하게 들어 차 있었다. 네 발로 서기에는 공간이 비좁아 두 발로 어정쩡하게 몸을 지탱해야 했다. 돼지들은 비무장지대에 파묻혀 빠져나오려고 안간힘을 쓰는 기차가 녹이 슬어 부식되는 소리를 냈다. 옆에 있는 돼지가 그 옆에 있는 돼지의 옆을 어쩌다 납작한 코로 건드리면 그 옆에 있는 돼지가 주둥이로 그 돼지를 매몰차게 깨물어댔다. 돼지들은 간장기가 다 빠져 오므라진 콩자반 같은 눈으로 굴삭기를 기다렸다. 형이 굴삭기를 운전하고 있었다.

"비가 점점 많이 오는데……. 얼마나 더 묻어야 되요?"

형이 내 옆에 있는 농정과 김 주사보에게 물었다. 우비를 입은 그의 얼굴에 빗방울이 흘러내렸다.

"규정상 지표면이랑 돼지들 매장하는 마지노선이랑 2미터는 공간을 두어야 해요. 어림잡아 보면 하안…… (눈에 들어가는 빗물을 훔치고) 70센티는 더 묻을 수 있겠네."

누가 봐도 평지와 구덩이에 쌓인 돼지의 높이가 맞닿아 있었다. 공공근로자 중 한 명이 집게손가락으로 현장을 가리켰다. 그 손짓 그대로 주사보의 얼굴에 갖다 대고 현 상황이 얼마나 심각한지 의견을 제시했다.

"더 뻘짓거리 하다간 저것들 죄다 빠져나오겠어."

질펀하게 젖어 진흙탕이 된 구덩이 밖으로 돼지들이 서로 기어오르려고 발버둥쳤다. 그 모습을 보는 사람들도 지쳐있었다. 김 주사보는 자기에게 대답을 구하는 사람들의 표정을 훑었다. 나를 포함한 모든 이들이 회색 방역복을 입고 있었다. 어떤 이들은 손에 든 삽으로 돼지 주둥이를 내리치며 돼지들이 올라오지 못 하게 저지했다. 고뇌하던 주사보의 뱃속에서 굶주린 소리가 들린 것 같았다. 그는 마침내 힘겨운 결단을 내렸다.

"안 돼 안 돼, 나도 철수하고 싶은데 할당량을 다 채워야 해서 어쩔 수 없어요. 남은 것들이나 후딱 해치우고 갑시다. 동진 씨, 계속해요 얼른!"

"근데 암만 해도 안 찰 것 같은데. 땅 더 팔까요?"

"안 돼 안 돼, 나도 더 파고 싶은데 살처분 하는데 할당받은 면적이 정해져 있어서 어쩔 수 없어요. 포크레인으로 꽉꽉 눌러요, 주물럭 만든다 생각하고."

형은 내키지 않는 표정으로 레버를 조작했다. 다시 돼지들이 한 마리씩 구덩이로 떨어졌다. 새 식구가 들어오자 다들 반갑다는 듯 헛구역질을 해댔다. 형은 돼지들을 무리해서 안으로 밀어낸 후 급하게 옆에서 판 흙으로 구덩이를 메웠다.

"도가니 속에 빠진 모냥 난리브루스를 치는구먼. 어이 한뜰리 최 이장, 뭐라고 해야 하는 거 아녀?"

이승리 장 이장이 새까맣게 그을린 팔뚝으로 내 옆구리를 찔렀다.

"제가 뭔 힘이 있겠어요. 까라면 까는 거지."

"지럴 허고 있네. 한뜰리가 이 동네에서 제일 큰 말인디 대표를 해야 할 거 아녀 대표를!"

장 이장이 역성을 내자 그의 얼굴에 패인 주름들이 더욱 선명하게 두드러졌다. 비도 오고 습한 날씨에 하기 싫은 일을 억지로 하다 보니 평소보다 예민해진 모양이었다. 예민한 건 나도 마찬가지였다.

"아, 정책이 그렇다는데 나 보고 어쩌란 말입니까! 정 그렇게 불만이면 당신이나 잘난 대표를……."

나는 말을 다 마치지 못 하고 갑작스레 터져 나오는 사람들의 탄성에 시선을 돌렸다. 형이 탄 굴삭기가 돼지 구덩이 속으로 미끄러져 들어가는 광경이 보였다. 비가 내리면서 약해진 지반이 굴삭기를 버티지 못 하고 허물어진 것이다.

"혀, 혀엉!"

나를 포함한 몇 명이 형에게 달려갔다. 굴삭기는 구덩이 안으로 가라앉는다 싶더니 바퀴를 돌리면서 기어오르려고 했다. 다행히 형은 몇 번의 경험으로 다져진 실력 덕분인지 아니면 순전히 운이 좋았기 때문인지 더 깊이 빠지지 않고 옆으로 운전해 빠져나왔다. 그러나 그 와중에 굴삭기에 깔린 돼지들의 몸뚱이가 일부분 함몰되었고 피가 터지면서 굴삭기 바퀴에 튀었다. 바퀴가 구르면서 엔진이 과열된 컨베어링 벨트에 옮겨지는 부품들처럼 돼지의 살점들이 사방으로 분리되었다. 돼지들도 사람들도 한 마음으로 비명을 질렀다. 어디선가 시큼하고 역겨운 냄새가 풍겨 퍼졌다. 김 주사보가 내 옆에서 숨 막힐 지경으로 구토하고 있었다. 나는 그의 등을 두드려 주었다.

"더 깔아버렸으면 동그랑땡이 되는 건데. 어때요, 먹음직스럽죠?"

"……해!"

내가 못 알아듣겠다고 하자 그는 눈에서 콧물을 흘리며 간신히 숨을 골랐다.

"흐, 흐읍. 철수하자고! 나머진 내일 하면 되니까 오늘은 철수합시다!"

우리는 삽과 굴삭기로 조심스럽게 구덩이를 메운 뒤 대강 콘크리트를 쳐서 그 위를 덮었다. 이미 물을 먹어서 효과가 없었지만 임시변통으로 돼지들이 빠져나오지 못 하게 하려는 방편이었다. 우리는 마무리 작업을 마치고 현장에서 빠져나왔다. 오후 5시 20분, 예상했던 작업종료시각보다 40분 일찍 끝났다. 이 날 형은 공공근로자들에게 처음으로 인정을 받아 술자리에 합석했고 나는 바로 집으로 돌아왔다. 난, 공공근로자가 아니라 참관자로서 살처분 현장에 있었던 거니까.

"아니, 할당량은 무슨 할당량? 멀쩡한 놈들이 병에 걸렸는지 뒈질지 지들이 어떻게 안다고 그려?"
본격적인 살처분이 있기 얼마 전에 가진 회의에서 축사를 관리하는 성만이 주먹으로 바닥을 내리쳤다. 그러나 아무도 바로 답하지 않았다. 심지어 살구나무 노인조차도 조용히 입을 다물었다. 대책마련을 위한 자리였지만 실상은 군청에서 전달받은 내용을 통보하는 자리에 지나지 않았다. 조용한 가운데 벽에 걸린 시계를 보며 혼자 생각했다. 그렇게 술 마실 시간에 축사 청소를 한 번이라도 더 할 것이지. 다른 지방 소식을 군청으로부터 들어보니 청결을 꾸준히 신경 쓰고 가축들을 적당히 운동시킨 축사는 구제역 경보가 발생되지 않았다고 한다. 연례행사처럼 나도는 구제역에 진저리가 난 일부 지자체에서 적극적으로 구제역 예방에 힘쓴 것이다.
"우리도 다음부터는 청소도 깨끗이 하고 돼지들 운동도 시키고 그래야겠어. 미리 미리 준비하는 게 상책이지."
마트 사장이 먼저 침묵을 깼다. 옳은 얘기였지만 최선의 대책은 아니었다. 아무리 봐도 지금 이 시점에 예방을 논하는 건 늦거나 너무 이른 말이다.

"그걸 누가 몰라유? 아, 나라고 알프스의 처녀처럼 돼지들 데리고 산으로 논으로 운동시키고 싶지 않겠냔 말유. 아니 게다가, 소독약 한 번 뿌리는데 돈이 얼만디, 차라리 회관 더 지을 돈으로 축사에나 신경 썼으면 이런 일 없었잖아! 그렇다고 그 돈을 온전히 그 쪽에 쓴 것도 아니……."

성만이 흥분한 나머지 마무리 대사 처리를 깔끔하게 맺지 못했다. 성만 본인도 자기가 한 말에 당황스러운 표정을 지었다. 그 안에 있던 어르신들은 성만의 처지가 안타까워서라기보다 심기불편하게 만드는 마지막 말마디에 눈썹을 찌푸렸다.

"동민이, 자네는 어쩔 생각이여?"

사람들은 애꿎은 나에게 화살촉을 돌렸고 나는 시계에서 눈을 뗐다.

"글쎄요, 저나 다른 이장님들이나 군청에다가 항의하고 있긴 한데, 국가차원에서 시행하는 사업인지라 농정과에서도 어쩔 수 없다고 하고……."

나라고 해서 살처분을 해야 하는 실태에 둔한 건 아니었다. 그러나 감정적으로 나서기보다 어눌한 말투로 나름대로 노력은 하고 있다는 의사표시를 하는 게 나로선 편한 방법이었다.

"보상금도 섭섭잖게 준다고 그러니까 자네가 참지 그려."

살구나무 노인이 성만에게 말했다. 성만은 눈시울을 붉히며 몇 번이고 숨을 몰아 쉬었다. 그의 물기 어린 눈동자를 보니 아버지의 농장에 있던 옹달샘이 생각났다. 보상금이라니, 당신은 우리 가족에게 그런 걸 줄 생각조차 하지 않았으면서.

"참말, 백신은 안 된디야?"

어느 정도 진정이 됐는지 성만이 차분하게 물었다. 그러나 내게 말하면서 시선은 살구나무 노인에게로 향했다. 나는 눈을 감은 채 고개를 끄덕였다. 문득 떠오른 성만에 대한 분노를 감추기 위한 행동이었다.

"백신을 사용하면 육질이 상당히 떨어져서 외국에 내놓지 못한대요. 게다가 백신 쓰려면 비용도 많이 들고 인력도 많이 필요하고. 살처분이 제일 효과적이래요."

"내 건 수출 안 하고 여기서만 팔 테니까 백신으로 쇼부칠게."

성만이 내게 애원했다. 나라고 별 수 있는 게 아니라고 말하려고 할 때 누군가 큰 소리로 물었다.

"그런데 구제역이면 돼지 말고 소도 살처분해야 하는데, 어째 소 얘기는 없네?"

그건 나도 눈치 채지 못 한 부분이었다. 모두들 어리둥절한 표정으로 똑같은 물음표를 머리 위에 그렸다. 그러게?

"그건 제가 내일 군청에 찾아가서 물어 볼게요. 성만이 형님 사정도 농정과 과장님한테 한 번 잘 말씀드려볼게요. 백신으로 해도 되는지 어떤지. 그런데 저도 확실히 장담은 못 하는 게, 할당량이라는 게 있다 보니."

그 놈의 할당량. 모두들 침통한 표정으로 똑같은 비난을 머릿속에 떠올렸을 것이다. 그런 개……

마을회의가 끝난 다음 날 농정과 김 주사보에게 살처분 대신 백신을 써도 되는지 물어 보았다. 대답은 예상했던 대로 부정적이었는데 그 이유는 예상치 못 했다.

"이번 바이러스가 말이죠, 백신이 없는 바이러스에요. 이게 지금까지 있던 구제역이랑 달라요. 이상하게 돼지한테만 걸린단 말이지. 소나 염소 같은 건 발병했다는 보고가 없거든요? 나야 뭐 위에서 시키면 그대로 하는 게 업인지라 자세한 건 모르겠고. 자세한 건 과장님이 서울에서 구제역대책본부회의에 참석하셔서 들어 보실 테니 언젠가는 알테고. 하여튼 그래서 살처분을 적극적으로 강권하는 거죠. 구제역은 구제역인데 처음 보는 놈이고, 전염력도 강해서 백신을 연구할 새도 없고. 내가 지금 말할 수 있는 건 백신은 없다, 그러니까 살처분을 해야 한다, 백신이 있어도 살처분을 해야 한다는 거고."

친절한 주사보는 내가 물어보지 않은 궁금증까지 해소시켜 주었다. 그러나 내가 성만에게 풀어주기로 한 문제는 해결시키지 못했다. 당초 성만을 동정하는 마음이 있던 것도 아니었다. 이장으로서 예의상 꺼낸 위로일 뿐이었다. 구제역에 대한 얘기는 그 정도로 하고 마을로 돌아가 모판이 부족한 사람을 조사하려고 했다. 그러나 김 주사보가 마을회관 증축에 대해 이야기를 시작한 탓에 적절한 타이밍을 찾지 못 했다.

"리모델링은 잘 되가죠? 증축이라곤 하지만 그러면서 겸사겸사 다시 꾸미고 그래야 보람이 있지."

"이번에 군수님이 군청 예산으로 투자도 해 주셔서 정말 일이 잘 풀리고 있습니다."

"한뜰리야 옛날부터 덕이 많은 동네였잖아요. 덕이라는 게 돌고 도는 거니까. 군수님이 연임까지 하시게 된 덕이 한뜰리 덕분이기도 하고. 군수님이 아마 이번에 퇴임하시고 그 동네에서 사실 생각일 걸요?"

아, 그렇군요 하고 대충 얼버무리고 테이블 위에 놓인 커피를 한 번에 다 마셨다. 혀가 데일 정도는 아니었지만 쉽게 넘기기 힘들 정도로 뜨거웠다. 비록 내가 농정과 사무실에 의례적으로 얼굴을 비추긴 하지만 오래 있고 싶은 곳은 아니었다. 데면데면한 사이인 공무원과 대면하는 건 썩 유쾌한 일이 아니었다.

"군수님이 우리 최 이장님을 아깝게 생각하고 있어요. 무슨 말이냐면 지금까지 한뜰군에서 이장님만큼 어리고 엘리트인 사람을 본 적이 없거든요. 그런 사람이 동네 이장을 뭐 하러 하냐 이 말이지. 대학도 다녔다고 들었고."

"중퇴했습니다만……."

"에헤이, 그래도 여기 중학교도 제대로 못 나온 사람이 어디 한 둘인가? 그래, 전공이 뭐였어요?"

나는 먼 산을 바라보듯 아련한 눈빛으로 학과를 되뇌었다.

"농대 농업식물학과였습니다."

"이야, 아니 그랬어요? 왜 난 몰랐지. 이장님이 될 만한 그릇을 추웅분히 갖추셨구먼!"

아직 점심시간이 지나지 않은 터라 사무실에는 김 주사보와 나만 있었다. 다른 직원들은 모두 구내식당이나 외부 식당에서 식사를 하러 나갔지만 김 주사보는 따로 도시락을 싸서 먹었다. 따라서 그 안에는 우리 둘만 있었다.

"이거 아실라나 모르겠는데, 군수님이 최 이장님 다녔던 대학 졸업하셨거든. 그 쪽 약대 말야. 그것도 그렇고 한뜰리에서 할당량이 많기도 하고 여러모로 이장님을 좋게 보셨나봐."

"할당량이라는 게 제가 어떻게 할 수 있는 게 아니고……."

"그렇지, 아니지, 아닌데에, 한뜰군에서 가장 큰 축사를 갖고 있는 게 성만 씨잖아."

난 그가 어떤 의도로 무슨 얘기를 하고 싶은지 모르는 척했다. 빈 종이컵을 만지작거렸다. 주사보가 내 손동작을 응시했다.

"그 사람 고집 피우지 않게 해 주면 군수님이 특별히 이장님을 부르실지 누가 알겠어?"

이번 화제는 정말 갈피를 잡을 수 없었다. 그저 '좋은 뜻'이라고 해석할 수밖에 없었다. 그에게 물어보려고 했지만 식사를 마친 공무원들이 사무실에 들어오느라 묻지 못했다. 나는 김 주사보와 악수를 나누고 사람들과 인사한 뒤 사무실 밖으로 나왔다. 복도 끝에서 형과 공공근로자들이 걸어오는 게 보였다. 못 본 척하고 바로 계단 밑으로 내려갔다. 괜한 시간낭비를 했다고 생각하며 군청 출입문을 열자마자 김 주사보가 했던 말이 떠올랐다. 출입문에는 공고문이 붙어 있었다.

한뜰군 구제역 대책본부 특별공무원채용

모집인원은 0명이었고 자격제한은 한뜰군 내에서 거주하는 지역주민이었다. 나는 아닐 거야. 안될 거야. 괜히 이런 거 해봤자 피곤한 일만 더 늘어날 거야. 그런데 연봉은 좋군, 이 정도면 이장 일 해서 버는 것보다 두 배는 되는데. 계약기간이 끝나고 나서도 원한다면 더 근무할 수 있고. 아까 군수도 나를 언제 부를지 모른다고 들었고. 그런데 김 주사보 이 인간, 나한테만 얘기한 거 맞겠지?

폐교 운동장에서 돼지들을 살처분 하던 날, 성만은 자기 집 마당 한복판에 주저앉아 돼지고기를 날로 먹었다고 한다. 그의 축사에서 할당량을 다 채우고 남은 돼지들 중 한 마리였다.

비가 그쳤다. 당분간 '그 일'은 진행되지 않았다. 더 이상 매장할 땅이 없기 때문이었다. 농사를 짓지 않는 나는 농사를 짓는 다른 사람들에 비해 한가했다. 그래서 간만에 농장에 찾아갔다.

"아직은 땅을 놀리는 게 좋아. 흙도 쉬고 해야지."

얄미운 살구나무 노인이 그렇게 말하긴 했지만, 휴경을 신청하면 생활위로금을 지급 받을 수 있어서 나로서도 편했다. 그렇다고 언제까지 농장을 관리하지 않을 수 없었다. 가끔 농장에 찾아갔다. 살구나무 노인이 아버지에게 땅을 거두기만 하고 활용하지 않은 탓에 잡초가 무성히 자랐다. 비닐하우스를 지탱하는 철근은 붉게 산화되었고 비닐은 새들이 쫀 탓인지 구멍이 숭숭 드러났다. 논 옆에 고여 있는 옹달샘에는 기름띠가 둥둥 떠 있었다. 아버지가 땅을 산 지 얼마 안 되었을 때, 나는 옹달샘 물을 마시는 게 좋아서 일부러 농사일을 도와주러 오기도 했다. 소금쟁이를 걷어내고 두 손을 모아 물을 떠 마시는 게 좋았다. 물에서 은근히 묻어나는 도토리 향이 좋았다. 나뿐만 아니라 이 옹달샘을 한 번이라도 마셔본 적이 있는 사람이라면 같은 심정이었을 것이다. 어렸을 때는 이 옹달샘에서 퉁퉁 부은 잇몸에서 스며 나오는 썩은 피와 같은 냄새가 날거라고는 상상도 못했는데.

나는 예전에 고구마를 심던 밭으로 갔다. 밭 전체에는 잡초조차 나지 않았다. 농사를 무리하게 지으면 땅이 죽는다더니 그래서 그런가 싶었다. 돌멩이들 사이에 썩은 고구마 몇 개가 말라 굳은 쇠똥처럼 숨어 있는 걸 볼 수 있었다. 땡볕 아래서 고구마 줄기를 심던 게 생각났다. 그 때 형은 학교 친구네 가족이 이사를 가는 걸 도우고 있었다. 이삿짐을 날라주는 대신 탕수육을 먹었다고 자랑했다. 난 그 때 이놈이 의외로 힘쓰는 일을 하긴 하는구나 하고 안심했다. 달랑 책 몇 권 날라준 게 전부였다고 하지만 말이다.

멀리서 기계음이 들리는 바람에 간만에 잠기던 추억에서 벗어났다. 농장의 경사 밑을 보니 굴삭기 한 대가 올라오고 있었다. 그 뒤에는 대형 트럭과 몇몇 남자들이 천천히 뒤 따라왔다. 점차 시야에 뚜렷하게 들어오면서 그들이 형과 공공근로자들, 그리고 김 주사보 일행이란 걸 알 수 있었다. 트럭 짐칸에 실린 짐들이 무엇인지 보자마자 께름칙한 기운이 내 살갗을 훑었다.

"당신들 뭐야!"

그들은 내가 서 있는 밭이랑 앞까지 오고 이동을 멈추었다. 굴삭기에서 형이 내려 내게 우물쭈물하며 다가왔다. 나는 천천히 무릎을 구부려 썩은 고구마를 손에 잡히는 대로 주었다.

"여긴 왜 왔어?"

내가 노려보며 따지자 형은 눈길을 피하며 능글맞게 웃었다.

"얌마, 우리 땅에 우리가 있는 게 뭐 어때서 그렇게 째려 보냐. 오늘은 여기서 업무가 있어서 올라 온 거야."

"무슨 일인데."

"아니 뭐, 별 건 아니고, 국가사업의 일환으로……."

"그러니까 그 잘난 국가사업을 왜 여기서 하느냐고."

형은 더 말을 잇지 못 했다. 어느새 나와 형이 마주보는 사이로 김 주사보가 끼어들었다.

"최 이장님, 제가 잘 설명해 드릴게요. 우리가 먼젓번에 폐교에다가 작업을 했잖아. 그러다가 비도 오고 더 넣을 공간도 없고 해서 중간에 그만뒀고 말요. 그런데 아직 처분하지 못 한 돼지들을 썩힐 수는 없잖아. 위에서 지시하신 처분해야 할 돼지 마리 수와 토지면적은 정해져 있어. 그걸 다 해결하기 위해서는 땅이 필요해. 마리 수는 채웠으니까."

"그러니까 그걸 왜 여기다가……."

"그런데 마땅한 데가 없단 말이지. 요즘 김매고 모내기 준비하는 철이니까."

주사보는 형의 입으로 말하라는 눈짓을 보냈다. 형은 집게손가락으로 인중을 긁었다.

"우리 땅을 지금 안 쓴다고 내가 그랬지. 급하시다잖아. 휴경지이긴 해도 여기에 살처분용도로 사용하도록 해 주면 보상금도 준다더라. 야, 무엇보다, 동생아, 나 올해 한뜰두레놀이 때……."

나는 형의 말을 듣다 말고 손에 들고 있던 고구마를 던져 굴삭기 앞 유리를 맞췄다. 산산조각 나기는커녕 금이 가는 소리조차 들리지 않았다. 우발적인 내 행위에 그 자리에 있던 사람들은 당황한 표정을 지었다.

"당장 꺼져, 대가리 깨지기 싫으면."

바짝 긴장한 형은 억지로 여유를 부리며 내 손등을 잡으려 했다. 나는 그 손길을 피했다.

"에이, 동생아. 내 위신 좀 세워줘라. 저번에 운동장에서 내가 활약 제대로 했잖냐. 이번에도 큰소리 좀 쳐 보자. 그리고 인마, 명의가 네 이름만 되어 있는 것도 아니잖아."

살구나무 노인에게 땅을 돌려받았을 때 명의를 나와 형으로 해 둔 게 잘못이었다. 그래도 꼴에 형이라고 기껏 이름 올려줬더니.

"아니, 이건 아버지 땅도 아니고 우리 땅도 아냐. 온전히 내 거야. 그리고 이 씨발 새끼들아 지금 하는 짓거리가 불법인 거 알지? 내 허락도 없이 급한 불 끄겠다고 남의 땅에다가 시체를 묻으려고 하는 거. 이런 개새끼들, 소송 걸어 버리겠어. 뉴스에도 퍼뜨릴 거야!"

"어허, 우리 이장님이 성격 참 긴박하시네. 그러니까 외지 사람들이 요즘 시골사람들 야박하다고 그러는 거 아냐?"

뜬금없이 낯익은 목소리가 들리자 머릿속이 복잡해졌다. 농정과 과장이 세단에서 내려 이쪽을 보고 있었다. 주사보가 허리를 숙여 그에게 인사했다.

"과장님 오셨습니까?"

본능적으로 이 사태가 내가 감당할 수 있을 사태가 아니라는 걸 느꼈다. 형, 김 주사보, 농정과 연 과장, 이승리 장 이장…… 모두들 내 앞에서 나를 보고 있었다. 마치 나 혼자 밭뙈기 안에 갇힌 기분이었다. 과장이 웃으면서 내게 손을 내밀었다. 나는 마지못해 그 손을 잡았다.

"자네한테만 그러는 게 아냐. 이렇게 살처분 하는 데가 알게 모르게 한두 군데가 아니라고. 죄다 보상해 줬어. 뉴스? 지금 시국에 가장 큰 뉴스가 뭔 줄 아나? 허만군에 아연공장에서 불 난 거야. 그거 말고 사람들이 관심 갖는 게 있을 거라 생각하면 오산 이네."

구판장에서 봤던 아연공장 기사를 기억했다. 가까스로 큰 화재는 면했지만 공장에서 대기 중으로 퍼진 유해물질을 해결해야 하는 게 시급하다고 했던 것 같다. 어깨에 힘이 풀렸다.

"그럼 구제역은, 살처분은, 묻힌 겁니까? 작년까지만 해도 사람들이 그렇게 불안해하더니, 올해는 신경도 안 쓰는 겁니까?"

"물론 신경이야 쓰지. 국가에서 자알 하고 있다고 신경 쓰고 있지. 국제적으로도 우리의 처분에 긍정적으로 주목하고 있어. 만일 우리가 어쭙잖게 백신을 사용했더라면 수출국으로서 신뢰도가 떨어졌겠지만, 두고 보라고, 진짜 깨끗한 고기를 원하는 사람들이 어느 나라 고기를 찾을지 말이야."

연 과장의 말을 들으면서 장 이장의 표정을 살폈다. 나와 눈이 마주치자 그가 눈을 내리깔았다.

"어쨌든 여기는 안 됩니다. 제 땅입니다. 폐교 운동장에다가 더 묻을 수 있지 않습니까?"

김 주사보가 과장의 바로 뒤에 서서 내게 말했다.

"거, 아까 말했잖아요. 운동장에다가 살처분 하는 건 공식적인 거고 여기다가 하는 건 좀 다른 식이라니까. 동진 씨, 뭐라고 말 좀 해 봐요."

형이 못 이기겠다는 투로 다시 입을 열었다.

"동민아, 별 거 있냐. 내가 나중에 다시 파서 다른 데에 처분할 게. 그러니까 일단, 임시로다가 여기 좀 쓰자. 어때?"

인간아. 썩은 고구마를 통째로 주둥이에 쳐 넣어도 분이 안 풀릴 이 인간아. 나는 그렇게 말하는 대신 손에 들고 있던 고구마 하나를 형의 이마에 던졌다. 형은 이마를 감싸고 아프다고 엄살을 피웠다.

"야, 이거 돈이 얼만데! 잘만 풀리면 두레놀이 때 내 공연도 할 수 있다고! 너는 내가 뭐가 해 보겠다는데 왜 도움을 안 주냐?"

그제야 형이 저들의 편에 붙은 이유를 확실히 알 수 있었다. 형이 서울에서 돌아온 지 어느 정도 시간이 지났지만 그는 자기가 공연을 했다는 얘기를 한 적이 없었다. 두루뭉술하게 '역시 홍대는 어디서 기타 연주를 해도 멋지다니까'라고 할 뿐이었다. 내 생각에 형은 아마 별 볼 일 없는 반주만 했던 터라 제대로 된 자기 무대를 가지고 싶었을 것이다. 그리고 내가 가 본 홍대는 형이 말하는 것처럼 보헤미안의 천국은 아니었다.

"그렇게 형의 콘서트를 열고 싶으면 시장바닥에 앉아서 노래나 불러. 지나가던 애들이 형 보고 불쌍해서라도 십 원은 던져주겠지."

형은 기가 찬 듯 얼굴을 일그러뜨렸다. 그리고 뒤로 홱 돌아서서 공공근로자들이 있는 쪽으로 성큼성큼 걸어갔다. 그러는 사이에 과장이 내 어깨를 건드렸다.

"아무리 못나도 자네 형인데 너무하는구먼. 내가 알기로 최 이장 자네도 좋은 자리 하나 맡는 걸로 아는데. 잘만 하면 자네 형제들 모두 좋은 기회를 갖는 거라고 생각하게."

가슴 한편에서 식은땀이 흘렀다. 심장이 창백해졌다가 금방 다시 붉어지는 걸 느꼈다. 사무실에서 주사보가 했던 말이, 믿을 만한 말이었구나. 나도 모르게 왼쪽 볼이 실룩거렸다. 과장이 혹은 앞에 있는 이들이 방금 내 행동을 눈치 챈 건 아닐까하는 걱정이 앞섰다. 그러나 괜한 우려였다. 그들은 형이 굴삭기를 몰고 돌진하는 걸 피하는데 정신이 없었다. 나도 밭에서 자리를 피하다 돌부리에 발이 걸려 땅바닥에 쓰러졌다. 이런 상황에 슬랩스틱 개그를 던지다니.

"야, 최동민! 네가 새끼야 잘 나면 얼마나 잘 났다고 나를 개무시하는 거야!"

형은 굴삭기로 밭을 파헤쳤다. 나는 땅바닥에서 비틀거리며 일어났다. 넘어지는 바람에 발목이 접질렸다. 맥없이 형의 얼굴을 보았다. 그는 일그러진 표정에서 술에 잔뜩 취한 아버지가 그려졌다. 나는 그를 말리기 위해 다리를 절뚝거리며 굴삭기로 걸어갔다. 그러자 김 주사보가 내 어깨를 붙잡았다.

"최 이장, 저기 가면 위험해요! 동진 씨가 지금 워낙 조심성 없이 일하고 있어서 자칫하면 이장님이 다친다니까!"

주사보는 장 이장을 불러 둘이 같이 나를 붙잡았다. 장 이장이 억세게 내 팔을 붙들며 미안하다고 중얼거렸다.

"그렇게 미안하면 네 땅을 넘겨 인마! 놔, 이 새끼들아! 이제 겨우, 이제 겨우 찾았는데! 최동진 이 새끼야, 너 당장 그만둬! 이 족보에서 파버릴 새끼!"

내가 저항하다가 팔꿈치로 주사보의 입술을 치자 그가 신음소리를 내며 옆으로 물러났다. 입술에서 피가 흐르는 그를 보고 장이장이 당황했다. 나는 그 틈을 놓치지 않고 장 이장의 복부를 오른손으로 강타했다. 그가 배를 움켜잡고 무릎을 꿇는 걸 확인하고 형에게 달려갔다. 울퉁불퉁한 밭을 뛰어다니다가 발목에 쓰라린 통증이 입 밖을 통해 배출되었다. 신호가 왔다. 더 가다간 크게 다쳐. 그러나 그 신호를 무시하고 앞으로 나아갔다. 정신없는 와중에도, 아니 오히려 정신없는 와중이기 때문에 어렸을 적 기억이 떠올랐다. 밭에 숨어 있는 자갈과 돌멩이들이 하나하나 발에 채일 때마다 한 장면 한 장면이 입김처럼 뿌옇게 나타났다 사라졌다.

당시 내 나이 일곱 살이었고, 동진이 형은 아홉 살이었다. 호석이 형과 철연이 까지 넷이서 함께 놀던 시절이었다. 지금이야 철거된 지 오래됐지만 우리가 어렸을 적에는 마을에 작은 놀이터가 하나 있었다. 놀이터라고 해봐야 미끄럼틀과 뺑뺑이, 쇠줄 한 쪽이 끊어진 그네가 전부였다. 우리는 매일 같이 놀던 코스가 지겨웠다. 나무 막대기로 칼싸움하기, 덫 만들어서 산토끼 잡기, 자치기, 사방치기 등등. 놀 거리가 적은 건 아니었지만 놀 시간이 워낙 많은 철부지들이었던지라 했던 놀이를 계속 하다 보면 질리기 마련이라는 진리를 깨달은 참에 이제 뭐 하고 놀지 토의를 했다.

"돌싸움 하자!"

동진이 형의 제안이었다. 우리라고 그 생각을 안 한 건 아니었다. 그 제안을 하기 전부터 나도 돌싸움을 해 보면 재밌지 않을까 궁금한 적이 있었다. 그러나 자치기를 하다가 아들자에 머리를 맞는 것도 아픈데 돌에 맞으면……. 아마 눈덩이에 연탄과 돌을 섞어서 뭉친 걸 눈탱이에 맞는 것처럼 아프지 않을까. 겁이 났다. 그래서 우리는 암묵적으로 돌싸움을 하자는 말을 꺼내지 않았던 걸지도 모른다. 그런데 그러한 금기를 형이 깬 것이다.

"그러다 다치면 어떡해?"

호석이 형이 따졌지만 이미 우리는 얼른 놀이를 하고 싶어 몸이 근질거렸다. 철연이가 해결책을 제시했다.

"잘 피하면 되지."

어느 새 구덩이가 제법 깊이 파였다. 형은 외골수처럼 쉴 틈 없이 흙을 퍼 밭이랑 밖으로 날랐다. 아까보다 동작이 요란하지 않고 안정이 된 것처럼 보였다.

"형, 됐어, 이제 그만해!"

내 목소리가 닿지 않는지 아니면 내 목소리를 무시하는 건지 형은 일에 집중했다. 나는 다리를 절뚝거리며 좀 더 가까이 다가갔다. 그러나 몇 발자국도 못 가 두둑에 발이 걸려 넘어졌다. 누군가 나에게 조심하라고 소리치는 게 들렸다. 환청인가 싶을 때 둔탁한 무언가가 내 머리를 강타했다. 굴삭기를 조종하던 형이 놀란 눈으로 나를 내려다보았다. 형의 눈동자가 미세하게 흔들렸다. 옆으로 퍼 나른 흙더미에는 돌멩이와 풀들이 섞여 있었다. 그 사이에 이질적인 색깔이 눈에 띄었다. 노란색과 파란색으로 인쇄된 비닐이 흐릿하게 보였다. 그러나 더 자세히 볼 수 없었다. 서서히 감기는 눈꺼풀 사이로 사람들이 다가오는 게 띄었다. 그들은 트럭에 있던 돼지들을 억지로 끌고 구덩이로……

"동민아!"

깊은 물에 오랫동안 빠졌다가 고개를 들어 참던 숨을 내쉬듯

허파가 트였다. 형의 목소리가 꽉 막힌 가슴 속을 뚫어준 건지, 내 숨이 형의 목구멍을 트이게 한 건지 알 수 없었다. 우리는 동시에 서로를 부른 것이다. 한 가지 다른 게 있다면 형은 안도의 표시로 나를 불렀고,

"동민아, 어쩌다가 다친 거니?"

형은 내가 부분기억상실증이라도 걸리길 바란 모양이었다. 나는 응축해 있던 분노를 성대 밖으로 표출했다.

"너, 너어 이 새……."

사태를 파악한 형은 내 손을 부여잡고 눈물을 흘렸다.

"미안하다, 정말 미안해. 내가 일부러 그러려고 한 게 아니고, 아 진짜 내가 졸라 나쁜 새끼야."

그래, 그 때도 비슷한 핑계를 댔지. 언제였더라, 아, 맞아, 놀이터에서.

그렇게 하여 우리는 미끄럼틀을 사이에 두고 두 명씩 편을 갈랐다. 나와 철연이가 미끄럼틀을 올라가는 계단을 맡고, 동진이 형과 호석이 형이 미끄럼틀을 타고 내려가는 쪽을 맡았다. 동갑내기 대결이었다. 우리는 정해진 시간동안 돌을 모으는 등 만반의 준비를 다했다. 동진이 형이 휘파람을 불면 돌을 던지기로 했다. 게임을 시작하기 전 나는 나름대로 전략을 세웠다. 형의 신호를 기다리지 않고 적들에게 기습공격을 하는 것이었다.

"야, 내가 올라가면 네가 뒤에서 지켜줘."

"안 돼. 차라리 여기서 숨어서 공격하는 게 안전해."

나는 철연이의 염려를 어린 호기에 무시해 버렸다. 오른손에

돌멩이 하나를 들고 계단을 타고 올라갔다. 천천히, 천천히. 그러나 내가 예상한 것보다 계단에서 삐걱거리는 소리가 컸다. 동진이형이 신나게 소리쳤다.

"앗, 적이다!"

나는 당황하지 않고 이렇게 된 거 계획대로 공격하고 도망가기로 했다. 구부렸던 몸을 일으켜 세워 돌을 던지려고 자세를 취했다. 고개를 들자마자 본 것은 하늘에서 떨어지는 작은 응징이었다. 세상이 정지했다. 아니 나만 움직이지 않았다. 머리에서 콧등까지 피가 끈적하게 흘러내리는 동안에도 이게 꿈인가 싶었다.

"혀엉! 동민이 머리에서 피나!"

철연이의 신고로 게임은 끝났다. 동진이 형이 나를 업고 집까지 뛰어갔다. 그가 울먹이며 말했다.

"미안해, 미안해, 미안해. 내가 그러려고 한 게 아니라, 네가 몰래 올라와서, 미안해, 내 잘못이야."

달리는 형의 어깨가 들썩거렸다. 나는 그의 등에 묻은 붉은 얼룩을 보고 눈을 감았다. 그러는 동안에도 형의 어깨는 가쁘게 들썩거렸다. 집에 도착하고 형은 임시방편으로 걸레로 내 머리를 동여맸다. 왜 수건이나 붕대도 아니고 걸레였는지. 아마 가장 먼저 눈에 띈 천조가리라서 그랬는지도 모른다.

"잠깐만 기다려, 아빠 불러올게."

형이 밖으로 나가 있는 동안 나는 혼자 방바닥에 누워 울먹거렸다. 물리적인 고통은 심하지 않았다. 단지 두려워서 울었다. 방안에서 혼자 피를 흘리며 있는 게 무서웠다. 그런 모습이, 환영인지 착각인지 머리에 걸레를 싸매고 얼굴에 피가 말라붙은 몰골로 징징거리는 내 모습이 눈에 보였다. 거울을 본 것도 아니었다. 내가 나를 태연하게 응시했다. 그러나 바닥에 누워있는 나는 나를 보는 내가 있다는 걸 알지 못하는 것 같았다. 기묘한 착각은 거기서 끝났다. 나는 아버지의 차를 타고 병원으로 가서 진료를 받았다. 다행히 정수리 바로 앞 쪽에 맞아 흠집이 난 정도고 큰 상처는 아니라고 의사가 안심시켰다. 봉합하거나 입원할 필요도 없이 약을 바르면 된다고 일렀다. 나는 안심했다. 더 이상 울지 않았다. 아프지도 않았다. 그러나 옆에서 아버지의 허리에 팔을 두르던 형은 한참 울었다.

"동민이 때문에 고기 좀 먹어야겠다."

병원을 나선 우리는 그 날 삼겹살을 먹었다. 나와 형은 방금 있었던 일도 잊고 한창 배를 채웠다. 그 사건 이후 놀이터는…….

"어른들이 철거했지? 애들이 위험하다고."

혼자 생각하다 혼잣말을 중얼거렸다.

"무슨 소리야, 인마. 아직 정신 못 차렸어? 너 기절해 있는 동안 군수님이 문병 오셨었어. 좋은 자리 알아봐 주실 것 같아. 보상금도 곧 나올 거고, 그러니까 너무 나 보고 나무라고 하지 마."

화병 나게 만들려고 작정을 했군. 아랫입술을 지그시 깨물었다. 숨을 고르고 주위를 살폈다. 머리맡 옆에 놓인 작은 탁자 위에 오렌지 주스가 놓여 있고, 내 왼쪽 팔에는 링거 호스가 연결되어 있었다. 위를 보았다. 하얀 천장에서 소독약 냄새가 내려앉아 콧구멍 속으로 파고들었다. 미간을 찌푸리고 고개를 돌렸다. 내 옆, 옆의 옆에 있는 사람들은 같은 디자인의 파자마를 입은 채 창가에 설치된 TV를 시청했다. 구제역 경계령이 해제되었다는 뉴스가 나왔다.

"이제 돼지족발을 안심하고 드셔도 좋습니다!"

정말로 아직 정신을 못 차린 모양인지 기자가 전달하는 내용
과 상관없는 자막이 화면에 보였다. 어쩌면 저게 기자가 전하고
싶은 소식인지도 모르지. 나는 입술을 오물거리며 형에게 물었다.
"다 끝났어?"

그는 링거액이 흐르는 관에 시선을 두고 힘겨운 듯이 입을 열
었다.

"응, 다 끝났어. 이제 마음 편히 지내기만 하면 돼."

끝나지 않을 것 같은 슬랩스틱이 끝나고 사람들은 야유 대신
찬사를 퍼부었다. 이러니저러니 불평을 하던 사람들도 박수를 쳤
다. 어제까지만 해도 좌우로 편을 갈라 난동을 부리던 취객들은
성취감에 도취되어 서로를 끌어안았다. 그래 잘 마무리 지은 거
야. 돼지족발을 먹어도 된다잖아. 배로 뛰었던 고기값도 조만간
안정적으로 떨어지겠지. 다시 돼지고기 수출국으로서의 명성을
되찾는 것도 시간문제일 테고, 그렇게 되면 경제도 나아질 테니
까, 다들 행복해질 거야. 그래 슬랩스틱을 하는 코미디언도 많은
이들을 즐겁게 하기 위해 잠깐 자기를 희생하는 거잖아. 그런 거
야, 내 땅에, 돼지들을, 묻어버린 것도. 출연료는 없지만, 남들 웃
기기만 했지만 나도, 웃자.

아랫입술을 깨문 채 천장을 응시하다 잠이 들었다. 잠깐, 천장
바로 밑에 떠 있는 내가 침대에 누운 나를 굽어보았다.

8. 그리고 아무 일도 없었다

내가 눈을 떴다는 얘기를 들은 군수가 다시 문병을 왔다. 나는 그가 오기 전에 병상에 누워 신문을 읽고 있었다. 구제역에 대한 기사는 구석진 데에 몇 줄이 전부였다. 이번 구제역 대책이 최선책이었는가에 대한 의문을 제기하는 기사였지만 결과적으로 그렇다고 결론을 지었다. 분열은 없었다. 다만 또 다른 위험요인이 부각되고 있었다.

허만군 아연공장 화재사건으로 인한 다량의 화학물질이 대기 중에 노출되고 있다. 이번 주중에 내리는 비의 산성도가 높아지는 것은 물론 인체에 유해한 ······.

"중이신문이군. 나도 그 신문을 자주 보네. 그만큼 중립적인 신문을 찾기 힘들거든."

어지간해서는 듣기 힘든 목소리였다. 농정과 과장이 김 주사보를 데리고 내 침대 옆에 서 있었다.

"야야, 내가 그렇게 불렀는데, 귀 먹었냐."

형이 이를 앙다물고 복화술을 흉내 냈다. 신문 기사에 집중을 하느라 누가 왔는지도 몰랐다. 나는 서둘러 신문을 접고 탁자 위에 올려놓았다. 갑자기 움직인 탓에 옆구리가 당겼다.

"뭘 대단한 사람이 왔다고 호들갑인가. 몸을 잘 추스려야지."

"아, 네."

삼 대 칠 가르마를 탄 과장은 네모나게 넙적한 얼굴로 웃음주름을 만들었다. 검은 수트 왼쪽에 도금된 HD이니셜 배지가 달려 있었다. 살처분할 때는 황토색 작업복을 입었던가.

"이번에 최동민 이장님의 활약이 대단했어. 당신이 우리 한뜰 군을 살린 거야."

그렇게 말한 그는 내게 악수를 청했다. 내가 그의 손을 잡자 김 주사보가 카메라로 사진을 찍었다.

"그 때 얼마나 걱정했는지 몰라. 아니 땅을 그렇게 열심히 파는 건 처음 봤네. 넘어질 정도로."

"아이구, 하필이면 돼지 새끼 한 마리가 그 위를 밟고 지나갔잖아요. 형으로서 얼마나 가슴 떨리던지."

나는 이 인간들이 지금 무슨 꿍꿍이를 벌이고 있는 건지 의아했다. 머리를 굴려보았다.

"아니, 저는 그 때······."

내가 입을 열자 과장이 눈을 가늘게 치켜뜨며 말을 가로 막았다.

"최동민 이장님, 내가 왜, 그 자리까지 갔겠어. 사람들에게 신뢰를 주기 위해서야 신뢰를 주기 위해서."

형이 오른손으로 자기 목을 그어대는 시늉을 했다. 적당히 넘어가 임마, 라는 제스처를 대놓고 취했다. 굳이 두뇌를 회전시키지 않아도 충분히 계산할 수 있었다. 얻고 싶은 게 있다면 그보다 더 많은 것을 잃어버리라는 건가.

"아, 맞아. 그 돼지가 죽은 줄 알았는데 갑자기 움직여서 손 쓸 도리가 없었죠."

다들 고개를 끄덕이며 내 말에 수긍했다. 음, 그래, 그랬었지.

꽤 놀랐었어.

"그래서 그 돼지를 내가 굴삭기로 쳐 냈잖아요. 대가리에서 피를 흘리더니 금방 기절해 버리더라고요."

우리는 침묵했다. 형이 생각 없이 내뱉은 불필요할 정도로 구체적인 진술이 과장의 표정을 굳게 만들었다. 머쓱한 몇 초가 지나고 나서 과장과 주사보는 다시 한 번 내게 인사를 하고 병실 밖으로 나갔다.

"잘했어. 이제 그 일은 방금 얘기한 대로 기억하면 되는 거야."

형이 내 머리를 쓰다듬었다. 지렁이 다섯 마리가 썩은 나무뿌리에 달라붙은 것처럼 징그러운 손이었다.

"너는, 아니, 형은 아무에게라도 아무 말도 하지 마. 그러면 되는 거야."

그렇게 쏘아붙이고 모로 누워 잠을 청하려고 했다. 형이 내 뒤통수에 꿀밤을 먹이는 시늉을 하는 실루엣이 유리창에 비쳤다. 눈을 감았다. 길게 호흡을 들이쉬고 내뱉었다. 배가 천천히 부풀었다가 가라앉았다. 빈 병 속에 몸을 웅크리고 귀를 막는 걸 상상했다. 자자. 자, 자. 자, 장, 자, 장. 자장, 자장, 우리 동민, 탈도 많고, 말도 많고, 펴치 못 한, 일들일랑, 묻어 두고, 베개 베어, 포르쉐를, 몰아 보세.

형, 형은 정말 가사 짓는 실력이 형편없어. 병원에서 노래 부르면, 다른 환자들한테, 폐를 끼치잖아, 그래도 기타 소리는…….

퇴원하자마자 내 농장으로 찾아갔다. 아버지도 살구나무 노인의 소유도 아닌 내 농장이었다. 그러나 한 때 고구마, 참깨, 옥수

수 등을 심었던 밭을 상처 입힌 건 내가 아니라 그들이었다. 형도 그들 중 하나였다. 언론에 알릴까, 인터넷에 올릴까 고민했지만 소용없는 짓이라고 쉽게 단정 지었다. 뉴스와 인터넷 댓글을 보면 충분히 포기할 만했다. 다들 자축하는 축제 분위기였다. 가끔 소수언론에서 사방으로 퍼져나간 샴페인이 개구리가 알을 낳기 위해 짓는 거품둥지만큼이나 안일하다고 비난하기도 했다.

  ……신종플루가 창궐'한다고 믿었던' 작년 겨울을 떠올리면 알 수 있다. 집단적인 공포심이 생물학적인 바이러스보다 더욱 신속하고 광범위하게 퍼져나가 신경을 마비시킨다는 사실 말이다. 살처분 퍼포먼스는 바이러스에 대한 공포심이 바이러스를 이기고 사회구성원 간에 기형적이며 극단적인 동질감을 어떻게 형성시키는지 극명하게 드러내는 사례이다. 거대한 암묵적 거래가 밝혀지지 않는 한 당분간 이러한 원인으로 만족해야 할 것이다. 가령 재보궐선거을 위한……

그러나 얼마 안 가 이런 사설이나 기사는 광고 팝업창에 가리고 가려 찾을 수 없었다. 게다가 아무리 휴대폰 폴더를 열어 전화번호부를 뒤져도 이 판도에 털끝만큼이나 영향을 미칠만한 사람이 없었다. 기자가 한 명 있긴 있다. 통화버튼을 누르다가 재빨리 종료했다. 신호가 가지 않았을 것이다. 이 기자가, 그럴 리 없지만 혹시나, 덤비게 된다면 호되게 당할 게 눈에 훤했다. 더 부질 없는 고민을 하다가 상처가 도질 것 같아 휴대폰을 주머니에 넣었다.
  나는 이랑도 고랑도 없이 평탄한 밭 위를 걸었다. 아직 흙에는 습기가 남아 있었다. 한 발 한 발 나아갈 때마다 발자국이 남았다. 이 밑에서 숨죽이고 있는 돼지가 언제 내 발목을 물어뜯을지 알 수 없었다. 머리에 난 상처는 나았지만 그 아문 자리에 망상이 돋아났다. 충격이 컸던 탓이다. 내 발 밑에 돼지 시체들이 있다는 것이, 그리고 그런 일이 있었는데도 모든 이들이 축배를 든다는 것이 내게는 충격이었다. 나도 나름대로 사회 속에서 돌아가는 바퀴 위를 잘 탄다고 믿었는데.

몇 발자국 걷다가 밭에서 처음 보는 풀을 발견했다. 잔디가 듬성듬성 자라 있었다. 종류도 다양했다. 금잔디, 들잔디 같은 난지형잔디는 물론 골프장그린에 깔아 놓는 벤트그래스(Bentgrass)까지. 지금까지 밭에서 잔디가 자라는 걸 본 적이 없었다. 손으로 만져보니 촉촉한 생기가 느껴졌다. 아직 자란지 얼마 되지 않은 것이다. 즉 살처분하고 얼마 지나지 않아서 싹이 튼 셈이었다. 혹시 바랭이를 잘못 본 게 아닐까 싶어서 다시 봤지만 역시 잔디였다. 한 포기를 발견하니 그 뒤에 두 포기, 세 포기가 더 눈에 띄었다. 거기다 아직 봄인데 8월에 자라야 할 쑥부쟁이가 꽃을 피웠다. 고개를 갸우뚱거리고 땅바닥을 보니 낯익은 포장을 발견했다. 노란색과 파란색이 균등한 비율로 프린트된 비닐이었다. 호기심이 동하여 집게손가락으로 그것을 집어 들었다. 가운데에 굵고 검은 고딕체로 쓰인 글씨가 눈에 들어왔다.

"'노긴다'였지. 잡초를 흐물흐물하게 녹인다고 해서 붙인 이름이잖아. 그 때는 사람들이 그 제초제만 뿌렸어."

이게 여기 왜 있지? 아버지는 농약 포장지를 함부로 버리지 않았는데. 더 이상 이 땅에 쓰레기를 묻고 싶지 않아 노긴다 포장을 든 채 밭 밖으로 걸어갔다. 발길을 질질 끌었다. 주위를 두리번거렸다. 한 번 잔디를 보니 다른 여러 잔디를 발견했듯 이번엔 노란색과 파란색 포장이 여기저기 널려 있었다. 그동안 용케 카멜레온처럼 위장을 하다 이제야 들킨 모양이었다. 제조회사의 이름은 상초화학이다. 잡초를 아예 초상 보내겠다는 뜻인가. 농담으로 받아들일 수 없었다. 나는 수많은 이방인들 틈에서 어색하게 탈춤을 추는 토착민처럼 비틀거렸다. 잔디의 뾰족한 끝이 온 신경을 찔러댔다. 호박잎만 한 제초제 비닐이 머리에 뒤집어 쓰인 마냥 숨이 막혔다.

힘겹게 밭에서 나와 비닐하우스 안으로 들어갔다. 농장의 가운데 부분에 아버지와 내가 만든 비닐하우스였다. 들마루와 온갖 농기구, 비료포대들을 비치해 두기 위해 만들었다. 난 들마루에 누워 숨을 골랐다.

아버지가 살구나무 노인에게 땅을 넘기고 나서도 몇 번 이곳을 찾아왔었다. 아버지 몰래 염탐을 했더랬다. 저기서 삽질하고 곡괭이질을 한 게 힘들긴 했지만 싫진 않았는데. 이제 함부로 들어가지도 못 하는구나. 다행인 건 몇 년이 지나도 비닐하우스도, 밭도, 논도 그대로 있었다는 것이다. 아예 아무것도 심지 않은 것처럼 달라지지 않았다. 다만 옹달샘은 점점 심하게 썩어갔지만 말이다.

"멀쩡한지 어떤지는 속까지 파헤쳐 봐야 알지."

그동안 병원 신세를 지느라 기운이 빠졌나보다고 반성했다. 곡괭이로 단단한 표면이나 돌멩이를 부순 뒤 막삽으로 흙을 팠다. 한 삽 한 삽 몸의 반동으로 움직일 때마다 시계추처럼 해가 기울었다. 아직 굴삭기에 부딪힌 충격이 가시지 않았는지 머리가 지끈거렸다. 쉬고 삽질하고 쉬고 삽질하고. 돼지 시체가 지척에 보인다 싶을 무렵 해거름이 되었다. 삽을 내팽개치고 기지개를 켰다. 등 마루에서 돌 씹는 소리가 부서졌다. 가쁘게 숨을 내쉬며 내가 벌 여놓은 일을 조망했다. 구덩이 전체를 다 파헤치지는 못했지만 불 안해하던 요소는 충분히 발견할 수 있었다. 시체들 사이사이에 노긴다 제초제가 섞여 있었다. 어떤 것은 포장이 뜯겨지지 않았 고 또 어떤 것은 농약이 새어나오고 있었다. 얼마 전 작업을 하다 가 찢어진 것 같았다. 노을이 돼지 시체들 위에 번졌다. 그제야 발 밑에서 풍겨 나오는 악취를 맡을 수 있었다. 해감내가 시큼하게 코를 찌르더니 자전거에 밟혀 죽은 쥐가 썩는 냄새로 탈바꿈했 다. 돌멩이가 있는지도 모르고 제자리에 털썩 주저앉다가 얼굴을 찡그렸다.

"재활용하지 못 하는 것들만 묻어버렸군."

흙을 한 주먹 집어 만지작거렸다. 말라빠진 회반죽을 만지는 느낌이었다. 그것을 구덩이 안을 향해 던지자 공기 중에서 퍼져 뿌려졌다. 손에 잡히는 대로 집어 아래에 던져버렸다. 잡초든 잔 디든 굼벵이든. 심지어 썩어 비틀어진 고구마까지. 이 속에는 도대 체 얼마나 많은 것들이 자기를 드러내지 못하고 숨어 있는 건지, 뻐꾸기 울음을 들으며 감상에 빠졌다. 그 감상에서 빠져나오고 싶지 않았다. 심신이 지쳤으니 사소한 여유라도 갖고 싶었다. 나 는 구덩이는 그대로 놔둔 채 삽과 곡괭이를 질질 끌고 비닐하우 스로 들어갔다. 도구를 제자리에 두고 들마루에 누웠다. 축축한 바닥에서 곰팡내가 올라왔지만 개의치 않았다. 밤중에 비가 내린 다는 일기예보를 받았지만 역시나 신경 쓰지 않았다.

"목도 마른데 해갈하고 좋지."

내일 형에게 굴삭기로 다시 메우라고 시키기로 하고 잠이 들었다.

언제부턴가 빗소리가 들렸다. 휴대폰으로 시계를 보니 새벽 2시였다. 몸에 오슬오슬 한기가 흘렀다. 봄비가 내렸지만 밤은 아직 봄이 아니었다. 그러나 그 때문에 깬 것만은 아니었다. 길게 코를 고는 소리에 눈을 떴다. 내가 내는 코골이는 그렇게 요란하지 않은 편이었다. 어머니가 "형은 안 그러는데 너는 네 아빠 닮아서 코를 심하게 골아."라고 장난스럽게 놀린 적이 있었다. 그래서 나는 "아빠는 천지를 요동치지만 저는 학교 운동장을 와르르 뛰어다니는 정도예요."라고 되바라지게 받아친 일이 있었다. 그러나 어머니는 어떤 어머니들이 그러하듯 자식의 말대꾸에 자존심을 상하는 경우가 없었다. 영특하다고 칭찬을 해 주었다.

끊임없이 코 고는 소리가 들렸다. 잘 들어 보니 내가 들어본 코골이 중에 가장 길고 목적성이 뚜렷한 소리였다. 단지 잠자리가 불편해 숨넘어가듯 내뱉는 구호가 아니라 내가 지금 배고프지만 일단 나한테 걸리지 말라고 미리 조치를 취한다 그러나 도망치지 않고 그 자리에 있다면 가만두지 않는다는 숨넘어가게 만드는 경고였다.

혹시 귀신인가 싶었지만 최대한 인간적으로 사태를 받아들이기로 했다. 농장이든 한뜰리든 한뜰군이든 이 세상은 사람 사는 곳이다, 동물과 식물도 산다, 그러니까 가장 먼저 의심해 봐야 할 건 살아있는 것들이다. 나는 막삽과 랜턴을 들고 살금살금 비닐하우스 밖으로 향했다. 내 모토는 가차 없이 갈겨버리자. 캄캄한 사위를 두리번거렸다. 신경질적인 코골이가 더욱 커졌다. 잠기운이 달아났다. 이거, 잡음이 꽤 많은데. 여러 개의 실타래가 정신없이 꼬인 것 같았다. 소리의 근원지는 밭이었다. 나는 심호흡을 몇 번 하고 오른손으로 삽을 들었다. 검은 실루엣이 움직였다. 빗물이 내 몸을 두드렸다. 빨리 뭐라도 해봐, 여긴 네 땅이잖아, 하고 다그치는 것 같았다. 그래 내가 기선제압을 해야 해. 나는 빨래를 쥐어짜는 심정으로 소리치며 랜턴을 들었다.

"너 뭐야 이 새끼야!"

불빛에 드러난 형태는 내 말을 무색하게 만들었다. '너'가 아니라 '너희'였고 '이 새끼'가 아니라 '돼지 새끼'였기 때문이다. 차라리 침입자가 사람이었다면 여기서 뭐하는 짓이냐고 따질 수 있겠지만 돼지들이 풀을 뜯어먹는 걸 보고 뭐라고 타일러야 할지 당장 떠오르지 않았다. 어디서 나타났는지 언뜻 봐도 열댓 마리는 되어 보이는 돼지들이 코고는 소리를 내며 서로 잔디를 먹겠다고 다투고 있었다. 난 엉덩이가 젖는 줄도 모르고 바닥에 주저앉았다. 아 뭐야, 돼지들이었잖아. 성만이네 축사에 있던 놈들이 몰래 튀어나왔나. 농장이랑 멀지 않은 곳에 성만의 축사가 있었고 어쩌다가 한두 마리가 이곳으로 도망을 나온 적이 있었기 때문에 그런 추측을 해 볼 수 있었다. 난 그런가보다 하고 다시 비닐하우스로 가기로 했다.

"에이 젠장, 하여간 그 새끼는 돼지 똥물도 제대로 관리 못 하는 새끼니까."

놀란 가슴을 괜히 욕으로 진정시키며 일어나려고 했다. 그러나 바로 이어서 퍼뜩 든 생각이 내 행동을 저지했다. 성만에게는 지금 돼지가 없다. 마지막 남은 한 마리는 그 놈이 먹었다. 할당량을 채웠다. 위로금도 받았다. 성만이뿐만 아니라 한뜰군 전체에 돼지가 아예 없을 것이다. 혹시 있더라도 몇 마리 안 남았을 테고. 그러니까, 이 돼지들은, 다시 원점으로 돌아가서, 어디서 온 걸까. 나로서는 맨정신으로 감당하기 힘든 상황이었다. 해답을 구하는 대신 소리부터 질렀다. 랜턴으로 앞을 비추며 연이어 괴성을 질렀다. 돼지들이 나를 발견했다. 나는 엉덩이를 들썩이며 뒤로 물러났다. 랜턴 불빛이 좌우로 흔들렸다. 돼지들의 반사된 눈빛이 나를 응시했다. 그 중 몇 마리가 코를 골며 내게 다가왔다. 네 발을 질질 끄는 걸음걸이가 예사롭지 않았다. 구덩이 안을 자세히 보고 싶었지만 바로 보이는 광경에 눈을 뗄 수밖에 없었다.

여러 마리의 돼지가 한 마리의 돼지를 뜯어 먹고 있었다. 돼지는 잡식성인 것이다. 시체들로 가득 들어 차 있던 구덩이 안에는 연분홍 빛 두터운 구더기들로 메워 있었다. 어떤 놈들은 바닥에 깔린 채 먹이가 되고 또 어떤 놈들은 먹이들을 짓밟고 올라와 잔디를 뜯고 다른 어떤 놈들은 잔디도 동육(同肉)에도 관심 없이 나에게 발길을 옮겼다. 그러나 나는 그들 중 어느 쪽에도 속하지 못했다. 그저 새로운 먹잇감에 불과하다는 공포심이 이 사이로 새어 나올 따름이었다.

"스읍, 후후, 후우, 후우, 스읍, 아, 스흐아."

뜨뜻미지근한 기운이 가랑이 사이에 흘렀다. 다리를 절뚝거리는 돼지들의 보폭은 나의 엉덩이 포복보다 좁았다. 이 속도를 유지할까보냐. 오기만 앞설 뿐 현실감각만큼이나 다리 감각을 되찾기 힘들었다. 이대로 움직이며 저릿저릿한 현실감각을 마사지 해 보기로 했다. 정신을 바짝 차리고 랜턴으로 놈들을 훑었다. 이번에는 집중해서. 놈들의 몸에 젖은 흙이 덮여 있었고 개중에는 노긴다 포장지가 물기에 붙어 있는 놈들도 있었다. 한 놈이 움직이자 몸에 달라붙어 있던 포장지가 떨어졌다. 그러자 돼지 껍데기도 벗겨져 나갔다. 검붉은 핏기가 살점에 비쳤지만 피가 흐르지는 않았다. 저 정도로 상처가 생긴다면 피가 흘러야 정상일텐데, 혈액이 응고된 것처럼 피부 안에서 머무는 게 아닐까 싶었다. 한 마리만 그런 게 아니었다. 다른 돼지들도 비슷한 형태의 상처가 몸에 파여 있었다. 그러나 놈들이 짖어대는 코골이는 그런 아픔을 느끼지 않는다는 듯이 일상적으로 들렸다. 배고프니까 밥 먹자는 신호처럼. 그 밥이 내가 아니길 바랄 뿐이지만. 주머니에 휴대폰이 있다는 걸 상기했다. 그것을 꺼내 열었지만 배터리가 얼마 남지 않았다. 숫자 키를 눌렀지만 빗물이 스며들어서 그런지 입력이 되지 않았다. 몇 번 꾹꾹 누르고 나서야 0이 입력되었다. 다음 숫자를 누르려고 하자 배터리가 소모되었는지 휴대폰이 꺼졌다. 젠장, 왜 단축버튼을 지정하지 않은 걸까. 아무리 그럴 필요를 느끼지 못 했다지만. 머릿속이 갑자기 식어버렸다. 이거, 심각한데?

랜턴을 비추었을 때 마주 빛을 내던 눈빛이 꺼졌다. 도깨비불이라도 본 건가 싶을 정도로 금세 사라졌다. 대신 그 자리에 남은 건 잿빛 눈동자였다. 홍채도 동공도 없이 눈알 그 자체가 화산재에 덮인 모양이었다. 그 눈으로 어디를 보고 있는 건지 분명히 맞출 수 없지만 알싸한 시선까지 모를 수 없었다. 일말의 속임수도 계산도 거짓도 없이 순수한 식욕이었다.

모든 돼지들이 네 발로 기어오는 건 아니었다. 어떤 돼지는 두 앞발로만, 또 어떤 돼지는 대가리가 떨어져 나간 몸통으로만 기어오기도 했다. 아까 본 살육장면을 보고 예상하건대 그런 돼지들은 먹잇감이었을 것이다. 필사적으로 구덩이 안에서 빠져 나오려고 도망을 친 건지, 아니면 자기보다 약한 먹잇감을 찾아 나서는 건지 알고 싶지 않았다. 현기증이 일었다. 신물이 올라왔다. 더 볼 필요도 없었다. 나는 랜턴을 바닥에 내려놓고 삽을 지지대 삼아 부들부들 떠는 다리를 주먹으로 두드리며, 일어났다.

"쫓아와 봐, 이 뱁새들아."

나는 삽을 목발 삼아 한 발 한 발 다리를 짚었다. 그러면서 점차 다리에 힘을 얻어 평상시처럼 걸을 수 있었다. 뒷걸음질 치면서 돼지들을 보았다. 코를 바닥에 벌름거리며 내 자취를 쫓는 돼지들도 있었지만 나를 쫓아오지는 못 했다. 나와 그들 사이의 거리가 멀어진 탓인지 그들은 나에게 오는 걸 포기하고 서로의 목을 물어뜯었다. 나는 삽날을 앞으로 향하여 혹시 모를 공격에 대비했다. 그러나 그들 사이에서 타깃이 된 고기들이 풍겨내는 충치 냄새에 질려 얼른 자리를 떴다. 바닥에 떨군 랜턴이 비에 젖은 갈비뼈와 내장들을 조명했다. 나는 허공에 삽을 휘두르며 뛰었다. 런, 최동민, 런! 빗소리가 더욱 거세졌다.

대문 안으로 들어서자마자 마당에 고꾸라졌다. 여기 어딘가에서 아버지가 죽었다, 라기 보다 바로 이곳에서 아버지가 죽었다. 나는 엎드려 뻗은 몸으로 손을 더듬어 아버지가 구덩이를 파헤친 곳을 찾았다. 빨랫줄 아래, 바지랑대 옆에, 모난 돌이 박혀 있던 근처. 흙바닥에 얼굴을 묻고 예상되는 지점을 손으로 긁었다. 그리고 두 손으로 상체를 들어 올려 고양이 자세로 멈췄다. 숨을 고르고 옆에 둔 삽을 잡았다. 빗방울이 삽날에 튀어 작은 분수를 만들었다. 온전히 일어설 다리 힘이 없었다. 무릎을 꿇은 채 삽질을 했다. 얼마간 시간이 지나고 손끝에 무언가가 걸리는 감을 받았다. 나는 삽을 옆에 두고 두 손으로 조심스럽게 물건을 확인했다. 플라스틱 병에 노긴다라고 씌어 있었다.

"얌마 여기서 뭐해, 핸드폰도 꺼 놓고. 어딜 싸돌아다닌 거야? 얼마나 걱정했는지 알아?"

불이 켜진 현관문 앞에 형이 우산을 들고 멀뚱히 서 있었다. 나는 농약병을 손에 들고 형을 올려다보았다.

"이걸 지키려고, 그대로 묻어두려고 도망가고 싶었지만 그러지 않았어. 받아, 아버지의 유품이야."

무릎 밑에 흙탕물이 고였다. 더러운 손으로 노긴다를 형에게 건네주었다. 그는 미간을 찌푸리고 머뭇거리다 마지못해 손을 내밀었다.

"뭔 소린지 모르겠지만, 들어가서 쉬어. 네가 파놓은 건 내가 다시 덮어줄게."

나는 꾸벅꾸벅 졸듯이 고개를 끄덕이고 앞으로 기울었다. 형이 우산을 내버리고 나를 잡아주었다. 어깨에 내 한쪽 팔을 둘러 부축해 집 안으로 들어갔다. 나무로 된 마룻바닥에 엎드렸다. 볼이 시원했다. 그대로 잠이 들었다.

배고파서 약 먹을까봐 푸지게 밥 해놓았다.

몇 통의 부재중 전화 표시를 무심코 넘기다가 오늘 아침 형이 보낸 문자메시지를 확인했다. 약이라니, 배부르게 하는 약도 있나. 무슨 소린가 싶어 부엌으로 가 보니 밥상이 나를 기다리고 있었다. 형이 아침상을 차리고 나간 건 처음이었다. 문자 그대로 밥공기에 밥동산이 볼록하게 솟아 있었다. 밥을 한 숟갈 떠서 입에 넣고 우물거리다가 형이 말한 '약'이 무엇을 뜻하는지 알았다. 달래무침을 젓가락으로 집으며 잠에 들기 전 있었던 일들을 떠올렸다. 밭을 파다가 잠들다가 돼지들이 코를 골고 서로 잡아먹고 삽들고 집으로 와서 마당을 파다가 병을 형에게 주고 그대로 잠이 들었는데 몸에 흙이 안 묻어 있네? 옷도 어제 입은 옷과 다른 옷이었다. 혹시나 싶어 밥을 먹다말고 마루에 놓인 빨래바구니를 확인했다. 흙탕물로 범벅이 된 티셔츠와 바지가 맨 위에 퍼질러 있었다. 그 아래에는 흙알갱이가 송글송글 맺힌 사각팬티도 깔려 있었다. 문득 형이 내 옷을 갈아입히고 내 몸을 씻기는 장면이 스쳐 지나갔다. 수치스러워 얼굴이 빨개졌다.

"단축번호로 지정하나 봐라."

난 쓸데없는 생각은 그만 두고 밥을 먹었다. 농장을 다시 찾아 갈까, 말까. 꿈을 꾼 게 아닐까. 머리를 심하게 다쳐서 환각에 빠진 건 또 아닐까. 아냐, 내가 본 걸 내가 믿어야지. 나 혼자 다시 찾아가서 확인하려다 다른 방안이 떠올랐다. 살구나무 노인에게 전화를 걸어 곧 찾아가겠다고 알렸다. 휴대폰을 꼭 쥐었다.

살구꽃이 살갑게 맞이했다. 그러나 진심으로 나를 반긴다고 받아들일 수 없었다. 분홍빛 꽃잎들에 가려진 나뭇가지들이 나를 노리고 있었다. 살구나무를 지나 대문 안으로 들어갔다. 이층으로 지어진 한옥이었다. 노인은 대청마루에 앉아 효자손으로 등을 긁으며 내 인사를 받았다. 나는 신발을 벗고 노인의 앞에 앉아 마당을 살펴보았다. 향나무를 담장 삼아 심은 마당 안에는 해당화와 앵초가 꽃밭에 심어져 있었다. 개나리와 동백나무도 마당을 수놓은 듯 자라 있었다. 정원이라고 불러야 할 정도였다. 나무와 꽃들 사이로 하얀 진돗개 한 마리가 뛰놀았다.

"비가 그치니까 우리 흰둥이가 좋아하는 것 보게."

"간밤에 간만에 비가 많이 내렸죠."

노인은 잠시 기다리라고 말하고 부엌으로 들어가 세라믹 대접에 식혜를 따라 가지고 왔다. 식혜에서는 비릿한 썩은 내가 풍겼다. 헛구역질을 하고 차마 입에 갖다 대지 못 했다. 정체모를 이물질이 쌀알보다 많이 떠 다녔다.

"꽤 오래 익혔나 보네요."

노인이 내 말을 칭찬으로 받아들인 모양이었다.

"우리 할멈이 만든 건데 아주 기가 막히지. 아 그 놈의 손맛은 때를 안타는구먼. 지금은 저어쩍에 마실 나가서 없어. 한 잔 쭈욱 들이키시게, 이장님."

"아니 그런데 지금 바로 먹기에는 냄새가, 구수해서, 아껴서 먹겠습니다."

"어허, 내가 아무리 자네랑 트라브루가 있다해도 공사는 구분하는 사람이라니까. 무슨 얘기 때문에 오셨는지 몰라도 목부터 축이시게."

"그러니까 아니 지금은, 이 위에 뭔가 꿈틀거리는 것 같은데요,

곰팡이 같지도 않고 생긴 건 쌀알 같은데 자세히 보니까 하얗긴 한데, 꽤 많은 것들이 꾸물거리는데요."

"오죽 손맛이 좋으면 멥쌀이 살아날 정도겠어! 아니 지금 못 마시겠다는 거야 뭐야?"

살구나무 노인은 화를 식히려는 듯 벌컥벌컥 식혜를 마셨다. 이대로 시간을 끌면 원치 않은 고통을 겪을 것이다. 나는 사발을 내려놓고 단도직입적으로 여기 온 목적을 밝히기로 했다.

"어제 제 농장에 가봤습니다. 그런데 거기서 처음 보는 쓰레기를 발견했습니다."

나는 주머니에서 노긴다 비닐포장지를 꺼내 앞으로 내밀었다.

"이게 뭔지 아십니까?"

노인이 삭힌 식혜냄새를 풍겼다.

"알다 마다, 한 때 잘 나가던 농약이지. 이게 왜?"

"이게 아버지, 그러니까 예전에 아버지의 땅에 있더란 말입니다. 제가 알기로 아버지는 밭에 이런 농약 찌꺼기를 심어본 적이 없어요. 그러니까……."

"그러니까, 내가, 이 한뜰리 터줏대감인 나 김덕주가 그랬다는 겨?"

상대방이 말을 끊고 치고 들어오자 반보 양보하기로 했다.

"그런 뜻이 아닙니다. 얼마 전까지 제 땅을 소유하고 계셨으니 조그마한 단서라도 아시나 싶어서 이렇게 찾아뵈었습니다."

노인은 눈을 가늘게 뜨고 식혜를 또 한 모금 마셨다. 무슨 말인가 하려다가 트림을 했다. 나는 숨을 참았다. 이래서 살구나무 노인을 따르는 인간들도 여기를 안 오는구먼.

"소화가 잘 되는구먼. 이노무 여편네는 어딜 간겨? 그래, 잘 찾아왔어. 단서? 왜놈 순사가 시금치 들고 협박하는 소리 하고 있네."

평소에 접하던 살구나무 노인의 모습과 판이한 행동거지 때문에 불안해지기 시작했다. 소문으로만 듣던 상황 속에 직접 떨어져 있으니 소문이라고 못 믿을 건 없구나 싶었다.

"그 양반이 집에서 혼자 살면서 이상해졌어. 평소엔 멀쩡하다 못해 아주 여우인가 싶다가 집 안에만 있으면 치매 걸린 노인처럼 굴더라니까. 그런데 그 때 뿐이고 집 밖에만 나오잖아? 그러면 이 동네 주인이나 다름없어. 귀신 들렸는지 거 차암 신기해에."

구판장에서 어쩌다 주워들은 대화내용이 문득 스쳐 지나갔다. 아예 몰랐던 건 아니지만 그래도 이 정도일 줄이야. 그러나 다음으로 노인이 한 말이 순식간에 내가 받은 당혹감을 없애주었다.

"단서, 있지 있어. 바로 자네 앞에."

대신 감추려고 애쓰던 분노를 드러냈다. 어느 정도 예상했던 일이지만 의외로 숨소리가 거칠게 떨렸다.

"왜, 왜 그랬습니까. 빈껍데기만 있는 게 아니었습니다. 아직 포장도 안 뜯은 것도 있고, 어떤 건 구멍이 나서 땅 속으로 농약이 흘러들어갔습니다. 그게 무슨 짓인지 아십니까? 사용한 농약병이나 포장지는 군청에 반납하면 될 텐데요."

노인은 태연하게 받아들였다. 이제 평소에 내가 경계하던 교활한 기운이 드러났다.

"다른 건 몰라도 그 약은 안 되지. 시판이 되긴 했어도 말이여, 군청에서 받아 줄 수 없는 물건이거든."

218

"재활용을 못 한다고요?"

"최 이장님이 농약을 안 써봐서 모르나 본데, 노긴다는 다른 농약들보다 더 독혀. 독허긴 사람 욕심보다 독허지. 잡초만 죽이는 게 아니라 주위에 있는 풀이라고는 다 녹여버리니까. 비닐포장이나 플라스틱 병을 수거하고 싶어도 그 성분이 조매라도 있으면 곤란하다니까."

그가 말 할 때마다 맡는 식혜냄새를 피해 고개를 살짝 정원으로 돌렸다. 흰둥이가 혀를 날름거리며 정원을 헤집고 다녔다. 이빨로 꽃잎을 뜯어 바닥에 뿌리기도 했다. 콧구멍 속이 어느 정도 환기가 되어 다시 노인을 쳐다보았다.

"그렇게 위험한 걸 왜 판매한 겁니까?"

"낸들 알어? 어차피 많은 양이 팔린 것도 아니고, 군청에서는 책임지려고 하지 않고. 마침 남는 짜투리 땅이 있었고, 돈을 많이 준다고. 사람 사는 거? 간단해. 너는 아직 배 서리 하는 어린애야. 그래, 그 배랑 같지. 어차피 썩어서 버릴 거였는데 배 훔치러 온 니 형제들 주면 생색낼 수 있으니까 준 거야. 그렇게 해 주니까 최 이장님 어머니께서 감사와 사죄의 마음을 담아 꿀을 주셨거든. 인삼꿀인데 어찌나 힘이 나던지. 그 날 부터 이 여편네의 식혜 맛이 달라졌어. 그런데 이 할망구는 쌀집 김 사장네랑 바람이 났나."

그렇게 달라고 해도 주지 않던 꿀을 이 노인에게 주었다니. 값진 물건은 상황에 따라 본래 사용 용도와 다른 값어치를 하기도 하는 건가.

"내가 남의 땅에 무대포로 파묻은 것도 아닌데 뭐? 정부가 인정했어, 정부가! 나 혼자만 그랬을 것 같아? 웬 멍청한 놈이 열 받게 만드니까 배가 다 아프네."

그는 정말 복통이 찾아온 듯 인상을 찌푸렸다. 하긴 그렇게 먹어댔으니 그럴 만도 하지.

"하지만 어르신께서는 다른 땅도 많이 있잖습니까? 왜 하필⋯⋯."

"그야 괘씸하니까! 빨리 꺼져!"

노인이 복통이 심해오는 듯 안절부절 못 했다. 나는 그가 아무리 화장실을 가고 싶다고 해도 보내주지 않기로 작정했다.

"저랑 같이 가셔야겠습니다. 보여드릴 게 있어요. 두 눈으로 직접 봐야 합니다."

"이 놈아, 내에가 가긴 어딜 가? 이 놈의 자식이 감투 달았다고 지가 단 줄 알아?"

에둘러서 말하기에 시간이 많이 지체되었다. 그 돼지들이 그 자리에 그대로 있을지 미지수였다. 단도직입적으로 밝히기로 했다.

"땅에 묻은 돼지들이 다시 나왔습니다. 정상이 아닙니다, 그 놈들은."

"덜 뒈졌나 보지 그럼! 어이구 나온다 나와."

살구나무 노인이 자리에서 일어나려고 하자 내가 그의 다리를 잡았다. 노인은 내 힘을 이기기 위해 안간힘을 쓰다가 내가 남겨놓은 식혜대접을 마당으로 발로 차버렸다. 흰둥이가 식혜에 혀를 갖다 대자마자 컥컥하고 숨넘어가는 소리를 냈다.

"아니 이놈이 버르장머리 없게 왜 이래? 놔! 놔 인마!"

"빨리 뱉어! 다 말하란 말이야!"

노인의 허리띠가 힘을 잃어 바지가 벗겨지려고 했다. 우리는 필사적으로 서로 다른 방향으로 바지를 잡아당겼다.

"야, 얌마! 최 이장! 이러다 싸게 생겼어!"

커다란 일로 그를 골탕 먹이고 싶었지만 우선 이 정도로도 충분히 통쾌했다. 사소하게나마 그를 곤경에 빠뜨리고 있었다. 이건 복수다, 복수. 주도권은 내게 있었다.

"싸, 이 영감탱이야! 그냥 이 자리에서 싸! 그 정도도 못 버티냐?"

"야, 야이 썅, 진짜, 너도 나이 먹으면, 아, 지, 진짜, 싸, 싼……."

나는 직감적으로 그에게서 멀리 피해야겠다는 경고를 받았다. 노인이 엄살 부리는 게 아닐 성 싶었다. 그의 바지를 잡던 손을 놓으려던 찰나 제 삼자의 목소리가 끼어들었다. 칠성이었다.

"아니 어르신…… 거기다가 이장님까지, 지금 이게 무슨 참새가 구렁이 쪼아 먹는 일이라요?"

"그게 이 교양 없는 새끼가, 아니 이장님이, 진정성 있는 부탁을 과하게 하시다보니……. 그란디 자네 언제부터 거기 있었는가?"

칠성이 뒤통수를 긁적이며 대답했다.

"누가 먼저 그랬는진 모르겠지만서도 거 뭐시냐 싼다고 할 때부텀 있었지유. 아니 아무리 시상이 시방 다문화적인 시상이라 혀도 그렇지 이건 좀 몰지각하게 개방적인 감이 드네유."

"거, 거어, 헛소리 집어치우고 여긴 왜 온겨?"

미심쩍은 눈초리로 우리를 보던 칠성이 말했다. 지금은 본래 찾아온 목적이 중요한 게 아닌 듯 했다.

"그려, 어디서 돼지새끼들이 와 가지고선 어르신 논두렁을 막 빠대고 있슈!"

살구나무 노인의 하반신에서 묵직하고 케케묵은 냄새가 퍼졌다.

노인의 논두렁은 한뜰리 중심에 있었다. 삼면이 이승산으로 둘러싸이고 한 면은 이차선 도로로 입구가 나 있는 동네의 대부분이 그의 소유라고 보면 되었다. 마을 가운데에 있는 다섯 마지기의 논 말고도 이승산 부근은 물론 한뜰군 여기저기에 논밭이 심어져 있다 해도 과언이 아니었다. 살구나무 노인의 위상은 한뜰리에 그치지 않고 한뜰군 내에서 모르는 사람이 없을 정도였다. 내가 이장이 되고나서 다른 마을 이장이나 공무원들에게 들어 알게 된 사실이다. 이토록 위엄이 서리는 사람의 땅에 돼지 발굽이 들어선 것이다.

9. 생선장수의 돼지 해부교실

마당에 커다란 식탁이 놓여 있고 그 위에 돼지 한 마리가 누워 있었다. 철연이 회칼로 죽은 돼지의 배를 가르자 속에 머금고 있던 악취가 먼지처럼 풍겨 나왔다. 나는 구토가 나오는 걸 참지 못하고 도랑에 속을 게워냈다. 마스크를 써서 그런지 아니면 직업상 이런 냄새를 흔하게 맡아서인지 철연은 묵묵히 돼지 속을 관찰했다. 그 모습을 보니 마치 어릴 적 두려워했던 제이슨이 떠올랐다.

철연이 이 자식, 다시 태어났구나.

"이 길쭉한 건 소창, 쭈욱 이어지다가 대창, 마지막엔 막창, 새 끼보는 순대로 못 해 먹고, 빵같이 생긴 건 오소리 감투, 이건 뭐 딱 봐도 염통에다가 아니 새끼보? 야, 동민아 이것 좀 봐라."

나는 철연이가 갑자기 말을 거는 바람에 입가심하던 물을 삼켰다. 상한 야쿠르트 냄새가 폐 속까지 들어갔다. 나는 다시 헛구역질을 하고 철연이에게 다가갔다. 뭐, 뭐 인마.

"얌마, 뭘 눈도 제대로 못 뜨고 쫄고 그러냐. 아, 꽉꽉 묶어놔서 괜찮어. 이 놈이 암만 힘이 빠져도 이건 못 끊는다니깐. 이 새끼 못 본 사이에 겁만 늘었어. 그러니까 주름살도 늘지 새캬."

지고 싶지 않았다. 철연이의 손등에는 주름살 보다 흉터가 더 많았다.

"생선장수하는 놈이 돼지 배때기 가른다고 잘난 체 하기는. 나도 회칼만 있으면 그 정도는 하겠다."

"넌 못 햐. 생선과 돼지의 동질적인 생물학적 원리를 모르는 새꺄, 어정쩡하게 사시미 칼로 돼지 살 뜨다가는 니 손가락 날라가는겨."

철연이가 약올리자 자존심이 상한 나는 코로 숨을 조금씩 들이쉬며 돼지의 몸속을 들여다 보았다. 어느 게 어느 부위인지 모르겠지만 어쩐지 사람 몸도 별반 다를 게 없으리란 생각이 들었다. 내장을 보면 볼수록 감상에서 빠져나올 수 있었다.

"심장이 안 뛰는 걸 보니 죽은 것 같긴 한데, 그런데 내가 처음 이런 걸 봐서 그런지 모르겠는데 철연아, 시체 내장이 원래 이렇게 푸석푸석하고 그러냐? 꼭 말린 빵 부스러기 같다."

"이게 유별나서 그런겨. 땡볕에 하루쵱일 말려야 이러지 죽었다고 바로 이렇게 마르진 않어. 속에서부터 부식해 가는 모양이다. 여봐, 등심이랑 안심은 그대론데 삼겹살 부위는 안에랑 비슷햐."

철연이가 친절하게 고무장갑을 낀 손으로 삼겹살 부분을 긁어 주었다. 과연 녹슨 쇳가루가 떨어지듯 살점이 부스러져 나가떨어졌다. 고무장갑을 보니 기름기가 반들거렸다. 살점은 수분이 별로 없는 대신 지방으로 뭉쳐 있었다. 이래서 불에 잘 타는 거로군.

"이것보다 먼저 내가 보여주고 싶은 건 고기가 아니라 새끼여."

나는 그가 가리키는 방향을 집중해서 응시했다. 역겨워서 자세히 보지 못했던 핏덩이가 웅크리고 있었다. 새끼 돼지였다.

"보여? 이게 암퇘지한테만 있다는 새끼보여. 그런데 죽은 어미가 애를 뱄다는 건 뭘 말하겠냐."

소곤거리는 소리로 코를 고는 새끼가 꿈틀거렸다. 현기증이 일었다. 내가 이걸 굳이 관찰할 이유가 있나? 내 집 마당에 썩은 내가 풍기는 걸 감수하면서? 그냥 망치로 다져버리면 안 돼? 안 돼. 여기서 무너지면 더 큰 걸 놓쳐 후회할 것만 같았다. 애써 머리를 굴려 보았다. 힘겹게 생각할 필요는 없었다. 철연이가 원하는 대답은 간단했다. 애쓰게 만드는 건 그 대답을 인정하느냐 마느냐하는 문제다.

"죽어서도 임신을 할 수 있다는 거지? 아니면 잉태된 새끼도 제 어미처럼 된다거나. 아니, 그게 그건가?"

거실 안에서 마스크를 쓰고 창밖으로 구경만 하던 형이 대신 대답했다. 그 사실을 바로 인정해버리다니, 기왕이면 이 냄새도 직설적으로 인정해보지 그래? 차마 구토가 날 것 같아 직접 말로 못 하는 대신 한 글자에 한 번씩 미간을 찡그렸다.

"오늘따라 악상이 떠올라서 도와주진 못 하고, 대신 너희들 연구하는 동안 내가 집안 청소하고 있을게."라는 핑계로 마스크를 쓴 형은 청소기 대신 기타를 들고 서 있었다. 떠올랐던 악상을 냉큼 잘 낚아챘는지 나와 철연이만 밖에서 고생하는 게 미안했는지 나올까말까 어깨를 들썩거렸다. 망설이는 티라도 제대로 내든지.

어찌됐든 철연이가 수고한 덕분에 두 가지 중요한 사실을 알았다. 돼지들의 몸은 기름성분이 많이 함유되어 있다는 것과 자기들끼리 생식을 할 수 있(을 수 있)다는 것. 후자의 경우, 죽은 돼지끼리 잉태가 어떻게 가능한 건지는 확실히 알 수 없었다. 어쩌면 아까 추측한 대로 이미 잉태한 새끼인지도 모른다. 그래도 충분히 위험요소를 폭넓게 염두에 두는 게 옳다고 판단했다.

"이제 우움, 태울, 어우, 까? 아니면, 아 눈물나, 더 볼 거 있나?"

어느새 밖으로 나온 형이 앞으로 우리가 행해야 할 방향을 물어보는 동시에 자기가 지금 얼마나 참기 힘든 냄새와 맞서 싸우고 있는지 여실히 표현했다. 우리는 이 돼지를 마당에 소각로로 쓰는 철제 드럼통에 넣어 태우기로 했다. 그 때 이웃집에서 사는 노파가 자기 집 담장 너머로 우리를 쏘아보며 호통을 쳤다.

"온 동네를 쓰레기로 만들겨? 어후 냄새가 독혀도 너무 독혀. 은행 썩은 내보다 더 독혀. 시방 뭐 하겠다고 그노무 지저분한 짓거릴 한댜? 잡았으면 냉큼 쳐 먹어야 할 거 아녀? 이장이란 노무 새끼가 철이 어느 철인디 농사도 안 짓고 별 지랄을 다 떨고 지랄이여. 아니 저 나무는 아직도 안 지긴겨?"

그녀가 집게손가락으로 가리키는 게 무엇인지 안 봐도 알 수 있었다. 내 집 뒷뜰에 심은 은행나무였다. 가을이 될 때마다 은행 냄새가 지독하니까 나무를 죽이라고 틈 날 때마다 야단을 치는 것이다. 나 역시 은행 냄새를 좋아하지도 않았고, 이대로 더 크다 간 이 집 마당으로 감당하기 힘들 정도로 클 것 같아서 나무 밑둥을 베었다. 그렇게 했지만 노파는 내 말을 믿지 않았다. 자기 눈으로 나무가 베인 걸 확인하고도 아직도 자기 말을 안 듣느냐며 역성을 냈다.

노파의 마당 담장에는 가시철조망이 쳐져 있었다. 노파가 입을 열자 어디선가 코골이 소리가 크게 들리기 시작했다. 우리가 해부용으로 쓰는 어미 돼지와 그 새끼 돼지도 코를 골았다. 혼나면 혼날수록 목청을 드높여 빽빽 대는 어린애처럼 날카로운 울음이었다.

"이런 개쌍노무 새끼들이 밥 준 지 얼마나 됐다고 또 달라고 지랄이혀."

노파가 사라지고 그 집에서 풍기는 특유의 개죽 냄새가 끓어올랐다. 사정없이 귓속을 긁어대던 코골이도 잠잠해졌다. 철연이가 회칼로 가시철조망을 가리키며 물었다.

"야, 혹시 개장수 할머니 아녀? 옛날에도 성질이 개 같더니만, 이젠 아주 노망이 났구먼."

"개도 여전히 키운다. 팔지는 못 하지만."

"무슨 말이여? 하기야 요즘 이 동네에 주가가 많이 떨어지긴 했드만."

나는 오른쪽 검지를 입술에 갖다 대었다. 개장수 할머니의 집에서 아까 들렸던 날카로운 코골이가 삐져나왔다. 그리고 이어지

226

는 라흐마니노프의 선율보다 아름다운 키메라.

"이런 개쌍! 왜 짖지를 못 해 왜! 니들 그렇게 먹고 싶어 하던 밥 가져왔잖여. 근데 왜 좋다고 짖지를 못하는 겨. 코가 막힌 겨 목이 매인 겨. 니 놈들이 그러니까 팔지를 못 하잖어, 돈도 안 되게!"

다시 신경질적인 코골이가 우리 앞에서 그리고 저 너머에서 들렸다가 키메라가 꺼지자 같이 멎었다. 개돼지와 인간이 한 목소리로 발성하는 협연인가. 현관문이 세게 닫히는 소리가 났다. 그제야 철연이 내 말뜻을 이해했다.

"저거, 죽은 것들이야? 그걸 키우는 거야?"

당황하니까 서울말 잘 하네 이 놈. 나는 천천히 고개를 끄덕였다.

"대문으로 돼지가 들어와서 물었대. 그걸 저 할머니가 구했고. 모판 필요한 사람들 알아보러 순회하다가 우연히 봤는데 저 집에 있는 개들 다리 하나씩이 없더라고. 그걸 보고 놀라서 그런 건지, 아니면 원래 그런 끼가 있던 건지 여하튼 그 때 부로 상태가 더 심해졌어."

"그럼, 우읍, 자기가 키우고 있는 게, 하아, 스읍, 우읍, 뭔지 모른단 말야?"

아직 냄새에 면역이 되지 않은 형이 물었다. 잠깐 형의 감탄사를 해석해 보자면 첫 번째 우읍은 '아직 토할 것 같아. 숨 쉬지 말고 말해야지', 두 번째 하아는 '숨을 못 참겠어', 세 번째 스읍은 갑자기 공기를 들이마시다가 네 번째 우읍은 '젠장, 독가스만 잔뜩 마셨잖아'. 나는 형과 달리 우아하고 매끄럽다.

"자기개가자기개가맞다는건알겠지만그개가예전에키우던개와

다르다는건모르겠지다른사람이랑얘기도안하는사람인지라무슨일
이벌어지고있는지도모를걸개들을문돼지가멧돼진줄알고있어."

우리는 식탁에 묶어 놓은 돼지를 풀어 드럼통에 쑤셔 넣었다.
처리하기 간편하게 토막으로 자르자고 철연이가 의견을 제시했지
만 기각됐다. 나와 형은 철연이만큼 비위가 좋지 않았다. 이대로
시체를 해부하는 걸 보는 것만으로도 기절하기 일보직전이니까.
뱃속에서 수 백 마리의 날도마뱀이 팔랑팔랑 유영하는 기분이다.

"그건 삼겹살을 구우면서 가위로 자르는 일이랑 수준이 달라."

코를 골며 꿈틀대는 시체를 불태우는 일은 전혀 유쾌하지 않
은 일이다. 심지어 새끼까지 패키지로 소각 시켜야 하다니. 나는
시체에 등유를 조금 붓고 성냥을 그어 떨어트렸다. 불만 갖다 대
는 것보다 기름을 매개로 해야 더 잘 탄다. 불길이 순식간에 위로
올라왔다가 내려갔다. 매캐한 연기가 마스크 사이로 침투했다. 우
리는 돼지가 다 탈 때까지 두고 보았다. 이 손으로 소각시키던 검
은 이웃이 겹쳤다.

"철연이 너 생선장사 한다고 하지 않았냐. 그런데 돼지부위는
어떻게 그리 잘 알어?"

묵묵한 분위기를 깨고 형이 철연이에게 궁금증을 터놓았다. 철
연은 눈을 가늘게 뜨고 연탄집게로 검게 탄 돼지가 더 잘 타도록
이리저리 굴렸다.

"어머니랑 한뜰에서 장사 좀 하다가 기왕이면 여러 군데서 경
험을 쌓기로 하고 나 혼자 여기저기 돌아다녔지. 물건을 팔려면
그 물건이 어떻게 생겨나는지 알아야지 않겠어? 그래서 저어기
통영이랑 목포, 여수, 인천 뭐 어지간한 고기잡이는 다 겪어봤다.

좀 크다 싶은 시장도 전전하면서 공부 하고. 내가 잡은 고기들을 어머니한테 보내주면 또 그걸 팔아서 수지 좀 맞추고. 그러면서 안겨. 아무리 생선장사라고 해도 엄연히 메커니즘이 있고 이 바닥에서의 생리라는 게 있는겨. 그런 전문분야니까 수산업이라고 하지."

그러나 철연이의 야심찬 활동은 얼마 가지 않아 암초에 부딪치게 되었다.

"가락시장에 있다가 이제 장사 밑천으로 쓸 공부하고 한뜰로 올라가야지 싶었는데 서해에 어떤 새끼들이 식용유를 퍼분 거 아녀? 형도 알지? 중국에 수출하려고 식용유를 가득 실은 배에서 기름이 유출해갖고 난리도 아녔잖아."

"아, 그거 알고 보니 식용유가 아니었다느니 기름을 일부러 버렸다느니 말이 많았지."

형이 맞장구를 쳤다. 지금은 잊혀졌지만 당시에는 꽤나 유명한 사건이었던 터라 나도 잘 아는 일이었다.

"아니 지구 차원으로 생선튀김이라도 할 작정이었나? 여튼 기름 유출되고 뒤처리도 깔끔하지 못 했잖여. 에이 쌍, 여기서는 못 잡아먹겠다, 다른 데서 물량 알아보자 싶어서 남해로 갔지. 여수에서 경매하고 있는데 또 일이 터진겨. 일본에서 지진이 나가지고, 어디? 시네마? 하여튼 그 동네에 있던 꽤 큰 양조장이 붕괴된 거 아녀? 그 양조장이 하필이면 남해랑 가까운 데 있어서 거기서 샌 술 때문에 고기들이 맛이 간겨. 아우 쌍, 멸치를 잡았는데 이게 팔딱팔딱 거리질 못 하고 비실비실한 걸 보니 멸치도 술에 취하긴 하나보다 싶었다니까. 전복이 비릿비릿하고 시원언한 풍미가 있어야 하는데 쏘주 맛이 날 정도였어. 이 쪽 사람들이야 안 먹어 봤겠지 그런 거. 남해에서도 한 번 맛 보다가 못 먹고 버린 게 부지기수여. 그래도 술이라 그런지 금방 바닷물이 나아지더라. 안심하니까 빌어먹을, 알코올 때문인지 뭣 때문인지 뭣 같은 적조가……."

아무래도 수산물은 자기와 궁합이 맞지 않다고 판단한 철연이는 육류업을 하기로 마음을 바꿨다. 청정육 수출이라는 슬로건으로 정부에서 돼지고기 판매를 밀어주던 터라 그 흐름을 잘 타면 망하지 않을 거라는 판단에서였다. 웬걸? 업종을 바꾼 지 얼마 되지 않아 돼지들이 떼거지로 불효자로 지목되었다.

"마장동이 폭싹 주저 앉았잖어. 나 진짜 심각하게 고민했다. 이제 뭐 먹고 사나. 그래도 다행인 게 어머니가 한뜰에서 작게나마 장사하고 있는 게 남아서 다시 생선장사 하기로 한겨. 아직 동해는 별 탈 없잖어?"

친구가 겪은 인생역정을 들으니 감회가 새로웠다. 그래, 힘내자. 이 사태만 진정이 되면 이장이고 나발이고 다 때려치우고 철연이랑 장사나 하자. 네 덕분에 힘이 난다고 말하려는 순간,

"야 철연아. 그런데 동해는 어우 매워, 독도가 그러니까, 이거 언제 다 타, 그렇지 않냐?"

그럴 리 없겠지만 혹시나 싶어서 철연이가 든 연탄집게를 유심히 내려다보았다. 집게 끝이 천천히 올라갔다. 당연히 통구이가 된 돼지를 부수려는 의도겠지만 그래도 혹시나 싶어서 내가 먼저 선수 쳤다.

"무슨 그런 역사의 흐름에 역행하는 걱정을 하고 그래? 노후생

활 보내기 전에 전쟁 나는 소리나 마찬가지야."

"얌마, 너는 형한테……."

자존심이 상한 형은 말을 잇지 못 하고 재채기를 했다. 검은 연기가 콧물과 눈물에 버무려져 면상에 들러붙었다. 철연이가 킬킬댔다.

"이렇게 연기 마시면 우리도 탈나는 거 아녀?"

"인체에 무해하니 안심해."

말은 그렇게 했지만 사실 나도 확신할 수 없었다. 그렇지만 지금까지 겪어 본 바로는 아주 근거가 없지 않았다.

드럼통에서 갑자기 불길에 휩싸인 돼지 대가리가 불쑥 솟아올랐다. 발성기관이 녹았는지 코고는 소리를 내지 못 했다. 대신 위협적으로 주둥이를 놀렸다. 놀란 철연이가 연탄집게로 돼지를 사정없이 찔렀다. 돼지의 비계 덩어리에 붙은 불똥이 사방으로 튀었다. 형이 창고에서 삽을 가져와 돼지 대가리를 힘껏 내리쳤다. 그러나 힘을 잃은 돼지가 다시 드럼통으로 들어갔다. 움직이지 않았다. 이윽고 바삭바삭 타들어가는 소리만 남았다.

"이러니까 방심할 수 없는 거구면."

아까 해부할 때와 다르게 혼비백산한 표정을 지은 철연이 가까스로 중얼거렸다. 형은 삽으로 숯처럼 수분기 하나 남지 않고 타 버린 돼지 시체를 다졌다. 소동이 소란스러웠는지 개장수 노파가 다시 담장 너머로 우리에게 욕을 퍼부었다. 이번에 우리 셋은 노파를 무시하기로 했다.

"형, 처음 돼지들이 나타났을 때에 비해 많이 신속해졌어."

동진이 형은 내 칭찬에 약하다.

"야 그럼, 젓가락으로 바퀴벌레 잡는 것만큼이나 쉽지."

처음 돼지가 논두렁에 빠진 날을 돌이켜 보면 형과 나는 꽤나 우왕좌왕했다. 우리 둘만 그런 게 아니라 모두가 갈팡질팡했다.

10. 돼지가 논두렁에 빠진 날

어디서 왔는지 모를 돼지들이 논두렁에서 첨벙대며 걸어 다녔다. 모판을 나르려고 들고 있다가 그대로 정지해 버린 사람들이 있는가 하면 허리를 숙이고 모를 심은 자세 그대로 굳은 채 돼지들에게 놀란 사람들도 있었다. 살구나무 노인은 이런 상황에서도 기세 좋게 목청을 높였다.

"이게 뭔 지럴이여! 최 이장이 한 번 나를 납득시켜봐!"

아까부터 했던 말에 양념을 쳐서 다시 노인에게 말했다.

"내가 그랬잖습니까, 같이 봐야 할 게 있다고! 저게 그겁니다. 우리에서 빠져나온 돼지들 아니냐고요? 아니에요. 엉덩이랑 뒷발도 없이 앞발로 기어 다니는 돼지는 처음 볼 겁니다."

"이이, 이러언 고오얀!"

노인은 바지 밑단을 걷어 올리고 논둑으로 엉거주춤 뛰어갔다. 어느새 마을 주민들이 모두 논으로 모였다.

"삽으로 찌르고 낫으로 베! 호미로 긁어대란 말이여!"

아무도 광분한 노인의 말을 따르지 않았다. 아마 그들도 나처럼 돼지를 무서워해야 할지 살구나무 노인을 두려워해야 할지 갈피를 못 잡았을 것이다. 눈앞에 나타난 돼지들이 자기들이 평소

키우고 먹던 돼지와 다른 형태라는 걸 안 몇몇은 도망가기에 바빴다. 하루 먼저 발견한 탓인지 나는 그 정도로 공포에 떨지 않았다. 여유만만하다고 할 정도였다. 내가 먼저 발견했어, 나는 혼자서 저 놈들로부터 도망쳐왔다고. 그런데 당신들은 대낮에 그것도 여럿이서 저 놈들 때문에 겁에 질려?

30미터 정도 되는 거리로 구경 나온 구판장 주인이 이미 졸도해 있는 게 띄었다. 쓰러진 몸 위에 아기가 앉아 손을 오므렸다 펴며 놀았다. 그 앞으로 돼지 한 마리가 다가가는 중이었다. 이런, 얘야, 너는 돼지가 반갑나 본데 그 녀석은 너를 달갑게 생각 안하는 것 같다, 라고 상황은 차근차근 설명해 주는 대신 냅다 아기에게 뛰어갔다. 돼지가 아기 앞을 가리고 있었다. 그 쪽을 향해 달리면서 돼지를 발로 차 버리고 아기를 구하자고 머릿속으로 계획했다.

"비켜, 더러운 가공식품덩어리! 아니 지금은 천연재료인가 어느 쪽이든 맛있으니까 됐어."

난데없이 나타난 형이 딱히 마무리 지을 필요도 없는 뒷말을 중얼거리며 아기를 낚아 들었다. 비슷한 타이밍에 아기에게 코를 벌름거리던 돼지가 옆으로 벌러덩 넘어졌다.

"제대하고 처음으로 군대 태권도를 써 먹는군."

이 말은 형이 했고,

"일하러 간 거 아니었어?"

이 말은 내가 했다. 아기가 놀랐는지 젖병이라도 깰 기세로 울었다.

"우주쭈, 누가 그랬니, 누가 그랬어, 저 아저씨구나? 삼촌이 도둑놈 같은 아저씨 맴매해 줄게에."

"내가 안 그랬고, 어딜 봐서 도둑놈이라는 거야? 아니 또 그 말투는 뭐야, 게이도 아니고."

형이랑 말하면 왜 이렇게 따질 거리들이 많은 건지.

"애기 듣는 데서 못 하는 소리가 없냐."

두 팔로 아기를 안아 어르고 달래는 형이 왠지 험상궂어 보였다. 아기가 금방 조용해졌다. 효과가 있긴 있는 모양이었다.

"일하다가 중간에 배고파서 밥 먹으러 왔지. 내가 밥상 차려놓고 먹지도 못 했다. 상 차리는 게 은근히 시간 잡아먹는 일이더라."

"글쎄 누구누구한테는 상 차리는 일이 어렵지 않나 본데."

우리 주위로 돼지들이 하나 둘 몰려들었다. 다시 불안했는지 아기가 또 울었다. 그러자 돼지들이 쇳덩이가 긁히는 것처럼 날카롭게 코를 골았다. 한쪽 귀가 잘려나간 돼지 한 마리가 옆에 있던 돼지의 코를 물었다. 서로가 서로를 공격했다.

"잘은 모르지만 일단 튀자!"

"구판장 할머니도 데리고 가야지!"

"너무 무거워."

"이 애 보호자잖아! 형이 키울 셈이야?"

그 말에 형은 고개를 끄덕였다. 내 목구멍까지 험한 언어표현이 올라왔다가 속으로 삼켰다.

"그럼 내가 할머니 업고 갈 테니까 형이 아기를……."

텔레파시가 통했다. 이심전심을 증명하려는 듯 형은 아기를 품에 안고 내 집 방향으로 달려갔다. 나는 고개를 절레절레 흔들며 구멍가게 할머니를 내려다보았다. 눈동자에 힘이 풀렸다. 미간이 텅 비어버렸다. 코로 숨을 크게 들이쉬다가 입으로 두 번 가쁘게 내뱉었다. 몇 번 그러기를 반복하다가 입으로 가쁘게 숨을 쉬었다. 땀구멍이 탄력을 잃어 식은땀이 쉬지 않고 나왔다. 왼쪽 다리가 휘청거렸지만 중심을 잃지 않았다. 그러나 구판장 주인 할머니의 왼쪽 다리는 벌써 돼지들이 사이좋게 살점을 뜯어 물고 있었다. 나는 할머니의 양 겨드랑이에 손을 끼워 그녀를 일으켜 세우려고 했다. 할머니는 내 손기척 탓인지 아니면 돼지가 물어뜯은 다리가 아픈 탓인지 정신을 차렸다.

"놔아라! 내 살갖이 그리도 탐나더냐?"

"까칠하게 굴지 말고 얼른 업혀요!"

자기 몸에 상처가 났다는 걸 인식한 구판장 주인이 고통을 호소했다. 병원부터 가야했지만 이대로 업고 가면 시간이 오래 걸릴 터였다.

"이봐요, 이장님! 어서 타셔!"

어수선한 상황에서 담배농사 양씨가 트럭을 몰고 왔다. 지체할 겨를이 없이 구판장 주인을 조수석에 태웠다.

"이게 뭔 난리랴아? 잡초 뽑고 오는 길에 보니께 동네가 아주 파토가 나부렸어."

"저도 모르겠습니다. 우선 이 분 병원으로 데려다 주세요. 저는 여기 남아서 군청에 연락할게요."

"그려 그려, 나도 얼른 가서 경찰서에 들렀다 오겄어. 근디 전화로 하면 코빼기도 안 비칠텐디? 이 놈이고 저 놈이고."

"그건 걱정 마시구, 하여튼 빨리 빨리!"

나는 양씨를 보내자마자 집으로 달려갔다. 살구노인 말 마따나 창고를 뒤져 무기가 될 만한 물건을 찾았다. 낫은 날카롭지만 짧고, 호미는 저리 치우자, 이 괭이는 날이 너무 무뎌, 곡괭이도 있네 그런데 너무 무겁잖아. 고심 끝에 나는 처음부터 정답처럼 벽에 기대 서 있는 기구를 택하기로 했다. 군대에서나 사회에서나 만능 아이템, 삽.

"여기서 뭐 하냐?"

창고 앞에서 형이 물었다. 아기의 입에 구판장에서 봤던 젖병을 물린 채.

"반격할 타임이야. 형은 애나 보고 있어."

삽날에 묻은 흙을 털고 대문 밖으로 향할 때 형이 불렀다.

"야, 내가 폰카로 찍은 게 있는데 볼래?"

"안 올 거면 문단속이나 잘 해."

전세의 흐름이 바뀌었다. 역전된 건 아니다. 충분히 겁에 질린 사람들이 겁을 상실하고 공격을 하기 시작했다. 다들 나와 같은 생각이었는지 저마다 무기를 하나씩 들고 있었다. 호미, 낫, 괭이, 약초괭이, 쇠갈퀴, 네기, 전지가위 같은 농기구부터 손도끼, 접톱 같은 공구까지 다양했다. 어떤 노인은 키를 방패삼아 들고 있었다.

살구나무 노인이 자기 집 대문 앞에서 연두색 플라스틱으로 된 PVC 눈삽으로 돼지를 사정없이 때리고 있었다. 그러나 돼지는 아랑곳하지 않고 자기 일에 열중했다. 흰둥이를 손질하는 일이었다. 이미 피를 질질 흘리며 축 늘어진 흰둥이의 머리는 털이 뽑혀 민둥산이 되었다. 고양이가 사냥감의 정체를 파악하기 위해 괴롭히다가 안심이 되는지 머리가죽부터 뜯기 시작했다.

"내 새끼한테서 떨어져!"

눈삽의 넙적한 부분이 깨져나가도록 내리쳤지만 요지부동이었다. 그곳으로 달려가 막삽으로 크게 휘두르며 돼지코를 뭉개버렸다. 타율 1할 타자가 우연히 선보인 시원한 안타였다. 역시 삽은 막삽이 원조야.

살구나무 노인이 흰둥이를 끌어안고 눈물을 흘렸다. 흰둥이는 노인의 손에서 몸을 바들거리다 축 늘어졌다. 노인은 무릎을 꿇은 채 낙담했다. 내가 그의 어깨에 손을 올리자 내 손도 떨었다.

"자식 놈들 중에 내 재산 보고 노리지 않는 유일한 자식이었는데……."

노인은 자기 집으로 흰둥이를 데려가 마당에 묻기로 했다. 나는 삽으로 그를 엄호하며 그의 집까지 같이 갔다. 삽으로 마당에 땅을 파 흰둥이를 조심스럽게 넣었다. 빨갛게 드러난 피부가 아파 보였다. 우리는 흙을 덮기 전에 합장을 하고 눈을 떴다. 흰둥이도 작고 검은 눈으로 우리를 보고 있었다. 노인이 입을 벌린 채 흰둥이에게 다가갔다. 흰둥이는 제 자리에서 코를 골았다.

"어르신, 잠시만요! 저 개는 죽었어요!"

솔직히 나도 흰둥이가 죽었는지 살았는지 확신할 수 없었다. 코골이 소리에 본능적으로 위기를 직감한 것이다. 노인의 어깨를 잡아 말리려고 하자 그가 팔꿈치로 내 얼굴을 가격했다.

"안 죽었잖여!"

흰둥이가 노인의 손가락을 물려고 하자 노인이 개를 발로 걷어찼다. 뛰어난 반사신경이었다. 이런 일이 한두 번 있던 게 아닌가.

"이런 배은망덕한 놈을 보았나!"

노인이 내가 들고 있던 삽을 빼앗아 개를 사정없이 때렸다. 흰둥이는 굴하지 않고 코를 벌름거렸다.

"할머엄! 할머엄! 오늘은 흰둥이 밥 주지 말어!"

그렇지, 여기는 노인네 집이지. 나한테까지 괜한 불똥이 튀기 전에 얼른 노인을 데리고 밖으로 나왔다. 삽을 휘두르며 흰둥이 욕을 하는 노인을 말리느라 애를 먹었다.

"오늘 여러모로 욕보는구먼."

오랜 시간이 걸리지 않아 논두렁은 돼지도가니가 되었다. 무기를 들고 의기양양했던 주민들은 겁을 먹고 뒷걸음질 쳤다. 마을에서 장기를 제일 잘 두는 장 노인이 허공에 호미를 휘두르다 제풀에 지쳐 주저앉았다.

"아버지, 뭐 혀유! 얼른 업히셔, 얼른!"

장 노인의 아들이 그를 업고 다시 도망쳤다. 마을 원로 중 한 명은 엉덩이가 뜯겨져 나간 상태로 바닥을 기었다. 그의 엉덩이를 물어뜯는 동물은 돼지가 아니라 사람이었다. 병원에 가 있어야 할 구판장 주인 할머니였다. 뒤에서 담배농사 양씨가 차창으로 얼굴을 내밀고 클랙슨을 울렸다.

"어이, 이장 양반, 어여 타!"

주위에서 몰려오는 돼지들을 삽으로 후려치며 트럭으로 이동했다. 이장이 조수석에 탔고 나는 짐칸에 뛰어올랐다.

"마을회관으로 갑시다! 거 가서 이게 무슨 난장판인지 생각 좀 합시다!"

회관으로 가는 동안 짐칸에서 본 마을 풍경은 짙은 핏빛으로

도배 되어 있었다. 그들은 무릎을 절뚝거렸다. 바닥을 기어 다니기도 했다. 누군가의 손톱이, 혹은 무언가의 발톱이 살점이 붙은 채 떨어져 있었다. 돼지가 돼지를 잡아먹고, 돼지가 사람을 사람이 돼지를 사람이 사람을 못 잡아먹어 안달이었다. 낫에 찍힌 몸뚱이로 사람들을 공격하는 돼지, 자신의 발목을 물고 늘어지는 돼지의 목을 톱으로 자르는 사람. 나는 저 사람들이 순수한 그들이기를 바랐다. 상처가 워낙 심한 탓에 패닉을 일으키는 거라고 믿고 싶었다. 언제 달려들지 모르는 적들에게 삽날을 앞으로 겨누었다. 그들은 나를 보고 입을 다셨다.

회관 2층에 모인 사람들은 벽에 기대앉았다. 긴장을 풀고 호흡을 가다듬었다. 양씨의 콧등을 타고 땀방울이 떨어졌다. 코골이 소리가 사방에서 메아리쳤다. 나는 창문 틈 사이로 빼꼼히 바깥 동정을 살폈다. 아까까지만 해도 눈에 보이기만 하면 가차 없이 물어뜯던 놈들이 휴전협정을 맺은 모양이다. 그들은 하나 된 마음으로 마을회관 앞에서 서로 가락을 주고받았다.
"산신이 노하셨어, 이승신이 노하신 겨."
살구나무 노인이 손바닥을 바닥에 비볐다.
"이승신은 지금 김종진이랑 잘 살고 있어요."
"이장이라는 놈이 어디 그런 무식한 소릴 하고 있는 게야? 이 승산에 계시는 산신님 말이시다, 이놈아! 굿을 벌여야 혀, 굿 혀서 죽은 혼을 씻겨야 혀."
그 말에 대꾸하지 않고 두 손으로 머리를 감쌌다. 이 양반이 이제는 시도 때도 없이 망언을 일삼는군. 머리카락을 헝클어뜨리며 잠깐 동안 정리한 내용을 사람들에게 전달했다.

첫째, 아무리 뒈져라 패고 베고 찔러도 돼지들은 뒈지지 않는
다. 어차피 이미 죽은 놈들이니까 그렇다 치자. 그런데,
둘째, 돼지한테 공격을 당한 사람이나 동물은 무슨 이유에서인
지 돼지들의 습성을 따라한다. 내가 알기로 구제역은 사람에게 전
염되지 않는 걸로 알고 있다. 혹시나 싶었는데 역시나, 이 돼지들
은 단순히 구제역 바이러스에만 감염된 게 아닌가. 그러나 부정하
고 싶었던 모습을 떠올려야 했다. 입 주변과 코에 완두콩만한 물
집이 터질듯 말듯 잡혀 있던 모습. 사람도, 돼지도, 흰둥이도 같은
물집을 달고 있었다. 구제역에 걸린 동물이 갖고 있는 전형적인
증상이었다.

정리가 아니라 문제제기만 하는 꼴이군. 모두들 조용히 듣고
만 있었다. 뭐라도 따지고 싶어 입이 근질근질할 마을 사람들이
지만 이번만큼은 침묵했다. 미쳐버리고 싶은 상황이려나. 가장 큰
문제는 돼지들이 어떻게 살아났나 하는 것이지만 당장 급한 문제
는 우리가 어떻게 살아남을 수 있는가이다. 눈두덩을 엄지와 검지
로 마사지했다. 너무 세게 눌러 눈알이 으깨질 지경이었다. 퍼뜩
방 안이 떠올랐다. 왜 진작 그 쪽에 연락할 생각을 안 했을까. 깊
은 근저에 깔린 불신감 때문인가. 나는 휴대폰으로 만뜰 지구대
에 연락했다.
"네, 여보십니까."
"봉 순경? 나 만뜰리 이장이야."

"어이구 동민이 형님, 요즘 바쁘시다더니 용케 시간 나십니다."

봉 순경은 중학교 후배였지만 그다지 친한 사이는 아니었다. 나이가 들어서도 마찬가지였다. 봉 순경은 자기보다 나이가 많은 사람에게 존댓말을 하는 게 몸에 배어 있지만 순전히 그가 예의 바른 청년이라서가 아니다.

"지금도 바뻐. 여기 우리 동네 마을회관인데 와줄 수 있나? 무슨 일인지는 와 봐야 알고, 절대 혼자 오지 말고 의경 애들 다 데려와야 해."

"에이 형님, 설마 모찌기하시려는데 우리 애들 쓰시려고 하십니까? 안 그래도 허만군 아연공장에서 불난 일 있잖습니까, 그 일 때문에 애들 바쁩니다. 그 동네에 발암물질인가 중금속인가 하는 게 공장 때문이라면서 거서 거주하시는 분들이 궐기하셨잖습니까. 그래서 전쟁 막으러 출두했습니다. 모내기 때는 도움 드릴 수 있으시잖을까 합니다."

이대로 부질없는 대화를 이어가느니 차라리 현재 실태를 밝히기로 했다. 그간 일어났던 일들을 요약설명하는 동안 봉 순경은 묵묵히 듣기만 했다. 아마 이면지에 볼펜으로 기하학적인 모양으로 낙서를 하면서 나는 언제까지 이 시골구석에서 이런 헛소리를 들어야 하나 속으로 한탄하고 있겠지. 어쨌든,

"보고 끝."

네, 아, 그. 무의미한 감탄사를 열거하고 이어서 한다는 소리가,

"그거는 소방서나 군청에 말씀하시는 게 낫잖을까 합니다, 형님. 높으신 분들도 허만군에 출동했잖습니까."

"아니 그 동네에는 경찰이 없대?"

"으쌰으쌰하시는 분들이 워낙 많으셔서 군 차원으로 해결 못 보신다고 하십니다. 그래도 소방서 분들은 안 가셨으니 말씀 해 보시는 것도 좋으시겠지 싶습니다."

실랑이를 계속 벌이다가 그나마 벌 수 있는 얼마 안 되는 시간을 버리겠다 싶어 전화를 끊고 소방서에 연락했다. 그 쪽에서도 거절했다.

"옆 동네에셔 싀위하다 다친 샤람들이 많아셔 구급차에 쇼방 차를 다 출동싀켜야 했씁니다. 나야 어느 편도 아니지만셔도 도대체 왜 맞불이 나야 싁이 싀원한지 모르겠씁니다."

발음교정을 권하고 전화를 끊었다.

"굿을 해야 혀, 굿을."

당신의 구슬을 끊어버릴까. 그보다 군청 어느 과에 전화를 해야 하나.

"에이 쌍 입 안도 텁텁한데 술이나 한 잔 하지?"

마을에서 이앙기를 제일 잘 모는 건봉 아저씨가 고량주 병나발을 불었다. 그는 항상 고량주를 품에 안고 다니며 취하지 않는 날이 없었다. 그런 취기가 신기에 가까운 이앙기술의 원동력이다. 살구나무 노인이 항상 건봉 아저씨와 부딪치는데 불구하고 일감을 주는 이유가 있다.

"영감님 먼저 한 잔 하쇼. 속 좀 풀릴 거요."

살구나무 노인이 한 모금 마시고 담배를 물고 있는 양씨에게 돌렸다. 양씨는 성냥으로 불을 붙이고 그것을 끄지 않은 채 고량주 병을 받았다. 그리고 담배에 불을 붙이고 손을 흔들어 성냥불을 껐다.

"앗뜨뜨!"

병을 입에 대던 그가 갑자기 입술을 손바닥으로 두드렸다. 입술이 시뻘겋게 달아올랐다.

"불, 불!"

고량주 병 주둥이에 노란 아지랑이가 피어올랐다. 고량주가 이렇게 불이 잘 붙을 줄 몰랐다.

"역시 대륙의 술은 화끈해!"

건봉 아저씨가 벌건 얼굴로 박수를 치며 웃었다. 양씨가 그를 노려보았다. 언제라도 때릴 기세였다.

"여기 놔두면 위험하니까 창 밖에 버리죠!"

내가 무슨 행동이라도 해야 했다. 삽으로 불붙은 고량주 병을 담아 창밖으로 던졌다. 불덩어리가 포물선을 타고 돼지 등짝 위에 떨어졌다. 괜히 골치 아픈 짓을 한 것 같아 눈을 떼지 못 했다. 등에 조금씩 불이 붙기 시작하더니 이내 돼지 몸뚱이 전체로 삽시간에 번졌다. 코골이가 더 커졌다. 한 쪽 날개가 떨어진 파리처럼 제자리를 맴돌더니 그 자리에 쓰러지고 말았다. 내 옆을 보니 나뿐만 아니라 회관 안에 있던 사람들 모두 그 장면을 보고 있었다.

"먹히는 게 있긴 있네."

건봉 아저씨가 술이 다 깬 눈을 껌벅였다. 양씨가 손으로 자기 입술에 부채질 했다.

"다들 알쥬? 나 아니었음 알지도 못 했을 거유. 이장 양반이 표창장 하나 근사하게 해 줘."

한 가닥 실낱을 더듬어서인지 실없는 소리에도 웃음이 나왔다.

"그렇게 우왁!"

창밖으로 불에 탄 돼지를 보다가 소리를 질렀다. 모든 기능이 정지된 줄 알던 돼지가 발작을 일으켰기 때문이다. 몇 번 몸을 튕기다가 옆에 있던 돼지와 구판장 노인의 몸에도 불이 붙었다. 역시 기능이 정지해지는가 싶더니 그들도 발작을 일으켰다. 다시 잠잠해졌다. 우리는 손에 무기를 들고 경계태세를 갖추었다. 불붙지 않은 '그들'도 서로를 경계하느라 간격을 벌였다. 안심할 수 없었다. 불길이 완전히 가시고 잿더미만 남을 때까지 방심하지 않았다.

아무도 말하지 않았다. 살구나무 노인의 가랑이를 타고 물방울이 떨어지는 소리만 들렸다. 솔직히 통쾌하지 않았다. 노인의 부실한 하반신도, 죽었다가 움직이고 다시 불타 죽었다가 발악하는 돼지를 보는 일도. 아까까지 우리가 당면한 문제, 어떻게 살아남을 수 있는가. 그 문제를 갖고 있는 건 그들 역시 마찬가지일지도 모른다.

죽은 세포에까지 깊숙이 새겨진 본능이 남았나. 그들은 자기 단백질을 바스라트릴 수 있는 무기가 있다는 걸 알았는지 자리에서 뿔뿔이 흩어졌다. 아니면 불에 타던 '그들'이 지르던 비명이 그들을 무기력하게 만든 걸지도.

11. 뜸 들이는 시간을 기다려라

사실상 회의라기보다 구걸하기 위해 주최한 모임이었다. 군청 회의실에는 나와 이승리 장 이장 등 각 마을 대표들과 군청 각

과장 및 계장급을 비롯한 몇몇 직원들이 모였다.

"군수님께서 잠시 도청에 올해 선거 관련 회의가 있으시어 자리를 비우시는 점 양해 바랍니다. 회의 끝나기 전에는 오실 수 있으실 것 같다고 하십니다."

김 주사보가 입을 열면서 회의를 시작했다. 농정과 과장이 김 주사보에게 영상을 재생하라고 지시했다. 공무원들은 미리 영상을 본 터였다. 프로젝터에서 나오는 영상이 스크린에 비쳤다. 돼지가 논두렁에 처음 빠진 날 찍힌 카니발이 재생되었다.

"군청에서 공공근로를 하고 있는 제 형이 핸드폰으로 찍은 겁니다."

"아, 최동진 씨가? 그 사이에 어떻게 잘 찍었네?"

장 이장이 비아냥거렸다. 그는 크게 놀라는 기색이 아니었다.

"저 지랄 하고 난 다음에 우리 동네로 넘어 왔잖아? 니미."

반면에 다른 마을 이장들은 뜨악하거나 콧방귀를 뀌었다.

"저건 말도 안 되지. 한뜰리에서 영화 찍은 거 아녀? 즈 동네 자랑하려고 보여주는 거 아닌가 말여?"

"나마리 이장은 저게 장난으로 보여? 어우, 속 불편해서 나 잠깐 나갔다 오겄수."

혼잡한 분위기가 안정되고 내가 속을 터놓았다. 대략적으로 어떤 일이 일어났는지 설명한 뒤 호소했다.

"우리 동네는 지금 위기입니다. 돼지들을 감당하기에 사람 수도 부족하고, 병에 걸려서 이상하게 변한 주민들도 있습니다. 그런 사람들은 손을 못 써요. 그렇다고 일부러 저 돼지들처럼 태울 수는 없는 노릇이잖습니까. 그러니까 이 난관을 극복하는데 같이 힘 써 주시면 싶어서 자리를 마련했습니다."

장 노인의 아들을 떠올렸다. 그는 콧구멍을 벌름거리며 손에
잡히는 건 무엇이든 씹어대는 아버지를 안방에 가둔 후 침울해졌
다. 구판장 주인에게 일어난 경우를 사람들은 알고 있었다. 화형
이 아니라 화장을 시켜준 거라고 믿고 싶었다. 그러나 그 순간 마
을회관에 있던 사람들은 어떤 인상을 지울 수 없었다. 우리는 구
판장 주인이 불에 타는 모습이 꼭 그 옆에서 소각되는 돼지와 같
다고.

"이앙기 쓴다고 해도 농사일이라는 게 기계보다는 손재주가 필
요한 일이라……."

남상리 이장이 거절의사를 완곡히 표명하자 그에 힘입어 산송
리 이장이 우려를 내비쳤다.

"요즘 기름 값이 만만찮아서 저것들 일일이 태우려면 돈 깨나
들 것 같은데……."

"다른 방법들도 알아보고 있습니다. 얘네들 특징이 소리에 민
감하더군요. 어떤 소리에는 도망가고 어떤 소리에는 모이거나 멈
추기도 하고. 그걸 잘 이용하면……."

장 이장은 몹시 과격했다.

"야야, 특징이 아니라 약점을 알아보고 있어야 하는 거 아녀?
그리고 말여 기실 따지고보믄 장뜰리에서 생겨난 놈들 아녀? 그
걸 왜 우리꺼정 책임져야 하냔 말여, 시방. 우리 동네에도 갑자기
쳐들어와서 논에 심은 모를 쳐 먹질 않나 닭장을 열질 않나. 소리
빽빽 지르고 별 지랄을 떠니까 도망가대. 최동민 이장이 이 모든
책임을 져야 한다 이 말이여."

그 말이 끝나길 기다렸다는 듯 바로 농정과 과장이 꼬리를 이었다.

"이번에 이승산에서 산불난 것도 말이야, 그거 막대하거든 피해가. 자칫하면 한뜰군 절반이 이사 갈 뻔한 걸로 알고 있는데? 자꾸 문제 일으켜서야 어디 믿고 도울 수 있느냐 거지 내 말은."

최동진 이 새끼.

"형과 제가 돼지 잡는다고 횃불 들고 설치다가 그런 건 맞지만 인력이 충분했더라면 그런 일은 없었을 겁니다."

"저어기 살구나무 어르신께서 그러시는데 뭐 애써 모 심은 거 다 망치고 난리 브루스를 쳤다매?"

"그야 돼지들이 논으로 들어가서."

"꽹과리 들고 유인한답시고 그랬다매?"

내가 돼지를 유인한 건지 돼지가 나를 몰아간 건지 애매하긴 하다.

"그리고 불난 건 사람이 없어서 그런 게 아니라 자네 형이 돼지에게 잘못 던지다 붙은 걸로 아는데?"

과장이 추궁하는 사건에 대해 이의를 제기할 수 없었다. 과장이 아니라 사실이기 때문이다. 졸지에 청문회가 되었다.

"그럼 총무과에서 할 일이 많아지겠군요. 안 그래도 바쁜데."

총무과 직원이 투덜거렸다.

"돼지로 인한 피해 민원이 너무 많이 들어오면 이장님한테 돌려도 되나요?"

행정과 직원이 은근슬쩍 떠넘기려고 했다. 다른 지자체는 어떤지 몰라도 대체,

"아니 이 지역 사람들은 왜 나한테 물어보기만 하고 내 말을 들어줄 생각은 안 하는 겁니까? 저 골칫거리 돼지새끼들도 귓구멍은 열고 다닙디다!"

참다 못 해 언성을 높였다. 회의실 안이 조용해졌다. 잠시 후 문이 열리는 소리가 들리며 사람이 들어왔다.

"무슨 문제라도 있나?"

칠 대 삼 가르마를 타고 금테 안경을 쓴 중년 남자, 웃을 때 입꼬리는 올라가지만 눈꼬리는 주름만 잡히는 한뜰의 대표일꾼.

"군수님 오셨습니까!"

우리는 언제 의견불일치로 언쟁을 벌였냐는 듯한 마음 한 뜻으로 자리에서 일어나 군수를 맞이했다. 군수는 손을 올려 화답하고 자리에 앉으라고 친히 권하셨다. 상석에 자리 잡은 군수가 우리를 둘러보았다.

"도착하자마자 무슨 일인지 대강은 들었습니다. 그런데 이장님, 군에서 책임질 수 있는 분야가 있고 그렇지 못한 분야가 있습니다. 이번 사태와 관련해서는 후자 쪽이라고 보셔야 합니다."

"무슨 말씀이십니까? 이건 엄연히 한뜰군에서 일어난 일입니다. 제가 많은 걸 바라는 게 아니라 돼지들 태울 기름이랑 인력이 필요하단 겁니다, 군수님. 제 말을 못 믿으시겠다는 거라면 직접 우리 동네에 오셔서 확인하셔도 좋습니다."

지지 말자, 여기서 내 편은 나 혼자다. 군수는 틱이라도 오는지 얼굴을 실룩거리면서 응수했다.

"아니, 보고서를 봤는데 농정과에서 사실여부를 다 따져봐서 돼지들이 다시 살아났, 움직이는 걸 못 믿는 건 아닙니다. 이장님

248

께 부연설명을 해야 하나 싶은데 꽤 민감하고 복잡한 사안이라 이겁니다. 총무과장님이 대신 설명해 드리세요."

돋보기안경을 쓴 파마머리 여자가 서류철을 들여다보며 설명했다.

"이번 구제역 해결이 국민들로부터 많은 호응을 얻었으나 만일 그로 인한 예상치 못한 부작용이 생길 경우 겪게 되는 여파는 감당키 어려우며 최악의 경우 정부에 대한 신뢰도가 심연의 바닥으로 떨어지는 것과 동시에 앞으로 있을 선거에 지대한 영향을……."

「스타워즈」 에피소드 프롤로그를 읊조리는 건가.

"그러니까 소위 말하는 뭐, 정치적인 이유다 하는 거죠? 참신성 없네요. 참 신선하지 못한 줄거리란 말입니다. 설명하기 애매하다 싶으면 정치적인 이유니 정치적인 문제니. 쉽게 말해 현 정부의 입장에서 손해 볼 수 있으니까 손 떼겠다는 거 아닙니까?"

"이장님 말씀이 지나치신데 외려 자기 일이 잘 안 풀릴 때마다 정치 탓하는 것도 잘못이라고 생각하며 나라에서 하는 수많은 일들을 넓게 보지 못하는 것도 문제라고 여겨지는 가운데 아무리 복지사회가 중요하다지만 국가를 동네북 취급하는 것 역시 문제……."

"알았습니다. 내 그럴 줄 알고 준비한 게 있습니다."

아까 들고 온 쇼핑백에서 노긴다 비닐팩을 꺼냈다. 군수와 농정과 과장의 낯빛이 눈에 띄게 어두워졌다. 군수의 입꼬리가 살짝 주저앉았다.

"그게 뭡니까?"

"로직(Logic)이지 뭡니까. 애매한 정치논리보다 더 타당성 있는 로직. 오늘 신문기자 만나서 할 얘기 참 많네요."

그들이 모르는 체하기 전에 휴대폰으로 녹음기능을 실행했다.

"그렇게 위험한 걸 왜 판매한 겁니까? 낸들 알아? 어차피 많은 양이 팔린 것도 아니고, 군청에서는 책임지려고 하지 않고. 마침 남는 짜투리 땅이 있었고, 돈을 많이 준다고. 사람 사는 거? 간단해. 너는 아직 배 서리 하는 어린애야. ……내가 남의 땅에 무대포로 파묻은 것도 아닌데 뭐? 정부가 인정했어 정부가! 나 혼자만 그랬을 것 같아? 웬 멍청한 놈이 열 받게 만드니까 배가 다 아프네."

여우를 속이려면 곰 가죽을 뒤집어 쓴 늑대가 되어야 한다. 뭐라도 건져내지 않을까 싶어 살구나무 노인과 대화할 때 몰래 녹음해 둔 것이다.

"정치적인 얘기 말고 경제적인 얘기로 가볼까요? 기업윤리 들먹여 봅니까? 상초화학 홈페이지 보니까 회장님 인사말이 청렴하시던데 그게 누가 대필해 준 건지 자신을 속여 가며 쓴 건지 탐구해 봅니까?"

농정과장이 말했다.

"신빙성 없는 조작물로 우릴 우롱하려 들어?"

"지금까지 신문사나 방송국에 제보를 안 한 걸 감사하게 여기십시오. 지자체와 먼저 얘기를 하는 게 최소한의 예의라고 여겼으니까. 그렇지만 이런 식이라면 내가 갖고 있는 걸 여기저기 던질 수밖에 없어. 캐고 낚는 건 내가 아냐, 기자가 하는 일이지! 나는 낚싯대랑 미끼만 던져주면 돼!"

군수가 지그시 눈을 감았다. 과장이 얼굴을 붉히며 군수의 결단을 기다렸다. 금방 끝날 것이다. 저쪽에서 발뺌하면 할수록 나는 더 파고들어 발목을 조일 테니까. 상대방은 내가 그러기를 원치 않을 것이다.

"최동민 이장님의 발악, 근성, 비참해서 보기 좋습니다. 그러나 상초화학과 한뜰군청은 친환경을 목표로 한 상생관계입니다. 그런 점을 의심하지 않는다면 민원을 받아드리겠습니다."

주위에서 탄식이 흘러나왔다. 나는 군수의 제안을 거절하지 않았다.

"다만 현재 지원할 수 있는 인력이 허만군에 집중되어 있기 때문에 바로 해결해드릴 수 없습니다. 외부에서라도 인력을 끌어 모으도록 하겠습니다. 다만 장 이장님 말씀대로 이 사태의 근원지는 한뜰리이기 때문에 다른 마을에서 도움을 주느냐 하는 문제는 그 마을의 자율적인 선택에 맡기도록 합시다. 이만하면 충분합니까?"

질질 끌지 말고 오늘은 이 정도로 합의를 보자. 더 요구하다가 잿밥도 못 얻어먹을 수 있다. 충분히 뜸 들였다.

"확답을 주셨으리라 믿겠습니다."

12. 굿판이 돌판일세

구병제의(救病祭儀)냐 위령제의(慰靈祭儀)냐 아니면 강신제의(降神祭儀)냐 의견이 분분했다. 살구나무 노인이 모신 법사도 이런 경우 어떤 제의를 올려야 하는지 쉬이 판단하지 못 했다. 법사는 장뜰군에 있는 유일한 절인 누륵사의 승려다. 조립식 건물로 지은 사찰이 전부인 누륵사는 평판이 곱지 않았다. 못 미더웠지만 급한 대로 누륵사에서 사람을 불러야 했다.

"병에 걸린 돼지가 곱게 죽지 못하고 망자로 돌아다니는데다가 돼지한테 물리면 같은 병을 얻으니, 어느 제의든 쉽지 않을 것이외다."

"돈은 얼마든지 주겠네. 친구 좋다는 게 뭐겠어, 이런 고립무원 소용돌이 속에서 돌파구를 찾아주는 게 법사 친구 아니겠냐는 겨."

알고 보니 살구나무 노인의 친구 법사는 근엄한 표정으로 고개를 끄덕였다. 그리고 바랑에서 두루마리를 꺼냈다.

"아무래도 보통 방법으로는 안 될 터이니 궁극적으로 무서운 술수를 써야겠소. 백팔 장이 필요할 거외다."

사소한 덧붙임 하나. 한 장 당 칠만 원. 오래 전 한뜰마당에서 야시장을 열었을 때 팔던 그림과 같은 가격이었다.

굿은 농장이 아니라 이승산에서 했다. 넋을 달래려면 넋이 안착할 수 있는 곳에서 달래야 한다는 논지였다. 법사는 망령상(亡靈床)을 차리고 우리가 지금까지 불태운 돼지들의 재를 12개의 그릇에 담아 올렸다.

"위령제의 중에 지노귀로 하되 백지 대신 달마도를 꽂는 식으로 하겠소."

애당초 굿판을 한다는 게 마땅찮았다. 돈은 돈대로 나가고 시간은 시간대로 버리는 것이다. 굿을 못 믿겠다는 게 아니다. 지금 벌어지는 굿판이 의심스럽다는 말이다. 충청도굿도 아니고 황해도굿도 아닌 것이 유래를 알 수 없는 굿거리였기 때문이다.

"빌어 아니 되는 일이 없고 정성드려 허사없다 하옵기로 이 정성을 발원(發願)하나이다 열위천존명위(列位天尊名位) 신령님은 명하시기로 하오(夏午)에는 수마(水魔)를 피하고 동지(冬至)에는 화마(火魔)를 경계하시라……."

바닥에 깔아 놓은 길배 위에서 의식을 시작했다. 지노귀 의식에서 구송하는 무경(巫經)이 이게 맞나? 호석이형의 할아버지가 읊었던 무경은 달랐던 기억이 난다. 법사는 여전히 못 미더웠지만 고수와 소리꾼이 내는 낯익은 장단이 온 몸에 난 털들을 곤추세웠다. 때때로 호석이형네 들마루에서 민화투를 칠 때 어깨를 들썩이게 만들었던 북소리, 호석이형의 할아버지를 태운 상여 앞에서 온 동네를 떨게 만들었던 구성진 상여소리. 두 소리처럼 익숙한 울림은 아니지만 꽹과리와 징 소리도 흥을 돋우게 만들었다. 법사는 뜻을 알 수 없는 무경을 읊었다. 동시에 쉬지 않고 뜀박질하면서 달마도를 한 장씩 바닥에 날렸다. 칠만 원짜리 지폐 백팔 장을 다 뿌릴 때쯤 굿을 보던 사람들이 갑자기 웅성거리기 시작했다. 이 자리에 형이 있었다면 이 형이 또 무슨 실수를 저질렀나 싶었을 테지만 형은 그 자리에 없었다. 구판장 주인의 손녀를 아이의 부모에게 데려다 주러 갔기 때문이다.

돼지들이 오고 있었다. 그리고 찾지 못 했던 몇몇 마을 사람들도 함께 있었다. 법사가 무경을 잇지 못 했다.

"이렇게 심각한 꼴일 줄은 몰랐소만……."

시체들은 몸을 질질 끌며 굿판에 도착했다. 그러나 우리를 공격하지 않았다. 법사가 정신을 차리고 다시 무경을 읊자 시체들이 갑자기 난폭하게 코를 골며 제사상 위로 난입했다. 장 노인이 돼지들을 향해 절을 했다. 돼지에게 물렸던 이들 모두 같은 행동을 했다. 이 자리에서 누가 상전인지 여실히 알 수 있었다.

"옴마야!"

돌연 벌어진 일에 법사가 감탄사를 날렸다. 그 소릴 들은 사람들이 법사를 쳐다보았다.

"옴마야니 밤메옴."

엄마 같이 밭 매요?

"만우 할아버지, 우리 계속 해요?"

꽹과리를 치던 남자가 고수에게 물었다. 일흔 살은 넘어 보이는 노인이 고동빛 볼을 씰룩거렸다.

"니는 나이를 노름판에서 거저먹었냐."

멈췄던 장단이 다시 가락을 탔다. 그러자 성질부리던 놈들이 갑자기 조용해졌다. 그리고 눈을 감고 자기 소리에 집중하는 두 남자에게 모였다. 제단에 있던 돼지들이 내려가고 법사는 손을 벌벌 떨며 열두 그릇에 담긴 재를 묘지들에 뿌렸다.

"이 무슨 천노할 짓이여!"

건봉 아저씨가 법사의 팔목을 붙잡았다. 나는 경황이 없었다. 한 쪽에서는 시체들이 몰려있고 다른 한 쪽에서는 묘지에 다른 시체 잿가루를 뿌리고 있고.

"이런 미친 새끼를 봤나. 어디 내 부모님 산소에!"

"도처에 혼 없이 떠도는 육신은 육신이 있는 곳에 안착시켜야 하외다."

"그럼 니 집에 모시든가!"

"대웅전에는 황금달마님이······."

화를 참지 못 한 건봉 아저씨가 주먹으로 법사를 두들겨 팼다. 일방적인 격투극을 보면서 다음에는 교인을 불러볼까 하다 관두기로 했다. 한뜰군의회 옆에 새로 교회를 세우느라 바쁠 게 뻔했다.

양 씨가 묘소에 뿌려진 재를 손으로 담자 살구나무 노인이 발길질을 했다.

"이 놈! 이 놈! 다 망칠 셈이잖어?"

"판 보면 모르겠슈? 나가리요 나가리!"

마을 사람들은 이 와중에 이미 삽, 낫, 괭이 등등 생활도구를 무기 삼아 돼지들을 공격하고 있었다. 반면에 죽은 사람들(맥박이 뛰지 않고 정신이 없는 걸로 봐서 가사상태에 빠져있다고 추측해 보았다.)을 최대한 공격하지 않고 피하려고 했다.

"동민아, 이 양반들 성가신데 아쌀하게 태우면 안뎌?"

법사를 내쫓은 건봉 아저씨가 양 손에 라이터와 고량주를 들고 개장수 할머니를 위협하고 있었다. 결국 할머니는 자기가 기르던 개에게 물린 것이다.

"고칠 수 있는지 군청에서 국과수에 연락해 본댔어요."

"지이미, 보건소에서는 연구를 못 하는 겨?"

"파상풍 주사는 맞을 수 있어요."

그 날은 유독 돼지들이 위협적이지 않았다. 가만히 있는 놈들이 태반이었고 공격하는 놈들도 그다지 사납지 않았다. 불을 붙여도 날뛰지 않았다. 어수선하기도 했지만 기왕 검댕이 산이 된 거 또 불이 나도 별 피해가 없을 거라고 여겼는지 사람들이 자포 자기하는 심정으로 돼지들에게 불을 붙였다. 여전히 꽹과리와 북 소리가 울렸고 돼지들은 미미하게 발작하다 타들어갔다. 재를 치 울 엄두가 나지 않았다. 모두 지쳐 있었다. 싱겁지 않은 싸움이 었다.

한바탕 요란하던 판이 끝나고 나와 형은 호석이 형과 재회했 다. 굿판에서 꽹과리를 치던 호석이 형이 먼저 아는 체를 했다. 그 새 정을 주었는지 아이와 이별하면서 시무룩해진 동진이 형이 다 시 기운을 차렸다.

서울에서 다시 경상도 하동으로 이사를 갔던 호석이 형은 전 문대를 다니면서 피자 배달 아르바이트로 돈을 벌었다. 그러다가 김만우 옹을 만난 것이다.

"우리 가게 명물 피자가 있거든, 하동 재첩 피자. 그게 제일 비 싸. 이 분이 매일 그걸 시키는 거야. 당연히 내가 매일 배달하고. 어느 날은 이제, 만우 할아버지께서 북을 치실 때 배달을 했는데, 날은 어찌나 더웠던지, 일하기 싫고, 그런데 힘이 나는 거야 북 소 리 듣고. 그 때부터 배우겠다고 죽자 살자 쫓아다녔지. 우리 할아 버지 기억하지? 그 때 생각도 났고."

오랜 세월동안 묵힌 얘기를 개봉하느라 두서가 없었다. 호석이 형과 만우 옹은 판이란 판은 가리지 않고 다녔다. 돌고 돌아 한 뜰리 굿판까지 오게 된 것이다.

"이것도 연이라면 연인지라 다른 일 생기기 전까지 여기서 살려고."

나와 형은 만우 옹과 호석이 형을 우리 집에서 묵도록 해 주었다.

"니들은 아직 장가도 안 가고 뭐했냐. 아랫도리 시릴 때마다 찾아가는 데라도 있는 겨?"

나는 그런 데가 없다고 잘라냈다. 도통 여자에 관심이 없다고 만우 옹에게 덧붙였다. 반면에 동진이 형은,

"한뜰군 옆에 주청시라고 있는데, 거기 밤고개라고, 밤에 가봐야 빛을 볼 수 있다고 해서 밤고갠데, 접대가 인생의 전부인 애들이……."

내가 여자에 관심이 없는 까닭은 형 때문이다. 그는 여자에 대한 얘기를 가십거리 이상으로 여기지 않는다. 그러니 여자도, 여자를 논하는 남자도 정나미가 떨어질 수밖에. 형이 서울로 가기 훨씬 전, 여자 얘기를 안 할 수 없냐고 불만을 토로한 일이 있다.

"남기고 싶지 않은 관계만 내뱉는 거야. 남기고 싶은 건 속으로 남길 뿐이고."

연애감정에 무감각했던 나는 오글거리는 그 말에 대꾸하지 않았다. 지금이라면 이렇게 다그쳤을 것이다. 남기고 싶은 사람이 있다면 놓치지 말고 끝까지 붙들었어야지.

굿판을 벌인 다음 날, 한뜰리 문제로 지현이와 연락을 했었다. 나는 형이 돌아왔다고도 전했다.

"믿기 힘들지만 돼지 문제는 최대한 조사해 볼게. 그리고 동진 오빠가, 성공 못 할 줄 믿고 있었어."

우리는 동시에 웃다가 잠시 입을 다물었다. 내가 먼저 물었다.

"어머니 일…… 진척은 있어?"

지금껏 한 번도 궁금한 기색을 비치지 않았다. 갑작스러운 여러 가지 일들이 벌어지지 않았다면 앞으로도 궁금해 하지 않았을 것이다. 그러나 지현이의 어머니도 한뜰리 사람이었기 때문에 물어보지 않을 수 없었다. 솔직히 혹시, 돼지들과 관련한 단서라도 알 수 있지 않을까, 하는 마음도 있었다. 조금 있다가,

"아빠를 용서하기로 했어."

무슨 의미인지 몰랐다. 비장한 어투였다. 용서했다면 그걸로 됐다고 어정쩡하게 대꾸했다. 전화를 끊고, 용서하는 것에 대해 잠시 고민했다. 사고뭉치 형, 어머니를 아프게 한 원인제공자, 아버지를 죽게 만든 이들, 돼지들, 돼지로 만든 사람들. 용서하는 것보다 용서할 것들을 나열하다 관뒀다. 용서할 필요를 느끼지 못 했다. 용서라니, 이런 상황에서, 그렇다면 그것은,

나를 모르는 타인에게 비난받지 않기 위한 자기방어일 뿐이다.

나는 솔직하기로 했다. 내 분노와 답답함을 여실히 드러내기로 마음을 다잡았다.

13. 죽었다 살아났든 죽지 않고 살아있었든

중요한 것은 제이슨이 돌아왔을 때 사람들이 그를 반기지 않았다는 것이다. 우리도 마냥 '돌아온 사람들'을 반길 수 없었다.

"이 여편네가 어디 갔다 이제 온 겨? 또 마을회관에서 화투치다 왔지?"

살구나무 노인이 히죽히죽 웃으며 이죽거렸다. 노인의 처, 즉 살구나무 할머니가 다리를 절뚝거리며 남편 쪽으로 다가갔다. 비단 그 뿐만 아니라 호석이 형의 죽은 할아버지와 우리 부모님까지 살아 있는 가족을 찾았다. 아버지는 관 속에 있을 때 그대로 입에 흙을 물고 있었다. 내 판단이 옳았다. 아버지는, 자살을 하면서, 살고 싶었던 것이다.

다른 가족들의 피부가 부엽토처럼 바스라지는 반면 어머니의 피부는 모직섬유처럼 얽혀 있었다. 살이 아니라 씨실과 날실이 어설프게 얽혀 뼈를 덮고 있는 셈이었다. 어머니는 그런 모습으로 앓다 죽었다.

"성만이 이 새끼야! 네가 축사 관리를 못 해서 물이 더러워진 거 아녀!"

"뭐여, 이런 호로자식이 말이면 단 줄 아나. 돼지 똥오줌이 느네 옹달샘까지 어떻게 침투한단 말여?"

아버지는 성만에게 소송을 걸다가 수질분석전문가에게 옹달샘에 축사에서 새어나온 오염물질이 발견되긴 했지만 극히 미량으로 사망과 직접적인 연관이 없다는 소견을 들었다. 대신 다른 물질들이 발견되었으나 축사와 상관없는 오염물질이라고 추가했다. 아버지는 법정에서 재산이 거덜 나기 전에 곧 소송을 취하했다. 대신 굳은 돈으로 술을 마셨다. 술을 마시고 남은 돈으로 농약을 삼켰다. 그래서 나는 성만이 탓이라고 더 굳게 믿었다. 물증이 나타나지 않아도 심증을 거두지 않았다. 그렇다고 해서,

돌아온 아버지와 어머니가 반가웠다는 뜻은 아니다.

"그걸 놓치면 어떡해!"

내가 꽹과리를 두드리며 형 쪽으로 아버지를 유인한다, 형이 들고 있던 비료 포대로 아버지를 덮친다는 계획이었다. 경각심이 일어난 아버지는 어머니와 함께 산 속으로 도망갔다. 이번 사람들은 초기 멤버들보다 경계심이 강했다. 힘도 더 좋았다. 죽은 이들을 잡으려다 애를 먹은 사람들은 포기하고 도망갔다. 어떻게 알았는지 다른 마을 사람들이 죽어서 돌아다니는 한뜰리 사람들을 구경하러 오다가 그들에게 물려 졸지에 같은 꼴이 되기도 했다. 돼지와 달리 이번에 움직이는 사람들은 대부분 익히 알고 지내던 가족이었다.

"일단 포획부터 하고 대책을 강구합시다!"

이제 이런 상황은 익숙했고, 보다 능숙한 솜씨로 소동에 대처했다.

"이게 다 그 법산지 똥싼지 하는 노무 때문이여. 동물 새끼를 묘지에 뿌렸으니 조상님이 노하신 겨. 한이 맺혀서 하늘에서 돌아오신 겨."

나 역시 장 씨의 불만에 동의했다. 정황상 근거를 보자면 그렇다는 말이다. 장 씨와 다른 생각이 있다면, 사람들이 귀신이 되어 돌아온 게 아니라 시체가 저절로 움직인다는 것이다.

돼지 시체에 쌓인 무슨 물질이 그렇게 만든 것이라고 추측할 따름이었다.

"그렇다고 다시 굿판을 벌일 수도 없잖여? 과학을 믿을 수밖에 없지."

국과수에 연락해 보겠다던 군청으로부터 며칠 동안 연락이 없었다.

"김 주사보, 지원한다던 병력은 어떻게 된 겁니까? 우리끼리 시체들 잡느라 농사는 손도 못 대고 있습니다. 이렇게 지지부진하면 언론에 알리겠습니다."

"아직 과장님 결제가 안 났으니까 인내하십쇼, 이장님. 그리고 아연공장이 난리가 났어 지금. 한뜰리야 한뜰리 대로 정신 사나워서 모르겠지만 허만군에서 중금속이 전국으로 퍼지고 있다니까?"

"내 알 바 아니고, 어쨌든 여기 사정이 더 급합니다. 누구라도 보내주십시오. 일손이 너무 딸립니다."

주사보가 알았다고 하고 전화를 끊으려고 했다.

"그리고, 또, 국과수는 연결했습니까? 원인이라도 좀 알아봐야 할 거 아닙니까!"

"국과수가 얼마나 바쁜데, 아 나도 바쁘고 조만간 연락 줄 테니까 끊으십시다, 거!"

"지금 대답 안하고 끊으면 다 퍼뜨릴 겁니다!"

한숨이 욕처럼 들렸다. 인내심이 바닥을 쳤다.

"잠깐만 기다리쇼."

답변을 기다리는 동안 휴대폰으로 지현이에게 형이 찍은 동영상을 보냈다.

이유는 묻지 말고 지금 바로 마이튜브에 올려.

전화를 끊고 몇 시간이 지나 봉 순경이 손님들을 데리고 마을로 찾아왔다. 그들은 마을 안으로 들어 온 게 아니라 마을 입구에서 멈췄다. 손에 각목을 들고 좌우로 늘어섰다. 중심에 봉 순경이 있었다. 더 높은 지위는 없었다. 바쁘거나 혹은 귀찮거나 하는 핑계로 오지 않았을 것이다. 한뜰군 지구대는 그랬다.

"안 들어오고 뭐 해?"

연락을 받고 나온 나는 봉 순경에게 들어오라고 재촉했다. 그러나 그는 움직이지 않았다.

"마을을 봉쇄하시라는 명령이 내려지셨습니다."

나와 같이 온 사람들이 어리둥절한 표정으로 고개를 갸웃거렸다.

"뭐시여? 멀쩡한 마을을 왜 봉쇄한다는 겨?"

살구나무 노인이 지팡이로 땅을 치며 따졌다.

"이 동네가 어딜 봐서 멀쩡하시단 말씀이십니까? 윗분들께서 고민 많이 하셨습니다. 일련의 사태를 있게 한 원인과 해결책을 강구하실 때 까지 누구도 드나들지 마시라는 명령이십니다."

몇몇 덩치들이 팔짱을 끼고 우리를 깔보았다.

"이이러언 고약한 놈들을 봤나! 누구 맘대로? 이 깡패 같은 새끼들, 썩 꺼져!"

각목을 어깨에 걸친 한 덩치가 노인을 노려보았다.

"영감님, 깡패 같은 새끼들이라뇨. 우리는 건달 같은 용역입니다. 말조심 하십시오."

"봉 순경 임마! 당장 군수한테 전화해! 내 돈 받아 처먹고 어부지리로 감투 쓴 쪼다 주제에 배신을 때려?"

"제 소관이 아니십니다."

건달 같은 용역이라고 자부하던 용역 같은 건달이 봉 순경에게 고자질했다.

"순경 아저씨, 저 노인네가 하는 말 명예훼손 아니오? 잡아가야 하는 거 아니오?"

"그 말씀이 맞으십니다. 아무리 어르신께서 훌륭하신 분이시라고 하셔도 제 앞에서는 공정성에 어긋나는 언행은 삼가셔야지 말이십니다."

할 수 없이 내가 군청에 전화를 걸었다. 김 주사보는 질린다는 듯 혀를 차며 전화를 받았다.

"아, 보냈지 않습니까. 외부인력 끌어 모으느라 얼마나 애썼는지 아십니까?"

"어디서 데리고 온 겁니까? 아 필요 없고, 군수님 바꿔주십시오, 한가한 노무 새꺄."

"상초화학에서…… 아니 근데 나이도 어린 게 이장이라고 꼬박꼬박 대접해주니까 이게 아주! 군수님은 회의 때문에 바쁘십니다!"

수화기를 세게 내리치는 소리에 귀가 멍했다. 상초화학에서? 전방에서 비명소리가 들렸다. 용역들이 움찔했다.

"순경 아저씨, 얘기 들은 것보다 빡센 거 아니여?"

"여기 마을 분들이 알아서 하실 테니까 걱정 마십시오."

이대로 발이 묶여선 안 되었다.

"여기 인터넷도 되고 전화도 되지? 다 고발해 버릴 거야! 니들 상초화학에서 온 깡패들이지? 경찰이고 나발이고, 군청이랑 깡패

들이 손잡고 동네 사람들 감금한다고 뉴스란 뉴스에는 다 말해
버릴 거라고!"

"깡패가 아니라 용역이라니까 이 양반아. 아 순경 아저씨 보고
만 있을 거요? 사회봉사자들을 싸그리 반역자로 몰아가고 있잖
소. 명예훼손으로 끌고 갑시다."

봉 순경이 내 팔을 잡았다. 나는 저항하는 척하다가 순순히 용
역들과 나란히 마을로 빠져나왔다.

지구대에 들렀다가 군청으로 옮겼다. 이장이 되면 이렇게 자주
군청을 드나들 줄 몰랐다. 나쁘지 않았다. 우선 마을 밖으로 나와
서 군청으로 따지러 갈 셈이었으니까.

"왜 여기로 온 거야?"

"저도 모르십니다 형님. 지구대장님께서 이쪽으로 보내시랍니
다. 어째서 형님 같은 반항분자 사회파탄가능자를 놔두시는지 알
고 싶지 말입니다."

"나는 너 같은 지구방위대가 왜 이렇게 많은지 알고 싶다."

봉 순경을 무시하고 먼저 회의실로 들어갔다. 이제는 내 안방
처럼 편한 곳이 되었다. 그 안에는 불편한 표정을 한 형이 앉아
있었다. 군수와 농정과장은 여기 있어도 이상하지 않은 인물들인
데, 아, 야, 너,

"지현이?"

14. 단땀탑록 3 10 6

'란 아잉'은 자기를 난영이라고 소개했다. 그렇지만 란 아잉이든 난영이든 어떻게 불러도 개의치 않았다.

"튀기라고만 안 하면 돼."

열두 살 소녀는 선입견이 담긴 시선을 해맑은 미소로 누그러뜨렸다. 형은 란 아잉의 동생 티엔 앞에서 재롱을 떨었다. 아기의 동그란 눈동자에 형 얼굴이 비쳤다.

"어머니 돌아가시고 남편이 기운 없어요."

응우엔 씨가 건너편 대장간에서 담금질 하는 남편을 바라보았다. 대장장이 심철주 씨가 작업하는 대장간은 그들이 사는 두 칸짜리 방보다 넓었다. 그는 한뜰군 뿐만 아니라 전국에서도 알아주는 대장장이다. 국가에서 인정하는 대장간 부문 기능전승 1호로 선정되기도 했지만 명성에 걸맞은 지원을 받지 못하고 있다.

"저도 슬퍼요. 하지만 고마워요, 티엔 살려줘서."

나는 어설프게 고개를 끄덕이며 아, 별 말씀을 하고 대꾸했다.

"그런데 형이 여기 자주 와서 불편하지 않아요?"

"전혀요. 애들이 좋아해요."

형이 애들을 좋아한다는 것도 처음 알았다. 유치한 놀이를 스스럼없이 하는 형을 보자 마음이 가벼워졌다. 심철주 씨가 작업을 마치고 방으로 들어왔다.

"내가 통 애들이랑 놀아주질 못 했는데 대신 놀아주니까 한편으로 질투도 나고 고맙기도 하고 그렇네."

"제가 형한테 애들 좀 그만 괴롭히라고 해도 소용이 없어요."

"농으로 하는 소리가지고 뭘. 그나저나 이렇게 날 찾아줘서 기쁘네. 내가 땀으로 담금질한 작품이여. 기운이 강해서 처음에는 가락 조절하는 게 성가실 겨."

김만우 옹이 꽹과리채로 심철주 씨가 만든 꽹과리를 살살 두드린 후 엄지를 치켜세웠다.

"내년에도 할 수 있을지 어떨지 모를 공연인데 기왕이면 쌩쌩한 놈으로 해야죠."

대장장이가 란 아잉을 턱으로 가리켰다.

"부탁이 있네. 저 아이도 같이 연주하고 싶어 하네."

란 아잉이 다가왔다. 난 그 아이에게 위험하니까 다시 생각해보라고 설득했다. 란 아잉은 장롱 속에서 사각형으로 된 목재물건을 꺼냈다. 특별한 장식이 없이 밝은 갈색이었고 표면에 여러 개의 줄이 연결되어 있었다. 아이는 물건을 나무로 된 거치대에 올려놓고 두 개의 얇고 잘 휘어지는 대나무 채로 줄을 쳤다. 칠 때마다 나는 소리가 얇고 유연한 연잎이 양 볼을 시원하게 감싸주었다.

"단땀탑룩이라는 베트남 악기야. 사람들 앞에서 연주하고 싶어. 그러면 날 보고 자기들끼리 수군거리지 않을 거야."

"위험해. 네 동생이 너를 영영 못 볼 수도 있어."

"들려줄 거야. 어른이 되어서도."

란 아잉은 자기 가족들에게 다녀오겠다고 인사하고 우리와 함께 마을회관으로 갔다.

마을회관 2층에서 김만우 옹의 감독 아래 악기 다루는 법을 익혔다. 철연이는 양손을 잘 놀려서 장구를, 나는 손이 빠르지 않아 징을 잡았다. 김만우 옹은 소리와 북을, 호석이 형은 꽹과리를 맡았다. 란 아잉은 단땀탑룩을 가져왔는데 김만우 옹이 단땀탑룩에 열렬한 관심을 보였다. 형은 기타와 보컬 담당이었다. 그리고 작사 작곡은 나와 형이 하기로 했다. 우리 둘은 작업 방식이 서로 맞지 않았다.

"곡은 좋은데, 가사는 왜 이렇게 유치하게 바꿨어? 이러니까 음악은 좋은데 노래는 형편없다는 얘기가 있는 거야."

"네 가사는 너무 시적이라서 멜로디가 죽어. 전달이 쉬워야 해 노래는. 넘마, 아이돌 노래가 괜히 한류열풍을 일으킨 게 아냠마."

연습하다 말고 호석이 형이 제안을 하나 했다.

"기왕 우리 콘서트 여는 거 그룹 이름 하나 있어야 하지 않겠어? 명함은 내밀어야 할 거 아녀."

"시간 없는데 뭘 그런 것까지 생각 하냐? 오래 고민할 필요 없이 최동진 밴드로 하자."

"어디 어린 노무 새끼가 이름을 함부로 걸어? 김만우, 세 글자로 혀! 가감 없이 깔끔하고 얼마나 좋아!"

어떤 이름을 짓든 관심 없었다. 당일에 연주를 시작할 수나 있을지 장담할 수 없었다. 회의적으로 작명회의를 보면서 속으로 한숨을 삼켰다. 군청 사람들이든 한뜰리 사람들이든 우리가 하는 일을 하찮게 여겼다.

"자기 이름만 내걸 생각하지 말고 우리가 있는 곳 이름으로 해."

우리 중에 가장 어린 사람이 상황을 정리했지만 김만우 옹은 아까와 달리 어린 놈 운운하지 않았다. 아까보다 덜 치열한 토의 끝에 한뜰 마당패로 정했다. 한뜰군에서 가장 넓은 마당에서 노는 패거리, 한뜰 마당패.

15. 곰뱅이 트다!

회의실에서 집으로 돌아오고 컴퓨터를 켰다. 형이 인터넷에 동영상을 올렸지만 대단한 파장은 기대할 수 없었다. 드디어 한국에서 본격적인 좀비영화를 찍는 거냐, 헐리우드 특수분장에 못 미친다는 식의 댓글 일색이었다.

"최동민 이 자식, 지현이랑 연락을 하면 연락처를 알려줘야 했을 거 아냐!"

"알고 싶지 않다며."

형은 지현이와 헤어질 때 얼굴을 제대로 마주치지 못 했다. 평소에 그렇게도 능글맞은 인간이 쑥스러워하는 모습을 보는 건 재밌었다.

지현이가 들려준 이야기는 재미없었지만 말이다.

"아가씨, 정말 이 친구들한테 말해도 괜찮겠습니까?"

군수는 지현이를 아가씨라고 높여 불렀다. 지현은 그런 호칭이 어색하지 않은 기색이었다.

"군수님은 잠시 자리를 피해 주세요. 저는 친구들과 남고 싶군요."

회의실에는 형과 나, 지현 셋만 남았다.

"네 연락 받고 생각 해봤어. 더 이상 숨길 수 없더라. 지금부터 말하는 건 내가 혼자 알아낸 것들, 그리고 아빠의 입에서 들은 것들이야."

대단한 비밀은 아니었다. 지현이는 먼저 자기 어머니의 사인(死因)부터 밝혔다.

"우리 엄마도 아빠랑 같은 공장에 다녔어. 알지? 비료 만드는 공장."

나는 안다고 말했다.

"거기서 획기적인 사업 확장을 노려보았어. 농약 개발이었지. 기존에 판매되는 농약들보다 강력한 작품을 원했어. 그래서 개발한 게 노긴다야. 인간에게 필요한 농작물만 살리고 그외에 잡초란 잡초, 해충이란 해충은 다 박멸해 버릴 정도로 강력했지. 편했어. 하지만 환경단체가 반발할 게 뻔해서 국내보다 규제가 좀 더 약한 아프리카나 동남아 쪽에 다른 이름으로 많이 팔았지. 공장은 외국인 주주들에게 투자를 받아 상초화학이라는 이름으로 바꿨어. 한국에서 가장 잘 나가는 농약회사가 되었지. 뭐, 사실상 대주주는 미국인이지만."

그렇지만 부작용도 만만치 않았다. 농약을 만드는 과정에서 생긴 유해물질이 몸에 안 받는 사람도 있었다. 지현이의 어머니를 비롯한 몇몇이 그랬다.

"하지만 아빠는 소송을 걸지 않았어. 그럴 수 없었다고 해야 하나. 변호사 선임비도 없었고, 당시엔 회사가 회사원들 입 막는 게 더 쉬웠으니까. 언론에 고발하지 않는 대신 섭섭치 않은 돈과 직위를 준 거야. 아빠는 그걸 냉큼 받았고."

그는 진급하자마자 악착같이 열심히 일했다. 노긴다의 위험성이 불거질 조짐이 보였다. 국내에도 소량을 판매했지만 다시 거두어야 했다. 정부에서는 노긴다를 제조 및 판매한 사실을 눈감아준 책임을 지지 않으려 했다. 다른 경영진과 주주들은 회사에서 손을 뗐지만 지현의 아버지는 끝까지 버텼다. 위기에 빠진 그는 내 아버지를 만났다. 아버지는 당시 당신의 땅을 산 지 얼마 되지 않았다.

아버지가 노긴다를 당신 땅에 묻은 건 한 번이 아니었다. 땅을 사기 위해 빌린 대출금을 갚기 위해 한 번, 그리고 어머니가 돌아가시기 전에 한 번.

어머니는

노긴다가

몸에 안 받는 체질이었다, 지극히.

"현기증 나는 얘기를 믿으라는 거야?"

형이 옆에서 조그맣게 '우리보고'라고 중얼거렸지만 무시했다. 지현이 일어나 서류봉투를 건네주고 다시 제자리에 앉았다. 내가 봉투 안에 든 서류와 사진을 보는 동안 그녀는 손깍지를 끼고 기도할 때처럼 눈을 감았다. 토지이용계획서였다. 아버지의 이름, 매립, 금액이라는 단어가 찍혀 있었다. 지현의 아버지와 내 아버지가 함께 찍은 사진도 있었다. 두 사람 가운데에 현재 재임 중인 한뜰 군수도 있었다. 그들은 서로 손을 잡고 웃고 있었다.

"어차피 망할 바엔 가지고 있는 돈을 풀어서 사태를 수습하기로 한 거야. 얼마 안 가 '말린다'가 나왔고 전국적으로 히트를 쳤지. 하지만, 표면에 드러나진 않았어도 말린다도 노긴다 못잖게 위험한 약이야. 아빠는 엄마를 그렇게 만든 농약을 자기 손으로 만들면서 더 많은 사람들에게 복수하는 셈이지."

봉투 안에는 형이 찍은 사진도 들어 있었다.

"우리 엄마야. 찾고 싶어."

형이 눈을 내리깔고 자기 손가락들을 만지작거렸다.

"그…… 내가 알기론 말인데, 죽은, 아니 돌아가신 분들이, 막, 사물놀이 같은 거 있잖아, 그런 거 좋아하는 것 같고, 또, 잘 모이기도 해서, 사실 나랑 동민이랑 얘기했던 건데, 공연 하나 하면 모을 수 있을 것 같은데……."

"너무 일러! 정확한지 어떤지도 모르고. 형은 이런 판국에도 그렇게 기타를 치고 싶어?"

"그딴 식으로 말하지 마! 나도 뭔가 보여주고 싶은 게 있어!"

옥신각신 다투는 모습을 보던 지현이 실소를 터뜨렸다. 방금까지 팽배했던 긴장감이 순식간에 누그러졌다. 상초화학 사장의 딸에서 한뜰리 동무 지현으로 돌아왔다. 형이 얼굴을 붉혔다.

"이 오빠들 여전하네. 내가 군수님한테 잘 말해 볼게."

한뜰 두레놀이를 예년보다 앞당겨 열기로 했다. 지현이 부탁했다.

"나도 함께 했으면 좋겠어. 예전에 동진오빠랑 놀았을 때처럼."

16. 죽을판 보다 살판

우리가 천막에서 대기하는 동안 란 아잉이 먼저 한뜰마당 관

중석에서 단땀탐룩을 튕기며 죽은 사람들을 모았다. 아오자이를 입은 모습이 열두 살이라고 보기 힘들 정도로 청초하고 아름다웠다. 란 아잉은 그들이 다가와도 겁내지 않고 차분히 현을 두드렸다. 그 옆에서 지현이 이 모든 상황을 카메라로 찍었다. 사진이든 동영상이든 최대한 많이 찍었다.

"장 이장도 있네. 날 보자마자 달려들지도 몰라."

한뜰군의 중심지였던 터라 사람들의 이목을 집중시킬 거란 계산이 맞아 떨어졌다. 다른 마을 사람들과 한뜰리를 봉쇄했던 몇몇 용역들의 피부도 흰개미가 파먹은 나무처럼 구멍이 숭숭 뚫려 있었다. 그러나 그들이 부식하고 있다고 해서 저절로 소멸하는 건 아니다. 그런 모습을 볼수록 더욱 안타까웠다.

"아, 낙크할 거 있나? 그냥 가는겨어!"

철연이가 북편을 두드리며 앞장섰다. 이어서 호석이 형이 꽹과리를 깽알거렸다. 그 뒤에서 내가 징을 쳤고, 동진이 형이 기타를 연주했다. 마지막으로 만우 옹이 꿈틀거리는 팔 근육으로 북을 힘껏 쳤다. 언제 우리를 공격할지 몰라 죽은 사람들을 조심스럽게 살폈다. 다행히 우리 소리가 거슬리지 않았는지 코를 심하게 골지 않았다. 동진이 형이 기타를 독주하며 노래를 불렀다.

내가 너를 버려도 너는 나를 찾고
네가 나를 버리면 나는 너를 어디서
내가 사람이라면 살아 너를 잊지 않으나
네가 살아 있지 않아 너를 잊을까 무서운지
그리운 풋내 날아가고 푹푹한 날장내 나는구나

이 부분은 내가 손을 댔다. 다음으로 김만우 옹이 북을 치며 소리를 받았다.

사랑이 트럭에 실려 나가면 자판커피 아싸 아싸
포르쉐 끌고 네가 돌아오면 카페모카 아싸 아싸
포르쉐 타고 상여 끌면 별비 따로 안 들지 싸아 싸아

이 부분은 형이 손을 많이 댔다. 김만우 옹이 의외로 이런 감각을 즐겨 부를 줄 몰랐다. 그래도 우려했던 것보다 반응이 괜찮았다. 이런 싸구려 노래에 흥분하지 않은 게 나로선 의아했지만 여하튼 잘된 일이었다. 어느 정도 분위기가 무르익자 다음 계획을 진행하기로 했다. 내가 징을 연속으로 세 번 쳤다. 란 아잉이 연주를 멈췄고 북, 꽹과리, 장구, 징, 장구, 기타 순으로 줄을 섰다. 김만우 옹이 앞장서서 이승산으로 사람들을 이끌었다. 그러나 우리를 따라오는 수가 적었고 대부분이 제자리에 멀뚱히 서서 코를 킁킁거리기만 했다. 한쪽에서는 자기들끼리 물어뜯는 놈들도 눈에 띄었다.

"쟤네들 끌고 오기에는 소리가 부족한 거 아녀?"

철연이가 긴장한 나머지 열채를 떨어뜨렸다. 놈들이 그르렁거리며 우리에게 다가왔다. 적의가 느껴졌다. 다들 불안을 참지 못했다. 장단이 흐트러졌다. 팔다리가 후들거려 징을 놓고 싶었다. 그럼에도 형은 기타를 더 열심히 쳤다.

"내가 너를 버려도 너는 나를 찾고……."

김만우 옹도 자기 부분을 흥에 겨워 반복해서 불렀다. 우리는 다시 장단을 맞췄다.

"야이 매정한 놈들아, 우리도 따라 부르게 더 크게 불러라!"

두레기가 하늘을 찌르고 흰 옷을 입은 사람들이 몰려들었다. 태평소가 자신의 등장을 알렸다. 두레기를 든 살구나무 노인이 모심기 소리를 큰 소리로 열창했다.

농청휘청 저 벼럭 끝에
무정하다 울오라바

나도 죽어서 후승가서
처자한번 섬겨보리

양 씨, 장 씨, 건봉 아저씨들이 악기를 하나씩 맡았다. 우리가 연습한 장단과 달리 제각기 멋대로 내는 소리였지만 어느새 다 같은 소리가 되었다. 살구나무 노인이 내게 두레기를 넘기고 대신 징을 쥐었다.

"니 이번에 이장질 제대로 혀."

나는 두레기를 들고 앞장섰다.

"지금까지는 리허설이었슈."

이승산으로 너무 서두르지도 느리지도 않게 살금살금 걸었다. 절도 있는 군인 걸음도, 모범적인 일자걸음도 아닌 팔자걸음으로 유유히 걸었다. 내 뒤를 이어 한 줄로 사람들이 따라붙었다. 죽은 사람들과 산 사람들이 자기만의 흥에 취한 게 전해졌다. 도로변을 지나 살구나무 노인의 논둑길을 걸었다. 이승산이 앞에 보였다. 언제 왔는지 아버지와 어머니가 내 옆에 붙어 있었다. 우리는 어깨를 나란히 하고 걸었다. 나는 곧 쉴 수 있을 거라고 말했다. 우리가 부르는 노래를 들으며, 당신들이 가고 싶은 자리에서 쉴 수 있을 거라고 되뇌었다.

죽은 사람들은 원래 자기가 누워 있던 묘지에 들어가기도 하고 다른 자리에 눕기도 했다. 장 노인은 참나무 밑둥에 앉아 눈을 감았고, 호석이 형네 할아버지는 자기 산소 옆에 누웠다. 지현이의 어머니는 이승산으로 오는 도중에 예전에 살던 집 안방에서 누웠다. 지현이는 자기 어머니를 따라갔다. 前 한뜰리 이장이었던 아버지는 어머니의 자리에 어머니는 아버지의 자리에 누웠다. 눈을 감았다.

"동민아, 그런데 우리 노래 제목도 안 지었다."

형은 한참 동안 아버지와 어머니의 자리 앞에서 기타를 연주했다. 최동진의 데뷔무대였다.

| 제2회 ZA 문학 공모전 수상작 |

별이 빛나는 밤

뒤팽

1980년대 출생. 코난 도일과 같은 영미 추리에 푹 빠진 적이 있으나
현재는 이야기 자체에 빠져 있다. 글로서 사람을 행복하게 해주는 것이 현재 목표.

01.

땀방울이 뚝 떨어졌다. 숨이 거칠어졌다.

늦은 밤, 세상은 고요했다. 소음이라곤 거친 숨소리와 심장박
동이 전부였다. 소매로 땀을 훔쳤다. 머리를 세차게 흔들고는 눈
을 깜빡여본다. 여기서 정신을 놓을 수는 없었다.

"아영아, 괜찮아?"

입에서 나오는 목소리가 크게 울렸다. 내가 내뱉는 말이 세상
에서 유일한 소리 같았다. 주위를 둘러보았다. 아무것도 없었다.
자욱하게 깔린 어둠이 내 숨통을 조이고 있었다. 문을 더 세게 두
드렸다.

"아영아, 아영아아!"

쾅쾅, 울리는 소리가 심장박동소리처럼 느껴졌다. 그 소리가 끊어지면 내 생명도 이대로 멈추어버리는 것이 아닐까 싶었다. 그럴수록 더 절박해졌다.

문고리를 잡았다. 그때 달칵하는 소리가 들려왔다. 문고리를 돌렸지만 문을 열리지 않았다. 철컥철컥 대는 소리가 귓가에 거슬렸다.

"김아영, 문은 왜 잠그고 그래? 야, 김아영!"

문을 잡고 흔들었다. 꿈쩍도 하지 않는다. 저녁때만 해도 아무렇지 않았으면서 왜 갑자기 이러는지 알 수가 없었다. 입이 바짝바짝 타들어갔다. 불안하고 초조해서 어떻게 해야 할지 몰랐다.

"상처가 어떤지는 봐야 할 거 아냐? 아영아!"

애원하다시피 소리를 질렀다.

"문 열어, 김아영. 고집 부릴 때가 따로 있지, 도대체 왜 그래?"

목소리가 쩌렁쩌렁 울렸다. 길게 메아리가 생겨 퍼져나간다. 긴 침묵이 이어졌다.

화가 났다. 문을 열어주지 않는 아영이한테도 화가 났고 아영이를 혼자 두고 있는 내 자신에게도 화가 났다. 애간장이 다 타서 녹아내릴 것만 같았다. 문을 쾅 치고는 숨을 들이켰다. 나는 아무것도 할 수 없다는 사실이 나를 미치게 했다. 너무 화가 나서 문에 머리를 박았다. 쿵쿵쿵. 저주스럽다. 나도, 아영이도, 이 세상도.

씩씩 대는 소리가 점점 잦아들었다. 그대로 문 앞에 주저앉고는 천장을 바라보았다. 아랫입술을 꼭 깨물었다. 울 수 없었다. 여기에서 꼴사납게 눈물을 보일 수 없다.

바로 앞에서 아영이의 숨결이 느껴졌다. 아영이의 목소리가 들렸다.

"미안해, 혁아."

그 말 한마디뿐이었다.

휴게실 문은 더욱 굳게 닫히고 말았다. 아영이의 숨결이 멀어져 갔다.

고개를 돌렸다. 닫힌 창문이 이지러진 세상을 막고 있었다. 덕지덕지 붙여놓은 신문이 흉흉한 귀신처럼 보였다. 나를 비웃는 소리가 사방에서 들리는 것 같았다. 죽은 자들의 역겨운 숨소리도 함께 들렸다. 자리에서 벌떡 일어났다. 창문으로 다가가 신문지를 잡았다. 조금이라도 더 많이 붙이면 아무 소리도 들리지 않을 것 같았다. 책상에 모아둔 신문지를 집었다.

아직 희망은 있다.

한 구절이 눈에 들어왔다. '컬렉터(Collector)'가 남긴 문구였다. 페스트가 세계를 휩쓸던 때, 혜성처럼 나타난 도둑이 있었다. 그는 병마가 가득한 세상에서 붕 뜬 달처럼 나타났다가 갑자기 사라졌다. 사람들은 열에 들뜬 환자마냥 그가 남긴 기이한 환상을 보았다. 그의 전설은 고흐의 「별이 빛나는 밤」이 사라진 날, 함께 사라졌다.

웃기지도 않아.

신문을 구겼다. 희망은 전혀 없었다. 고개를 들었다.

캄캄했다. 끔찍하게도 새카만 하늘이었다. 그럴 수밖에 없었다.

하늘에서 별이 사라졌다.

02.

"에, 별의 탄생과 소멸에 대해서 말하자면 먼저 우주의 가스 덩어리부터 말해야 합니다. 에, 그러니까 이 덩어리가 뭉치고 뭉쳐 에너지를 생성하게 되는데, 이것이 바로 별의 시작이라 할 수 있죠. 그리고 점점 성장단계를 거치게 되는데 이때 엄청난 온도를 발산하게 됩니다. 결국에는 높은 온도를 이기지 못하고 폭발하면서 별은 서서히 사라지고 마는 거죠. 에, 아직 밝힐 게 많지만 지금 일어난 일은 이변이라고밖에 말씀을 못 드리겠습니다. 단 한 가지 분명한 사실은 별이 갑자기 사라지는 일은 없다는 겁니다."

TV 소리가 유난이 컸다. 윙윙 울리는 소리가 어지럽게 퍼졌다. 멍하니 TV 화면을 보다가 고개를 돌렸다.

할아버지는 간이침대에 옮겨지고 있었다. 축 늘어진 팔이 새하얀 천 아래로 삐져나왔다. 가느다란 나뭇가지 같았다. 누군가 내가 들고 있는 리모컨을 빼앗았다. 윙윙 대는 소리가 사라졌다.

'항생제로 치료할 수 있다면서요.'

의사의 얼굴을 똑바로 바라보았다. 의사는 내 시선을 피했다.

'치료하지 못하겠으면 자신감 있게 말하지 말란 말이야.'

작열할 것 같은 태양이 병실을 가득 비추었다. 눈이 따가웠다. 에어컨을 틀어도 병실은 더웠다. 땀이 비 오듯 쏟아졌다.

"구라쟁이."

말이 툭 나왔다. 의사가 눈썹을 꿈틀댔다. 그를 밀치고는 병실에서 나왔다.

잦아들었던 소음이 다시 들려오기 시작했다. 매미가 목청이 터져라 울부짖었다. 불쾌할 정도로 뜨거운 여름이었다.

03.

정신이 번쩍 들었다. 언제 잠이 들었지? 잠깐 잤다는 사실이 두려움을 느끼게 했다. 나는 문에 귀를 갖다 댔다. 아무 소리도 들리지 않았다. 문고리를 돌리면서 아영이의 이름을 불렀다.

"아영아, 아영아, 김아영!"

문을 쾅쾅 두드렸다. 그때 안에서 부스럭거리는 소리가 들리면서 내 이름이 들렸다.

"왜 그래, 혁아……."

"괜찮아? 문 좀 열어봐. 나 불안해서 미칠 것 같아."

"괜찮아. 걱정하지 않아도 돼."

너무나도 냉정한 목소리에 힘이 쭉 빠졌다. 그대로 멍하니 앉아서 바닥만 바라보았다. 안도감보다도 화가 치밀어 올랐다. 주먹을 꽉 쥔 채 문을 매섭게 노려보았다. 눈시울이 붉어졌다. 내 마음을 몰라주는 아영이가 너무나도 미웠다. 그러나 언제나 포기하는 쪽은 나다. 결국 문 앞에 등을 기대어 앉은 채 먼 산을 바라보았다.

3일. 정확히 3일이 지났다. 여전히 꿈인지, 생시인지 구분이 가지 않는 지독한 날이다.

주머니에서 폰을 꺼냈다. 전원 버튼을 누르고는 검지로 눈두덩을 꾹 눌렀다. 피곤했다. 가슴도 답답했다. 밀폐된 공간은 숨통을 조금씩 빼앗아갔다.

　문자가 온 것은 없었다. 가슴이 먹먹해졌다. 페이스북에 들어가 봤다. 3일 전에 아이들이 장난으로 올린 글이 있었다. 서로의 사진을 찍어 올려 조롱하기도 했고 우리 반 단체 사진이 있는가 하면 공부하다가 지루해져서 책에 낙서한 사진도 있었다. 바로 얼마 전까지만 해도 깔깔대며 어울렸는데, 지금은 아무도 남아있지 않다. 앨범으로 들어가 사진을 들춰보았다.

　아영이가 웃고 있었다. 나를 보며 환하고 아름답게. 아침햇살처럼 포근하고 부드러운 미소다. 그 얼굴을 보자마자 왈칵 울음이 튀어나왔다. 그러나 울 수 없었다. 폰을 끄고는 주머니에 넣었다. 그리고 창 쪽으로 다가갔다.

　창문에 붙여놓은 신문 틈으로 가느다란 햇살이 들어왔다. 테이프가 떨어진 신문을 살짝 들추어냈다.

　바로 앞에 흉측한 얼굴이 보여서 기겁을 하며 뒤로 물러났다. 책상에 널브러진 신문지와 테이프를 들었다. 종이를 덧대고는 테이프를 붙여두었다. 그 얼굴이 보이지 않을 때까지 붙이고 붙이고를 반복했다. 손이 간헐적으로 떨렸다. 두려움이 심장을 파먹어 댔다.

　죽은 자가 되살아났을 때, 기뻐한 사람은 아무도 없었다. 그들은 굶주린 들개처럼 살아있는 사람에게 달려들었다. 생살을 뜯고 게걸스레 먹어댔다. 한때는 가족이었고 한때는 사랑했던 사람이었을 텐데, 자비란 것이 없었다.

　사막에서나 볼 법한 신기루가 도시에 나타난 것만 같았다. 죽은 자의 존재는 그러했다. 환영처럼, 눈을 감았다 뜨면 그것이 사라져 다시 원래의 모습으로 돌아오리라 믿었다. 그러나 바로 눈앞에서 친한 친구가 물어뜯기는 광경을 보게 되면 현실이 얼마나 잔인한지 깨닫게 된다. 아니야. 그럴 리가 없어. 꿈이야. 이건 꿈이야. 수없이 되뇌어도 잔인한 현실은 문신처럼 뇌리에 박혀 떨어질 생각을 하지 않는다.

지옥이 웃었다. 잔인하고도 끔찍하게 웃어젖혔다.

'아영아!'

아영이를 찾았다. 죽은 자를 피해 도망가는 아이들 틈에서 아영이는 슬픈 표정을 지었다. 나는 그 손을 잡고는 달렸다. 어디로 가야 할지 모른 채 무작정 뛰었다.

오늘도 살아남았다는 것에 감사하자.

페스트로 사람이 죽어갈 때 아영이는 내 손을 잡고 이렇게 말했다. 아기 사슴 같은 눈동자가 잔잔하게 떨렸다. 바람이 불어올 때마다 휘날리는 머리칼에서 복숭아 향기가 났다. 나는 그 눈이 좋았다. 그녀의 향기가 좋았다. 입가에 파인 보조개가 좋았다. 입에서 나오는 잔잔한 물빛 같은 목소리조차도.

교무실 천장을 바라보았다. 엉망진창이 된 바닥을 바라보았다.

안전한 곳에 와서야 조금 긴장이 풀렸다. 그 끔찍했던 광경을 떠올리니 참을 수 없었다. 먹은 것을 모두 게워내고 위산까지도 토해냈다. 아영이가 내 등을 다독였다.

괜찮아, 혁아?

바람 같은 목소리가 귓가에 파고들었다. 그제야 진정이 되었다. 아영이의 손을 꼭 잡았다. 그녀의 얼굴을 똑바로 바라보았다. 새하얀 볼에서 진주 같은 땀이 흘러내렸다.

괜찮아.

조금 웃어보였다. 아영이가 희미하게 웃었다. 그 미소가 사무치게 그리웠다.

고개를 들었다. 하늘은 무척 맑았다.

04.

새카만 구름이 하늘을 뒤덮은 나날이 이어졌다. 그러나 몇 달 동안 비가 내리지 않았다. 꿉꿉한 기운이 피부에 스며들어 끈적거렸다.

"비가 오면 좋겠어."

아영이에게 돌아서며 중얼거렸다.

"혁아."

할아버지의 장례식 날, 아영이는 울었다. 또르르 흐르는 눈물은 맑은 빛을 띠었다.

할아버지의 시신이 화장터에 들어가서야 돌아가신 게 실감이 났다. 병으로 고생하던 나날이 파노라마처럼 펼쳐진다. 열에 들끓고, 기침을 끊임없이 해대고 살이 빠져 뼈 윤곽이 다 드러났다. 수척해진 할아버지는 말없이 창 밖을 바라보았다. 뜨거운 태양이 좋다고 했다. '죽으면 화장을 해라. 태양에 녹을 수 있게.' 평생 낸 시집은 한 권밖에 없으면서 시인이랍시고 마지막에는 제법 시인다운 말을 남겼다.

불꽃이 타올라 할아버지의 몸을 감쌌다. 아영이가 흐느끼기 시작했다.

"혁이, 너에겐 감수성이라는 게 없어."

눈물을 훔치며 아영이가 말했다. 나는 쓰게 웃었다.

어렸을 때 부모님을 사고로 잃은 후로 나는 할아버지와 단둘이 살았다. 그 유일한 가족이 재가 되어 가는데도 눈물은 나오지 않았다. 혼자였다면 울었을지도 모른다. 슬픔이란 슬픔을 모두 껴안은 사람마냥 꺼이꺼이 울부짖었을지도 모르지. 할아버지이기 이전에 나의 친구였고 나의 스승이었으며 나의 아버지였으니까.

할아버지는 돌아가셨다. 오직 재만 남아 있었다. 그것을 건네받고는 장례식장에서 나왔다.

비가 톡 떨어졌다. 이내 거세지더니 세상을 적셨다.

아영이가 내 등을 다독였다. 그녀의 얼굴을 바라보았다. 아영이가 옆에 있었다. 나는 혼자가 아니었다. 그 사실만으로도 나는 울지 않을 수 있었다.

05.

"비가 오면 좋겠는데."

손으로 부채질을 하며 중얼거렸다. 창문을 모두 닫아놓아 교무실은 푹푹 쪘다.

교무실이 텅 비어 있다는 것은 기적과도 같았다. 문을 잠그고 책상을 밀어 문 앞에 두었다. 창문 근처에도 책상을 옮겨놓았다. 그리고 그 위에 의자로 바리케이드를 쳐두었다. 그것들이 안을 보지 못하게 아래쪽 창문에는 모두 신문지를 붙여놓았다. 그들이 보지 않을 때에 몰래몰래 붙여놓았지만 곳곳에 틈이 있어서 주의를 기울여야 했다.

공포는 본능을 일깨운다. 살고자 하는 마음만이 남는다. 끔찍했다. 내가 살기 위해 다른 사람을 내팽개친다. 지옥이나 다름없었다. 귀청을 찢을 것 같은 비명이 곳곳에서 터져 나왔다. 아무리 떨쳐내도 그것은 뇌리에 달라붙어 떨어질 생각을 하지 않는다.

"으아아아악!"

귀를 막았다. 환청은 전혀 사라지지 않았다.

"저리 가, 이것들아!"

갑작스레 파고든 소리에 깜짝 놀랐다. 너무나 선명한 소리였다.

소리가 다시 들렸다. 서둘러 창문에 붙여놓은 신문지를 조금 떼었다. 트럭 위에서 한 남자가 막대기를 들고 서 있었다. 그 주위로 시체가 모여들고 있었다.

우리 학교 교복에 잠깐 멈칫했다. 숨이 턱 막혔다. 죽은 자가 살아나기를 바라지 말자. 이건 죽은 자에 대한 모독이다. 신은 우리에게 가장 끔찍한 저주를 안겨준 것이다. 주먹을 꽉 쥐며 창문을 열어젖혔다.

남자는 커다란 배낭을 메고 있어서 움직임이 둔했다. 트럭을 향해 손을 뻗는 좀비를 막대기를 휘휘 휘둘러 쫓아내는 게 고작이었다. 더 몰리기 전에 좀비들의 시선을 분산시킬 필요가 있었다.

소리를 지를까 하다가 그만두었다. 좀 더 효과적인 게 필요했다. 창문턱에서 내려와 책상 서랍을 지르기 시작했다. 선생님들 중에서 호루라기를 갖고 있는 분이 있을 텐데.

"아, 있다!"

서랍 구석에 있는 호루라기를 집었다. 손이 떨려서 몇 번이나 호루라기를 떨어뜨렸다. 초조할수록 떨림은 더 심해져만 갔다. 겨우 손에 쥐고는 열려 있는 창문 위로 올라갔다.

삐이이이이이익—!

시간이 멈춘 것 같았다. 소리가 허공으로 메아리쳤다. 다시 호루라기를 불었다. 몇 번이고 다시 불었다.

시간이 느리게 흘러갔다. 호루라기 소리를 들은 좀비가 나에게 고개를 돌렸다. 트럭으로 향하던 방향을 틀며 천천히 걸음을 옮겼다. 느릿느릿, 거북이가 기어가는 속도보다 더 느리게 죽은 자의 몸뚱이가 움직였다.

나는 창 밖을 살폈다. 다행히 내 주위에는 좀비가 없었다. 창문틀을 한 손으로 꽉 잡고는 몸을 앞으로 내밀었다.

"야아아! 여기야, 여기! 여기라고!"

목청껏 고함을 질렀다. 그리고 트럭으로 시선을 옮겼다. 남자가 놀란 얼굴로 나를 보고 있었다.

"뭐해요?! 빨리 뛰어요!"

다급하게 외쳤다. 남자는 움직일 생각을 하지 않았다. 굼벵이도 저거보다 빠르겠네.

"빨리 뛰라니까요!"

필사적으로 외쳤다. 좀비가 걸음을 빨리했다. 나는 교무실로 내려왔다. 무기가 필요했다. 그들이 교무실로 들어오는 날에는 모든 게 끝장이기 때문에 서둘러야 했다. 남자 쪽을 바라보았다. 남자를 향해 손을 뻗는 좀비가 있었다.

"위험……!"

말이 끝나기도 전에 그가 막대기의 끝을 좀비 머리에 꽂았다. 그리고 재빨리 트럭에서 내려 달리기 시작했다. 그가 배낭 뒤에서 무언가를 꺼냈다. 가느다란 것이 단순한 막대기는 아닌 모양이었다. 좀비들이 걸음을 멈추고 다시 남자에게 달려들려고 했다. 남자가 좀비의 머리에 그것을 꽂고는 도로 뺐다. 붉은 핏줄이 흩날렸다. 좀비가 등에 있는 짐을 잡고는 그 위에 매달렸다. 그가 가방을 흔들어대며 그것을 떨어뜨리고는 꼬챙이를 꽂았다.

가방을 버리고 오면 더 빠를 거 아냐!

나는 발을 동동 굴렀다. 그때 내 앞으로 거무죽죽한 손이 뻗어왔다. 나는 뒤로 물러나 그것을 피했다. 그리고 닥치는 대로 물건을 집어 밖으로 던졌다.

"제길, 저리 가! 저리 가라고!"

책상 위에 있는 화분을 들었다. 물을 주지 않아서 잎사귀 끝이 시들어 있었다. 힘차게 화분을 좀비에게 던졌다. 주위를 재빨리 살핀 후 바닥에 떨어져 있는 대걸레를 집어 들어 몰려오는 좀비에게 휘둘렀다.

남자가 가까워지고 있었다. 그가 소리쳤다.

"비켜, 비켜, 비켜어어어어어!"

살아남는다는 것, 그것은 꽤나 고통스럽다. 나를 공격하는 자들 중에는 한때 내가 알고 지낸 사람도 있었다. 나와 같은 교복을 입고 있는 것이 그 증거였다. 같이 웃고, 떠들고, 때론 선생님께 같이 혼나기도 한 그런 사이. 그 얼굴이 눈앞에서 뭉개지는 광경을 보는 건 그리 유쾌한 일이 아니었다. 안도감도 없었다. 그저 고통이 더해질 뿐이다.

그렇지만 마냥 감상적이 될 수는 없었다. 그들은 죽었다. 이미 썩어 문드러진 시체일 뿐이다. 주먹을 꽉 쥐고 심호흡을 했다. 남자가 바로 앞까지 와 있었다.

"가방을 던져요! 이쪽으로 던지세요!"

그가 가방끈을 내렸다. 가방의 무게를 이기지 못하고 몸이 옆으로 기울어진다. 가방에서 물건이 쏟아져 나왔다.

"안 돼!"

쓰러진 그를 중심으로 좀비가 달려들기 시작했다. 그러나 그것도 잠시, 곧 죽은 자들이 바닥에 쓰러졌다. 그가 천천히 자리에서 일어나 가방을 품에 안았다. 바로 뒤에 좀비가 있는 것도 보지 못한 채 두 손으로 가방을 들어 올리고는 내 쪽으로 던졌다.

나는 반사적으로 몸을 숙였다. 가방이 내 바로 뒤로 떨어졌다. 생수가 바닥에 데구르르 굴렀다.

"창문 닫아!"

그가 가뿐하게 창턱을 뛰어넘고는 소리쳤다. 쾅 소리가 날만큼 세게 창문을 닫았다. 그것으로 안심할 수 없어 걸쇠를 잠갔다. 안쪽 창문까지 모두 잠갔지만 바로 앞에 좀비가 있었다. 그들은 손을 들어 창문을 긁고, 두드리고 밀었다.

남자가 내 고개를 꾹 누르며 몸을 숙이게 했다. 거친 숨소리가 귓가에 울렸다. 열기가 훅 끼쳐왔다. 그들은 한참이나 내 옆에서 맴돌다가 서서히 멀어졌다. 고개를 돌리니 그가 자리에 털썩 주저앉아 숨을 고르고 있었다. 손을 들어 뭔가를 가리켰지만 무엇을 말하고 싶은지 전혀 알 수 없었다.

"무, 물!"

한참 후에 말이 튀어나왔다. 나는 바닥에 떨어진 생수 통을 집어 그에게 건네주었다. 그가 뚜껑을 따고는 벌컥벌컥 마셔댔다.

"후아, 죽는 줄 알았네."

남자는 나에게 물을 건넸다. 나는 한 모금 마시고는 그에게 도로 건네주었다. 물은 미지근했다.

"여기 학생이야?"

"네. 어쩌다가 그렇게 된 거예요?"

트럭 위에 서 있던 모습을 떠올리며 물었다. 그가 턱으로 흘러내리는 땀을 닦아냈다.

"그냥, 이래저래. 저놈들 피해 오다보니 여기까지 왔지."

"배낭은 왜 안 버리셨어요? 배낭만 없었어도 금방 달려왔잖아요. 덕분에 저도 죽을 뻔했어요."

"버리라고? 어떻게 모은 식량인데 그냥 버려?"

그가 가방을 자기 쪽으로 끌었다. 가방에서 뭔가 비죽 튀어나와 있었다. 그가 그것을 꺼내 바닥에 내려놓았다. 아까 휘둘렀던 무기가 그거였나. 끝이 우산 손잡이처럼 생겼다.

남자는 가방을 뒤집어 내용물을 모두 쏟아냈다. 가방 안에서 온갖 물건이 나왔다. 음식이며, 책이며, 옷가지도 있었다. 맨 마지막에 원형 모양의 긴 통이 하나 떨어졌다. 남자는 그것을 집고는 길게 한숨을 내쉬었다.

"다행이다. 무사했구나!"

"그거, 우산이에요?"

"이거?"

그는 나에게 통을 들어보였다. 나는 고개를 젓고는 그의 옆에 놓여 있는 것을 가리켰다.

"아아, 이거 말이지."

남자가 나에게 뼈대만 남은 우산을 건네주었다. 얼떨결에 그것을 받고는 그를 바라보았다.

"낡은 우산을 하나 주웠는데, 꽤 쓸 만하더라고. 무기 구하는 게 쉽지 않아서 그냥 닥치는 대로 주워들긴 했는데, 다 버리고 이거 하나만 남았지, 뭐야. 총이라든가, 검이라든가 이런 무기가 있으면 참 좋을 텐데."

안타깝다는 얼굴로 그가 중얼거렸다. 나는 그저 어색하게 웃기만 했다.

"그거 갖고 싶으면 가져도 돼. 그걸로 녀석들의 머리만 노려. 그러면 다시는 안 깨어날 거야."

"그런 것도 아세요?"

"그럼. 좀비에게 물리면 산 사람도 좀비가 된단 사실도 알고 있지? 그러니 조심하는 게 좋아."

그가 웃으면서 말했다. 어떻게 그 말을 웃으면서 할 수 있지? 이해가 되지 않다. 하기야 아무렇지 않게 좀비를 무찔렀지. 남자를 빤히 바라보았지만 그는 내 시선에 아랑곳하지 않고 통에만 신경을 썼다.

남자는 먼지가 묻었을까 봐 입으로 통을 호호 불고는 소매로 그것을 조심스레 닦아냈다. 다른 물건은 그냥 방치해 둬도 그것만은 소중한 물건처럼 다뤄서 시선이 멎었다. 불면 깨질까, 놓치면 흠집 생길까 두려워하며 어루만지는 모습이 조금 우스웠다.

"혁아, 혁아……!"

"아영아!"

휴게실 쪽으로 달려갔다. 문에 바짝 가까이 다가갔다.

"아영아, 나 여기 있어."

"혁아, 무슨 일이야? 소리가 나던데, 괜찮아?"

거친 숨소리와 함께 쉰 목소리가 흘러나왔다. 심장이 덜컹 내려앉았다. 하룻밤 사이에 아영이는 쇠약해졌다.

"아영아, 괜찮아? 문 열어봐."

"난, 난 괜찮아. 나보다도 혁이 네가……."

"나도 괜찮아! 괜찮으니까 문 좀 열어줘."

머리가 아찔해졌다. 주위의 온도가 급 하강했다. 팔에 소름이 돋다. 남자가 내 옆으로 다가와 문 앞을 기웃거렸다.

"누구야? 친구?"

"혁아, 혼자가 아니니?"

"어, 아가씨네. 아가씨, 안녕. 왜 이런 곳에 혼자 있어?"

아영이는 대답하지 않았다. 남자가 나를 바라보았다. 나도 대답하지 않았다.

'좀비에게 물리면 산 사람도 좀비가 되는 사실도 알고 있지.'

남자의 말이 귓가에 울렸다.

06.

"너는 왜 엄마아빠가 없어?"

동네 애들은 나를 볼 때마다 같은 질문을 했다. 나는 대답할
수 없었다. 나조차도 그 이유를 알 수 없었으니까.

"할아버지, 나는 왜 엄마아빠가 없어?"

하루는 할아버지께 여쭈어보았다. 할아버지는 내 뒤통수를 후
려갈기며 "네가 왜 엄마아빠가 없어? 이 할아비가 엄마고, 아빠
지!"라고 호통을 쳤다.

아마도 그 때문에 할아버지는 날 강하게 키우려고 했나보다.
다른 아이에게 뒤처지지 말라며 태권도 학원도 보내주었고, 또래
애들이 가지는 장난감이며 옷도 모조리 사주었다. 그러나 아무리
할아버지가 나에게 잘해주어도 없는 엄마아빠를 만들지는 못했
다. 애들은 순진한 얼굴로 나를 놀렸다. 노래까지 만들며 내 주위
를 빙글빙글 돌았다.

"강 혁은요~, 고아래요~. 엄마아빠가 없대요~."

한 놈의 먹살을 잡고 주먹을 날렸다. 그 녀석은 가만히 당할 녀
석이 아니었다. 서로 엎치락뒤치락 바닥에 엎어지며 주먹다짐을
했다. 다른 녀석들이 나에게 발길질을 했다.

할아버지에게 크게 혼났다. 평소 들지 않던 회초리를 꺼내 종
아리를 때렸다. 그리고 대문 앞에서 벌을 서게 했다.

눈물이 왈칵 쏟아졌다. 수적으로 보나, 뭐로 보나 내가 불리한
싸움이었다. 손주가 지고 들어왔는데 위로는 못해 줄 망정 개 패
듯 패버리다니. 씩씩대며 집을 쏘아보았다.

"괜찮아?"

아영이는 옆집에 사는 여자아이였다. 대문 사이로 하얀 얼굴을
쏙 내밀며 나를 빤히 바라보았다.

"남이사, 신경 꺼."

고개를 돌렸다. 복숭아 향기가 풍겨왔다.

"아프겠다."

고운 목소리가 머리에 가라앉았다. 고개를 드니 바로 앞에 아영이가 서 있었다. 커다란 눈망울은 나를 오롯이 바라보았다. 작은 손이 이마에 닿았다. 나는 그 손을 뿌리쳤다. 얼굴이 화끈거렸다.

"건들지 마."

퉁명스러운 목소리가 나왔다. 고개를 홱 돌렸다. 이게 아닌데, 좀 더 상냥하게 말할걸. 아랫입술을 깨물었다.

"엄마가 발라주랬어. 세 밤만 지나면 금방 낫는대."

부드러운 감촉에 눈을 감았다. 입안 가득히 달콤한 향내가 들어왔다. 숨을 몰아쉬고는 조심스레 눈을 떴다.

새하얀 얼굴이 보였다. 바람에 휘날리는 검은 머리칼이 볼을 간질였다.

아영이가 웃었다.

심장이 세차게 뛰었다.

07.

"이름이 뭐냐?"

남자가 긴 침묵을 깼다. 날은 금방 저물었다.

"강혁이요."

"저기, 안에 있는 아가씨는?"

"김아영이라고 해요. 아저씨는요?"

"장동건, 조성모, 원빈, 강동원, 브래드 피트, 레오나르도 디카프리오, 키아누 리브스, 에, 또……. 여기까지 하고, 자, 하나 골라봐."

"양철구요."

통에 씌어진 이름을 가리키며 말했다. 그가 통을 가슴 쪽으로 바짝 당겨 이름을 가렸다. 뭐야, 그 나이 먹고 물건에 이름 적은 일이 창피한 줄은 아나 보지?

"그 안에 보물이라도 숨겨놨어요? 되게 챙기네."

"보물, 있지. 있고말고."

농담으로 한 말인데 진지한 대답이 돌아왔다. 진지하게 대답할 줄 알았으면 질문하지 말 걸. 머쓱해진 나는 조심스레 그의 눈치를 살폈다. 그는 통을 내려다보며 짧게 한숨을 내쉬었다. 그 눈빛이 왠지 모르게 슬퍼보였다.

"소중한 건가 봐요."

"응, 무척 소중해."

그는 보일 듯 말 듯한 미소를 지었다. 지쳐 보이는 얼굴이 어둠 속에서 붕 떠올랐다. 덩달아 나까지 심란해졌다.

"아, 배고파. 뭐 좀 먹어야지."

언제 축 처져 있었냐는 듯 남자는 씩씩한 목소리로 외쳤다. 그리고 꼭 안은 채 배낭에서 음식을 꺼냈다. 그가 나에게 컵라면을 던졌다. 가까스로 그것을 받아들었더니 또 다른 음식이 날아왔다. 그것은 문에 부딪치고는 바닥으로 떨어졌다.

"아가씨 몫이야. 여긴 따뜻한 물 나오냐?"

그는 정수기 쪽으로 걸음을 옮겼다. 나는 고개를 끄덕였다.

"오오, 살았다. 생라면 생활 청산이다!"

"곧 그것도 끊어질 걸요. 세상이 멸망했으니까."

누구에게 하는 말인지 모르겠다. 그저 나오는 대로 지껄였다. 뒤통수에서 시선이 느껴졌다. 그를 무시하고는 문을 두드렸다.

"아영아, 밥 먹자. 문 좀 열어줄래?"

"바, 밥?"

문 뒤에서 숨결이 느껴졌다. 쌕쌕, 바람이 빠지는 소리가 났다.

"응. 철구 아저씨가 먹을 걸 나눠주셨어. 제대로 먹지도 못했잖아."

"그, 그럼 하나만 약속해 줘. 문 조금만 열 테니까 절대 나 보지 마. 아, 알았지?"

아영이는 빠른 속도로 말했다. 숨을 쉬기 괴로운지 계속 헐떡거렸다. 멍하니 문을 바라보았다.

지금 아영이는 어떤 모습일까? 자기 모습을 보여주기 싫을 정도로 상태가 많이 안 좋은 것일까? 난 어떤 모습이라도 좋은데. 아영이는 왜 자신을 가리는 걸까? 걱정하고 있는 내 모습이 보이지 않는 건가?

"혁아, 알았지?"

"응."

힘없이 고개를 끄덕였다. 그녀를 위해 내가 할 수 있는 일이 없다는 사실을 받아들여야만 했다. 가슴이 아팠다. 이대로 심장이 부서질 것만 같았다.

문고리가 조금씩 돌아갔다. 그리고 서서히 열리기 시작했다. 문 너머는 어두웠다. 아영이의 얼굴이 보이지 않았다. 그 사실이 심장을 옥죄였다. 숨을 쉬기가 괴로울 정도로, 마음이 아팠다.

"보면 안 돼. 알았지?"

바짝 마른 건초처럼 목소리는 메말랐다. 그리고 힘이 없었다.

문 너머를 빤히 바라보았다. 아영이의 모습을 찾으려고 했지만 꼭꼭 숨기라도 했는지 보이지 않았다.

손가락 끝이 보였다. 망설이더니 천천히 문밖으로 뻗는다. 가는 손가락이 점점 형태를 드러낸다. 그리고 이내 손목까지 드러났다.

문 쪽으로 한 발짝 옮겼다. 할 수만 있다면 그 손을 잡고서 아영이를 문 밖으로 끌고 오고 싶었다. 그러나 아영이와 약속했다. 주먹을 꽉 쥐며 그 손을 바라보았다. 앙상해진 손목이 파르르 떨렸다.

손은 바닥을 더듬었다. 바로 앞에 있는 빵과 컵라면을 덥석 잡더니 문 안으로 쏙 들어간다. 문이 쾅 닫혔다.

그제야 나는 그 앞으로 걸어갈 수 있었다. 봉지가 뜯기는 소리가 들렸다. 눈시울이 붉어졌다. 눈두덩을 꾹 눌렀다. 뼈마디가 드러난 손목이 자꾸만 아른거렸다. 할아버지의 모습이 떠올랐다. 아영이는 어떻게 되는 걸까? 속이 탔다. 사정하면 문을 열어줄지도 몰라. 손을 들었다.

"좀비로 변할 때 어떤 증상인 줄 알아?"

철구 아저씨의 목소리였다. 그 말에 움직일 수 없었다. 고개를 돌렸다.

"처음에 열이 나. 아주, 아주 뜨거운 열이야. 감기에 걸린 사람처럼 기침을 하기도 하고 숨을 헐떡이기도 해. 그러다가 서서히 이성을 잃으면서 식욕이 늘어나. 뭐든 다 먹을 기세로 먹고, 먹고, 먹고, 먹고, 먹고, 마침내……!"

"그만하세요!"

소리를 질렀다. 철구 아저씨가 눈을 동그랗게 떴다.

"아영이는 좀비에게 안 물렸어요! 그냥 가볍게 긁혔을 뿐이라고요!"

소리가 약해졌다. 아저씨의 눈을 바라보았다. 무슨 표정인지 알 수 없었다. 그가 고개를 돌렸다. 품에 안긴 통을 꼭 끌어안는다.

"그래?"

묵직한 목소리가 교무실에 울렸다. 자욱하게 깔린 어둠 속에서 그 목소리는 왠지 모르게 가시가 돋아 있었다.

"그렇구나. 그래서 네가 아가씨 곁을 떠나지 않았구나."

입을 앙다문 채 아저씨를 노려보았다. 나는 그 말을 받아들일 수 없었다.

08.

"남자친구가 생겼어."

아영이는 웃으며 말했다. 수줍게 웃을 때마다 볼에 홍조가 피었다. 장밋빛처럼 고운 색이었다. 나는 멀거니 그 얼굴을 바라보았다.

"혁아, 나 혼자 연애해서 기분이 상했니? 표정이 안 좋아."

그녀의 목소리가 조금 가라앉았다. 나는 고개를 세차게 저었다.

300

"아냐, 아냐! 조금 놀라서 그래! 잘 됐다. 축하해!"

누구 못지않게 기뻐해 주리라 여겼다. 기뻐해야만 했다. 그러나 속이 콱 막힌 듯 답답하기만 했다. 내가 디디고 있는 세상이 무너지고 있었다. 도저히 믿기지 않았다. 믿을 수 없었다. 차라리 꿈이길 빌었다. 내가 아닌 다른 누군가를 사귀고 있다는 사실은, 심장에 구멍이 난 것처럼 아팠다.

둘이 같이 집으로 가는 모습을 보았다. 그 상대를 보고는 적지 않은 충격을 받았다.

그래, 그 녀석은 잘 생겼지. 키도 크고. 나보다 부자잖아. 공부도 잘하고. 아영이에게 잘 된 일이야.

이렇게 생각할 수도 있었다. 그러나 상대는 질이 좋지 않다고 소문난 녀석이었다. 하필이면 저런 녀석과 사귀다니. 입술을 깨물었다.

"아영아, 네가 지금 사귀고 있는 녀석 말이야."

아영이에게 사실을 알려줘야 한다고 생각했다.

"그 녀석 질이 안 좋대. 막 여자도 갈아치우고, 성격도 좀 더러운가 봐. 그러니까 이만 헤어지는 게 어때?"

아영이는 불같이 화를 냈다. 그렇게 화내는 모습은 생전 처음 보았다. 늘 다정하게 웃어주었는데.

"혁아, 네가 무슨 말을 들었는지 모르지만 착한 애야. 나한테도 잘 해주고. 네가 근거 없는 말에 휘둘리는 애였다니, 실망이야. 너마저 그러면 두 번 다시 보지 않을 테야."

쌀쌀한 얼굴과 쌀쌀한 목소리. 아영이가 그런 표정을 지을 수 있다는 사실이 놀라울 뿐이었다.

처음 만난 그 순간부터 나는 아영이 옆에 있었다. 늘 함께였다. 초등학교도 같이 다니고 중학교도 같은 곳에 입학했다. 고등학교도 같은 학교로 갈 테고 어쩌면 대학도 같은 곳에 갈 터였다. 평생 아영이와는 함께하리라고 생각했다.

그래도 좋게 생각해야지. 아영이의 첫 남자친구니 질투하지 말고 힘들 때마다 이야길 들어줘야지. 친구로서 곁을 지켜줘야지.

몇 번이나 다짐했다. 정말로. 정말로. 아영이가 도와달란 말을 할 때까진 지켜만 봐야지. 지켜만 볼 거야. 나에게 주문을 계속 걸었다. 그러나 그 자식이, 그 배은망덕한 자식이 아영이에게 손찌검을 했단 말을 들은 순간, 그때부터는 아무래도 좋게 되었다. 아영이가 나를 두 번 다시 보든, 보지 않던 나는 그 녀석에게 달려갔다. 얼굴을 보자마자 내가 끌어낼 수 있는 모든 힘을 모아 녀석을 날렸다.

"이 새끼가, 미쳤어?"

그 녀석은 전국 태권도 대회에서 금메달이나 타먹는 놈이었다. 반면에 나는 태권도 학원도 몇 달 다니고 만 놈이었다. 한 대 때리고 그 열 배로 얻어터졌다. 지지 않으려고 달려들었지만 역부족이었다. 내가 주먹을 날리면 녀석은 피하고 내게 정확히 주먹을 날렸다.

나는 포기하지 않았다. 아영이가 아픈 만큼 내 심장도 아팠으니까. 아영이가 운만큼 나도 울었으니까. 녀석을 시원하게 뭉개지 않고서는 절대 포기할 수 없었다. 나를 위해서가 아니었다. 오직, 오직, 오직, 오로지 아영이를 위해서였다. 아영이의 마음만은 알아주길 바랐다. 아영이가 흘린 눈물을 알아주길 바랐다. 아영이의 아픔을, 그 고통을, 분하지만 그 녀석을 좋아했던 마음마저도.

그러나 된통 깨졌다. 눈이 떠지지 않을 정도로 붓고, 멍이 들었다. 입술이 터져 피가 뚝뚝 떨어졌다. 갈비뼈가 골절 되었다. 걸을 수가 없었다. 어깨가 빠졌다.

내 생애 두 번째 싸움도 패배로 끝났다. 할아버지가 머리를 쥐어박았다. 적어도 어렸을 때만큼은 패지 않았다.

"그런 놈은 와작을 냈어야지!"

나보다 할아버지가 더 성을 냈다. 나는 웃었다.

"왜 그랬어? 너만 아프잖아."

아영이가 눈물을 흘렸다. 기뻤다. 너무 기뻤다. 지금 흘리는 눈물은 나를 위한 눈물이다.

"그 자식이 널 때렸다는 말에 빡 돌았어. 너야말로 안 아파? 그런 놈은 내가 진즉에 헤어지랬잖아! 질이 안 좋다고. 남자는 남자가 잘 아는 법이야."

짐짓 화난 체하며 잔소리를 했다. 아영이가 내 손을 잡았다. 그 손의 온기가 좋았다. 너무나도.

"미안해. 그리고 고마워."

아영이가 눈물 어린 목소리로 말했다. 이번에는 그녀 자신을 위한 눈물이다.

"그래, 울고 싶으면 울어."

아영이의 어깨를 다독였다. 그딴 놈은 금방 잊을 거야. 그냥 똥 밟았다고 생각해. 기운을 북돋아주려고 일부러 밝게 말했다. 아영이가 응, 응, 고개를 끄덕였다.

그때 결심했다. 나는 무슨 일이 있어도 아영이의 곁을 떠나지 않을 테다.

09.

손으로 입가를 훔쳤다. 땀이 흥건히 배어나왔다. 통풍이 되지 않는 교무실은 너무 더웠다. 에어컨이라도 켤까 했지만 작은 소음에도 그것들이 몰려올까 봐 그러질 못했다. 문을 꼭꼭 걸어 잠그고 숨어 있는 것이 상책이었다.

'난 아영이 곁을 떠나지 않아.'

바닥을 노려보며 눈을 꼭 감았다.

가끔씩 아이들의 발랄한 목소리가 들려왔다. 깜짝 놀라서 소리를 찾으려고 하면 아무것도 없는 현실과 조우한다. 그 활기차고 아이들 소리로 가득하던 학교가 이렇게 변해버렸단 사실이 믿기지 않았다. 학교는 거대한 무덤 같았다. 저 밖에 돌아다니는 죽은 자 중에 내가 아는 얼굴만 반 이상이었다. 어쩌면 그 이상일지도 모르지. 그것을 떠올리니 신랄한 웃음이 터져 나왔다. 웃지 않고서는 이 상황을 이겨낼 수 없었다. 차라리 미치는 게 나을지도.

"젠장."

손으로 머리를 헝클어뜨렸다. 문 뒤에서 들려오는 숨소리는 나의 유일한 희망이었다. 그 소리가 꺼지지 않을까 무서워서 도저히 떠날 수가 없었다. 약하게 들려오는 숨소리를 들으며 안도하고, 희망을 느끼며, 기도한다.

철구 아저씨를 바라보았다. 창문 가로 치워놓은 책상 위에 그가 앉아 있었다. 품에는 예의 그 통에 안겨 있었다. 정말 보물이 숨겨 있나 보네. 다이아몬드라도 숨겨놨나. 그래봤자 지금은 팔지도 못할 텐데. 그런 금은보화보다도 산 사람이 더 그리운데.

아저씨는 통을 지그시 바라보고는 뚜껑을 열었다. 그 안에서 돌돌 말린 종이가 나왔다. 그는 그것을 펼치고는 뚫어져라 바라보았다. 그리고 고개를 돌려 하늘을 바라보았다. 무언가를 찾듯 고개를 갸웃거린다.

"별이라도 찾아요?"

목소리가 울렸다. 그가 나를 바라보지 않고 대답했다.

"그립지 않아? 사라진 별이 돌아오면 세상은 멸망하지 않을지도 몰라."

"그렇다고 좀비로 변한 사람이 원래대로 돌아오는 건 아니잖아요."

입술을 깨물었다. 왜 이렇게 말했지? 무릎에 얼굴을 묻었다. 숨을 깊게 들이쉬었다. 더위 속에서 씻지 못한 탓에 신 내가 났다. 고개를 들었다. 철구 아저씨가 나를 보고 있었다.

"그래도 그들이 편안한 죽음을 맞이할 수는 있지. 산 사람을 공격하지 않아도 될 테고, 더럽혀진 채 돌아다니지 않아도 돼."

나는 대답하지 않았다. 그가 고개를 숙였다. 종이를 내려다보는 그 시선이 그 어느 때보다도 편안해 보였다. 소중한 보물을 손에 넣어서 그것을 애지중지했던 모습이 아니었다. 마치 자신이 원하는 무언가가 그 안에 있다고 믿는 얼굴이었다. 그리운 무언가를 찾아낸 사람처럼 보였다.

아저씨도 나처럼 소중한 사람이 있겠지. 가족일 수도 있고, 아니면 애인이었을 수도 있어. 가족사진이라도 되나. 그게 보물이라면 이해가 되지. 혼자 생각하고 고개를 끄덕였다. 그리고 아저씨의 그 모습이 이상하게 싫지 않았다.

무릎을 끌어안은 채 아영이의 옆을 지켰다. 철구 아저씨가 하늘을 바라본다.

10.

할아버지가 편찮아지셨다. 가벼운 감기라고 여겼다. 동네 병원에 가니까 종합 감기약을 처방해준다. 병환은 나아지지 않았다. 시에 있는 병원으로 갔다. 할아버지는 입원을 했다. 차도가 있는 것 같더니만 다시 심해졌다. 병원에서는 서울에 있는 종합병원을 추천했다.

열일곱, 생애 처음으로 서울에 갔다. 아영이가 옆에 있어 주었다.

할아버지가 돌아가시고 나서 며칠 더 서울에서 지냈다. 하루에 수십 번씩 지나가는 차를 보았다. 도시는 활기찼다. 지하철에서는 수많은 사람들이 나왔다가 사라진다. 그 속에서 내 존재는 먼지처럼 작은 존재였다. 이렇게 크구나. 이렇게 대단하구나. 매일 사람들이 죽어 가는 데도 서울은 그대로인 것처럼 보였다.

"혁아, 예술의 전당에서 고흐전이 열린대. 가 보자."

아영이는 고집이 셌다. 나도 만만치 않았지만 아영이는 더 대단했다. 집에 내려가 있으래도 끝까지 나와 있겠다고 고집을 피웠다. 지낼 데도 마땅치 않는데 그렇게 고집을 부리니 별 수 없었다. 그런 와중에 인터넷의 한 페이지를 보여주며 말을 꺼냈다.

"싫어. 관심 없어."

어디 가고 싶은 마음이 없었다. 아영이가 내 팔을 잡아당겼다.

"나는 관심 있어."

"보고 싶으면 너 혼자 보러 가면 되잖아!"

아영이에게 소리를 질렀다. 처음이었다. 나조차 놀랐다.

"미, 미안."

아랫입술을 깨물었다. 아영이가 화를 낼 줄 알았다. 그러나 나를 올곧이 바라보며 입을 열었다.

"고흐전 가자."

부드럽게 퍼지는 목소리에는 설득력이 있었다. 고개를 끄덕이고는 사당역으로 향했다.

가는 내내 아영이의 얼굴을 볼 수 없었다. 아영이 앞에서 꼴사나운 모습을 보인 것 같다. 창피해서 고개를 들 수 없었다. 할아버지의 죽음이 꽤나 큰 충격이었나 보다.

낯선 곳에서 낯선 곳을 찾아가기란, 생각보다 쉽지 않았다. 아무리 스마트폰이 있다고 해도 엉뚱한 곳으로 가기 십상이었다. 결국 역무원에게 길을 물어 겨우겨우 사당역에 왔다. 그렇지만 예술의 전당까지 가는 길이 또 문제였다. 택시를 타자고 했지만 아영이는 급구 버스를 타겠다고 고집을 부렸다. 내비게이션으로 찾아서 가면 문제없다는 것이 그녀의 주장이었다. 그래, 네 맘대로 해라. 나는 자포자기한 심정으로 그 뒤를 따랐다. 예술의 전당에 도착했을 때, 폐관을 30분 앞두고 있었다.

그러게, 내가 택시 타자고 했잖아.

버스 타든, 택시 타든 어차피 오래 못 봤을 텐데, 뭐.

아영이는 웃었다.

"보고 싶은 미술전을 보지 못하게 생겼는데 웃음이 나오냐?"

핀잔을 주자 배시시 웃는다. 한숨을 폭 내쉬며 입장료를 사왔다.

"혁아, 이리와 봐."

안에 들어가자마자 아영이는 나를 끌고 가기 시작했다. 다른 작품은 안중에도 없는지 오직 앞만 보고 있었다.

"너, 고흐 그림 보고 싶다고 했잖아. 안 봐? 그럼, 다 지나치고 있어."

"괜찮아. 괜찮아."

아영이는 해맑게 웃었다. 어린 아이처럼 천진한 얼굴에 덩달아 나도 미소를 지었다. 겉으로는 툴툴대도 그 미소를 보니 괜스레 기분이 좋아졌다.

아영이는 어느 그림 앞에 멈추어 섰다.

"이거 봐. 예쁘지 않아?"

아영이의 입가에 보조개가 깊이 파였다. 그 얼굴을 훔쳐보고는 고개를 돌렸다.

하늘에서 별이 사라졌을 때, 아영이는 눈물을 흘렸다. 고즈넉한 밤하늘을 감상할 수 없게 되었다면서 슬퍼했다. 아영이가 잡은 손에 힘을 꽉 주었다.

아아.

고개를 끄덕였다. 희미한 미소가 지어진다.

캄캄한 밤하늘이 영롱히 빛난다. 별은 그 안에 있었다.

11.

"혁아, 혁아."

톡톡, 문을 두드리는 소리가 났다. 문에 귀를 대서야 목소리가
들렸다.

"혁아, 먹을 거, 먹을 거 없어? 먹을 거 좀 줘······."

목소리에 힘이 없었다. 숨을 몰아쉬는 데만 해도 한참이 걸렸
다. 문에서 스치는 소리가 났다. 힘이 없는 아영이가 계속 문을 두
드리고 있는 모양이었다.

먹을 거, 먹을 거.

같은 말을 되풀이했다. 자리에서 일어나 철구 아저씨 쪽으로
향했다.

"아저씨, 아저씨!"

자고 있는 아저씨를 흔들어 깨웠다. 자면서도 통은 품에 꼭 안
고 있었다. 한참을 보다가 아영이의 다급한 소리에 아저씨의 이름
을 불렀다.

"철구 아저씨, 일어나 봐요!"

"아, 왜! 잠 좀 자자."

내 손을 뿌리치며 뒤척거렸다.

"아저씨, 잠깐만요. 먹을 거 좀 없어요?"

"먹을 거? 아, 없는 거 같은데······. 배고프냐? 좀 참아. 하루에
한 끼로 버틸 수 있잖아."

아저씨는 잠꼬대를 하듯 칭얼거렸다. 귀찮다는 듯 내 손을 떨
쳐낸다. 나는 계속해서 그를 흔들었다.

"저 말고 아영이가 먹을 거예요! 뭐·좀 없어요?"

"아가씨가 또 달래?"

그제야 눈을 떴다. 천천히 상체를 일으키고는 나에게 배낭을 떠밀었다. 나는 배낭을 뒤져보았다. 초콜릿 몇 개와 사탕 몇 개가 전부였다. 나는 아저씨를 쳐다봤다.

"이걸론 안 돼요. 구해와야겠어요."

"아서라! 지금 밖이 얼마나 위험한데 가겠다는 거야?"

간지러운지 머리를 박박 긁으며 아저씨가 말했다. 목덜미를 긁다가 나를 빤히 바라본다. 그리고 자리에서 일어섰다. 아직 잠이 덜 깼는지 하품을 하며 기지개를 켰다.

"내가 갔다 올게."

"네? 아저씨가요?"

"넌 개미 새끼 한 마리도 못 죽일 것 같으니까 내가 간다고. 어차피 먹고는 살아야 하니까."

철구 아저씨는 배낭을 주워들었다. 그것을 등에 메고는 바닥을 훑어보았다. 흩어진 우산의 잔여물들을 모으고는 배낭에 대충 꽂았다. 그것으로 만족하지 않았는지 주머니를 뒤지기 시작했다. 주머니에서는 구겨진 스카프가 나왔다. 아저씨는 그것을 얼굴에 둘렀다. 코 위까지 끌어올리고는 내 얼굴을 바라보았다.

"어떠냐? 도둑놈 같지?"

"농담할 기분 아니에요. 혼자 괜찮겠어요?"

"어, 당연하지. 너보단 내가 가는 게 백배 나아. 넌 아가씨 곁을 지켜야 하잖아."

"고마워요."

아저씨가 내 어깨를 가볍게 쳤다. 그리고 창가로 다가갔다. 창문을 열기 전 아저씨가 통을 나에게 던졌다.

"이걸 왜 저한테 줘요? 소중한 물건이잖아요."

"주는 거 아냐. 맡겨두는 거지. 그거 반드시 돌려받을 거니까 잃어버리지 말고 잘 갖고 있어."

아저씨가 웃는 것 같았다. 입이 스카프로 가려져 보이지 않았지만 눈이 살짝 휘어져 있었다. 얼떨결에 고개를 끄덕였다. 아저씨가 잠긴 창문을 열고는 재빨리 밖으로 나갔다. 뭔가 바닥에 엎어지는 소리도 함께 들렸다. 나는 창문을 닫았다. 그것들이 들어오지 못하도록 문을 잠그고 손으로 꼭 막았다. 탁탁, 뭔가가 치는 소리가 들려왔다. 그럴수록 더 꽉 막았다.

조금 조용해지자 창문에서 손을 뗐다. 통을 어깨에 메고는 아영이가 있는 곳으로 다가갔다.

아저씨가 맡긴 통을 들어보았다. 그리 무겁지 않았다. 살짝 흔드니 뭔가가 달칵거리는 소리가 들렸다. 지난밤에 이 안에서 종이를 꺼냈지.

뚜껑에 손을 가지고 갔다. 이내 고개를 젓고는 그만두었다. '남의 물건에 손대는 거 아냐.' 아영이가 봤다면 이리 말했을 테지.

"안 본 척 시치미 떼면 되잖아."

내가 중얼거렸다. 아영이에게 하는 말인지, 나에게 하는 말인지 종잡을 수 없었다.

통을 노려보고는 빙글빙글 돌려보았다. 평범한 통이었다. 그냥 그림 그리는 종이를 넣는 화구통에 불과했다. 미대 진학하려는 애들이 들고 다니는 걸 본 적이 있다.

잠깐 확인만 하자.

뚜껑을 잡고는 과감하게 돌렸다. 아주 쉽게 열리면서 안이 보였다. 통 안은 새카맸다. 돌돌 말린 종이가 언뜻 보였다. 손을 앞으로 쭉 내민 채 그것을 바닥에 떨어뜨렸다. 차마 두 눈 뜨고는 못 보겠다.

바닥에 떨어진 종이를 보고는 그 앞에서 쭈그려 앉아 한참을 고민했다. 이것을 펼칠 것인가, 아니면 도로 넣을 것인가?

종이는 꽤 낡았다. 누리끼리한 빛깔이 시선을 잡아끌었다. 조금 유화 냄새도 난 것 같았다. 사진인 줄 알았는데 그림인가 보네. 철구 아저씨는 화가인가? 손가락 끝으로 종이 끝을 살짝 눌렀다. 부드러운 감촉이 느껴졌다.

결국 종이를 잡고는 그것을 펼쳤다.

"뭐, 뭐야, 이거……."

종이를 도로 말고는 통에 넣었다. 뚜껑을 꽉 닫고는 품에 안았다. 심장이 세차게 뛰었다. 쿵쾅, 쿵쾅. 도둑질 한 사람은 내가 아닌데 내가 괜히 더 찔렸다.

"아, 아영아, 내가 지금 뭐 본 줄 알아?"

허공을 멍하니 바라보며 입을 열었다. 아영이가 지친 숨을 내쉬며 뭐라고 옴짝거렸다. 뭐라고 말을 하려는 것 같았다. 조금씩 숨결이 꺼져간다. 아영아. 주먹을 꽉 쥐었다. 한참을 문 앞에 서 있었다. 떨리던 심장이 가라앉았다. 고개를 숙였다. 평소와 다름없이 말할 수밖에 없었다.

"철구 아저씨가 컬렉터인 거 같아."

12.

병마는 지독했다. 매일 사랑하는 사람이 죽어갔다. 눈물이 병실을 가득 적셨다. 살아남은 사람은 슬픔을 흘러 보낼 별 하나조차도 볼 수 없게 되었다. 절망. 이 두 글자가 사람들을 감쌌다.

신문이든, TV든 매일 병과 사망자 수에 대해서만 보도했다. 어느 누구도 그런 기사를 반기지 않았다.

컬렉터는 밤하늘의 별처럼 떠올랐다. 유명한 명화를 훔치고서 사라지는 도둑에 대해 관심을 가지는 이가 늘어났다.

하늘에서 터지는 불꽃놀이처럼 팡팡 터졌다. 앞다투어 컬렉터에 대해 보도했다. 그가 미술관에 남긴 메시지는 순식간에 유행어가 되었다.

아직 희망은 있다.

아영이는 나에게 신문 기사를 보여주었다. 사랑에 빠진 소녀처럼 까만 눈동자를 빛내며 말했다.

"혁아, 멋지지 않니? 너무 낭만적이야."

나는 신문을 빼앗으며 휴지통에 버렸다.

"개풀 뜯어 먹는 소리! 김아영, 정신 차려. 컬렉터가 미술품을 훔쳐서 멋져 보이나 본데 그 놈은 도둑이거든. 도둑놈에게 멋지단 말이 나와?"

"그래도 컬렉터 덕분에 조금 활기를 되찾았잖아. 아프다고 아픈 것만 볼 순 없어. 절망만 갖곤 살 수 없는 걸."

"내가 그런 말을 하는 게 아니잖아. 컬렉터가 잡히면 네가 그렇게 좋아하는 환상도 끝이 날 거야. 환상은 환상이지, 실제가 아냐."

"혁이, 넌 아무것도 몰라. 낭만이라곤 눈곱만큼도 없어."

"난 원래 지극히 현실적인 사람이었어. 그걸 이제야 알았어?"

아영이가 나를 노려보았다. 새침하게 쏘아보는 눈빛에 조금 뜨끔했지만 나도 같이 맞받아쳤다. 컬렉터가 누구든 나는 그가 싫었다. 아영이가 상기된 얼굴로 그 이름을 말할 때마다 천불이 났다. 도저히 용납할 수 없었다.

아영이와 며칠 동안 대화도 하지 않았다. 아영이가 내 말을 무시한 탓도 있지만 나도 화나서 덩달아 함께 무시해 버렸다. 화가 풀리다가도 컬렉터를 향해 눈을 빛내는 모습을 보고 있노라면 또 다시 치밀어 올랐다. 여자애들은 전부 그런가? 그저 미술품 몇 개 훔쳤단 사실만으로도 그 사람이 멋져 보일 수 있나? 그저 화가 나서 씩씩거렸다.

"아영이랑 싸웠냐? 껌딱지 마냥 붙어 다니더니 웬일이야? 둘이 따로 올 때도 있네."

반 친구들이 의아한 얼굴로 바라보았다. 어떤 녀석은 왜 싸웠냐면 징그럽게 들러붙기까지 했다. 녀석의 엉덩이를 걷어차며 '신경 꺼!'라고 소리를 질렀다. 왠지 부아가 더 치밀었다.

아영이와 자주 다투긴 했지만, 이 정도까지는 아니었다. 대개는 내가 먼저 사과하고 화해하지만, 이번에는 절대로 먼저 사과할 마음이 없었다. 컬렉터를 끼고 있는 한 울고 불며 매달려도 봐주지 않을 거야. 몇 번이고 다짐하고 다짐했다.

한편으로는 얼마나 대단하기에 아영이가 그렇게 뻑 간 건지 궁금하기도 했다. 결국 컬렉터에 대한 기사를 모조리 찾아보았다. 신문에 난 기사는 물론 아침 일찍 일어나 뉴스까지 챙겨 봤다. 인터넷에 떠다니는 루머까지 모조리 읽었다. 어떤 사이트에서 컬렉터에 관한 주제로 토론하는 내용까지 모두 봤다.

하는 말이 똑같았다. 기이한 도둑, 괴도, 그가 남긴 메시지가 희망적이라느니, 뭐니 우스꽝스러운 말이 가득했다. 드라마를 찍지 그러냐. 기가 차서 그냥 보다가 때려치웠다.

'뭐야, 별 거 없잖아.'

내가 느낀 감상은 지극히 평범했다.

13.

문이 부서질 것처럼 흔들렸다. 이러다가 부서지는 거 아냐? 나는 문 쪽으로 다가갔다.

"문 열어, 강 혁!"

철구 아저씨였다. 문을 열어주자 아저씨가 잽싸게 들어오더니 곧장 닫았다. 문 밖이 소란스러웠다. 문을 긁어대는 소리가 사방에서 울렸다. 창문이 깨질까 봐 조마조마했다. 아저씨가 책상을 가져왔다. 그래도 덜컹거리는 소리가 멈추지 않았다. 귀를 틀어막고 책상 아래 엎드렸다.

"젠장. 귀신같이 알아채고 달려드네. 학교 안은 이제 괜찮을 줄 알았더니만."

소음이 사라지자 아저씨는 배낭을 벗었다. 옷이 피범벅이었다. 놀란 눈으로 가리키자 아저씨는 별 거 아니라는 듯 손사래를 쳤다.

"내 피 아냐. 아가씨는 좀 어때?"

"뭐 좀 먹으면 괜찮아질 거예요."

확신 없는 목소리로 말했다. 아저씨가 건네 준 배낭을 열었다. 편의점에서 구할 수 있는 인스턴트 식품이 가득 있었다. 몇 개 챙기려고 했지만 통이 거슬렸다. 그것을 어깨에 짊어진 채 음식을 품에 안았다. 그리고 문 앞에 두었다.

"아영아, 먹을 거야."

대답이 없었다. 문을 세게 두드렸다.

"아영아? 아영아!"

문 너머에서는 아무 소리도 들리지 않았다. 문고리를 잡고 흔들었다.

"김아영!"

문고리가 돌아갔다. 다행이다. 뒤로 물러서며 문이 열리기를 기다렸다. 문이 가까스로 열렸다. 손을 톡 치자 활짝 열린다. 아영이는 내가 보이지 않는지 바로 음식에 달려들었다. 봉지를 찢고 입 안에 우겨넣는다. 물에는 손도 대지 않은 채 허겁지겁 먹어치웠다. 저러다 체할 텐데. 아영이를 향해 한 발 움직였다. 철구 아저씨가 내 어깨를 잡았다.

아저씨를 돌아보았다. 그리고 아영이에게 시선을 옮겼다. 아영이는 손에 묻은 찌꺼기를 핥고는 주위를 두리번거렸다. 배낭을 보고는 쏜살같이 달려들었다. 내가 알고 언제나 바라보던 상냥한 눈빛이 아니었다. 지금 아영이는 맹수와 다를 바 없었다.

"아······영아."

목이 메었다. 아영이가 멈칫했다.

"아영아."

목소리가 떨렸다. 아영이가 나를 바라보았다. 아주 잠깐, 사슴 같은 눈동자가 떨렸던 것도 같다.

아영이는 휴게실로 도망갔다. 그 뒤를 쫓아가 문을 두드렸다. 대답해 줄 때까지 계속 두드렸다. 아무 소리도 없었다. 색색거리는 숨소리조차 들리지 않았다.

"이제 어쩔래?"

철구 아저씨가 혀를 놀렸다.

"아가씨는 좀비가 될 거야. 네가 그 모습을 지켜 볼 수 있을 것 같지 않다. 원한다면 내가 아가씨를······"

"도둑놈 주제에!"

아저씨에게 통을 던졌다. 통은 아가씨 가슴을 치고는 바닥에 데굴데굴 굴렀다.

"다 안다는 듯 말하지 마요. 죽이다니요? 누구를요? 아영이를 죽이겠단 말이에요?"

"네가 살려면 어쩔 수 없는 일이야."

냉정한 목소리가 파고들었다. 기가 막혀서 멍하니 아저씨 얼굴을 바라보았다.

"냉정하게 생각해, 강혁. 아가씨는 이제 손 쓸 수가 없어. 네가 더 잘 알잖아."

"네, 잘 알아요. 아영이가 좀비에게 물린 사실을 그 누구보다도 잘 알고 있어요. 아저씨에겐 이게 쉬운 일 같나요? 아아, 쉽겠죠. 남의 물건도 거리낌 없이 훔쳤으니 사람 목숨도 파리처럼 쉽게 죽이겠죠. 착각하지 마요. 난 도둑놈도 아니고 살인자도 아니에요. 아저씨랑 똑같이 취급하지 말란 말이에요!"

말이 폭포수처럼 쏟아져 나왔다. 아저씨가 놀란 표정을 지었다.

"알고…… 있었냐?"

아저씨가 통을 주웠다. 나는 아저씨를 향해 돌진하고는 그를 밀쳤다. 와당탕 하는 소리와 함께 아저씨가 넘어졌다.

"모를 줄 알았어요? 버젓이 훔친 물건을 들고 있는데 어떻게 모를 수가 있어요?"

"미안하구나."

"사과는 나에게 할 게 아니라 다른 사람에게 하셔야죠. 경찰에 자수를 하든가."

신경질이 났다. 입에서 자꾸 험한 말이 튀어나왔다. 아저씨가 통을 바라보며 입을 열었다. 목소리가 떨린 건 나만이 아니었다.

"하지만 혁아, 아가씨 일은……. 너도 봤잖아. 아영이는 죽어."

"아직 희망은 있다고 하셨잖아요!"

지푸라기라도 잡는 심정으로 소리를 질렀다. 눈물이 뚝뚝 떨어졌다. 손등으로 얼굴을 훔쳤다. 눈물은 계속 흘렀다. 아저씨 얼굴이 보이지 않았다.

"희망이 있댔잖아요. 컬렉터가 이래도 돼요?"

"혁아……."

"그만해요. 그런 소리 할 거면 그냥 가세요. 어차피 모르는 사람이었잖아."

아저씨를 똑바로 바라보며 말했다. 눈시울이 뜨거웠다.

"강혁!"

"내 눈앞에서 꺼지란 말이야!"

목소리가 터졌다. 뭘 어떻게 해야 할지 알 수 없었다. 눈앞이
새카매졌다.

아영이가 눈앞에서 사라지고 있었다.

14.

아영이의 손을 잡았다. 바로 눈앞에서 누가 죽은 자에게 잡혔
다. 살려줘, 살려줘! 비명이 아우성쳤다. 고막이 찢어질 것 같았다.
아영이의 손을 잡은 채 달리기 시작했다. 최대한 죽은 자로부터
멀리 도망가야만 했다.

하늘이 노랗게 보였다. 건물이 회색빛으로 변했다. 눈앞이 흔들
렸다. 아영이에게 고개를 돌렸다. 새하얗게 질린 얼굴이 아른거렸
다. 잡은 손을 꽉 잡았다.

"혁아, 혁아, 잠깐만!"

아영이가 나를 불렀다. 멈출 수 없었다.

"아영아, 좀만 더 힘내. 꾸물댈 시간 없어!"

목소리가 허공을 가른다. 두려웠다. 피범벅이 된 얼굴이 자꾸
만 눈에 보였다.

"혁아, 아악!"

아영이가 미끄러졌다. 잡은 손을 놓쳤다.

아영이가 몸을 일으키며 손을 뻗었다. 그 손을 잡아야만 했다.

그러나 아영이의 다리를 잡은 검은 손을 본 순간 움직일 수 없었다. 새빨간 입이 아영이의 하얀 다리에 닿았다.

아영이가 비명을 질렀다. 나는 좀비를 걷어찼다. 눈앞이 아찔해졌다. 아영이를 바라보았다. 그 손을 놓지 말았어야 했다.

15.

어둠이 녹아내렸다. 고요가 찾아왔다.

고개를 들었다. 아무도 없었다. 아저씨는 떠나기라도 했는지 그 흔적을 찾을 수 없었다. 언제 떠났는지도 모르겠다. 길게 숨을 내쉬었다. 눈물이 볼을 타고 흘렀다.

"젠장."

눈두덩을 꾹 눌렀다.

"할아버지 때도 울지 않았는데."

피식 웃으며 중얼거렸다. 목소리가 길게 울렸다.

할아버지가 돌아가셨을 때만 해도 아무렇지 않았다. 아영이가 옆에 있었으니까. 하지만 아영이가 죽는단 사실 하나만으로 벌벌 떨고 있다. 무서웠다. 아영이가 죽으면 나는 완벽하게 혼자가 되는 것이다. 그 사실이 정말 끔찍하고도 괴로웠다.

"할아버지, 나 어떡해."

무릎에 얼굴을 묻었다. 목이 메었다. 입을 꾹 다물며 눈물을 삼켰다.

나는 아무것도 바라지 않는다. 아영이가 나를 남자로 보지 않

320

아도 좋았다. 내가 아닌 다른 사람과 함께 해도 상관없었다. 그저, 그저, 그저, 그저 아영이 옆에만 있고 싶었다. 내가 바란 건 그거 하나뿐이었는데. 그 옆을 지킬 수만 있다면 내 목숨이 사라져도 아무렇지 않을 만큼.

옷깃을 꽉 잡았다. 신이 너무 원망스러웠다. 내 소원은 그리 큰 게 아니야. 아니라고. 애써 웃으며 중얼거렸다.

"아영아."

가장 소중한 이름을 되뇌어본다.

"아영아."

목소리가 울린다. 세상에 가득 찬 목소리는 나의 것이다. 자리에서 일어났다. 결심보다도 행동이 빨랐다.

"김아영, 내가 너를 처음 만난 순간부터 결심했었는데 말이야."

창가로 걸음을 옮겼다. 창문을 덮은 신문지의 글자가 어지럽게 흩날렸다. 창문을 활짝 열었다.

바람이 불었다. 아영이의 온기처럼 내 볼에 가라앉았다. 나는 그 감촉이 좋았다. 어지럽게 퍼지던 불안이 금세 가라앉았다. 마음을 뒤덮던 공포가 조금씩 걷혀갔다.

운동장은 조용했다. 간간이 죽은 자가 움직이는 모습이 보였지만 아무렇지 않았다. 교무실의 창문을 모두 열었다. 시원한 바람이 머리칼을 적셨다. 기분 좋은 바람이었다.

아영이가 있는 휴게실로 걸음을 옮겼다. 문을 살짝 밀었다. 문이 스르르 열렸다. 잠긴 줄 알았는데. 조용히 안으로 들어섰다.

악취가 코를 찔렀다. 밀폐된 공간은 후덥지근했다. 닫혀 있는 창문을 모두 열었다. 상쾌한 공기가 내려앉았다.

"김아영, 난 평생 네 옆을 지킬 거야."

아영이에게 돌아섰다. 그녀는 내 팔을 물고 있었다. 송곳니가 팔 깊숙이 파고들었다. 옷자락과 함께 살점이 뜯겨나갔다. 피가 뚝뚝 떨어졌다. 뜨거운 감촉이 느껴졌다. 고통도 느낄 새 없이 다시 물렸다.

그대로 아영이를 품에 안았다. 차가웠다. 따스한 온기를 찾을 수 없었다. 부드러운 감촉도, 복숭아처럼 향긋한 향기도. 내가 가장 좋아하는 보조개도 볼 수 없게 되었다. 잔잔하게 소리 내어 웃던 웃음소리와 붉게 물들인 홍조도. 창백하게 변한 피부는 죽은 사람의 그것과 전혀 다르지 않았다. 아영이가 품 안에서 입을 벌렸다. 생살을 찾아 물어뜯는다.

더 꽉 안았다. 내 온기가 그녀에게 전해지도록, 그녀가 나를 느낄 수 있도록 으스러질 만큼 안았다. 안아도 그립다. 보고 있어도 보고 싶다. 언제나 네 옆에 있고 싶은데, 네가 흐려져 간다. 괜찮아. 괜찮아. 아영이의 등을 다독였다. 어떤 모습이어도 상관없어. 너와 함께라면, 어디든 갈 수 있다. 울음이 새어나왔다.

작은 별이 일렁였다. 우수수 나에게 쏟아진다.

아아, 그것은 사무치도록 아름다운 별이 빛나는 밤.

예선 심사평

#1 예심 심사위원장

ZA 문학상 2회 응모작들은 대체적으로 1회에 비해 현대인이 안고 있는 각종 사회 문제를 끌어들여 현실성을 높인 작품이 많았다. 여전히 과잉된 설명이나 개연성 부족의 전개, 다독과 오랜 습작으로 다듬어지지 않은 거친 문체 등의 문제점을 안고 있는 작품이 많았다. 장편소설 중에서는 좀비 아포칼립스 소재 자체를 위해 쓰였다기보다는 기존의 소설을 약간 손을 본 정도의 느낌이 나거나 혹은 긴 호흡을 잘 관리하지 못해 흡인력을 유지하지 못한 작품들이 많아 아쉬움이 있었다. 응모작들 중 상당수가 ZA 문학 특성 때문인지 밀리터리 소설 요소가 강한 편이었고, 간혹 SF나 추리적 요소를 갖춘 작품들도 있었지만 각 장르를 제대로 살린 작품은 찾아보기 쉽지 않았다. 특히 대화체에 인터넷 용어를 빈번하게 사용하거나 말줄임표 과잉, 뜬금없는 장면 전환 등을 보인 작품들은 거의 다 고민의 여지없이 탈락시켰다. 아쉽게 본선에 올리지 못한 작품은, 단편 「인육」은 흥미로운 소재와 스피드 있는 전개가 장점이었지만, 이야기의 얼개가 다소 부실하였다. 「아바」는 결말의 여운이 장점이었지만 극을 끌고 가는 힘과 개연성이 부족했다. 「88만원세대」는 시사적인 이야기가 장점이었으나 재미를 놓고 보면 부족한 부분이 많았다. 「썩은 나무」는 좀비 바이러스의 전이 방식이 매우 흥미로웠으나 너무 많은 이야기를 담으려다가 흡인력을 떨어뜨린 아쉬움이 있었다. 「7년」은 초반 흡인력을 끝까지 가져가지 못한 게 흠이었다. 본선에 올라간 작품들 중 완벽한 작품은 없었다. 그들 역시 모두 단점을 갖고 있었고 경우에 따라서는 문체나 흡인력이 오히려 떨어지는 경우도 있었다. 그러나 가능성을 보거나 어느 한쪽에 특출나다 싶을 정도로 좋았던 작품들이 선별되었다. 반대로 너무 무난했던 작품들은 아쉽게 본선에 올리지 못한 작품이 많았다.

#2 예심 심사위원1

발병 원인부터 시작해서 좀비 아포칼립스를 논리적으로 설명하려 애쓰는 작품은 ZA 문학상 공모전 1회 때에 비해서 줄어든 반면, 좀비가 이미 자연스럽게 창궐하는 세상에서 인간군상이 벌이는 각종 범죄와 비도덕, 혼란을 다루는 작품들이 눈에 띈다. 개인적으로는 좀비가 창궐하게 된 세상에서 좀비 바이러스에 감염된 애인과 함께 고장난 차 안에 갇힌 여자가 인생 얘기를 풀어놓는 작품인 「꽃이 지다」가 눈에 띄었는데, 애인이 변해 가는 모습을 지켜보며 해독제를 구하러 가기 위한 용기를 끌어모으는 모습을 담담히 그려낸 부분이 좋았다. 살아남은 사람들의 추악한 모습만이 남게 되는 「옥상으로 가는 길」이나, 좀비 사태가 가라앉고 난 뒤에 좀비를 범죄에 이용하려고 하는 불륜 커플의 이야기를 다룬 「사전 답사」도 참신한 재미가 있었다. 좀비 문학이라는 것이 궁극적으로는 종말 문학의 한 갈래이기에 참가작들의 대부분이 아름답거나 상큼하기는 어렵다는 것은 알고 있지만, 작품들을 읽으면서 내내 정말로 이런 무시무시한 세상이 왔을 때에, 사람이 사람을 배신하고 사람이 사람을 상처 주는 일만은 없었으면 좋겠다는 소망이 들었다. 좀비가 창궐한다고 하더라도, 결국에는 그곳 역시 사람 사는 세상이 아닌가. 하지만 생존의 위기라는 극단적 상황에 마주한 인간 군상들이 대부분 추악하고 더러운 모습으로 그려지는 것을 보고 있자니 좀비 세상이 오면 제일 행복한 것은 차라리 멋모르고 식욕만 남은 좀비일지도 모르겠다는 생각이 들어서 좀 오싹했다.

#3 예심 심사위원2

전체적으로 투고작 중 소재나 주제면에서 기존의 작품에서 크게 벗어나는 참신함은 없었다. 아이디어가 돋보여도 내용이 다소 뒷받침해 주지 못하거나 어느 정도 글이 안정되어 있더라도 흡인력이 떨어지는 경우가 많았다. 또한 예상은 했지만 군대, 연구소, 북한 같은 소재가 꾸준히 나오는 점이 신기하다. 그럼에도 서술 방식이나 시대 상황을 반영하는 부분에서 다양한 시도가 이루어지고 있는 점은 긍정적으로 느껴진다.(「오덕후 김박사의 위업」 등) 아쉽게도 본심에 올리지 못한 작품 중 단편 「늑대」는 끝까지 긴장감을 주는 점이 매력적이었으나 전개가 매끄러운 편은 아니었고 장편 『감옥섬』은 글이 다듬어져 있어서 좋았지만 내용이 혼란스러워 흡인력에서 약간 떨어지는 면이 아쉬웠다.

#4 마무리

본선에 오르지 못한 작품 중 심사위원의 특별한 코멘트가 없었지만 본선까지 고민되었던 몇몇 작품에 대해 추가로 코멘트를 얻어 올린다. 대부분 본선에 오르지 못한 작품이 비슷한 문제점을 갖고 있기 때문에 모든 예심 작품에 코멘트를 달 수 없는 점 양해 부탁드린다.

「주여 그들에게 영원한 안식을 주소서」는 초반 긴장감을 조성하는 능력이 뛰어나지만 인물들의 대사가 과장되고 다소 비현실적인 점이 문제점으로 지적되었다. 「오늘, 아빠를 죽였다」는 짧고 집약적이며 괜찮은 전개를 보여주긴 했으나 그만큼 독자에게 어필할 특출난 매력 요소가 없었다는 게 단점이었다. 「아내가 돌아

326

왔다」는 독특한 소재와 마지막 암시가 매력적이었으나 이 작품
역시 무난한 작품이라는 평가를 받았다. 「우시장」은 고정관념을
깨는 전환이 참신했으나 조금 더 내용이 길었으면 어땠을까 하는
아쉬움이 들었다. 「좀비머니」는 아이디어는 좋았으나 그 아이디어
를 내용이 뒷받침해 줄 만한 필력이 안 되었다.

　본선 진출작은 다음과 같다. 「꽃이 지다」, 「옥상으로 가는 길」,
「사전답사」, 「네 번째 물결」, 「검은 구름」, 「동정남 마리아」, 「약탈
자가 산다」, 「별이 빛나는 밤」, 「광인들」, 「나에게 묻지 마」, 「연구
소 B의 침묵」

* 소개된 진출작들은 황금 드래곤 문학상 홈페이지(http://ga.goldenbough.co.kr)에서 볼 수
  있다.

본선 심사평

본선 심사위원1 | 영화감독 오영두(「이웃집 좀비」, 「에일리언 비키니」의 감독)
본선 심사위원2 | 황금가지 편집장 김준혁

좀비에 대한 기본 개념은 이미 모두가 인식하고 있다. 때문에 결국 우리는 그 인식을 어떻게 이용하고 또 어떻게 활용하는지가 좀비 장르에서 중요한 출발점이 아닌가 싶다. 그리고 또 하나, 장르문학의 가장 중요한 부분인 '재미' 또한 결코 빼놓아서는 안 되겠다.

이런 부분을 고려해서 본심에 올라온 작품을 심사하면서 안타깝게도 뒷통수를 얻어맞은 듯한 짜릿한 충격을 받은 작품을 발견하지 못한 게 아쉽다고 할 수 있다. 모든 이의 시선이 좀비라는 이름 안에 너무 갇혀 있는 건 아닐까?

다만, 그 안에서 읽는 즐거움을 주는 작품을 당선작과 우수작으로 선정하였다.

당선작으로는 장르적으로 가장 재미있는 캐릭터와 공간을 잘 활용한 「옥상으로 가는길」이 되었다.

우수작으로는 좀비라는 이름이 가진 집단광기를 도시가 아닌 시골에 풀어놓고 젊은 이장이라는 독특한 캐릭터를 그 가운데다 던져버린 「나에게 묻지 마」, 엘리트들의 광기와 인간의 이중성을 충돌시킨 「연구소B의 침묵」, 한정된 공간과 인물을 잘 활용한 「별이 빛나는 밤에」를 선정하였다.

그리고 특별히 한편을 따로 언급하면 「광인들」은 초반 긴박감이 좋았으나 마무리가 아쉬웠다.

한국적 좀비들의 발견이라는 점은 좋았으나 좀비라는 장르안에서도 다른 장르들을 더 녹여낼수 있는 상상력이 필요하지 않을까라는 생각을 해본다.

그리고 이는 나에게도 다시 던지는 질문이다.

* * *

올해 ZA 문학 공모전은 작년에 비해 '재미'면에서는 전반적으로 작년에 비해 나아지긴 했으나 완성도의 부족은 여전했다. 본선 진출작 중에서 「옥상으로 가는 길」은 당선작으로 선정하는 데 이견의 여지가 없었는데, 잘짜여진 구성과 뛰어난 흡인력이 높은 점수를 받았다. 우수작으로 뽑힌 세 작품은 나름의 단점을 안고 있긴 했으나 가능성에 무게를 두고 선정되었다. 「나에게 묻지 마」는 농촌을 끌어들이고 다소 개성적인 내용이긴 했으나 흡인력이 현저히 떨어진다는 점이 문제점으로 지적되었으며, 「연구소 B의 침묵」은 전체적인 구성이 좋으나 대화체의 어색함은 물론이고 인물이나 상황을 억지로 끼워맞추는 듯하여 감점을 받았다. 「별이 빛나는 밤에」는 마지막 논의에서 추가된 작품인데 이야기가 나름 다듬어지긴 했으나 지나치게 상투적인 결말과 흐름이 단점이었다.

아쉽게도 선정작에 들지 못한 작품 중 가장 아쉬운 작품은 『광인들』이었다. 중반까지 읽었을 때에는 더 볼 것도 없이 '이 작품이 올해의 당선작이다', 라는 생각이 들었다. 장편소설에서 당선작이 나온다는 건 매우 유쾌한 일이기도 하고, 작품의 흡인력이나 설정, 전개 등 무엇 하나 나무랄 데 없었다. 하지만 중반 이후부터 너무나 갑자기 힘이 빠져버렸다. 아마도 마감일 때문에 급히 마무리하다 이런 일이 생긴 게 아닌가 하는 아쉬움이 들었기에, 당선은 아니지만 후반부를 손을 보는 조건으로 출판 기회를 부여하기로 하였다. 「꽃이지다」는 「별이 빛나는 밤에」와 함께 마지막까지 논의되었지만, 흡인력이 부족하다는 지적 때문에 선정되지 못했다. 「약탈자가 산다」는 스피드 있는 전개가 매력이었으나 구성이 빈약하고 문장력이 취약했다. 「사전답사」는 이야기 소재가 참신하고 재미있으나 다소 구성이 밋밋하고 얼개가 허술했다. 「네번째 물결」은 근 장편의 분량이었으며 현실적인 이야기를 파고드는 매력이 있었으나 아직 습작이 더 필요한 작품으로 판단되었다. 「동정남 마리아」는 초반의 통통 튀는 아이디어가 후반까지 유지되지 못했으며, 「검은 구름」은 흡인력이 현저히 떨어지는 문제점이 있어 최종 선정되지 못했다.

당선작과 우수작 3편, 그리고 광인들의 응모자분들에게는 다음주 중 이메일을 통해 연락을 드릴 예정이다. 비록 아직까지 마이너한 장르이지만 이렇듯 예비 작가분들의 끊임없는 도전이 있는 한, ZA는 그 어느 장르 공모전보다도 오랫동안 유지되며 좋은 작품과 작가를 발굴하는 문학상으로 자리매김할 것이다.

공모전에 참여해 주신 분들께 다시 한번 감사드리며, 2012년 공모전에서 다시 뵙길 바라 마지 않는다.

옥상으로 가는 길, 좀비를 만나다

1판 1쇄 찍음 2012년 8월 6일
1판 1쇄 펴냄 2012년 8월 13일

지은이 | 황태환 외 3인
발행인 | 김세희
편집인 | 김준혁
펴낸곳 | 황금가지

출판등록 | 2009. 10. 8 (제2009-000273호)
주소 | 135-887 서울 강남구 신사동 506 강남출판문화센터 5층
전화 | **영업부** 515-2000 **편집부** 3446-8774 **팩시밀리** 515-2007
홈페이지 | www.goldenbough.co.kr

한국어판 © ㈜민음인, 2012. Printed in Seoul, Korea

ISBN 978-89-6017-424-5 03810

㈜민음인은 민음사 출판 그룹의 자회사입니다.
황금가지는 ㈜민음인의 픽션 전문 출간 브랜드입니다.